CW01023903

LE PROCÈS

KAFKA

LE PROCÈS

Traduction, présentation et chronologie
par
Bernard LORTHOLARY

Bibliographie mise à jour en 2011
par
Claudine RABOUIN

GF Flammarion

« Atiq Rahimi,
pourquoi aimez-vous *Le Procès* ? »

*P*arce que la littérature d'aujourd'hui se nourrit de celle d'hier, la GF a interrogé des écrivains contemporains sur leur « classique » préféré. À travers l'évocation intime de leurs souvenirs et de leur expérience de lecture, ils nous font partager leur amour des lettres, et nous laissent entrevoir ce que la littérature leur a apporté. Ce qu'elle peut apporter à chacun de nous, au quotidien.

Né à Kaboul, en 1962, Atiq Rahimi est écrivain et réalisateur. Il est notamment l'auteur de plusieurs romans parus chez P.O.L. : *les premiers sont traduits du persan (*Terre et cendres*, 2000 ;* Les Mille Maisons du rêve et de la terreur, *2002), les suivants écrits directement en français :* Syngué sabour. Pierre de patience *(pour lequel il a obtenu le prix Goncourt en 2008), et* Maudit soit Dostoïevski *(2011). Il a accepté de nous parler du* Procès, *et nous l'en remercions.*

Quand avez-vous lu ce livre pour la première fois ?
Racontez-nous les circonstances de cette lecture.

Je l'ai lu pour la première fois en 1982. J'étais alors
étudiant à la faculté de lettres, section littérature française, à Kaboul. Je devais préparer un exposé sur
L'Étranger d'Albert Camus. Mon professeur m'a
conseillé de lire comme préambule à toute réflexion *Le
Procès* de Kafka. J'ai lu d'une traite ce livre, traduit en
persan par un grand écrivain iranien. Ce fut une révélation, accompagnée d'une étrange sensation. J'ai eu
l'impression que cette œuvre avait été prophétiquement
écrite pour nous, les Afghans, pour décrire et nommer ce
que nous vivions à cette époque, sous la terreur et la
« machine bureaucratique » des communistes, où des
milliers d'Afghans se voyaient soudainement arrêtés,
condamnés, exécutés « sans avoir rien fait de mal ».

Votre « coup de foudre » a-t-il eu lieu
dès cette première lecture ?

Cela fut instantané, même si je l'ai découvert à l'ombre
des œuvres de Camus. À cette époque, j'avais une
approche politique de la littérature, en particulier des
livres comme *Le Procès*. Loin de moi, qui n'étais alors
qu'un jeune homme de vingt ans, de comprendre ce que
disait Albert Camus à propos de ce livre : *l'esprit proje-
tait dans le concret sa tragédie spirituelle.*

Cette ville dans *Le Procès*, jamais nommée, pouvait
être aussi bien Kaboul que Prague – des villes condam-
nées à l'incertitude sous les contraintes insurmontables
d'un système despotique imposé par l'Armée Rouge.

Après ce choc politique est venu le coup de cœur littéraire, lorsque, des années plus tard, j'ai relu *Le Procès* en
France, en le choisissant comme corpus pour ma thèse
universitaire. Cette thèse était consacrée à l'étude sémio-
tique de la fin dans les œuvres cinématographiques et
littéraires, et une partie traitait de la problématique de
l'achèvement et de l'inachèvement dans *Le Procès* de

Franz Kafka et dans son adaptation au cinéma par Orson Welles.

Plus tard encore, en écrivant mon dernier roman, *Maudit soit Dostoïevski*, je me suis replongé dans ce livre, en l'abordant cette fois d'un point de vue philosophique. Mon coup de cœur s'est transformé en coup de foudre métaphysique.

C'est un livre qui, à chaque lecture et aux différentes étapes de notre vie, nous révèle ses différentes dimensions.

Est-ce que cette œuvre a marqué vos livres ou votre vie ?

Un fait prémonitoire : à l'âge de onze ans, j'ai vu mon père, alors juge à la Cour suprême, être arrêté, torturé et condamné à dix ans de prison pour le seul motif qu'il était monarchiste. Je ne pouvais donc pas avoir une opinion positive de la justice.

Adolescent anarchiste, je ne savais pas définir mon malaise face à cette société qui blâmait et inculpait arbitrairement les individus, soit au nom de la tradition, soit au nom d'une idéologie. En lisant plus tard *Le Procès*, je me suis aperçu que cet état de fait existait aussi ailleurs, dans une autre société, à une autre époque... Ce n'était donc pas uniquement un malaise social et culturel que j'éprouvais, mais aussi une lipothymie existentielle, humaine, ce dont alors je n'étais pas conscient. La découverte d'un tel chef-d'œuvre fut comme un « événement » dans ma vie, désormais scindée entre l'avant et l'après de la lecture de ce livre.

Et puis, il y a mes romans : *Maudit soit Dostoïevski*, bien qu'il se réfère à *Crime et châtiment*, est au fond l'histoire d'un Joseph K. afghan, mais inversé. Égaré dans une guerre fratricide, un jeune homme se livre à la justice afin d'être jugé et condamné pour le meurtre qu'il a commis. Mais il n'y a personne pour prendre une telle responsabilité ; contrairement à ce qui se passe dans *Le*

Procès, il y a dans mon livre un crime, mais pas de procès. Ce décalage rend Rassoul, mon personnage, étranger au monde, comme Meursault dans le récit d'Albert Camus, un cousin de Joseph K.

Cette référence est explicite dans la scène où mon personnage entre dans la préfecture pour se livrer : l'enfant qu'il voit se promener dans le couloir, ainsi que les vêtements récemment lavés et accrochés dans une salle du palais de justice, l'ambiance, le désordre... Tout cela renvoie bien sûr à ce magnifique épisode où Joseph K. se rend pour la première fois chez le juge d'instruction.

De même, le personnage de mon roman rencontre au sous-sol du palais de justice un greffier en train de chercher dans les archives le nom d'un certain Youssef Ka... Youssef Kabouli. Youssef est la persanisation de Joseph.

L'influence indirecte du *Procès* est aussi perceptible dans *Syngué sabour. Pierre de patience* : j'ai écrit un conte qui n'a pas de dénouement. Cette fin ouverte donne l'occasion à chacun des personnages du roman de trouver une issue à l'histoire et de l'interpréter à sa guise. C'est le même procédé que Kafka utilise dans le chapitre « Dans la cathédrale », où le prêtre, en racontant l'histoire « Devant la loi », s'abandonne aux différentes interprétations du récit. J'adore ce procédé de mise en abyme, l'histoire dans l'histoire dans l'histoire... très présente aussi dans la littérature classique indienne et persane.

Un critique a même vu dans mon premier roman, *Terre et cendres*, la trace de « Devant la loi », lorsque mon héros, un paysan, est empêché par un gardien de franchir le barrage de la route qui mène à la mine.

Et j'espère qu'il y a d'autres scènes et d'autres mots de Kafka glissés, à mon insu, dans mes écrits !

Quelles sont vos scènes préférées ?

La scène de l'arrestation, d'abord. Je n'ai jamais lu de scène d'ouverture romanesque si dense, si mystérieuse, si captivante. En quelques pages, elle crée cette situation à laquelle Franz Kafka a donné définitivement son nom

– une « situation kafkaïenne » –, et un univers proprement littéraire qui ne se soucie plus du réel, mais du
possible.

Dès les premières phrases, le lecteur est condamné à
s'enfermer dans le texte. Joseph K. vient de se réveiller.
Mais ce monde éveillé est plus cauchemardesque encore
qu'un mauvais rêve. Est-ce un éveil dans le sommeil ?
Chaque fois que je lis ce passage, je pense à cette phrase
d'un grand mystique perse, Shams : « Tant que ton sommeil ne vaut pas l'éveil, ne dors pas ! »

L'autre scène, très sensuelle, se déroule chez Mᵉ Huld :
il s'agit de la rencontre de Leni et Joseph K. Une rencontre très brève, en cinq pages, mais qui en dit long.
Alors que l'avocat et l'oncle de Joseph K. sont en pleine
discussion, un bruit de porcelaine brisée attire le héros
vers le vestibule où il retrouve la maîtresse de Mᵉ Huld.
Homme de désir, il s'éprend immédiatement de Leni.
Dans l'étreinte, ils se révèlent. C'est à ce moment-là
que Joseph K. s'avoue : « J'enrôle les femmes à mon service […] : d'abord Mlle Bürstner, puis la femme de l'huissier du tribunal et, pour finir, cette petite garde-malade,
qui semble avoir de moi un besoin incompréhensible. À
sa façon de rester assise sur mes genoux, on jurerait que
c'est sa place ! » Comme si toute sa culpabilité ne relevait
que de son désir.

Le chapitre final, la mise à mort de Joseph K., est
un dénouement époustouflant qui a fait couler beaucoup
d'encre. Il se dit que Kafka a dû commencer son roman
par la fin, puisque l'on a trouvé le texte au début d'un
cahier, numéroté comme premier. Cette partie, si dense
et si poétique, ne garantit ni la finition de l'écriture ni la
finitude du récit, mais bel et bien la finalité de l'œuvre.
Le long soliloque de Joseph K. donne l'impression que
tout le livre est écrit à partir de ce monologue dans lequel
le personnage se remet en question, et s'interroge comme
s'il interrogeait aussi son auteur : « Faudra-t-il qu'on

puisse me reprocher d'avoir voulu terminer mon procès quand il débutait et, maintenant qu'il s'achève, de vouloir le recommencer ? » En fait, c'est Kafka qui se demande s'il faudra reprendre son roman pour le réécrire !

Y a-t-il selon vous des passages « ratés » ?

Peut-on parler de passages ratés dans une œuvre inachevée ? C'est difficile. Les « incohérences narratives » qui ont été relevées par certains commentateurs dans cette œuvre sont comme des *incidences* de son aspect inachevé, et c'est en cela que ce livre demeure mystérieux, insaisissable, ouvert, éternel.

Rares sont les romans dont l'inachèvement reflète à ce point l'exigence de leur auteur, ainsi que leur essence littéraire et leur substance narrative. Formellement, *Le Procès* est un « texte clos » : la fin – la mise à mort de Joseph K., la veille de son trente et unième anniversaire – répond au début – son arrestation, le jour de ses trente ans. Le récit est donc bouclé. Pourtant, tout au long du livre, les transitions d'un chapitre à l'autre, d'un événement à l'autre, restent souvent incertaines, voire illogiques… Comme dans un rêve. Pouvons-nous dire de nos rêves qu'ils sont ratés ?

Kafka a su *inachever* son œuvre.

**Cette œuvre reste-t-elle pour vous,
par certains aspects, obscure ou mystérieuse ?**

Elle est aussi mystérieuse qu'un rêve. C'est une œuvre dans laquelle il faut se perdre. Comme Joseph K.

**Quelle est pour vous la phrase ou la formule « culte »
de cette œuvre ?**

« Un matin, sans avoir rien fait de mal, il fut arrêté. » Voilà l'un des plus magnifiques *incipit* romanesques. Simple et court, il résume et, en même temps, trame magistralement toute l'intrigue du récit.

Malgré son aspect direct, cette phrase peut sous-entendre ceci : Joseph K. est arrêté *parce qu*'il n'a rien fait de mal. L'innocence est un crime. Mais attention, Kafka n'a pas un regard moralisateur sur cette affaire. Et je ne suis pas sûr qu'il ait de la pitié pour son personnage. Il porte même sur lui un regard presque cynique. C'est lui, Franz Kafka, qui l'accuse d'être innocent et naïf. Oui, il est naïf, c'est le seul homme naïf du roman : il a toute confiance en lui-même, parce qu'il se croit au-dessus de la machine judiciaire. Tous les autres personnages sont rusés, y compris les condamnés, comme le négociant Block, qui a engagé plusieurs avocats en même temps pour le défendre devant ce tribunal innommable. C'est à cause de cette naïveté, de cette candeur que Joseph K. a une fin tragique… « Comme un chien ! »

Pour pouvoir vivre, il faut reconnaître sa culpabilité.

Si vous deviez présenter ce livre à un adolescent d'aujourd'hui, que lui diriez-vous ?

Que l'on vive dans un milieu traditionnel et religieux ou dans une société moderne, bureaucratique et/ou despotique, tout silence et toute solitude, comme *praxis* de liberté d'un individu, sont condamnés. Joseph K., bien qu'il soit un homme intégré dans la vie professionnelle, a deux défauts d'éthique sociale et religieuse : la solitude et l'incroyance. Dans sa solitude, l'homme n'a ni le sentiment de culpabilité ni le sens des responsabilités. Et c'est dans la société ou devant les dieux que *chacun de nous est coupable devant tous pour tous et pour tout*, comme dit Dostoïevski dans *Les Frères Karamazov*.

Or, la société, afin de nous voir réintégrer le troupeau ou pour nous ramener à une croyance, nous inflige les tourments de la culpabilité. Une fois condamnés, comme Joseph K., rien ne nous sauve : ni le droit (incarné par Me Huld), ni la science (l'industriel), ni l'art (le peintre Titorelli), ni la religion (le prêtre), ni l'amour (Leni ou la femme de l'huissier, entre autres), ni la famille (l'oncle

Karl)… La solution, alors ? Survivre avec sa culpabilité et sa honte, ou mourir libre et innocent.

*
* *

Avez-vous un personnage « fétiche » dans cette œuvre ? Qu'est-ce qui vous frappe, séduit (ou déplaît) chez lui ?

Joseph K., bien sûr. Sa persévérance me touche, son ironie me séduit ; mais sa naïveté m'agace.

Ce personnage commet-il selon vous des erreurs au cours de sa vie de personnage ?

Au moins deux erreurs, fatales : d'abord, celle de ne pas avoir commis de délit ; puis celle de suivre un des aphorismes de son auteur : « Dans le combat entre toi et le monde, seconde le monde » (*Journal*).

Quel conseil lui donneriez-vous si vous le rencontriez ?

Partir en exil, sans remords ni regret.

Si vous deviez réécrire l'histoire de ce personnage aujourd'hui, que lui arriverait-il ?

Il perpétrerait un crime, et personne ne voudrait faire son procès.

*
* *

Quelle question auriez-vous aimé que l'on vous pose ?

Comment *inachever* une œuvre ?

Le mot de la fin ?

« Ce qui est achevé, trop complet, nous donne sensation de notre impuissance à le modifier », disait Paul
Valéry. *Inachever* son œuvre, voilà l'art et la puissance
de Kafka !

PRÉSENTATION

Le Procès : *mode d'emploi*

Il est peu d'écrivains qui aient douté d'eux-mêmes autant que Franz Kafka. De son vivant ne paraissent de lui que quelques textes courts, dont la célèbre nouvelle intitulée *La Métamorphose*. Tout le reste, qui se compte par centaines de pages, Kafka le voue au feu : sachant que la tuberculose qui le mine peut l'emporter d'un moment à l'autre, il souhaite expressément et à plusieurs reprises que tous ses manuscrits soient détruits après sa mort. Son ami, l'écrivain Max Brod, devra y veiller.

Or Max Brod décidera, en conscience, de ne tenir aucun compte des dernières volontés de son ami disparu. Moins d'un an après la mort de Kafka (le 3 juin 1924), il entreprend au contraire de publier tous ses inédits et il commence par celui qui est le moins inachevé et le plus significatif : *Le Procès* paraît au printemps 1925.

Un texte en chantier

Publié par conséquent malgré son auteur et même à l'encontre de sa volonté expresse, le texte de ce roman est plus qu'inachevé : ce n'est, à tout prendre, qu'un chantier. Ouvert en 1914, ce chantier est négligé dès 1916 par Kafka, qui l'abandonne tout à fait en 1917, soit sept ans avant de mourir. Dans ces conditions, personne ne peut affirmer que, si la mort ne l'avait fauché dans sa quarante et unième année, Kafka aurait rouvert ce

chantier. À plus forte raison, nul ne peut dire quelle eût
été finalement la forme de l'édifice, ni même quel en
aurait été le plan.

Les manuscrits [1] que Brod a ainsi sauvés des flammes
et livrés au public ne sont en fait qu'une sorte de puzzle,
et un puzzle incomplet : on ignore quelles pièces
manquent et l'on n'est pas sûr que certaines ne soient pas
en trop, puisqu'on ne connaît pas le dessin d'ensemble et
qu'on n'est même pas certain que l'auteur en avait arrêté
un, que ce fût au début de la rédaction ou en cours de
travail… On a donc entre les mains un *jeu* de textes, dont
le statut, la valeur et l'ordre ne peuvent faire l'objet que
d'hypothèses.

Traditionnellement, depuis la deuxième édition procurée par Max Brod en 1935, six ou sept courts fragments
sont donnés en annexe, à la suite des dix autres « chapitres » publiés dès 1925 et qui sont censés constituer le
corps du roman ; mais ces dix premiers chapitres sont
pour une part inachevés eux aussi ; leur longueur varie
du simple au décuple ; leurs titres, en style télégraphique,
ne sont assortis d'aucun numéro d'ordre. Aussi, entre
l'« Arrestation » et la « Fin », peut-on les disposer de
plusieurs manières ; et les critiques ne s'en sont pas fait
faute, puisque la chronologie des événements ou la suc-
cession des saisons ne leur fournissaient que des indices
ténus et parfois contradictoires.

---

1. Sept ans après l'achèvement de la présente traduction, Malcolm
Pasley a publié en allemand une édition critique du *Procès* « dans la
version du manuscrit » (voir la Bibliographie, p. 300), dont elle reproduit les multiples imperfections formelles (sans intérêt pour une traduction), tout en reléguant en annexe plus que ce qui se trouve ici p. 269-
295 (chapitres ébauchés et passages biffés appelés par des astérisques),
et même un chapitre entier. Nous nous inspirons de la version de Brod
– fidèle et infidèle à la fois. Tout y est authentiquement de Kafka – qui
a néanmoins tout renié en bloc ! Mais c'est ainsi que *Le Procès* a été
lu depuis lors par d'innombrables lecteurs dans toutes les langues, c'est
sous cette forme qu'il fait partie du patrimoine universel.

Or, cet ensemble hypothétique de textes fragmentaires, sauvés *in extremis* par ce qu'il faut bien appeler la trahison d'un exécuteur testamentaire, voilà qu'au milieu de notre siècle il est devenu un véritable best-seller. Au point qu'à titre posthume, son réticent créateur (obscur employé d'une administration tchécoslovaque et simple « ami de Max Brod » aux yeux de ses contemporains), prend place au premier rang des romanciers allemands et n'a guère aujourd'hui parmi eux qu'un rival auprès du public du monde entier : c'est Goethe avec son *Werther*.

La vogue du Procès

Si pareille notoriété est ainsi échue au *Procès* et à son auteur quasi involontaire, c'est assurément à la faveur de circonstances historiques dont Kafka ne pouvait avoir tout au plus que le pressentiment. Et c'est sans doute au prix de quelques malentendus, dont sa volonté de voir brûler tous ses manuscrits témoigne peut-être qu'il en soupçonnait le danger.

Toujours est-il que ses œuvres improbables sont, à la veille de la guerre, connues et reconnues par nombre d'écrivains et de lecteurs cultivés, et que dans l'après-guerre elles connaissent une véritable vogue, qui concerne en particulier *Le Procès*. Si le grand public prend alors le relais des lettrés, cela tient au contexte idéologique et politique. On peut dire schématiquement (mais c'est bien de vues schématiques qu'il s'agissait) que Kafka bénéficie de la sensibilité « existentialiste » du moment et qu'il profite, en même temps, de la révélation récente des régimes totalitaires. On lut alors *Le Procès* comme l'image (rétrospectivement créditée de prophétisme visionnaire) des bureaucraties policières qui venaient d'être balayées dans l'Allemagne nazie et qui persistaient à l'Est. (D'ailleurs, un autre texte de Kafka, *La Colonie pénitentiaire*, ne complétait-il pas le tableau par une sorte de préfiguration des camps ?) Parallèlement à cette lec-

ture plus ou moins politique, se développait une lecture
qu'on peut dire philosophique et qui, à la fois, prolon-
geait et masquait la première. Elle consistait, sous le
signe alors prestigieux de « l'angoisse » ou de
« l'absurde », à voir en Joseph K. un frère du Roquentin
de *La Nausée*, un cousin de Meursault dans *L'Étranger*,
voire un neveu de Sisyphe – mais impossible à « imaginer heureux ».

Bref, l'époque de « l'homme en sursis » se reconnut
dans cet homme en procès. Ainsi enrôlé comme prophète
de la terreur ou comme illustrateur de la difficulté d'être,
Kafka trouva dans le monde de l'après-guerre (et singu-
lièrement en France) des foules de lecteurs fascinés. Il
trouva aussi des spectateurs, puisque *Le Procès* fut plusieurs fois porté à la scène et à l'écran. L'adjectif « kafkaïen » entra dans notre vocabulaire, pour qualifier
approximativement tour à tour le mal du siècle et le siècle
du Mal, les vertiges de la dépression névrotique et les
prodiges de l'oppression étatique...

On peut sourire aujourd'hui de cette réception de
Kafka et la trouver un peu naïve. Entre elle et nous, il y
a plus d'années qu'entre elle et la genèse de ces textes, et
nous sommes passablement blasés, sur ces chapitres de la
« déprime » et de la « répression ». Notre histoire s'est
chargée de banaliser l'univers « kafkaïen », livrant du
même coup le texte de Kafka à des interprétations plus
savantes, sinon plus judicieuses. Le grand public avait
pris le relais des lettrés. Vinrent ensuite les exégètes.

Les thèses des exégètes

Commentaires et gloses n'ont pas été épargnés à ces
textes, comme si leur caractère fragmentaire et hypothétique avait stimulé l'acharnement des interprètes. On a
vu s'atteler à Kafka, successivement et concurremment,
tous les existentialismes, tous les marxismes, toutes les
théologies, toutes les psychanalyses. *Le Procès* fut réduit

tantôt à un produit du capitalisme en crise, tantôt à un débat avec Jéhovah, tantôt à un conflit œdipien. Une fois enclenchée telle ou telle de ces soupçonneuses machines à interpréter, le plus infime détail du texte pouvait devenir un indice infaillible, un signe manifeste, un « symbole » évident.

Voici, à propos des premières pages seulement, quelques exemples de ces délires interprétatifs. Le coup de sonnette par lequel Joseph K. réclame son petit déjeuner à sa logeuse est gravement rapproché d'une sonnerie de trompette rituelle dans la liturgie juive ; les deux vieillards qui observent la scène de la fenêtre d'en face figurent l'Ancien Testament, et le gaillard à barbe rousse qui les rejoint représente le Christ ; la pomme que mange K. en guise de déjeuner est pour certains l'emblème du péché, pour d'autres un symbole d'innocence ; le petit verre d'alcool qu'il absorbe manifeste tantôt sa coupable concupiscence, tantôt sa soif de spiritualité, etc. Tous les jeux de mots sont bons. Les spiritueux renvoient au spirituel (comme dans ce dernier exemple) ou encore les paysages de landes peints par Titorelli en font un tenant du paganisme, parce que le païen se dit *der Heide* et la lande *die Heide*. Ces calembours quasiment lacaniens sont parfois très lourds de conséquences. Ainsi, plusieurs exégètes feignent de confondre la « grâce » dans ses acceptions socio-politiques (*die Huld*, qui désigne la bienveillance du suzerain et aussi le dévouement du vassal) avec la « grâce » divine (qui ne se dit jamais *die Huld*, mais *die Gnade*) : ce petit tour de passe-passe suppose évidemment que Kafka ne pensait pas en allemand, mais qu'importe, puisqu'il permet de surcharger de signification théologique le patronyme de l'avocat Huld, vieux bavard acariâtre et sournois qui se trouve du coup promu au rang de représentant de telle ou telle foi religieuse. Il est vrai que cette escroquerie sémantique, si elle n'a pas été dénoncée, a tout de même trouvé des contradicteurs : d'autres commentateurs voient en Mᵉ Huld un esprit

libre, voire un libre-penseur !... De telles contradictions
fleurissent aussi sans recourir au calembour. Ainsi à
propos du personnage, encore plus sordide et dérisoire,
du barbouilleur Titorelli : nous apprenons chez les kafkologues tantôt qu'il incarne l'Art comme substitut de la
Religion (et de saluer au passage Nietzsche, même s'il n'a
pas la moindre place dans l'univers de Kafka), tantôt
qu'il est le champion d'un rassurant agnosticisme. On est
prié de ne pas demander comment l'agnosticisme pourrait être rassurant aux yeux de Kafka, ni comment il se
fait que le prétendu « agnostique » en sache (et en dise)
plus long que personne dans le roman sur le procès, les
tribunaux et la loi elle-même... Mais peut-être la clé de
ce mystérieux personnage nous est-elle fournie par le
trait de génie (et le jeu de mots, de nouveau) d'un autre
glossateur, pour qui Titorelli ne saurait être compris que
par référence au preux Titurel de la Quête du Graal [1] ?...
    Il n'est question ni de prétendre que les exégèses de
Kafka se réduisent à pareil sottisier, ni d'excuser les excès
ridicules de la fausse subtilité. Il faut d'abord songer que
semblables excès sont pour une part la rançon du succès,
mais aussi le prix de l'inachèvement. D'autres en ont
pâti [2]. Ensuite, il faut tenter de saisir comment c'est
l'écriture même du *Procès* qui a pris à ses pièges les interprètes et les a fascinés au point qu'ils l'ont imitée sans
la comprendre.

---

1. Ce genre d'interprétations, pour le moins aventureuses, est particulièrement répandu chez les commentateurs de langue allemande. Le
lecteur curieux pourra en trouver dans le commentaire de Claude David
un malicieux florilège.
2. Hölderlin, Nietzsche, Trakl, mais aussi un romancier comme
Musil.

Le procédé du Procès : *la démarche hypothétique*

En effet, ils imitent la démarche de Joseph K. et celle du narrateur qui marche sur ses talons et le suit pas à pas. L'un et l'autre, ils ne cessent de forger des hypothèses. Le « procès » de Joseph K., c'est, conformément à l'étymologie, une manière qu'il a de « procéder », une façon d'aller de l'avant, une tentative pour assurer sa démarche et pour trouver une marche à suivre, un processus progressif et une procédure expérimentale. Ses « démêlés » avec la justice consistent à démêler le vrai du faux et l'apparence de la vérité. Pour ce faire, il « procède » par hypothèses. Cela commence avec la supposition de la toute première phrase : « Il fallait qu'on ait calomnié Joseph K... » Et cela se poursuit jusqu'à ce « comme si » conjectural de la toute dernière phrase : « C'était comme si la honte allait lui survivre. » Joseph K., et le narrateur avec lui, « se perd » en conjectures. Les commentateurs ne font que mimer cette démarche hypothétique, mais à une différence près : c'est qu'ils érigent leurs hypothèses en thèses et prononcent sentence sur sentence, en oubliant que jamais les débats ne sont clos et que jamais l'instruction ne produit de certitude. Sinon, pour finir, la mort. Encore ne sait-on rien des attendus ni du verdict. Le texte tout entier est construit de telle sorte que le prévenu en est réduit à procéder par hypothèses, que celles-ci sont toutes possibles et qu'aucune n'est jamais vérifiée. En une série de rencontres, de confrontations et d'affrontements, Joseph K. s'interroge sur des personnages secondaires. C'est le défilé de ces partenaires qui articule le roman en chapitres, dont l'ordre importe en somme assez peu, dans la mesure même où les questions ne varient au fond pas et où les réponses demeurent également incertaines. À propos de chacun de ces partenaires, l'accusé K. se demande à peu près : est-il bon, est-il méchant ? Ou, plus précisément et de façon un peu

plus complexe, il se pose deux questions : d'abord, si ce
personnage veut l'aider ou bien lui nuire, et ensuite s'il
peut y parvenir ou non. Ce qui fait quatre hypothèses.
Comme cette matrice hypothétique s'applique à tous les
personnages, depuis les trois policiers et les trois
employés de banque du début jusqu'aux deux bourreaux
de la fin, en passant par les trois personnages de femmes,
par l'avocat, par le peintre, par l'abbé, etc., Joseph K.
(suivi par le narrateur et le lecteur) ne cesse en effet de
forger des hypothèses, sans que jamais aucune ne soit
avec certitude ni confirmée ni infirmée. Or ces multiples
hypothèses concernant les personnes sont encore complé-
tées et compliquées par d'autres hypothèses encore, qui
portent sur le procès, sur les tribunaux, sur la Justice et
sur la Loi… On comprend que les travaux du héros
soient infinis et qu'il s'y épuise. Mais qu'est-ce qui motive
cette démarche hypothétique ?

Un monde paradoxal

La démarche de K. est foncièrement rationnelle et
même scientifique : il ne forge des hypothèses que
contraint par la nécessité d'expliquer une réalité nouvelle, de comprendre et de maîtriser la situation inouïe
dans laquelle il se trouve soudain. Si aucune hypothèse
n'aboutit à une certitude, c'est que cette situation est
complètement paradoxale et cette réalité irrémédiable-
ment contradictoire. Les meilleures des hypothèses ne
sauraient que rendre compte de l'un des termes de la
contradiction et être démenties par l'autre. Ce dispositif
désespérant est mis en place dès le début du récit. K. est
« arrêté », mais laissé entièrement libre. K. est « accusé »,
mais il ne sait ni de quoi ni par qui. Tout au long du
procès et du processus ainsi enclenché, il va donc se
débattre parmi les multiples conséquences de ce paradoxe initial. En particulier, il va être aux prises avec un
adversaire insaisissable, qui ne cesse en même temps de

l'assaillir et de se dérober, et dont il ne parviendra jamais
ni à connaître les structures, ni à comprendre le fonctionnement. Cette Loi à laquelle il se heurte ainsi dans le
noir, elle est tout à la fois inexorable et évanescente. Ses
organes sont effrayants et sordides, sourcilleux et négligents, rigoureux et corrompus. Le prévenu en éprouve
tour à tour de la terreur et du mépris, de la révolte ou
de l'indifférence. Quoi qu'il fasse et même s'il ne fait rien,
K. s'enferre et s'enfonce inéluctablement, il n'arrange pas
son affaire, il aggrave son cas, il court à sa perte. Vaine-
ment il attend et cherche à faire qu'on prononce une sentence, ou même qu'on ouvre les débats, ou même qu'on
porte une accusation. Le procès suit son cours sans qu'il
soit au courant, sinon par des convocations répétées à
des interrogatoires préliminaires et de pure forme, qui lui
apprennent uniquement qu'on le tient dans l'ignorance
et qu'aucune de ses hypothèses n'est valide, sur rien.

Face à cette réalité paradoxale dont les contradictions
invalident sans cesse ses tentatives d'explication, Joseph
K. ne désarme pourtant pas. Il s'obstine à échafauder
des raisonnements et même des ratiocinations, comme
Mᵉ Huld. Dans son discours hypothétique (et même dans
celui du narrateur), deux mots reviennent avec insistance : « naturellement » et « vraisemblablement ». Ces
deux adverbes marquent à l'évidence un effort désespéré
pour se rassurer, en face d'une réalité qui n'est ni naturelle ni vraisemblable. Mais surtout, ils manifestent que
la nature de cette réalité est précisément le faux-
semblant, l'apparence trompeuse.

Le théâtre des apparences

Le monde du « procès » est un monde d'apparences
trompeuses. Mais il a ceci de particulier que, quand une
apparence se trouve dénoncée comme telle et s'effondre,
elle ne dévoile pas pour autant une vérité jusque-là
cachée derrière elle : elle ne révèle qu'une autre appa-

rence, tout aussi « naturelle » et « vraisemblable » que la
précédente, et tout aussi improbable. Ce qui est ainsi tour
à tour dissimulé et révélé, ce ne sont jamais que des faux-
semblants, qui se recouvrent les uns les autres à l'infini.

Le monde est ainsi structuré en cercles concentriques,
comme la capitale dont jamais le messager de l'empereur[1] ne pourra franchir les innombrables enceintes suc-
cessives, ou comme le sanctuaire de la Loi[2], où il
faudrait pénétrer en passant d'innombrables portes en
enfilade. Pourtant, l'empereur a bel et bien confié un
message au porteur qui s'épuise en vain pour l'apporter
au sujet obscur qui l'attend sur les confins de l'empire.
Pourtant, les portes de la Loi laissent bien filtrer une
lueur qui émane du saint des saints. Ce n'est donc pas
que la vérité n'existe pas : c'est que jamais elle ne nous
parviendra, ou que jamais nous n'y accéderons. À perpé-
tuité, nous sommes condamnés aux apparences.

C'est pourquoi ce monde paradoxal est un théâtre.
Joseph K. le soupçonne souvent lui-même. Dès les premières pages, où il pense qu'on lui joue une farce et que
son arrestation n'est qu'une comédie montée par ses collègues (et que, même une fois cette hypothèse démentie,
il pourra rejouer à Mademoiselle Bürstner comme sur
une scène) ; jusqu'à son exécution, qu'il juge confiée à
deux mauvais acteurs. Bien des lieux sont décrits comme
des théâtres : la salle d'instruction, avec son public hou-
leux et ses claques rivales ; la banque, non point lieu de
commerce, mais décor d'affrontements proprement dra-
matiques ; la cathédrale, dont la nef déserte est un théâtre
vide. Le monde est plein de spectateurs, aux fenêtres et
derrière les portes, et tous les personnages prennent la

---

1. Dans un récit de deux pages intitulé « Un message de l'empereur »
et publié du vivant de Kafka.
2. Voir la parabole du gardien de la Loi et son exégèse par l'abbé,
dans le chapitre « Dans la cathédrale », ci-dessous p. 252 *sq.* Kafka
avait publié la parabole seule, intitulée « Devant la Loi ».

pose, forcent la note, font leur numéro. Parfois, on les sent prêts à cligner de l'œil au moment même où ils semblent se piquer au jeu.

Kafka avait un sens aigu du langage du corps, dont il usait lui-même dans la conversation [1]. Dans ce roman, il prend grand soin d'assortir beaucoup de répliques, même parmi les plus ratiocinantes et les plus abstraites, de notations précises concernant le ton, la mimique, les regards, les gestes, les déplacements. Il y a dans *Le Procès*, où le dialogue tient tant de place, une minutieuse dramaturgie, qui est précisément mise au service de la démarche hypothétique et du paradoxe des apparences. Tantôt le jeu de scène est tellement en accord avec les propos tenus qu'il paraît excessivement conventionnel et rend leur véracité suspecte ; tantôt au contraire il semble démentir les paroles et, une fois encore, on ne sait plus où est la vérité ; tantôt encore c'est le geste qui est en lui-même ambigu !... Kafka excelle dans ces notations brèves et acérées, où il apporte manifestement le plus grand soin. Sans doute n'a-t-on pas prêté suffisamment attention, dans l'œuvre de Kafka et dans *Le Procès* tout particulièrement, à cette dimension dramaturgique de l'art du romancier.

Elle va pourtant de pair avec deux faits bien connus, qui sont extérieurs à son œuvre, mais qui l'éclairent et qu'à son tour elle reflète. Je songe d'abord à tout ce temps que

---

1. Gustav Janouch apporte là-dessus un témoignage très suggestif : « Kafka a de grands yeux gris sous d'épais sourcils noirs. Son teint est brun et ses traits extrêmement mobiles. Kafka parle avec son visage. Quand il peut remplacer un mot par un mouvement des muscles de son visage, il le fait. Un sourire, un froncement de sourcils, un plissement de son front bas, une moue, un pincement des lèvres : autant de mouvements qui remplacent des phrases parlées. Franz Kafka adore les gestes, c'est pourquoi il en use avec parcimonie. Ils n'accompagnent pas la parole, ne font pas double emploi avec les mots ; ce sont eux-mêmes des mots d'un langage mimique quasiment autonome... » Gustav Janouch, *Conversations avec Kafka*. Texte français, introduction et notes de B. Lortholary. Paris, 1978, p. 15.

Kafka a passé (comme en témoignent abondamment ses *Journaux*) en compagnie du comédien Jizchak Löwy et de sa troupe, auxquels le romancier porte autant d'intérêt technique que d'amitié[1]. Et je songe d'autre part à ces nombreux dessins de Kafka : silhouettes filiformes, simplifiées à l'extrême mais toujours manifestement guidées par le souci d'exprimer (en l'exagérant) l'essentiel d'un geste. Et cet essentiel, c'est plus d'une fois son ambiguïté : tel petit personnage de fil de fer à la fois avance et recule, prend et lâche, menace et fuit, etc. Toute cette théâtralité axée sur le geste expressif et sur son ambiguïté intrinsèque (ou son rapport ambigu à la parole) se retrouve à chaque page du *Procès*, où elle manifeste constamment la paradoxale ambiguïté du monde où se débat Joseph K.

Ces notations dramaturgiques, par leur insistance insolite dans le genre romanesque, par leur recours à une certaine outrance gestuelle et, surtout, parce qu'elles font apparaître contrastes et contradictions, ressortissent spécifiquement au comique. La métaphysique des commentateurs (ainsi que la mollesse des traductions, sur laquelle nous reviendrons) a gommé le comique de Kafka. C'est un comique terrible, un humour d'une noirceur sans doute accablante, mais qui n'en participe pas moins du cocasse, du grotesque, du burlesque. On a quelque peine à le croire, surtout si l'on n'a lu Kafka que dans la première version française, qui atténue la brutalité de ce comique. Mais des anecdotes sont là pour nous le rappeler : quand Kafka lit à ses amis *La Métamorphose* ou bien, précisément, le début du *Procès*, ces gens qui connaissent trop bien l'auteur pour le comprendre de travers, et trop bien l'homme pour heurter de front son extrême sensibilité, que font-ils ? Ils rient. Ils sont même pris de tels fous rires que Kafka lui-même en rit aux larmes, se tord,

1. *Journal.* Préface et traduction de M. Robert. Paris, 1954. Le nom de cet acteur y revient avec une fréquence qui le place après Max Brod, mais très loin devant toutes les autres personnes citées.

s'étouffe et doit s'interrompre... Malentendu? Je crois
plutôt que le malentendu se trouve chez certains exégètes,
tout confits en dévotion spéculative.

L'enjeu du jeu

Comique parfois, théâtral souvent, ce roman présente
donc la démarche hypothétique d'un personnage
confronté à une réalité faite d'apparences paradoxale-
ment contradictoires. Compte tenu de la conformation
elle-même très hypothétique du texte tel qu'il nous est
parvenu, c'est donc un *jeu* proposé au lecteur, qui est
invité à emboîter le pas à Joseph K., au narrateur, à
Kafka lui-même, c'est-à-dire à fantasmer et à réfléchir
sur le destin d'un individu, de tout individu.

Quel est l'enjeu de ce jeu? C'est, comme dans tout
roman (du moins le véritable roman « classique »,
c'est-à-dire axé sur un héros), le sens d'une vie. Et cette
question du sens n'est que la forme profane de la question théologique de la justification. *Le Procès*, par son
sujet ou son projet, se situe dans le droit fil de la tradition
romanesque qui va de Cervantès à Proust en passant par
Stendhal, Flaubert et Dostoïevski : de ces romans qui
s'achèvent par une illumination, une désillusion du héros
qui, au seuil de la mort, enfin comprend ce qu'a été sa
vie et ce qu'est la vie. Seulement Kafka se distingue de
ces romanciers de deux façons. D'abord en remontant de
la question philosophique du sens à la question théologique du salut et de la justification, ce que lui permet le
choix de la métaphore judiciaire. Ensuite, parce que cette
question posée avec une urgence et une brutalité inouïe,
il ne peut plus y répondre que par la négative. *Le Procès*
est le roman de la justification impossible.

Sans doute est-ce l'impossibilité radicale de répondre à
cette question des questions qui confère au bref chapitre
intitulé « Fin » sa force poétique. Kafka, pour une fois,
décrit, évoque. C'est le jardin au bord de l'eau où Joseph K.

a si souvent rêvé, les jours d'été. C'est toute cette ville
étrangement calme, baignée de clair de lune, qu'on dirait
peinte par Chirico ou par Delvaux. Mais que se passe-t-
il ? Jouons les kafkologues :

Un homme prénommé Joseph, comme celui-là en
somme qui se trouva à la charnière historique de la Loi et
du Christ, est entraîné par deux centurions aux trognes de
larrons vers un lieu de supplice aux portes de la ville, un
lieu chauve et pierreux, Golgotha inversé et dérisoire : la
victime est au fond d'un trou, et le crucifié n'est qu'un
geste ambigu à une fenêtre lointaine. Ce geste de
quelqu'un qui se penche, bras en croix, pour décrocher ses
volets, provoque chez K. un dernier bouquet d'hypothèses,
neuf exactement. Puis l'Agneau reçoit le coup de lance,
mais c'est « comme un chien ». Pourtant l'Écriture
s'accomplit : les bourreaux observent celui qu'ils viennent
de poignarder – « ils regarderont celui qu'ils ont trans-
percé », dit l'évangile de Jean, citant Zacharie. Et la liturgie romaine enchaîne par le psaume 68 (v. 21) :
« *Improperium exspectavit Cor meum…* », ce qui se lit en
allemand « *meine Schmach, Schande und Scham* », bref
exactement « la honte » qui est le dernier mot de notre
roman…

Certes, Kafka se souciait sans doute peu de la liturgie
romaine – même s'il fait formuler par un prêtre catho-
lique (l'abbé, « dans la cathédrale ») les hypothèses les
plus riches de tout le roman. Certes, les accents pauli-
niens de certains développements sur la Loi et le jugement [1] ne prouvent rien. Certes, cette petite exégèse de
« la fin » du *Procès* est également fort peu probante.
Encore ne l'est-elle pas moins que bien d'autres hypothèses qui se donnent pour des thèses.

---

1. Les résonances sont particulièrement frappantes lorsqu'on lit en
allemand les épîtres aux Romains et aux Galates. Voir aussi, là-dessus,
Martin Buber.

Qu'elle nous serve au moins à rappeler deux évidences. D'abord que, posant plus clairement qu'aucun romancier la question romanesque du sens de la vie ou du salut, Kafka ne peut le faire qu'en fils de la tradition juive et chrétienne, comme nous tous. Qu'il retrouve les images de cette tradition n'a rien qui doive surprendre, ni exiger une étude positiviste des sources et des influences. Ensuite et enfin, que ce roman de la justification impossible se présente tout entier (et justement parce qu'il n'est pas entier et ne pouvait pas l'être) comme un jeu d'hypothèses.

Au lecteur maintenant d'y jouer à son tour.

Bernard LORTHOLARY.

NOTE SUR LA TRADUCTION

Pourquoi retraduire *Le Procès* ? Pourquoi refaire le travail d'Alexandre Vialatte, publié en 1933 et sans cesse réédité pendant quarante ans, puis judicieusement révisé par Claude David en 1976 ?

D'abord, tout simplement parce que pour la première fois l'on *pouvait* le faire sans avoir à rendre de comptes d'aucune sorte, sinon aux lecteurs et aux critiques. Entendons qu'en fonction du temps écoulé depuis la première édition allemande et en vertu des lois régissant la propriété littéraire, Kafka entre désormais dans ce qu'on appelle le « domaine public », et ce dans tous les pays. On pouvait donc retraduire *Le Procès* ; pourquoi devait-on le faire ?

La première raison est d'ordre général et concerne toutes les œuvres traduites. C'est qu'une traduction vieillit toujours plus vite et plus mal que son original. Un peu comme si elle était la photographie d'une toile de maître, ou le moulage en plâtre d'une statue de bronze : la photographie jaunit, le plâtre s'effrite, tandis que l'œuvre elle-même traverse les générations en subissant moins de dommages. Ce phénomène est bien connu, même s'il est assez mystérieux. Les inévitables déperditions, distorsions, approximations qu'entraîne le passage d'une langue à l'autre, le traducteur est amené à les compenser par les moyens du bord, qui sont aussi ceux de son époque, et qui pour une part se périment... Toujours est-il que les grandes œuvres, on peut le constater, sont sans cesse retraduites, au moins à chaque génération. Et non pas pour les mettre au goût du jour, mais pour leur ôter ce goût d'hier et tenter de retrouver leur saveur originale. C'est spécialement le cas des œuvres théâtrales (qu'on songe aux multiples traductions de Shakespeare !), et *Le Procès*, tout roman qu'il est, n'est pas si loin du théâtre par ses dialogues et sa dramaturgie. Bref, on pouvait sans dommage débarrasser Kafka du charme discrètement « rétro » dont l'avait involontairement et inévitablement affublé son traducteur français des années trente.

Ce traducteur, il faut le dire en second lieu, n'avait pas si mal travaillé. Néanmoins, son éditeur devait être conscient des nombreuses inexactitudes qui émaillaient ses textes, puisqu'au moment de les accueillir enfin dans sa prestigieuse collection sur papier « bible », il demanda au meilleur spécialiste français de Kafka de les réviser. Claude David s'acquitta de ce travail considérable avec beaucoup de minutie et de talent. Mais avant que cette nouvelle édition ne voie le jour, une décision de justice, provoquée par l'héritier Vialatte, interdit qu'on touchât au texte du premier traducteur et rejeta toutes les corrections de Claude David dans l'appareil critique, en fin de volume. Cette édition, admirable au demeurant par ses commentaires, oblige donc le lecteur soucieux d'exactitude à faire sans cesse la navette entre le texte et ses annexes, et plusieurs fois à chaque page ! Il n'appartient pas à un traducteur (même celui du *Procès*) de juger la chose jugée. Mais il a le droit de dire qu'en donnant enfin de ce livre une version qui est à la fois correcte et lisible, il a le sentiment de rendre justice à Kafka et à Claude David.

Enfin, la traduction d'Alexandre Vialatte ne comportait pas que des erreurs ponctuelles. Elle est caractérisée par une inexactitude globale qui tient au talent même de Vialatte et à sa sensibilité d'écrivain. Ses œuvres originales nous le montrent en effet comme un humoriste déli-

cat, mêlant toujours au farfelu une mélancolie légère,
voire un pathétique discret, nimbé de rêverie désabusée.
Cela se marque dans le choix des termes, mais c'est surtout une affaire de rythme et de ton. Rien de plus étranger que cette humeur songeuse à l'humour noir de
Kafka, et à son phrasé limpide et dur. Traduisant Kafka,
Vialatte a donc rendu le noir par des gris, le cocasse par
le bizarre, le théâtral par du psychologique. Il a allongé
et assoupli, pour « faire passer » et « faire français ». La
présente traduction tente de restituer toute la force de
cette écriture et elle aura atteint son but si désormais le
lecteur ne s'étonne plus qu'en lisant *Le Procès*, Kafka et
ses amis aient ri !

B. L.

LE PROCÈS

ARRESTATION, CONVERSATION
AVEC MADAME GRUBACH,
ENSUITE MADEMOISELLE BÜRSTNER

Il fallait qu'on eût calomnié Joseph K. : un matin, sans avoir rien fait de mal, il fut arrêté. La cuisinière de Madame Grubach, sa logeuse, ne lui apporta pas son petit déjeuner, comme elle le faisait tous les jours vers huit heures. Jamais ce n'était arrivé. K. attendit encore un petit moment et vit, de son oreiller, la vieille dame d'en face qui l'observait avec une curiosité tout à fait insolite. Puis, intrigué en même temps qu'affamé, il sonna. Aussitôt on frappa à la porte et un homme entra, que jamais K. n'avait vu dans cette maison. Svelte et pourtant bâti en force, il était sanglé dans un vêtement noir muni, comme les costumes de voyage, de toutes sortes de rabats, de poches, de brides, de boutons et d'une ceinture : sans qu'on sût bien à quoi cela pouvait servir, cela avait l'air extrêmement pratique.

– Qui êtes-vous ? dit K. en se redressant à demi dans son lit.

Mais l'homme ignora la question, comme si l'on devait se faire à sa présence, et se contenta de demander :

– Vous avez sonné ?

– Dites à Anna de m'apporter mon petit déjeuner, dit K. en s'efforçant de ne rien manifester et de déterminer à force d'attention et de réflexion qui pouvait bien être cet homme. Mais celui-ci se déroba bientôt à l'examen en se dirigeant vers la porte, qu'il entrouvrit pour dire à quelqu'un qui était manifestement juste derrière :

– Il veut qu'Anna lui apporte son petit déjeuner.

Cela provoqua un petit rire dans la pièce voisine, sans qu'on pût être sûr qu'il n'y avait pas plusieurs rieurs. Bien que l'inconnu n'ait pu apprendre par là rien qu'il ne sût déjà, il n'en dit pas moins à K., du ton de quelqu'un qui transmet un message :

– C'est impossible.

– Je voudrais bien voir ça, dit K., qui sauta de son lit et enfila prestement son pantalon. Je suis curieux de savoir quelle sorte de gens se trouvent dans la pièce à côté et comment Madame Grubach pourra justifier le dérangement que je dois subir.

Il songea aussitôt qu'il avait tort, en disant cela à voix haute, de reconnaître des droits à cette espèce de surveillant, mais cela ne lui parut pas important sur le moment. Pourtant l'inconnu l'entendit bien ainsi, car il dit :

– Vous ne préférez pas rester ici ?

– Je ne veux ni rester ici, ni que vous m'adressiez la parole sans vous être présenté.

– Je voulais seulement vous rendre service, dit l'inconnu en ouvrant cette fois spontanément la porte.

Dans la pièce voisine, où K. pénétra plus lentement qu'il n'aurait voulu, tout semblait à première vue être exactement comme la veille. C'était le salon de Madame Grubach ; peut-être que cette pièce encombrée de meubles, de napperons, de bibelots de porcelaine et de photographies, était ce jour-là un peu plus dégagée ; on ne s'en rendait pas compte tout de suite, d'autant que le grand changement, c'était qu'il y avait un homme assis près de la fenêtre, un livre à la main. Levant les yeux, il dit :

– Vous auriez dû rester dans votre chambre ! Franz ne vous l'a donc pas dit ?

– Si. Que voulez-vous ? dit K. en se retournant vers le dénommé Franz qui était resté vers la porte, puis de nouveau vers ce deuxième inconnu.

Par la fenêtre ouverte on apercevait à nouveau la vieille dame qui, avec une curiosité véritablement sénile, avait changé de fenêtre pour être bien en face et tout voir. K. reprit :

– Je vais dire à Madame Grubach...

Il fit un mouvement comme pour se dégager des deux hommes, qui étaient pourtant loin de lui, et fit mine d'avancer.

– Non, dit l'homme qui était près de la fenêtre, en lançant son livre sur une petite table et en se levant. Vous ne pouvez pas sortir, puisque vous êtes arrêté.

– On le dirait bien, dit K., qui ajouta : et pourquoi cela ?

– Nous ne sommes pas chargés de vous le dire. Regagnez votre chambre et attendez. Maintenant que la procédure est engagée, vous serez tenu au courant en temps voulu. Ce n'est pas dans mes attributions de vous parler aussi gentiment. Mais j'espère que personne ne nous entend, à part Franz qui, lui-même, vous témoigne une gentillesse peu réglementaire. Si vous continuez à avoir autant de chance que pour le choix de vos gardiens, vous pouvez avoir bon espoir.

K. voulut s'asseoir, mais il vit que dans toute la pièce il n'y avait plus d'autre siège que la chaise près de la fenêtre.

– Vous verrez à quel point tout cela est vrai, dit Franz en s'avançant vers lui, en même temps que l'autre homme. Ce dernier surtout était nettement plus grand que K. et lui tapa sur l'épaule à plusieurs reprises. Ils examinèrent tous deux sa chemise de nuit et déclarèrent qu'il lui faudrait en mettre une moins belle, et qu'ils se chargeraient de garder celle-là, ainsi que le reste de son linge, pour les lui rendre si son affaire tournait bien.

   – Mieux vaut nous confier vos effets que de les laisser
au dépôt, dirent-ils, car il s'y produit souvent des chapar-
dages, et puis on y vend tout au bout d'un certain temps,
sans se soucier si la procédure est encore en cours. Or les
procès de ce genre n'en finissent plus, surtout ces derniers
temps ! Pour finir, le dépôt vous verserait bien le produit
de la vente ; mais d'abord il n'est pas bien élevé, car la
vente dépend moins du montant des offres que de celui
des pots-de-vin ; et puis l'on sait que la somme fond
d'année en année en passant de main en main.
   K. ne prêtait guère attention à ces discours et se souciait médiocrement du droit qu'il avait peut-être encore
de disposer de ses effets ; il était beaucoup plus soucieux
de tirer sa situation au clair ; mais en présence de ces
gens, il n'arrivait même pas à réfléchir ; sans cesse le
ventre du second gardien (car enfin, ce ne pouvaient être
que des gardiens) venait le heurter avec une extrême bon-
homie, mais quand K. levait les yeux, il apercevait un
visage qui n'allait pas du tout avec ce gros corps, un
visage sec et osseux, pourvu d'un nez fort et tordu, qui
se concertait avec l'autre gardien par-dessus la tête de K.
Quelle sorte de gens étaient-ce ? De quoi parlaient-ils ?
À quel service appartenaient-ils ? K. vivait pourtant dans
un État régi par le Droit, la paix régnait partout, les
lois n'étaient pas suspendues, qui osait l'agresser à son
domicile ? Il avait tendance à prendre toujours les choses
plutôt à la légère, il n'envisageait le pire que quand il se
produisait, il ne prenait pas de précautions à l'avance,
même lorsque l'avenir était menaçant. Mais en l'occurrence, cela ne lui paraissait pas judicieux ; il est vrai
qu'on pouvait considérer tout cela comme une plaisanterie, comme un gros canular organisé, pour des raisons
insoupçonnées, peut-être parce que c'était le jour de son
trentième anniversaire, par ses collègues de la banque ;
c'était naturellement possible, peut-être suffirait-il qu'il
s'arrange pour rire au nez des gardiens, et ils en feraient
autant, peut-être étaient-ce des commissionnaires du car-

refour voisin, ils en avaient tout l'air... Pourtant, cette fois, dès l'instant précis où il avait vu le gardien Franz, il avait résolu de ne rien lâcher de ce qui pouvait éventuellement lui donner barre sur ces gens. Qu'on dise plus tard qu'il n'avait pas compris la plaisanterie, c'était un risque minime ; en revanche, K. se rappelait (lui qui pourtant n'avait pas l'habitude de tirer la leçon de ses expériences) des cas insignifiants où, à la différence de ses amis, il s'était montré délibérément imprudent et où il s'était trouvé bien puni d'avoir été aussi peu soucieux des éventuelles conséquences. Cela ne se reproduirait pas, du moins pas cette fois-ci ; si c'était une comédie, il y jouerait son rôle.

Pour le moment, il était libre.

– Permettez, dit-il et, passant prestement entre les gardiens, il rentra dans sa chambre.

– Il a l'air d'être raisonnable, entendit-il derrière son dos.

Dans sa chambre, il ouvrit aussitôt brutalement les tiroirs de son secrétaire ; tout y était en ordre, mais il était si ému qu'il ne trouva pas tout de suite les papiers d'identité dont précisément il avait besoin. Enfin il trouva le permis de circulation de sa bicyclette et il s'apprêtait à aller le montrer aux gardiens, mais ce papier lui parut trop insignifiant et il reprit ses recherches, jusqu'à ce qu'il trouve son extrait de naissance. Il rentra dans la pièce voisine au moment même où la porte d'en face s'ouvrait : Madame Grubach s'apprêtait aussi à entrer dans le salon. On ne la vit qu'un instant, car à la vue de K. elle perdit contenance, s'excusa, disparut et referma la porte précautionneusement. K. n'eut que le temps de dire :

– Mais entrez donc...

Planté au milieu de la pièce avec ses papiers, il resta à regarder la porte, qui ne se rouvrit pas, et il sursauta quand il fut interpellé par les gardiens, qui étaient désormais assis

à la petite table devant la fenêtre ouverte et avalaient
son déjeuner.

– Pourquoi n'est-elle pas entrée ? dit K.

– Elle n'en a pas le droit, dit le plus grand des gardiens. Vous êtes en état d'arrestation.

– Comment se fait-il que je sois arrêté ? Et de cette
façon ?

– Voilà que vous recommencez ! dit le gardien en
trempant sa tartine dans le pot de miel. Nous ne répon-
dons pas à ce genre de questions.

– Il faudra bien que vous y répondiez, dit K. Voici
mes papiers d'identité, et maintenant montrez-moi les
vôtres, et surtout votre mandat.

– Dieu du ciel ! Pourquoi refuser ainsi de voir les
choses en face, pourquoi vous obstiner à nous agacer en
pure perte, alors que nous sommes sans doute les
hommes au monde les plus proches de vous ?

– C'est la vérité, dit Franz, vous pouvez le croire. Et
au lieu de porter à sa bouche la tasse qu'il avait à la
main, il lança un long regard, sans doute lourd de sens,
à K. qui n'y comprit rien et poursuivit néanmoins ce
dialogue muet, jusqu'au moment où il brandit ses papiers
en disant :

– Voici mes papiers d'identité.

– Que voulez-vous que nous en fassions ? s'écria aussitôt le grand gardien. Vous êtes plus capricieux qu'un
enfant. Où voulez-vous en venir ? Espérez-vous accélérer
la conclusion de votre grand, de votre damné procès en
ergotant sur des papiers et des mandats avec des gardiens
comme nous ? Nous sommes de simples exécutants, nous
n'entendons à peu près rien aux papiers d'identité, notre
seul rôle dans votre affaire est de monter la garde dix
heures par jour près de vous, c'est pour ça qu'on nous
paie. Voilà tout ce que nous sommes ; il n'empêche que
nous savons fort bien que les autorités dont nous dépen-
dons n'engagent pas une telle procédure sans avoir
recueilli des renseignements très précis sur les motifs de

l'arrestation et sur la personne du suspect. Tels que je connais nos services, et je n'en connais que les échelons subalternes, ils ne s'amusent pas à rechercher les culpabilités au sein de la population ; c'est au contraire, et conformément aux termes mêmes de la loi, la culpabilité qui les provoque et suscite l'envoi de gardiens comme nous. La loi est ainsi faite. Il n'y a place pour aucune erreur.

– Je ne connais pas cette loi, dit K.

– C'est d'autant plus fâcheux pour vous, dit le gardien.

– Je parie qu'elle n'existe que dans vos têtes, dit K.

Il voulait trouver le moyen de se glisser dans les pensées des gardiens, de les retourner en sa faveur ou de s'y acquérir un droit de cité. Mais le gardien dit sèchement :

– Elle n'est que trop réelle, vous verrez.

Franz intervint :

– Tu vois, Willem, il avoue qu'il ne connaît pas la loi et, en même temps, il prétend qu'il est innocent.

– Tu as tout à fait raison, mais c'est un homme qui ne veut rien comprendre.

K. ne répondit plus rien, pensant : pourquoi me laisser plus longtemps troubler par les bavardages de gens qui reconnaissent eux-mêmes qu'ils sont tout en bas de la hiérarchie ? Il est clair en tous les cas qu'ils parlent de choses qu'ils ne comprennent pas. C'est leur bêtise seule qui peut les rendre si sûrs d'eux. Quelques mots échangés avec quelqu'un de mon niveau m'avanceront bien plus que les plus longs discours de ces gens-là. Il fit quelques allées et venues dans l'espace libre que comportait la pièce ; il vit que la vieille dame d'en face avait traîné jusqu'à la fenêtre un vieillard encore bien plus âgé, qu'elle serrait dans ses bras. K. ne pouvait pas laisser s'éterniser cette comédie.

– Conduisez-moi, dit-il, à votre supérieur.

– Quand il en exprimera le désir, pas avant, dit le gardien appelé Willem. Et maintenant je vous conseille,

ajouta-t-il, de regagner votre chambre, de garder votre
calme et d'attendre les dispositions qu'on prendra à votre
sujet. Nous vous conseillons de ne pas vous disperser
dans des réflexions oiseuses, mais au contraire de rentrer
en vous-même ; on va vous demander des efforts considérables. Vous ne nous avez pas traités comme l'aurait
mérité notre affabilité ; vous avez oublié que, pour
l'instant du moins, et quoi que nous soyons, nous avons
sur vous l'avantage d'être des hommes libres, et ce n'est
pas rien. Nous n'en sommes pas moins disposés, si vous
avez de l'argent, à vous faire apporter par le cafetier un
petit déjeuner frugal.

K. ne répondit pas à cette offre et se tint coi un
moment. Peut-être que s'il ouvrait la porte de l'autre
pièce ou même de l'antichambre, les deux hommes ne
l'en empêcheraient nullement ; peut-être que la solution
la plus simple de toute cette affaire consisterait à pousser
les choses à l'extrême. Mais peut-être qu'ils l'empoigne-
raient tout de même et, une fois maîtrisé, il perdrait cette
supériorité que, dans une certaine mesure, il conservait
encore sur eux. Aussi préféra-t-il la solution sûre qui
consistait à laisser les choses suivre leur cours et il regagna sa chambre sans qu'un mot de plus fût prononcé de
part et d'autre.

Il se jeta sur son lit et prit sur sa table de toilette une
belle pomme qu'il avait préparée la veille au soir pour
son petit déjeuner. Ce serait donc son seul déjeuner ;
mais en l'entamant il se persuada qu'il serait bien
meilleur que celui d'un bistrot douteux, tel qu'il aurait
pu l'obtenir de la bienveillance des gardiens. Il se sentit
bien et plein de confiance ; il est vrai qu'il serait absent
à sa banque toute la matinée, mais le poste relativement
élevé qu'il y occupait le ferait excuser sans difficulté.
Donnerait-il la véritable excuse ? Il songea à le faire. Si
on ne le croyait pas, ce qui se comprendrait en l'occurrence, il pourrait invoquer le témoignage de Madame
Grubach ou bien celui des deux vieillards, qui devaient

être encore en train de se transporter jusqu'à la bonne fenêtre. Il trouva surprenant, tout au moins dans la perspective de ses gardiens, qu'ils l'aient refoulé dans sa chambre et l'y aient laissé seul, alors qu'il avait toute possibilité de s'y donner la mort. Mais en même temps il se demandait, cette fois dans sa propre perspective, quelle raison il pourrait avoir de le faire. Parce que les deux hommes étaient installés à côté et qu'ils avaient intercepté son petit déjeuner ? Cela aurait été si absurde de se tuer que, même s'il avait voulu le faire, cette absurdité l'en aurait empêché. S'il n'avait pas été aussi évident que ces gardiens étaient bornés, on aurait pu penser qu'ils le laissaient seul parce qu'ils étaient convaincus eux aussi qu'un tel danger n'existait pas. Si cela leur chantait, qu'ils l'observent donc, tandis qu'il allait prendre dans un petit placard une bonne eau-de-vie et qu'il en vidait un premier verre en guise de déjeuner, puis un second pour se donner du courage, au cas bien improbable où il en aurait besoin.

À ce moment, il s'entendit appeler de la pièce voisine et sursauta si violemment que ses dents heurtèrent le verre.

– L'inspecteur veut vous voir !

C'est le cri lui-même qui lui avait fait peur : bref, martelé, militaire, un cri dont il n'aurait jamais cru capable le gardien Franz. L'ordre, par lui-même, était le bienvenu et lui arracha un « enfin ! » K. referma à clé son placard et se précipita sans plus tarder dans la pièce voisine. Les deux gardiens y étaient debout et le renvoyèrent dans sa chambre comme si cela allait de soi :

– Où avez-vous la tête, crièrent-ils, vous voulez vous présenter en chemise devant l'inspecteur ? Il vous ferait rosser, et nous avec !

– La paix, que diable ! dit K., déjà acculé à sa penderie. Quand on vient me surprendre au lit, il ne faut pas s'attendre à me trouver en grande tenue.

– On ne veut pas le savoir, dirent les gardiens qui, chaque fois que K. se mettait à crier, se taisaient et prenaient même un air presque attristé qui le troublait ou bien le ramenait d'une certaine manière à la raison.

– Quelles cérémonies ridicules, grommela-t-il encore, mais en prenant déjà sa veste sur la chaise et en la tendant à deux mains, comme pour la soumettre au jugement des gardiens. Ils secouèrent la tête et dirent :

– Il faut une veste noire.

K. jeta donc sa veste par terre et dit, sans savoir lui-même ce qu'il entendait par là :

– Mais enfin, ce n'est pas encore le vrai procès ! Les gardiens eurent un sourire, mais ils n'en démordirent pas :

– Il faut une veste noire.

– Si je peux par là accélérer les choses, j'y consens, dit K. en ouvrant sa penderie.

Il chercha longuement parmi ses nombreux vêtements et choisit son plus beau costume noir, dont la jaquette cintrée avait presque fait sensation auprès de ses amis, puis choisit aussi une autre chemise et commença de s'habiller avec soin. Il songea par-devers lui qu'il réussissait à gagner du temps, du fait que les gardiens avaient oublié de le forcer à prendre un bain. Il les guettait en se demandant s'ils y penseraient, mais naturellement l'idée ne les effleura pas ; en revanche, Willem n'oublia pas de dépêcher Franz auprès de l'inspecteur pour lui annoncer que K. s'habillait.

Lorsqu'il fut fin prêt, il dut, suivi de près par Willem, s'avancer dans la pièce voisine, maintenant vide, et gagner la pièce suivante, dont la porte était déjà ouverte à deux battants. Cette pièce, K. le savait fort bien, était occupée depuis peu par une certaine demoiselle Bürstner, une dactylographe qui partait travailler de très bonne heure, rentrait tard, et avec laquelle K. n'avait guère échangé que quelques salutations. Sa petite table de chevet se trouvait maintenant loin du lit, au milieu de la pièce, et servait de bureau pour l'interrogatoire : l'inspecteur était assis derrière, les jambes croisées et un bras posé sur le dossier de sa chaise*.

Trois jeunes gens étaient debout dans un coin de la pièce et regardaient les photographies de Mademoiselle Bürstner, épinglées sur une natte suspendue au mur. À la poignée de la fenêtre ouverte était accroché un corsage blanc. À la fenêtre d'en face, les deux vieillards étaient de nouveau à leur poste, mais ils avaient de la compagnie : derrière eux se dressait, les surplombant, un homme à la chemise ouverte sur la poitrine et qui tortillait entre ses doigts sa barbiche rousse.

– Joseph K. ? dit l'inspecteur, peut-être simplement pour attirer vers lui les regards distraits de K., qui confirma d'un signe de tête. Vous êtes sans doute fort surpris par ce qui s'est passé ce matin ?

En disant cela, l'inspecteur déplaçait de ses deux mains les quelques objets qui se trouvaient sur la table de chevet, une bougie et des allumettes, un livre et une pelote d'épingles, comme s'il s'était agi de pièces à conviction.

– Certes, dit K. soulagé d'avoir enfin en face de lui un être raisonnable à qui parler de son affaire ; certes, je suis surpris, mais non pas fort surpris.

– Pas fort surpris ? dit l'inspecteur en plaçant la bougie au centre de la table et en disposant les autres objets tout autour d'elle.

– Peut-être me comprenez-vous mal, ajouta précipitamment K., je veux dire...

Il s'interrompit, cherchant des yeux une chaise, et dit :

– Je puis m'asseoir, n'est-ce pas ?

– Ce n'est pas l'usage, répondit l'inspecteur.

– Je veux dire, enchaîna immédiatement K., que je suis à vrai dire fort surpris, mais que lorsqu'on est en ce monde depuis trente ans et qu'on a dû y faire son chemin seul, comme c'est mon cas, on est cuirassé contre les surprises et on ne les prend pas au tragique. Surtout pas celle d'aujourd'hui.

– Pourquoi surtout pas celle d'aujourd'hui* ?

– Je ne veux pas dire que je considère toute cette affaire comme une plaisanterie, les dispositions prises me paraissent trop importantes pour cela. Il faudrait que tous les pensionnaires de cette maison soient dans le coup, et vous tous également, cela n'aurait plus les proportions d'une plaisanterie. Je ne veux donc pas dire que ce soit une plaisanterie.

– Tout à fait juste, dit l'inspecteur en se mettant à compter les allumettes contenues dans la boîte.

– Mais inversement, poursuivit K. en s'adressant à toute l'assistance et en essayant même de faire se retourner les trois personnages qui examinaient les photographies, mais inversement cette affaire ne saurait avoir non plus une importance considérable. Si j'affirme cela, c'est que, tout en étant accusé, je cherche en vain la moindre culpabilité qui puisse motiver cette accusation. Mais cela même est accessoire, l'essentiel est de savoir par qui je suis accusé. Quelle est l'administration qui intente cette action ? Êtes-vous fonctionnaires ? Aucun d'entre vous ne porte d'uniforme, à moins de considérer votre vêtement – ici K. se tourna vers Franz – comme un uniforme, mais c'est plutôt un costume de voyage. Je demande qu'on tire ces questions au clair et, quand ce sera chose faite, je suis convaincu que nous nous séparerons les meilleurs amis du monde.

L'inspecteur reposa sèchement la boîte d'allumettes sur la table et répliqua :

– Vous êtes tout à fait dans l'erreur. Ces messieurs et moi-même, nous ne jouons qu'un rôle très accessoire dans votre affaire, dont nous ne savons même presque rien. Quand bien même nous porterions les uniformes les plus réglementaires, votre histoire ne se présenterait pas plus mal. Je ne peux pas vous dire que vous êtes accusé ou, plutôt, je ne sais pas si vous l'êtes. Vous êtes arrêté,

c'est exact, mais je ne sais rien de plus. Si les bavardages
des gardiens vous ont donné à entendre autre chose, ce
n'étaient justement que des bavardages*. Quoique je ne
réponde pas à vos questions, je puis vous conseiller de
songer moins à nous et à ce qui va vous arriver, et davantage à vous-même. Et ne nous rebattez pas les oreilles
avec votre innocence, cela gâche l'impression point trop
mauvaise que vous faites au demeurant. Et puis ayez un
peu plus de retenue dans vos propos ; tout ce que vous
nous avez raconté ressortait suffisamment de votre comportement et aurait pu tenir en quelques mots, alors que
ces discours n'ont pas particulièrement arrangé vos
affaires.

K. ouvrit de grands yeux. Ainsi, cet inspecteur lui faisait la leçon, bien que K. fût peut-être son aîné ! Voilà
qu'il se faisait taper sur les doigts pour avoir été franc !
Et on ne lui disait rien des motifs ni des initiateurs de
son arrestation ! Il se sentit gagné par un certain énervement et se mit à aller et venir, ce dont personne ne
l'empêcha ; il rentra ses manchettes, tripota son plastron,
passa une main sur ses cheveux et, arrivé derrière les trois
messieurs, dit :

– Tout cela est absurde.

Sur quoi ils se retournèrent et le regardèrent avec sollicitude, mais gravité. Enfin il revint se planter devant la
table de l'inspecteur et dit :

– Le procureur Hasterer est un de mes bons amis,
puis-je lui téléphoner ?

– Certainement, dit l'inspecteur, mais je ne sais pas à
quoi cela vous avancera. Cela n'aurait un sens que si
vous vouliez lui parler de quelque affaire privée.

– Un sens ! cria K., plus accablé qu'irrité. Mais qui êtes-
vous donc ? Vous voulez que les choses aient un sens, alors
que toute cette comédie est ce qu'on peut imaginer de plus
absurde ! C'est à devenir fou ! Pour commencer, ces messieurs me tombent dessus, ensuite ils s'installent dans cet
appartement et maintenant ils me font faire le singe devant

vous. Et cela n'aurait pas de sens de téléphoner à un procureur, alors que prétendument je suis arrêté ? Bon, je ne
téléphonerai pas.

– Mais si, dit l'inspecteur en tendant la main vers
l'antichambre, où se trouvait le téléphone. Je vous en
prie, téléphonez donc.

– Non, je ne veux plus, dit K. en allant se mettre à
la fenêtre.

De l'autre côté, le groupe de spectateurs était toujours
à son poste et seule l'apparition de K. vint un peu troubler leur contemplation tranquille. Les deux vieillards
voulurent se lever, mais l'homme qui se tenait derrière
eux les calma.

– Voilà encore des spectateurs, claironna K. à l'adresse
de l'inspecteur, en les montrant du doigt. Et il leur lança :
Voulez-vous filer !

Les trois personnages reculèrent aussitôt de quelques
pas, les deux vieillards passèrent même derrière l'homme,
qui les couvrit de toute sa largeur et, à en juger par les
mouvements de ses lèvres, leur dit quelque chose. Mais à
cette distance, c'était incompréhensible. Ils ne disparurent pourtant pas complètement, mais semblèrent
attendre le moment de regagner discrètement la fenêtre.

– Quels importuns, quels indiscrets, dit K. en se
retournant.

L'inspecteur l'approuva peut-être, du moins K. le crut-
il en lui jetant un regard en coin. Mais tout aussi bien,
l'inspecteur n'avait pas écouté : il appliquait une main
sur la table et semblait comparer la longueur de ses
doigts. Les deux gardiens étaient assis sur une malle
recouverte d'une housse décorative et se frottaient les
genoux. Les trois jeunes gens avaient les mains sur les
hanches et laissaient errer leurs regards. Il régnait le
même silence que dans quelque bureau oublié. K. eut un
instant le sentiment d'être en train de les porter tous sur
ses épaules. Il s'écria :

– Eh bien messieurs, si j'en juge à votre air, il semble que mon affaire soit terminée. Il me paraît préférable de ne pas nous demander plus longtemps si votre intervention était ou non justifiée, mais bien plutôt de la conclure à l'amiable en nous serrant la main. Si c'est également votre sentiment, alors, je vous en prie...

Et K. s'avança vers la table et tendit la main à l'inspecteur. Celui-ci leva les yeux, se mordit les lèvres et regarda la main que lui tendait K., qui crut encore que l'inspecteur allait la saisir. Au lieu de cela, il se leva, prit sur le lit de Mademoiselle Bürstner un chapeau melon et s'en coiffa soigneusement, à deux mains, comme on fait pour essayer un chapeau neuf. Ce faisant, il dit à K. :

– Comme tout vous paraît simple ! Nous devrions conclure à l'amiable notre intervention ? Non, non, ce n'est vraiment pas possible. Je ne veux pas dire du tout, inversement, que vous deviez désespérer. Non, pourquoi diable ? Vous êtes simplement arrêté, c'est tout. C'est ce que je devais vous faire savoir, c'est chose faite et cela m'a permis du même coup de voir comment vous preniez la nouvelle. Cela suffit pour aujourd'hui et nous pouvons prendre congé, provisoirement du moins. Je suppose que vous voulez vous rendre à votre banque ?

– À ma banque ? dit K. Je croyais que j'étais arrêté. K. mettait dans sa question une sorte de défi. Car, bien qu'on eût refusé sa poignée de main, il se sentait, surtout depuis que l'inspecteur s'était levé, de plus en plus indépendant de tous ces gens. C'était lui qui jouait avec eux. Il avait l'intention, au cas où ils partiraient, de leur courir après jusqu'à l'entrée de l'immeuble et de leur offrir de l'arrêter. C'est pourquoi il répéta :

– Comment puis-je aller à la banque, puisque je suis arrêté ?

– Mais non, dit l'inspecteur, qui était déjà près de la porte. Vous m'avez mal compris. Vous êtes arrêté, certes, mais cela ne doit pas vous empêcher de faire votre métier.

Cela ne doit pas vous empêcher non plus de vivre comme vous en avez l'habitude.

– Dans ce cas, ce n'est pas bien grave d'être arrêté, dit K. en s'approchant tout près de l'inspecteur.

– Qu'est-ce que je vous disais !

– Mais alors l'annonce même de cette arrestation n'avait rien de très nécessaire, dit K. en se rapprochant encore.

Les autres s'étaient approchés aussi. Ils étaient maintenant tous regroupés près de la porte. L'inspecteur dit :

– Je n'ai fait que mon devoir.

– Un devoir stupide, répondit K. sans fléchir.

– C'est possible, dit l'inspecteur, mais nous n'allons pas perdre notre temps à en discuter. J'avais supposé que vous voudriez aller à la banque. Comme vous êtes à l'affût de la moindre parole, je précise que je ne vous force pas à vous rendre à votre banque ; j'avais simplement supposé que vous le voudriez. Et afin de vous faciliter les choses, pour que votre arrivée ne fasse pas sensation dans la banque, j'ai prié ces trois messieurs, qui sont trois de vos collègues, de se mettre à votre disposition.

– Comment ? s'écria K. en regardant les trois hommes avec stupeur.

Ces jeunes gens si pâles et si falots, qui dans son esprit faisaient encore cercle autour des photographies, étaient bel et bien des employés de sa banque, non pas des collègues (le mot était excessif et prouvait que l'inspecteur, pour une fois, n'était pas parfaitement informé) mais tout de même des employés subalternes de la banque. Comment est-ce que cela avait pu lui échapper ? Avait-il fallu qu'il soit obsédé par l'inspecteur et les gardiens, pour ne pas reconnaître ces trois personnages ! Rabensteiner, raide et gesticulant ; Kullich, le blond aux yeux caves ; et Kaminer, qu'un tic nerveux faisait sourire de façon insupportable. Ils s'inclinaient respectueusement et, au bout d'un moment, K. leur tendit la main en disant :

– Bonjour. Je ne vous avais pas reconnus. Eh bien, nous allons aller travailler, n'est-ce pas ?

Les trois jeunes gens approuvèrent avec des signes de tête empressés et de grands sourires, comme s'ils n'avaient attendu que cela depuis le début ; simplement, lorsque K. chercha son chapeau, qui était resté dans sa chambre, ils s'y précipitèrent tous à la queue leu leu, ce qui trahissait tout de même un certain embarras. K. ne bougea pas et les suivit des yeux par les deux portes ouvertes, c'était bien sûr cet indolent de Rabensteiner qui fermait la marche, d'un petit trot élégant. Ce fut Kaminer qui lui tendit le chapeau et K. fut obligé de se répéter, comme souvent à la banque, que le sourire de Kaminer était involontaire et que même il ne pouvait en aucun cas être volontaire. Ensuite, dans l'antichambre, Madame Grubach, qui n'avait pas l'air de se sentir très coupable, ouvrit à la compagnie la porte de l'appartement et K., comme cela lui arrivait souvent, remarqua que le cordon de son tablier comprimait et coupait inutilement sa taille épaisse. Une fois en bas, K. consulta sa montre et résolut de prendre une auto, pour ne pas aggraver sans nécessité son retard, qui était déjà d'une demi-heure. Kaminer courut chercher la voiture au coin de la rue et les deux autres s'efforçaient manifestement de distraire K., quand soudain Kullich montra du doigt l'entrée de l'immeuble d'en face, d'où surgissait le géant à la barbiche rousse : d'abord un peu gêné de se montrer en pied, il recula vers la façade et s'y appuya. Les vieillards étaient sans doute encore dans l'escalier. K. en voulut à Kullich d'attirer ainsi l'attention sur cet homme qu'il avait aperçu avant lui et dont il avait même guetté l'apparition.

– Ne regardez pas ! s'écria-t-il sans se rendre compte qu'il était surprenant de parler ainsi à des hommes libres de leurs mouvements.

Mais il n'eut pas à s'expliquer, car le taxi arrivait. On y monta et l'on démarra. K. songea alors qu'il n'avait pas vu partir l'inspecteur et les gardiens ; l'inspecteur l'avait empêché de voir les trois employés, maintenant c'étaient les employés qui l'avaient empêché de voir l'inspecteur. Tout cela prouvait que K. n'avait pas l'esprit bien vif et il se promit de mieux se surveiller. Il ne put cependant s'empêcher de se retourner encore et de se pencher vers l'arrière du véhicule, pour tâcher d'apercevoir l'inspecteur et les gardiens. Mais il se retourna aussitôt et se carra confortablement dans le coin de la voiture sans avoir même essayé de chercher personne. En dépit des apparences, c'est maintenant qu'il aurait eu besoin de bonnes paroles ; mais les jeunes gens paraissaient las ; Rabensteiner regardait au-dehors sur la droite et Kullich sur la gauche ; seul Kaminer proposait son rictus, mais le respect humain interdisait d'en plaisanter.

Ce printemps-là, voici comment se passaient les soirées de K. : après son travail et quand c'était encore possible (souvent il ne quittait pas son bureau avant neuf heures), il faisait une petite promenade, seul ou avec des employés, puis se rendait dans une brasserie où il restait généralement jusqu'à onze heures à une table d'habitués, pour la plupart des messieurs d'un certain âge. Mais cet horaire souffrait aussi des exceptions, quand par exemple le directeur de la banque, qui appréciait fort le travail de K. et son sérieux, l'invitait à faire une promenade en voiture ou à venir dîner dans sa villa. En outre, K. se rendait une fois par semaine chez une jeune personne prénommée Elsa, qui était serveuse dans un café où elle travaillait de nuit et jusque dans la matinée, et qui le jour recevait ses visiteurs sans quitter son lit.

Mais ce soir-là (la journée avait passé vite, à la faveur d'un travail opiniâtre et de souhaits d'anniversaire amicaux et flatteurs), K. voulut rentrer tout de suite chez lui. Il y avait pensé toute la journée chaque fois qu'il avait eu un instant de libre ; sans bien savoir lui-même où il voulait en venir, il avait l'impression que les événements de la matinée avaient dû mettre un grand désordre dans tout l'appartement de Madame Grubach et que sa présence était indispensable pour y mettre bon ordre. Une fois cet ordre restauré, il n'y aurait plus trace de ces événements et tout reprendrait son cours normal. En particulier, il n'y avait rien à craindre des trois employés, ils s'étaient réintégrés dans la grande masse du personnel et n'avaient pas changé d'attitude. À plusieurs reprises, K. les avait fait venir dans son bureau, séparément ou en groupe, dans le seul but de les observer ; chaque fois, c'est pleinement rassuré qu'il les avait laissés repartir*.

Quand, à dix heures et demie du soir, il arriva devant son immeuble, il trouva dans l'entrée un jeune gars qui était planté là et fumait une pipe.

– Qui êtes-vous ? demanda K. aussitôt en approchant son visage de l'inconnu, car on n'y voyait pas clair dans la pénombre du couloir.

– Je suis le fils du concierge, Monsieur, répondit le garçon en ôtant la pipe de sa bouche et en s'effaçant.

– Le fils du concierge ? dit K. en frappant impatiemment le sol du bout de sa canne.

– Monsieur désire-t-il quelque chose ? Dois-je aller chercher mon père ?

– Non, non, dit K. avec un accent de clémence, comme s'il pardonnait au garçon quelque incartade, et il ajouta : C'est bon.

Puis il passa son chemin mais, avant de gravir l'escalier, il se retourna encore une fois.

Il aurait pu aller droit à sa chambre mais, voulant parler à Madame Grubach, il commença par frapper à sa porte. Elle était en train de raccommoder, assise à une table où étaient amoncelés de vieux bas. K. s'excusa distraitement de venir si tard, mais Madame Grubach fut très affable : nul besoin d'excuses, elle était toujours disposée à lui parler, il savait bien qu'il était son meilleur locataire et celui qu'elle préférait. K. parcourut la pièce des yeux, tout y avait été parfaitement remis en place, la petite table qui était le matin près de la fenêtre avait été débarrassée de la vaisselle du petit déjeuner. « Les femmes ont des mains de fées », pensa-t-il ; il aurait peut-être cassé cette vaisselle sur place, mais il aurait sûrement été incapable de l'emporter. Il regarda Madame Grubach avec une certaine gratitude.

– Pourquoi travaillez-vous si tard ? lui demanda-t-il.

Ils étaient tous deux appuyés à la table et, de temps en temps, K. enfouissait sa main dans les bas.

– Il y a tant à faire, dit-elle. Durant la journée, j'appartiens à mes locataires ; si je veux remettre en état mes propres affaires, il ne me reste que les soirées.

– Je vous ai sans doute donné aujourd'hui un surcroît de travail ?

– Comment cela ? dit-elle en s'animant un peu et en posant son ouvrage sur ses genoux.

– Je pense aux hommes qui étaient là ce matin.

– Ah oui, dit-elle en recouvrant sa placidité première, ça ne m'a pas donné de travail particulier.

K. la regarda en silence reprendre son raccommodage et pensa : elle a l'air de s'étonner que j'en parle, elle n'a pas l'air de penser que j'aie raison d'en parler. Raison de plus pour le faire. Il n'y a qu'avec une vieille femme que je peux en parler.

– Si, je suis sûr que ça vous a donné du travail, dit-il. Mais cela ne se reproduira plus.

– Non, ça ne peut pas se reproduire.

Cet assentiment était assorti d'un sourire presque mélancolique à l'adresse de K.

– Vous dites cela sérieusement ? demanda K.

– Oui, dit-elle à voix plus basse. Mais il ne faut sur-tout pas que vous preniez ça trop au tragique. Il se passe tant de choses en ce monde ! Puisque vous me parlez si franchement, Monsieur K., je puis vous confier que j'ai un peu écouté à la porte et que les deux gardiens m'ont aussi dit des choses. C'est qu'il y va de votre bonheur, et cela me tient vraiment à cœur, plus peut-être qu'il ne conviendrait, car enfin je ne suis que votre logeuse. Toujours est-il que ce que j'ai pu entendre n'avait rien de particulièrement fâcheux. Non. Vous êtes bien arrêté, mais pas comme on arrête un voleur. Quand on est arrêté comme un voleur, c'est fâcheux, mais cette arrestation-ci... je trouve que ça a quelque chose de savant (excusez-moi si je dis une sottise), quelque chose de savant que je ne comprends pas, certes, mais qu'on n'a pas non plus besoin de comprendre.

– Cela n'a rien d'une sottise, ce que vous avez dit là, Madame Grubach, en tout cas je suis en partie de votre avis ; seulement, je juge toute cette affaire plus sévèrement que vous et je ne la considère même pas comme quelque chose de savant, je la considère comme rien du tout. J'ai été pris par surprise, voilà tout. Si dès mon réveil, sans me laisser troubler par le retard d'Anna, je m'étais levé et, sans m'embarrasser de quiconque se serait trouvé sur mon chemin, si j'étais entré chez vous, si pour une fois j'avais pris mon petit déjeuner à la cuisine, si je vous avais prié d'aller me chercher mes vêtements dans ma chambre, bref si j'avais agi de façon raisonnable, il ne se serait rien passé, tous les développements ultérieurs auraient été jugulés. Mais on est si peu préparé. À la banque, par exemple, je suis préparé, une chose de ce genre ne pourrait jamais m'arriver, j'ai un garçon à mon service, sur ma table j'ai devant moi le téléphone urbain et le téléphone intérieur, il se présente sans interruption des gens, des clients et des employés, mais en outre et surtout je suis constamment pris dans l'ensemble cohérent que constitue le travail, j'ai donc l'esprit en éveil et ce serait pour moi un véritable plaisir que d'être confronté là-bas à une affaire comme celle-ci. Enfin, c'est une affaire classée et, à vrai dire, je n'avais plus l'intention d'en parler, je voulais simplement connaître votre opinion, l'opinion d'une femme raisonnable, et je

suis très heureux que nous nous trouvions d'accord.
Alors tendez-moi la main, un tel accord doit être ratifié
par une poignée de main.

Va-t-elle me tendre la main, pensa-t-il, l'inspecteur ne
m'a pas tendu la main. Et il regarda la femme d'un autre
œil, en la scrutant. Elle se leva, parce qu'il s'était levé lui-
même, elle était un peu embarrassée, parce qu'elle n'avait
pas saisi tout ce que K. venait de dire. Mais cet embarras
lui fit dire une chose qu'elle ne voulait pas dire et qui
était d'ailleurs assez déplacée :

— Ne prenez donc pas cela tellement au tragique,
Monsieur K.

Elle avait des larmes dans la voix et, naturellement,
elle oublia la poignée de main.

— Je n'ai pas l'impression de prendre cela au tragique,
dit K., soudain pris de lassitude et convaincu que
l'approbation de cette femme n'avait aucune valeur.

À la porte, il demanda encore :

— Est-ce que Mademoiselle Bürstner est chez elle ?

— Non, dit Madame Grubach, qui fit suivre cette
information sèche par un sourire plein d'une sympathie
raisonnable. Elle est au théâtre. Vous aviez quelque chose
à lui demander ? Dois-je lui faire une commission ?

— Oh, je voulais seulement lui dire quelques mots.

— Je ne sais malheureusement pas quand elle rentrera ;
quand elle va au théâtre, elle rentre généralement tard.

— C'est sans aucune importance, dit K. en se tournant
vers la porte, la tête basse. Je voulais seulement m'excuser
auprès d'elle d'avoir ce matin utilisé sa chambre.

— Ce n'est pas nécessaire, Monsieur K., vous avez trop
de délicatesse ; cette demoiselle n'est au courant de rien,
elle était partie de très bonne heure et tout a été remis à
sa place, voyez vous-même.

Madame Grubach ouvrit la porte donnant sur la
chambre de Mademoiselle Bürstner.

— Merci, je vous crois, dit K.

Mais il alla tout de même jusqu'à la porte ouverte. Un clair de lune paisible envahissait la chambre obscure. Pour ce qu'on pouvait voir, tout paraissait effectivement rangé ; même le corsage, qui n'était plus accroché à la poignée de la fenêtre. Les coussins du lit semblaient extraordinairement rebondis, éclairés en partie par la lune.

– La demoiselle rentre souvent tard, dit K. en regardant Madame Grubach comme si elle en était responsable.

– C'est la jeunesse, dit-elle avec indulgence.

– Bien sûr, bien sûr, dit K., mais cela peut aller trop loin.

– En effet, Monsieur K., comme vous avez raison ! C'est peut-être même le cas ici. Loin de moi l'idée de calomnier Mademoiselle Bürstner, c'est une bonne petite, gentille, aimable, ordonnée, ponctuelle, travailleuse ; j'apprécie beaucoup ses qualités ; n'empêche qu'elle devrait avoir plus de fierté et de retenue. Cela fait déjà deux fois ce mois-ci que je la rencontre dans des rues peu fréquentées, et chaque fois avec un autre homme. Cela me gêne beaucoup et Dieu sait que je n'en parle qu'à vous, Monsieur K., mais il faudra bien aussi que j'en touche un mot à Mademoiselle Bürstner elle-même. J'ai d'ailleurs d'autres raisons d'avoir des soupçons.

– Vous faites tout à fait fausse route, dit K. furieux et incapable de le cacher. Du reste, vous avez manifestement mal compris ma remarque concernant cette demoiselle, ce n'est pas ce que je voulais dire. Je vous engage même franchement à ne rien lui dire, vous vous trompez complètement, je la connais très bien, il n'y a pas un mot de vrai dans ce que vous disiez. Au reste, peut-être que je vais trop loin ; je ne veux pas vous empêcher de lui dire ce que vous voulez. Bonne nuit.

Madame Grubach se précipita derrière K., qui avait déjà ouvert la porte, et lui dit d'un ton implorant :

– Monsieur K., je n'ai nullement l'intention de parler dès maintenant à cette demoiselle ; je veux d'abord l'observer mieux, naturellement ; et vous êtes le seul à qui j'aie confié ce que je savais. Après tout, c'est l'intérêt de n'importe quel locataire que cette pension soit une pension propre ; et c'est là mon seul souci dans cette affaire.

– Propre ! lança K. en refermant la porte. Si vous voulez que cette pension soit propre, il faut commencer par me donner congé.

Il claqua la porte et ignora qu'on y frappait encore à coups légers.

En revanche, comme il n'avait nulle envie de dormir, il décida de ne pas se coucher et d'en profiter pour savoir à quelle heure rentrerait Mademoiselle Bürstner. Peut-être serait-il alors possible, si peu convenable que cela soit, d'échanger encore quelques mots avec elle. Installé sur le rebord de la fenêtre et frottant ses yeux fatigués, il songea même un instant à punir Madame Grubach en persuadant Mademoiselle Bürstner de donner son congé en même temps qu'il donnerait le sien. Mais cela lui parut tout de suite effroyablement exagéré et il se soup-çonna de chercher ainsi à déménager à cause des événe-ments de la matinée. Rien n'eût été plus absurde, ni surtout plus vain et plus méprisable*.

Lorsqu'il fut las de regarder dans la rue déserte, il s'allongea sur le canapé, après avoir entrouvert la porte donnant sur l'antichambre, de façon à apercevoir depuis le canapé toute personne qui pénétrerait dans l'appartement. Jusque vers onze heures, il resta étendu tranquille-ment en fumant un cigare. Puis il ne tint plus en place et alla un peu dans l'antichambre, comme si cela pouvait faire venir plus vite Mademoiselle Bürstner. Il ne désirait pas particulièrement sa présence, il ne se rappelait même pas très bien de quoi elle avait l'air, mais il voulait lui parler et il s'impatientait de voir que son retard mettait du désordre et de l'inquiétude jusque dans la fin de cette journée. Et puis c'était aussi de sa faute s'il n'avait pas dîné, ni rendu à Elsa la visite prévue pour aujourd'hui. À vrai dire, ces deux choses pouvaient se rattraper encore, en allant au café où travaillait Elsa. C'est ce qu'il ferait après avoir parlé à Mademoiselle Bürstner.

À onze heures et demie passées, K. entendit un pas dans l'escalier. Plongé dans ses pensées, il arpentait bruyamment l'antichambre comme si ç'avait été sa chambre et se réfugia alors derrière sa porte. C'était bien Mademoiselle Bürstner qui rentrait. En refermant la porte à clé, elle frissonna et resserra son châle de soie autour de ses frêles épaules. Elle allait entrer dans sa chambre et, à minuit, K. ne pourrait y pénétrer : il fallait donc qu'il lui adresse la parole dès maintenant, mais par malheur il avait omis d'allumer la lumière électrique dans sa chambre, si bien qu'en surgissant de l'obscurité il aurait l'air de l'agresser et lui ferait pour le moins très peur. Désemparé et pressé par le temps, il chuchota par la porte entrebâillée :

– Mademoiselle Bürstner.

C'était une prière plus qu'un appel.

– Il y a quelqu'un ? dit la jeune femme en regardant autour d'elle avec de grands yeux.

– C'est moi, dit K. en se montrant.

– Ah, Monsieur K., dit Mademoiselle Bürstner en souriant.

Et elle lui tendit la main en lui souhaitant le bonsoir.

– Je voulais vous dire quelques mots maintenant, vous permettez ?

– Maintenant ? dit-elle. Cela ne peut pas attendre ? C'est un peu étrange, vous ne trouvez pas ?

– Je vous attends depuis neuf heures.

– Eh bien, j'étais au théâtre et je n'en savais rien.

– La raison que j'ai de vous parler ne date que d'aujourd'hui.

– Ah. Eh bien, je n'ai pas d'objection de principe, sinon que je ne tiens plus debout. Entrez donc quelques minutes dans ma chambre. Il n'est pas possible d'avoir une conversation ici, nous allons réveiller tout le monde ; et cela me gênerait plus encore pour nous que pour les gens. Attendez que j'aie allumé dans ma chambre et vous éteindrez ici.

K. obéit, mais il attendit encore que Mademoiselle Bürstner l'appelle à voix basse depuis sa chambre. Elle lui dit de s'asseoir, en lui montrant une ottomane, tandis qu'elle restait debout contre le montant du lit, en dépit de la fatigue dont elle avait parlé ; elle n'ôta même pas son petit chapeau surchargé de fleurs.

– Que vouliez-vous donc ? Je suis vraiment intriguée. Elle croisa légèrement les jambes.

– Vous me direz peut-être, commença K., que l'affaire n'était pas urgente au point qu'il faille en parler maintenant, mais...

– Je n'écoute jamais les préliminaires, dit Mademoiselle Bürstner.

– Cela facilite ma tâche, dit K. Votre chambre a été ce matin, d'une certaine façon par ma faute, mise un peu en désordre ; ce sont des inconnus qui ont fait cela contre mon gré et pourtant, je le répète, par ma faute ; voilà ce dont je voulais vous prier de m'excuser.

– Ma chambre ? demanda Mademoiselle Bürstner en examinant attentivement non la chambre mais K.

– Le fait est, dit K. tandis que pour la première fois ils se regardaient droit dans les yeux. La façon précise dont c'est arrivé n'a aucune importance.

– Mais c'est cela qui est intéressant, justement, dit Mademoiselle Bürstner.

– Non, dit K.

– Bon, dit-elle, je ne veux pas me mêler de ce qui ne me regarde pas. Si vous affirmez que ce n'est pas intéressant, je n'ai aucune objection à faire. Quant à vos excuses, je les accepte d'autant plus volontiers que je ne découvre pas trace de désordre.

Les mains plaquées bas sur les hanches, elle fit le tour de la chambre. Elle tomba en arrêt devant la natte aux photographies.

– Ah si, tout de même, s'écria-t-elle. Effectivement, mes photographies sont tout en désordre. Ce n'est pas gentil. On s'est donc bien introduit indûment dans ma chambre.

K. opina, maudissant en silence l'employé Kaminer, incapable décidément de refréner son agitation assommante et absurde.

– Je m'étonne, dit Mademoiselle Bürstner, d'avoir à vous interdire une chose que vous devriez vous interdire de vous-même, à savoir pénétrer dans ma chambre en mon absence.

– Mais Mademoiselle, dit K. en s'approchant des photographies, je vous ai expliqué que ce n'est pas moi qui ai touché à ces photographies ; mais puisque vous ne me croyez pas, il faut donc que je vous avoue que la commission d'enquête a amené ici trois employés de la banque et que c'est sans doute l'un d'eux (que je ferai renvoyer à la première occasion) qui a manipulé ces photographies.

Devant le regard interrogateur qu'elle lui jetait, K. ajouta :

– Eh oui, il est venu ici une commission d'enquête.

– À cause de vous ?

– Oui.

– Non ! s'écria la jeune femme en riant.

– Mais si, dit K. Vous croyez donc que je n'ai rien à me reprocher ?

– Enfin, rien à vous reprocher... Je me garderai de porter trop vite un jugement qui pourrait être lourd de conséquences ; et puis je ne vous connais pas, et il faut déjà un crime grave pour qu'on colle sur le dos de quelqu'un une commission d'enquête. Mais puisque tout de même vous êtes en liberté (je suppose, à voir votre calme, que vous ne vous êtes pas échappé de la prison), vous ne pouvez pas avoir commis un tel crime.

– Oui, dit K., mais la commission d'enquête peut avoir reconnu que j'étais innocent, ou bien moins coupable qu'on ne le pensait.

– Bien sûr, c'est possible, dit Mademoiselle Bürstner soudain très attentive.

– Voyez-vous, dit K., vous n'avez pas beaucoup d'expérience en matière judiciaire.

– Non, en effet, dit-elle. Et je l'ai déjà souvent regretté, car je voudrais tout savoir et, en particulier, les affaires judiciaires m'intéressent énormément. Un tribunal est quelque chose d'étrangement fascinant, n'est-ce pas ? Mais je vais certainement enrichir mes connaissances en ce domaine, car j'entre le mois prochain comme secrétaire dans une étude d'avocat.

– C'est très bien, dit K., comme cela vous pourrez m'aider un peu dans mon procès.

– Cela se pourrait bien, dit Mademoiselle Bürstner, pourquoi pas ? J'aime utiliser mes connaissances.

– Je parle sérieusement, ou du moins à moitié sérieusement, comme vous le faites vous-même. Pour faire appel à un avocat, l'affaire est vraiment trop mince ; mais un conseiller pourrait m'être utile.

– Oui, mais si je suis censée donner des conseils, il faudrait que je sache de quoi il retourne.

– C'est bien là le problème, dit K. Je n'en sais rien moi-même.

– Alors vous m'avez raconté un bobard, dit Mademoiselle Bürstner avec une immense déception. Vous auriez pu vous dispenser de choisir pour cela une heure aussi tardive.

Et elle s'écarta des photographies, devant lesquelles ils étaient restés longuement l'un près de l'autre.

– Mais non, Mademoiselle, dit K., je ne plaisante pas. Dire que vous ne voulez pas me croire ! Je vous ai dit tout ce que je savais. Je vous en ai même dit plus que je n'en sais, car ce n'était pas une commission d'enquête,

j'emploie ce terme faute de mieux. Il n'y a pas eu
enquête, j'ai juste été arrêté, mais par une commission.

Mademoiselle Bürstner était maintenant assise sur
l'ottomane et riait de nouveau*. Elle demanda :

– Comment cela s'est passé ?

– C'était affreux, dit K.

Mais il avait la tête ailleurs, fasciné qu'il était par le
spectacle de Mademoiselle Bürstner qui, le visage au
creux de la main et le coude sur le coussin de l'ottomane,
passait lentement son autre main sur sa hanche.

– C'est bien vague, dit-elle.

– Qu'est-ce qui est bien vague ? dit K., qui finit par se
rappeler la question et ajouta : Vous voulez que je vous
montre comment cela s'est passé ?

Il voulait bouger, mais non s'en aller. Mademoiselle
Bürstner dit :

– Je suis déjà fatiguée.

– Vous êtes rentrée si tard.

– Et pour finir, on me fait des reproches. Ils sont
d'ailleurs justifiés, car jamais je n'aurais dû vous laisser
entrer. Cela n'avait rien d'indispensable, comme on l'a
bien vu.

– C'était indispensable, vous allez le constater maintenant, dit K. Puis-je déplacer votre table de chevet ?

– Qu'est-ce qui vous prend ? Il n'en est pas question !

– Alors, je ne peux pas vous montrer, dit K. dans tous
ses états, comme si on lui portait là un tort considérable.

– Bon, si vous en avez besoin pour votre démonstra-
tion, allez-y, prenez cette table, dit Mademoiselle Bürstner, qui au bout d'un instant ajouta d'une voix plus
faible : Je suis si fatiguée que je permets plus de choses
qu'il ne faudrait.

K. plaça la table au centre de la pièce, s'assit derrière
et dit :

– Il faut bien vous représenter la disposition des personnages, c'est très intéressant. Je suis l'inspecteur ; là,
sur la malle, sont assis deux gardiens ; et devant les

photographies, il y a trois jeunes gens debout. À la poignée de la fenêtre est pendu, je le dis en passant, un corsage blanc. Et maintenant, on commence. Ah oui,
j'oublie que je suis là. Le personnage le plus important
(moi) est debout devant cette petite table. L'inspecteur
est très confortablement installé, les jambes croisées, le
bras négligemment passé derrière le dossier comme ceci :
un butor comme on en fait peu. Et maintenant, on commence pour de bon. L'inspecteur m'appelle comme s'il
fallait me réveiller, il pousse un vrai cri et, pour bien vous
faire comprendre les choses, il faut que j'en fasse autant,
il a d'ailleurs juste crié mon nom.

Mademoiselle Bürstner, qui écoutait en riant, mit son
index sur sa bouche pour empêcher K. de crier, mais
c'était trop tard, il était trop dans son rôle et cria posément : « Joseph K. ! » Il cria moins fort, à vrai dire, qu'il
ne l'avait laissé craindre, mais assez fort tout de même
pour que ce cri, une fois poussé, parût s'amplifier peu à
peu dans la pièce.

On entendit alors frapper à la porte de la pièce voisine,
à coups vigoureux, brefs et réguliers. Mademoiselle
Bürstner pâlit et porta la main à son cœur. K. fut
d'autant plus effrayé qu'il resta d'abord un moment sans
pouvoir penser à autre chose qu'aux événements du
matin et à la jeune femme à qui il les mimait. À peine se
fut-il ressaisi qu'il se précipita vers Mademoiselle Bürstner et lui prit la main en chuchotant :

– Ne craignez rien, j'arrangerai tout. Qui est-ce que
cela peut être ? Il n'y a que le salon, à côté, et personne
n'y dort.

– Si, chuchota Mademoiselle Bürstner à l'oreille de
K., depuis hier il y a le neveu de Madame Grubach qui
y dort, un capitaine. Aucune chambre n'était libre. Moi-
même je l'avais oublié. Qu'aviez-vous besoin de crier si
fort ! Je suis malheureuse !

– Vous n'avez aucune raison de l'être.

Et, comme elle se laissait retomber sur le coussin, il
l'embrassa sur le front. Elle se redressa vivement et dit :

– Écartez-vous, partez, mais partez donc, qu'attendez-
vous, il écoute à la porte, il entend tout. Vous me
tourmentez !

– Je ne partirai, dit K., qu'une fois que vous serez un
peu calmée. Venez dans l'autre coin de la chambre, il ne
pourra plus nous entendre.

Elle se laissa conduire.

– Songez, poursuivit K., que c'est pour vous un petit
désagrément, mais que vous ne risquez rien. Vous savez
que Madame Grubach, que cette histoire regarde
d'autant plus qu'il s'agit de son neveu, a une adoration
pour moi et une confiance aveugle dans tout ce que je
dis. Du reste, elle est sous ma dépendance, car elle m'a
emprunté une assez forte somme. Je ferai mienne toute
explication tant soit peu convaincante que vous propo-
serez pour justifier ma présence dans votre chambre et je
me porte garant que Madame Grubach non seulement
l'acceptera publiquement, mais y croira réellement en
toute sincérité. Et vous n'êtes nullement tenue de me
ménager dans cette histoire. Si vous voulez qu'on dise
que je suis entré contre votre gré, j'en informerai
Madame Grubach et elle me croira sans cesser pour
autant de me faire confiance, tellement elle m'est
attachée.

Silencieuse et un peu tassée sur elle-même. Mademoiselle Bürstner regardait par terre devant elle. K. ajouta
encore :

– Pourquoi Madame Grubach ne croirait-elle pas que
je suis entré malgré vous ?

Il avait devant les yeux les cheveux de la jeune femme,
des cheveux roux séparés en deux, attachés serrés et légèrement bouffants. Il crut qu'elle allait lever les yeux, mais
elle ne bougea pas et dit :

– Pardonnez-moi, j'ai été effrayée par ces coups qu'on
a brusquement frappés à la porte, mais pas tellement par

les conséquences que pourrait avoir la présence du capitaine. Il y avait un tel silence après votre cri, et puis il y a eu ces coups, c'est ce qui m'a tant effrayée, d'autant que j'étais près de la porte, on frappait tout près de moi. Je vous remercie de vos propositions, mais je ne les accepte pas. J'assume la responsabilité de tout ce qui se passe dans ma chambre, et ce vis-à-vis de n'importe qui. Je m'étonne que vous ne sentiez pas ce qu'il y a de blessant pour moi dans vos propositions, si bien intentionnées qu'elles soient, naturellement, je le reconnais volontiers. Mais maintenant partez, laissez-moi seule, j'en ai encore plus besoin qu'avant. Vous m'aviez demandé quelques minutes et cela fait maintenant plus d'une demi-heure.

K. lui prit la main, puis le poignet, et dit :

– Mais vous ne m'en voulez pas ?

Elle se dégagea et répondit :

– Non, non, je n'en veux jamais à personne.

Il saisit de nouveau son poignet. Cette fois, elle le laissa faire et le mena ainsi jusqu'à la porte. Il était fermement décidé à partir. Mais arrivé à la porte, il marqua l'arrêt, comme s'il ne s'était pas attendu à trouver là une porte. Mademoiselle Bürstner en profita pour le faire lâcher prise, ouvrir la porte, se glisser dans l'antichambre et, de là, chuchoter à K. :

– Eh bien venez donc, je vous en prie.

Montrant la porte du capitaine, sous laquelle filtrait une lueur, elle ajouta :

– Il a allumé et s'amuse à nous écouter.

– Je viens, dit K.

Il passa devant elle, la saisit et l'embrassa sur la bouche, puis sur tout le visage, comme un animal assoiffé se jette sur une source et lape l'eau longtemps cherchée. Pour finir il l'embrassa dans le cou, à l'endroit du gosier, et y laissa longuement ses lèvres. Un bruit venant de la chambre du capitaine lui fit lever la tête.

– Maintenant, je vais partir, dit-il.

Il voulut appeler Mademoiselle Bürstner par son prénom, mais il ne le connaissait pas. Elle fit un signe de tête plein de lassitude et, à demi détournée déjà, lui abandonna sa main à baiser comme si elle n'en était pas consciente. Puis, les épaules voûtées, elle rentra dans sa chambre. K. fut bientôt couché. Il s'endormit très vite, en songeant encore un peu à sa conduite, dont il était satisfait. Il s'étonna de ne pas l'être encore davantage. Ce capitaine lui causait de sérieux soucis pour Mademoiselle Bürstner.

L'AMIE DE MADEMOISELLE BÜRSTNER

Les jours suivants, K. ne parvint pas à adresser la parole à Mademoiselle Bürstner. Il essaya de l'approcher par tous les moyens, mais elle réussissait toujours à l'en empêcher. Il rentrait directement du bureau et se tenait dans sa chambre, dans le noir, étendu sur le canapé, et surveillait l'antichambre. Si la bonne, en passant, fermait la porte de la chambre qu'elle croyait vide, K. se levait au bout d'un moment pour aller la rouvrir. Le matin, il se levait une heure plus tôt que d'habitude, dans l'espoir de rencontrer Mademoiselle Bürstner seule avant qu'elle parte travailler. Mais toutes ces tentatives échouèrent. Alors il lui écrivit une lettre en deux exemplaires, l'un adressé à la pension et l'autre au bureau de la jeune femme ; il tentait d'y justifier encore sa conduite, offrait de réparer comme elle voudrait le tort causé, promettait de ne jamais passer les bornes qu'elle fixerait et la priait seulement de lui accorder la possibilité de lui parler une fois, car il ne pouvait rien faire auprès de Madame Grubach sans qu'ils se fussent concertés ; enfin il l'informait qu'il passerait dans sa chambre toute la journée du dimanche à guetter un signe d'elle qui lui laisse espérer d'être exaucé ou du moins lui explique pourquoi il ne pouvait pas l'être, bien qu'il eût promis d'en passer par où elle voudrait. Les lettres ne furent pas retournées, mais elles restèrent sans réponse. En revanche, il y eut le dimanche un signe suffisamment clair. Dès le matin, K. observa dans l'antichambre, par le trou de la serrure, une agitation qui s'expliqua bientôt. Une professeur de français, allemande au demeurant et nommée Montag, une jeune femme anémique et boitant légèrement, qui avait occupé jusque-là une chambre seule, était en train d'emménager dans celle de Mademoiselle Bürstner. Pendant des heures, elle traîna les pieds en traversant et retraversant l'antichambre. Sans cesse elle oubliait un livre, un linge ou un bout d'étoffe, et revenait tout exprès pour l'emporter dans son nouveau gîte.

Lorsque Madame Grubach apporta son petit déjeuner à K. (car depuis qu'elle l'avait mis en colère, elle ne souffrait plus que ce fût la bonne qui le serve), K. ne put s'empêcher de lui adresser la parole, pour la première fois depuis cinq jours. En se servant du café, il lui demanda :

– Pourquoi y a-t-il aujourd'hui un tel vacarme dans l'antichambre ? On ne pourrait pas y mettre fin ? Est-il indispensable qu'on fasse ce remue-ménage un dimanche ?

Sans regarder Madame Grubach, K. s'aperçut que ses questions lui ôtaient un poids du cœur. Ces propos revêches signifiaient pour elle son pardon, ou le début de son pardon.

– On ne fait pas le ménage. Monsieur K., dit-elle. C'est seulement Mademoiselle Montag qui s'installe chez Mademoiselle Bürstner et transporte ses affaires.

Elle n'en dit pas davantage et attendit de voir comment K. allait prendre les choses et s'il lui permettrait de poursuivre. Mais K. la mit à l'épreuve, en tournant pensivement sa cuillère dans son café sans rien dire. Puis il leva les yeux et dit :

– Vous avez déjà renoncé à soupçonner Mademoiselle Bürstner ?

Madame Grubach n'attendait que cette question et s'écria, en tendant vers K. ses mains jointes :

– Monsieur K., vous avez très mal pris une remarque faite en passant. Je n'avais pas la moindre intention de vous offenser ou d'offenser qui que ce soit. Vous me connaissez depuis assez longtemps, Monsieur K., pour

en être persuadé. Vous ne savez pas ce que j'ai enduré
depuis quelques jours ! Moi, je calomnierais mes locataires ! Et vous croiriez une chose pareille, Monsieur K. !
Jusqu'à dire que je devrais vous donner congé ! À vous !

Ce dernier cri s'étouffa dans les larmes, Madame Grubach cacha son visage dans son tablier et sanglota
bruyamment.

– Mais ne pleurez pas, Madame Grubach, dit K.

En même temps, il regardait par la fenêtre et ne pensait
qu'à Mademoiselle Bürstner et au fait qu'elle accueillait
une inconnue dans sa chambre. Puis, regardant à nouveau sa logeuse qui pleurait toujours, il répéta :

– Ne pleurez pas, voyons. Moi non plus, l'autre jour,
je ne voulais pas être aussi dur. Nous nous sommes mal
compris l'un comme l'autre, voilà tout. Ce sont des
choses qui arrivent, même entre vieux amis.

Madame Grubach abaissa son tablier jusqu'en dessous
de ses yeux, pour vérifier que K. n'était plus fâché. Et
lui, jugeant à la façon dont elle se comportait que le capitaine n'avait rien dit, ne craignit pas d'ajouter :

– Croyez-vous vraiment que je pourrais me brouiller
avec vous à cause d'une inconnue ?

– C'est bien pour ça, Monsieur K.

Pour son malheur, Madame Grubach gaffait dès
qu'elle était un peu moins mal à l'aise :

– Je me demande tout le temps : pourquoi Monsieur
K. se préoccupe-t-il autant de Mademoiselle Bürstner ?
Pourquoi se dispute-t-il avec moi à cause d'elle, alors
qu'il sait que dès qu'il dit un mot plus haut que l'autre,
je n'en dors plus ? Après tout, je n'ai dit sur cette demoiselle que ce que j'avais vu de mes propres yeux.

K. ne répondit rien. Son premier mot aurait dû être
pour la chasser de la chambre, et il ne le voulait pas. Il
se contenta de boire son café en faisant sentir à Madame
Grubach que sa présence était de trop. Dehors, on entendait de nouveau le pas traînant de Mademoiselle Montag

parcourant l'antichambre. La main tendue vers la porte, K. dit :

– Vous entendez ?

– Oui, dit-elle en soupirant, je voulais l'aider et la faire aider par la bonne, mais elle est têtue, elle veut tout transporter elle-même. Je suis étonnée par ce que fait Mademoiselle Bürstner : je supporte mal d'avoir Mademoiselle Montag comme locataire, elle l'héberge dans sa propre chambre.

– Il ne faut pas que cela vous préoccupe, dit K. en écrasant au fond de sa tasse un reste de sucre. Cela vous cause-t-il un tort quelconque ?

– Non, dit Madame Grubach. En réalité, cela tombe même très bien, cela me libère une chambre pour loger mon neveu, le capitaine. Je craignais déjà qu'il vous ait dérangé, pendant ces quelques jours où j'ai dû le mettre à côté, dans le salon. Il n'est pas très discret.

– Quelle idée ! dit K. en se levant. Pas le moins du monde. Vous semblez me croire plus nerveux que je ne suis. C'est parce que je ne supporte pas ces allées et venues (la voilà qui revient) de Mademoiselle Montag.

Madame Grubach se sentit désemparée :

– Voulez-vous, Monsieur K., que je lui dise de remettre à plus tard le reste de son déménagement ? Si vous voulez, je le fais tout de suite.

– Mais vous m'avez bien dit qu'elle s'installait chez Mademoiselle Bürstner, dit K.

– Oui, dit Madame Grubach sans bien saisir ce que voulait dire K.

– Alors il faut bien qu'elle y transporte ses affaires.

Madame Grubach approuva d'un simple signe de tête. Ce désarroi muet avait toute l'apparence d'une provocation et accrut encore l'agacement de K. Il se mit à aller et venir dans la chambre, entre porte et fenêtre, empêchant ainsi Madame Grubach de s'en aller, comme sans doute elle l'aurait fait sinon.

K. passait justement près de la porte lorsqu'on frappa.
C'était la bonne qui venait informer K. que Mademoiselle Montag désirait lui dire quelques mots et le priait
donc de venir à la salle à manger, où elle l'attendait. K.
écouta la bonne d'un air songeur, puis se tourna vers
Madame Grubach, effrayée, avec un air presque sarcas-
tique qui semblait dire : je m'attendais depuis longtemps
à cette invitation bien accordée aux tracasseries que je
dois subir de vos locataires tout au long de ce dimanche
matin. Il chargea la bonne de répondre qu'il arrivait, alla
vers la penderie pour changer de veste et, comme
Madame Grubach déplorait à mi-voix le désagrément
que causait cette personne, il lui enjoignit tout uniment
de débarrasser.

– Vous n'avez presque rien pris, dit-elle.

– Ah, ça ne fait rien, emportez !

Tout avait un arrière-goût de Mademoiselle Montag :
elle gâchait tout.

En traversant l'antichambre, il eut un regard vers la
porte de Mademoiselle Bürstner, qui était fermée. Mais
ce n'était pas là qu'on l'attendait, c'était dans la salle
à manger, dont il ouvrit la porte sans ménagement et
sans frapper.

C'était une pièce étroite et fort longue, avec une seule
fenêtre. Il n'y avait place que pour deux buffets disposés
en oblique de chaque côté de la porte, l'espace restant
était tout entier occupé par une longue table qui, de la
porte allait presque jusqu'à la fenêtre et en interdisait
l'accès. Le couvert était déjà mis, et pour de nombreux
convives, car les dimanches presque tous les locataires
prenaient là leur repas de midi.

À l'entrée de K., Mademoiselle Montag s'écarta de la
fenêtre et vint à sa rencontre en longeant la table. Ils se
saluèrent en silence. Puis, la tête un peu trop redressée
comme toujours, elle dit :

– Je ne sais pas si vous me connaissez.

K. la regarda en plissant les yeux et dit :

– Mais certainement. Vous habitez déjà chez Madame Grubach depuis un certain temps.

– Mais je ne crois pas que vous vous souciez beaucoup de cette pension, dit Mademoiselle Montag.

– Non, dit K.

– Vous ne voulez pas vous asseoir ? dit-elle.

En silence, ils tirèrent chacun une chaise tout au bout de la table et s'assirent face à face. Mais Mademoiselle Montag se releva aussitôt pour aller chercher son petit sac à main, qu'elle avait laissé sur le rebord de la fenêtre ; elle parcourut toute la pièce en traînant les pieds. À son retour, elle dit en balançant légèrement son sac :

– Je voudrais simplement vous dire quelques mots de la part de mon amie. Elle avait l'intention de venir elle-même, mais elle ne se sent pas très bien aujourd'hui. Veuillez l'excuser et m'écouter à sa place. Elle ne vous aurait d'ailleurs rien dit d'autre que ce que je vais vous dire moi-même. Je crois même que je puis au contraire vous en dire davantage, étant relativement extérieure à tout cela. Vous ne croyez pas ?

– Et qu'est-ce qu'il y aurait donc à dire ? dit K.

Il était excédé de voir les yeux de Mademoiselle Montag constamment fixés sur ses lèvres. Par là, elle s'arrogeait d'avance un pouvoir sur ce qu'il s'apprêtait à dire.

– Mademoiselle Bürstner ne veut manifestement pas m'accorder l'entretien particulier que je lui ai demandé.

– C'est cela, dit Mademoiselle Montag. Ou plutôt, ce n'est pas cela du tout, vous formulez les choses avec une curieuse brutalité. Un entretien, en général, ne s'accorde pas, ni le contraire. Mais il peut arriver qu'on considère un entretien comme superflu, et c'est précisément le cas. Maintenant que vous avez fait cette remarque, je peux vous parler franchement. Vous avez demandé à mon amie, par écrit ou oralement, d'avoir avec vous une conversation. Or mon amie sait (je dois tout au moins le supposer) quel serait l'objet de cette conversation et elle est du même coup persuadée (pour des raisons que j'ignore) que si cette conversation avait lieu, elle ne serait d'aucun profit à personne. Au demeurant, elle ne m'en a parlé qu'hier et très rapidement, disant qu'en tout état de cause vous ne pouviez pas y attacher vous-même une grande importance, puisque c'était un pur hasard qui vous en avait donné l'idée, et que vous seriez le premier à reconnaître rapidement, sinon même immédiatement, et sans qu'il soit besoin d'une longue explication, que tout cela était absurde. Je lui ai alors répondu qu'elle avait sans doute raison mais que, pour que les choses soient tout à fait claires, il me semblait plus fructueux de vous adresser une réponse explicite. Je me suis offerte alors à remplir cette mission et, après quelques hésitations, mon amie s'est rendue à mes raisons. J'espère maintenant que ma démarche est également conforme à ce que vous souhaitez ; car la moindre incertitude, même dans le plus petit détail, cause toujours un malaise et, quand on peut la lever à peu de frais comme dans ce cas, mieux vaut le faire sans plus tarder.

  – Je vous remercie, dit aussitôt K.

  Il se leva lentement, regarda Mademoiselle Montag, puis parcourut des yeux la table, observa par la fenêtre que l'immeuble d'en face était au soleil, et se dirigea vers la porte. Mademoiselle Montag fit quelques pas derrière lui, comme si elle n'avait pas tout à fait confiance. Mais arrivés à la porte, ils durent reculer tous les deux, car elle s'ouvrit pour laisser passer le capitaine Lanz. C'était la première fois que K. le voyait de près. L'homme était grand, quarante ans environ, avec un visage charnu et bronzé. Il s'inclina légèrement, y compris à l'adresse de K., puis s'avança vers Mademoiselle Montag et lui baisa respectueusement la main. Il avait beaucoup d'aisance. Sa courtoisie envers Mademoiselle Montag contrastait, fort avec la façon dont K. venait de la traiter. Elle ne paraissait néanmoins pas lui en tenir rigueur, puisque K. crut noter qu'elle s'apprêtait à le présenter au capitaine.

Mais K. ne voulait pas être présenté, il se sentait incapable de manifester au capitaine ni à Mademoiselle Montag la moindre amabilité ; ce baise-main avait fait d'eux un groupe qui, sous couleur d'une gentillesse parfaitement anodine, ne visait qu'à l'écarter de Mademoiselle Bürstner. Et non seulement cela : K. pensa percer à jour la méthode habile choisie par Mademoiselle Montag, qui était à vrai dire à double tranchant. Elle consistait à exagérer l'importance des relations entre Mademoiselle Bürstner et K., à exagérer surtout l'importance de l'entretien qu'il avait sollicité et, en même temps, à présenter les choses de telle sorte que ce soit K. qui ait l'air de tout exagérer. Elle allait être détrompée, K. n'entendait rien exagérer, il savait que Mademoiselle Bürstner était une petite dactylographe qui ne saurait lui résister longtemps. Encore s'abstenait-il délibérément de faire entrer en ligne de compte ce qu'il avait appris sur elle de la bouche de Madame Grubach. Telles furent ses réflexions tandis qu'il quittait la pièce en saluant à peine. Il voulait regagner immédiatement sa chambre, mais un petit rire de Mademoiselle Montag, qu'il entendit derrière son dos dans la salle à manger, lui suggéra qu'il pourrait peut-être causer une surprise à ces deux-là, tant au capitaine qu'à Mademoiselle Montag. Il regarda autour de lui et tendit l'oreille pour s'assurer qu'il ne risquait pas d'être dérangé par quelqu'un qui surgirait de l'une des pièces de l'appartement ; tout était silencieux, à part la conversation qui se poursuivait dans la salle à manger et la voix de Madame Grubach qui résonnait dans le couloir depuis la cuisine. L'occasion semblait bonne, K. se dirigea vers la porte de Mademoiselle Bürstner et frappa doucement. Comme rien ne bougeait, il frappa encore, mais il n'eut toujours pas de réponse. Dormait-elle ? Ou bien était-elle vraiment mal ? Ou bien refusait-elle d'ouvrir parce qu'elle soupçonnait que seul K. pouvait frapper ainsi doucement ? K. supposa qu'elle refusait d'ouvrir et frappa plus fort et, comme c'était

sans effet, finit par ouvrir la porte avec précaution, non
sans avoir le sentiment de faire quelque chose de mal et,
en outre, d'inutile. Il n'y avait personne dans la chambre.
On ne reconnaissait d'ailleurs plus guère la chambre que
connaissait K. Deux lits étaient disposés l'un derrière
l'autre parallèlement à la cloison, trois chaises près de la
porte disparaissaient sous un amas de vêtements et de
linge, une armoire était ouverte. Mademoiselle Bürstner
était vraisemblablement partie pendant que Mademoiselle Montag sermonnait K. dans la salle à manger. K.
ne se démonta pas outre mesure, il ne s'attendait plus
guère à rencontrer aussi facilement Mademoiselle Bürstner, il avait fait cette tentative presque uniquement pour
défier Mademoiselle Montag. Mais il n'en fut que plus
gêné lorsqu'en refermant la porte il vit que la porte de la
salle à manger était ouverte et que, dans l'encadrement.
Mademoiselle Montag et le capitaine conversaient. Ils
étaient peut-être déjà là quand K. avait pénétré chez
Mademoiselle Bürstner, ils évitaient de donner l'impression de l'observer, ils parlaient à voix basse et suivaient
des yeux ses mouvements seulement comme quand on
laisse distraitement errer son regard tout en poursuivant
une conversation. Mais K. trouva néanmoins ces regards
pesants et, longeant le mur, il se hâta de regagner sa
chambre.

Début de l'instruction

K. avait été avisé par téléphone que l'instruction de son affaire donnerait lieu à un petit interrogatoire le dimanche suivant. On l'avertissait que l'instruction se poursuivrait ainsi régulièrement, les séances n'étant peut-être pas hebdomadaires, mais tout de même assez fréquentes. D'une part, il était dans l'intérêt de tous que le procès se terminât rapidement, mais d'autre part ces interrogatoires devaient aller au fond des choses, sans néanmoins pouvoir jamais durer trop longtemps, en raison de l'effort qu'ils exigeraient. C'est pourquoi l'on avait retenu cette solution de séances courtes, mais fréquentes. Quant au choix du dimanche, il était dicté par le souci de ne point perturber l'activité professionnelle de K. On supposait qu'il en serait d'accord, mais s'il souhaitait être convoqué à un autre moment, on s'efforcerait, dans toute la mesure du possible, de lui donner satisfaction. Il eût été possible, par exemple, que ces interrogatoires aient lieu de nuit, mais sans doute K. n'eût-il pas été assez frais. En tout cas, tant que l'intéressé n'y verrait pas d'objection, on s'en tiendrait au dimanche. Il allait de soi qu'il devait se présenter, inutile d'insister sur ce point. On lui indiqua l'adresse où il était convoqué, c'était un immeuble situé dans un lointain faubourg où K. n'était encore jamais allé.

Après avoir écouté cette communication sans un mot, K. raccrocha, bien décidé à se rendre là-bas ce dimanche ; à coup sûr, il le fallait ; le procès se mettait en branle et K. devait réagir, pour que cette première

séance soit aussi la dernière. Songeur, il restait là planté
près de l'appareil, quand il entendit derrière lui la voix
du directeur adjoint, qui voulait téléphoner, mais que K.
empêchait de passer. Moins par curiosité que pour inciter K. à lui laisser la place, le directeur adjoint
demanda nonchalamment :

    – Mauvaises nouvelles ?

    – Non, non, dit K. en s'effaçant sans s'éloigner.

    Le directeur adjoint décrocha et, pendant qu'il atten-
dait sa communication, dit à K., en le regardant par-
dessus l'écouteur :

    – Une question, Monsieur K. : est-ce que, dimanche
matin, vous me feriez le plaisir de vous joindre à nous
pour une promenade en bateau, sur mon voilier ? Il y
aura pas mal de monde et sûrement aussi des amis à
vous. Entre autres le procureur Hasterer. Vous viendrez ?
Dites-moi oui !

    K. s'efforçait de prêter attention aux paroles du direc-
teur adjoint. Elles n'étaient pas sans importance, car les
deux hommes ne s'étaient jamais bien entendus et cette
invitation était une tentative du directeur adjoint pour
se concilier K., elle montrait que celui-ci avait pris de
l'importance dans la banque et que le deuxième personnage de la maison attachait du prix à son amitié ou du
moins à sa neutralité. En lançant cette invitation (même
si c'était par-dessus l'écouteur et en attendant sa communication), le directeur adjoint s'humiliait. Mais K. se
voyait contraint de redoubler cette humiliation en
répondant :

    – Merci beaucoup, mais malheureusement je suis pris
dimanche, j'ai déjà une obligation.

    – Dommage ! dit le directeur adjoint en se retournant,
car sa communication venait d'être établie.

    La conversation téléphonique se prolongea, mais K.,
distrait, demeura tout le temps à proximité de l'appareil.
Ce n'est qu'au signal de fin de communication que K.

sursauta et, pour excuser quelque peu sa présence injustifiée, dit :

– On vient de m'appeler pour me fixer un rendez-vous,
mais on a oublié de me dire à quelle heure.

– Rappelez pour demander, dit le directeur adjoint.

– Cela n'a pas une telle importance, répondit K. bien
que du même coup il infirmât encore une excuse déjà
fragile.

Tandis qu'ils s'éloignaient, le directeur adjoint parla
encore de diverses choses et K. s'efforça de lui répondre,
mais il songeait surtout que le mieux serait de se présenter dimanche à neuf heures du matin, puisque c'était
l'heure où les tribunaux commençaient à fonctionner les
jours ouvrables.

Le dimanche, il faisait un temps gris. K. était très fatigué, car les habitués de sa brasserie avaient fêté quelque
chose jusqu'à une heure avancée de la nuit. Pour un peu,
il ne se serait pas réveillé. En toute hâte et sans avoir le
temps de réfléchir ni de mettre en ordre les divers plans
qu'il avait concoctés durant la semaine, il s'habilla et,
sans déjeuner, courut vers le faubourg où il était convoqué. Curieusement, quoiqu'il n'eût guère le temps de
regarder autour de lui, il rencontra les trois employés
mêlés à son histoire, Rabensteiner, Kullich et Kaminer.
Les deux premiers passèrent dans un tramway qui coupa
la route de K., tandis que Kaminer était assis à la ter-
rasse d'un café, penché par-dessus la balustrade au
moment même où passait K. Tous le suivaient sûrement
des yeux en s'étonnant de voir ainsi courir leur chef ;
c'est par une sorte de défi que K. s'était abstenu de
prendre un moyen de transport ; il répugnait de recourir
à la moindre aide extérieure dans cette affaire ; et puis il
ne voulait solliciter personne, pour n'être obligé de
mettre personne au courant, même en termes vagues ;
enfin il n'avait nulle envie de s'abaisser devant la commission en faisant preuve d'une ponctualité excessive. Il n'en
courait pas moins, maintenant, pour arriver si possible à

neuf heures, bien qu'il ne fût pas convoqué pour une
heure précise.

Il avait cru qu'il repérerait l'immeuble de loin à
quelque signe (qu'il n'avait pas imaginé précisément) ou
bien à une agitation particulière devant son entrée. Mais
la rue Saint-Jules, où ce bâtiment était censé se trouver
et à l'entrée de laquelle K. s'arrêta un instant, ne comportait de part et d'autre que de hautes maisons grises et
uniformes, des immeubles de rapport loués à de pauvres
gens. En ce dimanche matin, il y avait du monde à
presque toutes les fenêtres, des hommes en bras de chemise y étaient accoudés et fumaient, ou bien tenaient de
petits enfants contre les appuis de fenêtres, avec prudence
et tendresse. D'autres fenêtres regorgeaient de literies, au-
dessus desquelles pointait fugitivement une tête de
femme, les cheveux en désordre. On s'interpellait d'un
côté à l'autre de la rue, une telle exclamation déclencha
un grand éclat de rire au moment même où K. passait
en dessous. De place en place, tout le long de la rue, de
petites boutiques d'alimentation s'ouvraient au sous-sol,
au bas de quelques marches. Des femmes y descendaient
ou en remontaient, ou bien restaient à bavarder sur
l'escalier. Un marchand des quatre-saisons, qui vantait
ses fruits en regardant les fenêtres et était tout aussi distrait que K., manqua de le renverser avec son chariot.
Au même instant se déchaîna un gramophone qui avait
déjà fait son temps dans les beaux quartiers.

K. s'avança plus avant dans la rue, posément, comme
s'il avait le temps désormais ou comme si le juge
d'instruction le voyait d'une fenêtre et savait qu'il était
arrivé. Il était un peu plus de neuf heures. L'immeuble
était assez loin, il était d'une taille presque insolite, son
porche en particulier était haut et vaste, manifestement
fait pour les camions des divers entrepôts qui entouraient
la large cour. Ils étaient fermés ce jour-là et leurs enseignes
portaient des raisons sociales dont K. connaissait certaines par la banque. Contrairement à son habitude, K.

nota ces détails concrets et il s'arrêta même un peu à l'entrée de la cour. Non loin de lui, un homme aux pieds nus était assis sur une caisse et lisait un journal. Deux garçons se balançaient sur une charrette à bras. Près d'une pompe à eau se tenait une jeune fille frêle vêtue d'une camisole de nuit, elle regardait K. tandis que l'eau emplissait son broc. Dans un coin de la cour, on tendait entre deux fenêtres une corde déjà chargée de linge à faire sécher. En bas, un homme dirigeait la manœuvre à coups d'exclamations.

K. se dirigea vers l'escalier pour se rendre à l'instruction, puis s'immobilisa de nouveau, apercevant dans la cour trois autres cages d'escalier et, de surcroît, au fond de cette cour, un passage donnant sur une seconde cour. Il s'irrita qu'on ne lui eût pas précisé où se trouvait la salle ; on le traitait là avec une singulière incurie ou avec une négligence qu'il comptait bien dénoncer à haute et intelligible voix. Il se résolut enfin à gravir cet escalier, tout en prenant plaisir à se remémorer le propos du gardien Willem, qui avait dit que c'était la culpabilité qui « provoquait » les autorités, d'où il fallait conclure que la salle se trouverait dans l'escalier choisi au hasard par K.

En montant, il dérangea de nombreux enfants qui jouaient dans l'escalier et qui, lorsqu'il enjambait leurs rangs, lui jetaient des regards noirs. Si je dois revenir prochainement, se dit K., il faudra que j'apporte ou bien des friandises pour me les concilier, ou bien une canne pour leur taper dessus. Au moment d'atteindre le premier étage, il fut même contraint d'attendre un instant qu'une boule ait achevé sa trajectoire : deux petits garçons, qui avaient déjà les mines impénétrables de délinquants adultes, le bloquèrent en se cramponnant à ses jambes de pantalon ; pour se débarrasser d'eux, il aurait fallu leur faire mal, et K. redouta leurs cris.

Au premier étage commençait la vraie recherche. Ne pouvant tout de même pas demander où était le juge d'instruction, K. inventa un menuisier du nom de Lanz

(ce nom lui vint à l'esprit parce que c'était celui du capitaine, le neveu de Madame Grubach) et se disposa à
demander à toutes les portes s'il habitait là, pour pouvoir
ainsi jeter un coup d'œil dans tous les logements. Mais il
s'aperçut que ce n'était pas nécessaire, car toutes les
portes étaient ouvertes et les enfants ne cessaient d'entrer
et de sortir en courant. On découvrait généralement de
petites pièces à une seule fenêtre, qui servaient à la fois
de chambre et de cuisine. Des femmes y cuisinaient d'une
main sur un réchaud en tenant leur nourrisson sur l'autre
bras ; des adolescentes qui semblaient avoir un tablier
pour tout vêtement s'activaient plus que personne. Dans
toutes ces chambres, les lits étaient encore occupés, on y
voyait des malades, ou bien des gens qui dormaient
encore ou qui s'y prélassaient tout habillés. Quand les
portes étaient closes, K. y frappait et demandait le
menuisier Lanz. La plupart du temps, c'était une femme
qui ouvrait, écoutait la question, puis se retournait vers
quelqu'un qui se redressait sur le lit :
    – Ce monsieur demande si c'est ici qu'habite un cer-
tain Lanz, un menuisier.
    – Lanz ? Un menuisier ? répondait-on depuis le lit.
    – Oui, disait K. qui ne pouvait plus douter que le juge
ne fût pas là.
    La cause était donc entendue, mais beaucoup s'imagi-
naient que K. tenait à trouver ce menuisier ; ils réfléchis-
saient longuement, citaient un menuisier, mais qui ne
s'appelait pas Lanz, ou bien un nom qui ressemblait
vaguement à Lanz, ou bien ils interrogeaient des voisins
ou accompagnaient K. jusqu'à une porte éloignée où ils
pensaient qu'un tel homme pourrait éventuellement vivre
en sous-location, ou bien encore qu'on y trouverait
quelqu'un qui saurait renseigner K. mieux qu'eux. Finalement, K. n'eut plus besoin de poser la question lui-même,
on le promena ainsi dans les étages. Il regrettait cette
tactique qui lui avait d'abord semblé si efficace. Avant
d'arriver au cinquième étage, il décida d'abandonner ses

recherches et prit congé d'un jeune ouvrier affable qui
s'offrait à l'accompagner encore. Il se mit à redescendre
mais, irrité par l'échec de toute cette manœuvre, il revint
frapper à la première porte du cinquième étage. La première chose qu'il vit dans la petite pièce fut une grande
horloge murale qui marquait déjà dix heures.

– Est-ce qu'un menuisier du nom de Lanz habite ici ?
demanda-t-il.

– Entrez donc, dit une jeune femme aux yeux noirs et
lumineux qui lavait du linge d'enfant dans un baquet et
lui montra de sa main mouillée la porte ouverte qui donnait dans une seconde pièce.

K. pensa entrer dans une réunion publique. La pièce
grouillait de gens de toutes sortes et personne ne se
soucia du nouvel arrivant ; c'était une pièce de taille
moyenne, avec deux fenêtres et, près du plafond, une
galerie qui en faisait le tour, qui était elle-même bondée
et où les gens ne tenaient que courbés, heurtant le plafond de la tête et du dos. K., trouvant l'air irrespirable,
ressortit et dit à la jeune femme qui l'avait sans doute
mal compris :

– J'ai demandé un menuisier, un certain Lanz !

– Oui, dit la femme. Entrez, je vous en prie.

K. n'aurait sans doute pas obtempéré si la femme
n'avait pas marché vers lui, saisi la poignée de la porte
et dit :

– Après vous, il faut que je ferme, personne ne doit
plus entrer.

– Voilà qui est très raisonnable, dit K., mais c'est déjà
trop plein.

Mais il rentra tout de même.

Deux hommes discutaient tout près de la porte, l'un
tendait les deux mains en faisant le geste de compter de
l'argent, l'autre le regardait attentivement dans les yeux.
Se glissant entre eux, une main vint saisir K. C'était un
petit garçon aux joues rouges.

– Venez, venez, dit-il.

K. se laissa conduire, découvrant qu'au milieu de cette cohue grouillante, il restait un étroit passage, qui séparait peut-être deux parties adverses ; c'était peut-être pour cela que dans les premiers rangs, tant à droite qu'à gauche, K. ne vit pas un seul visage tourné vers lui, mais uniquement des dos, car les gens réservaient leurs discours et leurs gestes à ceux de leur bord. La plupart étaient vêtus de noir et portaient de vieilles redingotes de cérémonie, longues et flottantes. Seules ces tenues intriguaient K. qui, à part cela, se serait cru tout à fait dans la réunion de quelque section locale d'un parti politique*.

À l'autre bout de la salle, vers lequel on conduisait K., une estrade très basse, surpeuplée elle aussi, supportait une petite table, disposée en travers, à laquelle était assis, près du bord de l'estrade, un petit homme rond et essoufflé qui parlait en riant très fort avec un homme qui était debout derrière lui, le coude sur son dossier et les jambes croisées. Il lançait parfois le bras en l'air, comme pour caricaturer quelqu'un. Le garçon qui conduisait K. eut de la peine à faire écouter son message. Deux fois déjà, dressé sur la pointe des pieds, il avait essayé de parler, mais sans parvenir à retenir l'attention de l'homme sur son estrade. Il fallut qu'un autre des personnages ainsi surélevés montre le garçon pour que l'homme se tourne vers lui, se penche et écoute l'information qu'il chuchotait. L'homme tira alors sa montre et jeta un regard à K., en lui disant :

– Vous auriez dû vous présenter il y a une heure et cinq minutes.

K. voulut répondre, mais n'en eut pas le temps car, dès que l'homme eut parlé, un grondement général se fit entendre dans la moitié droite de la salle.

– Vous auriez dû vous présenter il y a une heure et cinq minutes, répéta l'homme en élevant la voix, avec cette fois un bref regard à l'adresse de la salle.

Le grondement s'amplifia aussitôt, puis s'atténua progressivement, puisque l'homme ne disait plus rien. La salle était maintenant beaucoup plus silencieuse que lorsque K. y avait pénétré. Seuls les gens de la galerie ne cessaient de faire leurs remarques. Ils semblaient, pour autant qu'on pût voir clair là-haut dans cette pénombre enfumée et poussiéreuse, être plus mal habillés que les gens d'en bas. Certains avaient apporté des coussins qu'ils avaient placés entre leurs têtes et le plafond pour ne pas se meurtrir.

K. avait décidé d'observer plutôt que de parler, aussi renonça-t-il à se défendre du retard qu'on lui reprochait et se contenta-t-il de dire :

– Je suis peut-être en retard, mais maintenant je suis là.

Cela déclencha des applaudissements, toujours dans la moitié droite de la salle. Ils sont bon public, songea K., que troublait seulement le silence de la moitié gauche, qui était juste derrière lui et n'avait fait entendre que de rares applaudissements isolés. Il réfléchit à ce qu'il pourrait dire pour se les concilier tous à la fois ou, si ce n'était pas possible, pour se les concilier en deux fois, y compris ceux de gauche.

– Oui, dit l'homme, mais je ne suis plus tenu de vous interroger maintenant.

Nouveau grondement, mais cette fois équivoque, puisque l'homme, en calmant l'assistance d'un geste de la main, poursuivait :

– Mais exceptionnellement, je vais tout de même le faire. Mais qu'un tel retard ne se reproduise pas. Et maintenant, avancez.

Quelqu'un sauta de l'estrade pour laisser sa place à K., qui y monta. Il se trouva debout contre la table et l'on poussait si fort derrière lui qu'il devait résister, s'il ne voulait pas faire tomber de l'estrade la table du juge, voire le juge lui-même.

Mais le juge ne s'en préoccupait pas, il était confortablement assis sur son fauteuil et, après avoir conclu son entretien avec l'homme debout derrière lui, il prit un petit calepin, le seul objet qui se trouvât sur la table. Il était usagé, d'aspect scolaire, et tout déformé d'avoir été trop feuilleté.

– Bon, dit le juge d'instruction en feuilletant son calepin. Et, se tournant vers K., il ajouta sur le ton de la constatation : vous êtes donc artisan-peintre.

– Non, dit K., je suis premier fondé de pouvoir dans une grande banque.

Cette réponse fut accueillie à droite par un rire si communicatif que même K. se mit à rire. Les gens s'appuyaient des deux mains sur leurs genoux et se tordaient, comme en proie à une forte quinte de toux. On entendait même rire quelques spectateurs de la galerie. Furieux, le juge d'instruction, qui ne pouvait vraisemblablement s'en prendre aux gens d'en bas, tenta de se rattraper aux dépens de la galerie, qu'il menaça en se levant, tandis que ses sourcils (jusque-là fort banals) se fronçaient en grosses touffes noires au-dessus de ses yeux.

Cependant, la moitié gauche de la salle ne se départissait pas de son silence, les gens y étaient debout en rangs, le visage tourné vers l'estrade, et ils écoutaient les paroles qui s'y échangeaient avec le même calme qu'ils écoutaient le vacarme venant de droite, ils acceptaient même que dans leurs rangs quelques individus fissent parfois cause commune avec la partie adverse. Peut-être que ces gens de la moitié gauche, qui étaient au demeurant moins nombreux, n'avaient pas plus de poids que ceux du côté droit, mais leur comportement calme les rendait plus imposants. Lorsque K. reprit la parole, il fut convaincu de parler selon leur cœur :

– Monsieur le juge d'instruction, votre façon de me demander si j'étais artisan-peintre ou plutôt (car ce n'était pas une question) de m'assener une réponse caractérise bien toute la marche de cette procédure qu'on m'a intentée. Vous pourriez m'objecter que ce n'est nullement une procédure, et vous auriez raison, car ce n'est une procédure que si je reconnais que c'en est une. Mais je le reconnais donc pour l'instant, par compassion en quelque sorte. Car on ne peut qu'être saisi de compassion, si l'on écarte le mépris total. Je n'affirme pas que cette procédure soit conduite en dépit du bon sens, mais je pense qu'en prononçant ces mots je pourrais bien vous avoir aidé à y voir clair.

K. s'interrompit pour plonger un regard dans la salle. Il avait tenu des propos durs, plus durs qu'il n'en avait eu l'intention, mais pourtant vrais. Ils auraient mérité d'être applaudis d'un côté ou de l'autre, mais le silence était complet, on attendait manifestement la suite avec une attention fascinée ; peut-être que ce silence était lourd d'un orage qui allait tout balayer. Détail gênant : la porte s'ouvrit au fond de la salle et l'on vit entrer la jeune femme à la lessive qui, sa tâche sans doute achevée, ne put éviter en dépit de ses précautions d'attirer sur elle quelques regards. Seul le juge était un vrai plaisir pour K., dont les paroles l'avaient piqué au vif. Il était encore debout, car il avait été surpris par la tirade de K. au moment où il voulait s'adresser à la galerie. Voilà qu'il profitait de la pause pour s'asseoir tout doucement, comme s'il ne voulait pas se faire remarquer. Sans doute afin de se donner une contenance, il reprit son calepin.

– Inutile ! reprit K. Votre calepin lui-même, Monsieur le juge d'instruction, confirmera mes dires.

Satisfait de n'entendre que ses paroles calmes en cette assemblée inconnue, K. osa même prendre carrément au juge son calepin et, le tenant du bout des doigts comme s'il s'en méfiait, il le souleva par un feuillet, tandis que toutes les autres pages pendaient de part et d'autre, toutes griffonnées, tachées et bordées de jaune. Puis, laissant retomber l'objet sur la table, il dit :

– Voilà les dossiers du juge d'instruction. Continuez de les consulter, Monsieur le juge d'instruction, je n'ai vraiment pas peur d'un tel livre de comptes, bien que je ne puisse pas y vérifier ce que j'ai à payer, puisque je ne saurais le toucher que du bout des doigts et que je me refuse à le prendre à pleines mains.

Ce ne pouvait être qu'un geste de profonde humiliation que fit alors le juge, ou du moins était-on obligé de l'interpréter ainsi : il saisit le calepin tombé sur la table, s'efforça de le remettre un peu en ordre et se remit en devoir de le consulter.

Les gens du premier rang avaient des visages si tendus que K. les considéra pendant un moment. C'étaient tous des hommes âgés, plusieurs avaient des barbes blanches. Étaient-ce peut-être eux qui trancheraient, qui étaient capables d'influencer toute l'assemblée, plongée depuis le discours de K. dans une impassibilité que n'avait même pas entamée l'humiliation du juge ?

– Ce qui m'est arrivé, reprit K. d'une voix un peu moins forte qu'auparavant, en quêtant les regards du premier rang, ce qui donnait à son discours une allure un peu brouillonne, ce qui m'est arrivé n'est qu'un cas parmi d'autres et en lui-même de peu d'importance, car je ne le prends pas au tragique ; mais c'est le signe d'une procédure qui est intentée à beaucoup d'autres gens. C'est pour ces gens que je suis ici, non pour moi.

Il avait haussé le ton sans le vouloir. Quelque part, quelqu'un applaudit en levant les mains et cria :

– Bravo ! Et pourquoi pas ? Bravo ! et encore bravo !

Au premier rang, on se tripota la barbe, mais cette intervention ne fit retourner personne. K. non plus n'y attacha pas d'importance, mais cela l'encouragea tout de même ; il ne tenait plus maintenant à ce que tout le monde applaudît, il lui suffisait que la conscience générale fût alertée et méditât l'affaire et que, de temps en temps, quelqu'un fût emporté par son éloquence. Il enchaîna sur cette idée en disant :

– Je ne recherche pas un succès oratoire. Monsieur le juge d'instruction parle sans doute bien mieux, cela fait partie de son métier. Ce que je veux, c'est qu'il soit parlé publiquement du mauvais fonctionnement d'un service public. Écoutez ceci : j'ai été arrêté voilà dix jours environ. Je me moque d'être en état d'arrestation, mais ce n'est pas la question pour l'instant. On m'est tombé dessus au petit matin, quand j'étais encore au lit ; peut-être avait-on l'ordre (après ce qu'a dit le juge d'instruction, ce n'est pas exclu) d'arrêter quelque artisan-peintre tout aussi innocent que moi, mais c'est tombé sur moi. La pièce voisine de ma chambre était occupée par deux gardiens grossiers. Si j'étais un dangereux malfaiteur, on n'aurait pas pu prendre de plus grandes précautions. De plus, ces gardiens étaient des canailles dépravées, qui m'ont rebattu les oreilles pour que je leur graisse la patte, qui ont cherché à me subtiliser sous de fallacieux prétextes mon linge et mes vêtements, qui ont prétendu m'extorquer de l'argent pour me procurer un petit déjeuner, alors qu'ils venaient sous mes yeux de s'approprier froidement le mien. Mais ce n'est pas tout. On m'emmena dans une troisième pièce, devant un inspecteur. C'était la chambre d'une dame pour qui j'ai beaucoup d'estime et je n'ai pu empêcher qu'à cause de moi, mais non par ma faute, cette chambre soit en quelque sorte souillée par la présence de ces gardiens et de cet inspecteur. Il n'était pas facile de garder son calme. J'y suis néanmoins parvenu et j'ai demandé à l'inspecteur (qui ne pourrait que le confirmer, s'il était ici) pourquoi j'étais arrêté. Que croyez-vous qu'ait répondu cet inspecteur, que je vois encore comme s'il était devant moi, installé sur la chaise de ma respectable voisine comme une vivante image de l'arrogance la plus stupide ? Eh bien, messieurs, il n'a au fond rien répondu ; peut-être qu'il ne savait vraiment rien ; il m'avait arrêté et cela lui suffisait. Il avait même fait plus encore : il avait amené dans la chambre de cette dame trois employés subalternes de ma banque qui s'amusaient à tripoter des photographies, propriété de cette dame, et à les mettre en désordre. La présence de ces employés avait naturellement encore un autre but : ils étaient là, tout comme ma

logeuse et comme sa bonne, pour répandre la nouvelle
de mon arrestation, pour ternir ma réputation et, en particulier, pour saper ma situation à la banque. Or tout
cela a échoué, sur toute la ligne ; même ma logeuse, une
personne extrêmement simple (je la nommerai ici pour
lui rendre hommage, elle s'appelle Madame Grubach),
même Madame Grubach donc a eu assez de bon sens
pour voir qu'une telle arrestation n'avait pas plus
d'importance qu'une agression perpétrée au coin d'une
rue par des galopins laissés sans surveillance. Je le répète,
tout cela ne m'a causé que de simples contrariétés et
qu'un agacement passager, mais n'aurait-ce pas pu
entraîner des conséquences plus graves ?

S'interrompant alors pour regarder le juge qui restait
silencieux, K. crut noter que celui-ci était en train
d'adresser un coup d'œil à quelqu'un dans l'assistance.
K. sourit et dit :

– Monsieur le juge d'instruction est en train de faire
à l'un d'entre vous un signe convenu. Il y a donc parmi
vous des gens que l'on manœuvre depuis cette estrade.
J'ignore si ce signal devait déclencher des sifflets ou des
applaudissements et, en vendant ainsi la mèche, je
renonce délibérément à en connaître la signification. Elle
m'est complètement indifférente et j'autorise publiquement Monsieur le juge d'instruction à commander les
exécutants qu'il paie là-bas sans plus recourir à des
signaux secrets, mais à haute et intelligible voix, en leur
disant tantôt « sifflez ! » et tantôt « applaudissez ! » »

De gêne ou d'impatience, le juge d'instruction se tré-
moussait sur sa chaise. Derrière lui, l'homme avec lequel
il avait déjà parlé se pencha de nouveau vers lui, soit
pour lui prodiguer des encouragements généraux, soit
pour lui donner un conseil précis. En bas, les gens discutaient à voix basse, mais avec animation. Les deux parties
adverses, qui semblaient naguère d'avis si différents, se
mélangeaient, des gens ici et là montraient du doigt K.
ou bien le juge. Le voile de fumée, dans la pièce, était

extrêmement désagréable, il empêchait même de distinguer les personnes les plus éloignées. Il devait surtout gêner les gens de la galerie, qui étaient obligés, tout en jetant des regards anxieux en direction du juge, de poser à mi-voix des questions à ceux de l'assemblée, pour se tenir au courant. On leur répondait sur le même ton, en se cachant la bouche derrière la main.

– Je n'en ai plus que pour un instant, dit K.

Comme il n'y avait pas de clochette, il frappa du poing sur la table ; sursautant de peur, les têtes du juge et de son conseiller s'écartèrent instantanément. K. poursuivit :

– Toute cette affaire me laisse indifférent et je la juge donc avec sérénité. Si tant est que vous attachiez quelque importance à ce prétendu tribunal, vous auriez tout avantage à m'écouter. Veuillez donc remettre à plus tard les commentaires que vous échangez sur mon exposé, car j'ai peu de temps et ne vais pas tarder à m'en aller.

Le silence se fit aussitôt, tellement K. était déjà maître de l'assemblée. Il n'y avait plus de cris divers comme au début, il n'y avait même plus d'applaudissements, mais on paraissait déjà convaincu ou fort près de l'être.

– Il ne fait pas de doute, dit K., car l'attention en éveil de toute l'assemblée le réjouissait et de ce silence émanait un bruissement léger plus excitant que si l'on avait applaudi à tout rompre, il ne fait pas de doute que tous les agissements de ce tribunal (ainsi, dans mon cas, l'arrestation et la présente instruction) dissimulent une vaste organisation. Une organisation qui n'emploie pas seulement des gardiens corrompus, des inspecteurs et des juges imbéciles dont le mieux qu'on puisse espérer est qu'ils soient modestes, mais qui entretient de surcroît des magistrats de haut rang, voire du plus haut rang, avec tout un train innombrable et inévitable d'huissiers, de greffiers, de gendarmes et autres subalternes, peut-être même avec des bourreaux, je n'ai pas peur du mot. Or quel est, messieurs, le sens de cette vaste organisation ?

C'est d'arrêter des personnes innocentes et d'engager
contre elles des procédures absurdes et généralement
(comme dans mon cas) sans résultat. Face à une telle
absurdité de tout l'appareil, comment éviter que tous les
fonctionnaires succombent à la pire corruption ? C'est
impossible, le premier magistrat de la hiérarchie n'y par-
viendrait même pas pour son propre compte. Voilà pourquoi les gardiens cherchent à dépouiller de leurs
vêtements les personnes arrêtées, pourquoi les inspecteurs pénètrent par effraction chez des inconnus, pourquoi des innocents, au lieu d'avoir droit à un
interrogatoire, sont traînés dans la boue devant des
assemblées entières. Les gardiens ont seulement parlé de
dépôts où l'on placerait ce qui appartient aux personnes
emprisonnées, je serais curieux de voir ces dépotoirs où
pourrissent les fruits d'un labeur acharné, quand ils ne
sont pas dérobés par des employés voleurs.

K. fut interrompu par un piaillement poussé au fond
de la salle ; il abrita ses yeux avec sa main pour tenter
d'y voir à travers la fumée que le jour gris rendait blan-
châtre et aveuglante. C'était la femme à la lessive, que K.
avait repérée dès son entrée comme un élément perturba-
teur. Était-ce de sa faute ou non, impossible de s'en
rendre compte*. K. vit seulement qu'un homme l'avait
entraînée dans un coin près de la porte et la serrait contre
lui. Mais ce n'était pas elle qui piaillait, c'était l'homme,
il avait la bouche largement ouverte et les yeux au plafond. Un petit cercle s'était formé autour du couple et
les gens de la galerie, près de là, semblaient ravis que se
relâche ainsi la gravité que K. avait imposée à l'assemblée. Le premier mouvement de K. fut d'y aller, pensant
d'ailleurs que tout le monde tenait à rétablir l'ordre et
pour le moins à expulser le couple ; mais les premiers
rangs, en face de lui, restèrent inébranlables, personne ne
bougea, personne ne le laissa passer. Au contraire, on le
bloqua, des vieux tendirent le bras pour l'empêcher de
passer et il sentit une main (il n'avait pas le temps de se

retourner) qui l'agrippait au collet. K. ne songeait plus
au couple, à vrai dire ; il avait le sentiment qu'on restrei-
gnait sa liberté, qu'on l'arrêtait cette fois pour de bon,
et il sauta sans ménagement à bas de l'estrade. Il se
trouva nez à nez avec la foule. Avait-il bien jugé ces gens ?
Avait-il surestimé l'effet de son discours ? Est-ce qu'on
avait joué la comédie tant qu'il parlait, pour jeter le
masque maintenant qu'il en venait aux conclusions ?
Tout autour de lui, quels visages ! De petits yeux noirs
virevoltaient furtivement, les joues pendaient comme
chez les ivrognes, les longues barbes étaient raides et
maigres, et les mains qui les caressaient se crispaient dans
le vide comme des serres. Mais sous ces barbes (telle fut
la véritable découverte de K.) on voyait briller au col
des vestes des insignes de différentes tailles et de diverses
couleurs. Tout le monde portait de tels insignes, autant
qu'on pouvait voir. Tout le monde était du même bord,
les deux parties adverses n'étaient qu'un faux-semblant
et, lorsque K. se retourna brusquement, il vit les mêmes
insignes sur le col du juge d'instruction, qui considérait
tranquillement la salle, les mains jointes sur le ventre.

— Ah bon ! dit K. en levant haut les bras comme si sa
soudaine découverte avait besoin d'espace. Vous êtes
donc tous fonctionnaires, à ce que je vois ; c'est vous,
cette maffia que j'attaquais ; vous êtes venus vous entas-
ser dans cette salle et jouer les auditeurs et les espions ;
vous avez simulé deux clans, dont l'un m'a applaudi pour
me mettre à l'épreuve ; vous vouliez apprendre comment
on tourne la tête aux innocents ! Eh bien, j'espère que
vous ne serez pas venus pour rien. Ou bien vous vous
serez amusés à voir quelqu'un s'imaginer que vous défen-
driez l'innocence, ou bien… Lâchez-moi ou je frappe !

K. s'adressait à un vieillard tremblant qui le serrait de
plus près que les autres. Il reprit :

— Ou bien alors vous aurez réellement appris quelque
chose. Sur ce, je vous souhaite bien du plaisir dans vos
besognes.

Il saisit rapidement son chapeau sur le bord de la table
et se fraya un chemin vers la sortie au milieu du silence
général, du silence en tout cas que provoque une surprise
totale. Mais apparemment le juge d'instruction avait été
plus rapide que lui, car il l'attendait près de la porte.

– Un instant, dit-il.

K. s'arrêta, en regardant non le juge, mais la porte,
dont il avait déjà saisi la poignée.

– Je voulais simplement vous faire remarquer, dit le
juge d'instruction, que vous venez (sans doute n'en avez-
vous pas encore conscience) de vous priver de l'avantage
que représente en tout état de cause un interrogatoire
lorsqu'on est arrêté.

K. regarda la porte en riant et s'écria :

– Bande de crapules ! Vous pouvez les garder, vos
interrogatoires !

Il ouvrit la porte et dévala l'escalier. Derrière lui
monta le bruit de l'assemblée qui s'animait à nouveau et
commentait sans doute les événements comme on fait
à l'université.

Dans le prétoire désert, l'étudiant, les bureaux du greffe

La semaine suivante, K. attendit d'un jour à l'autre qu'on lui fasse signe à nouveau ; il ne pouvait croire qu'on eût pris à la lettre sa renonciation à tout interrogatoire et, lorsque le samedi soir arriva sans qu'il eût rien reçu, il supposa qu'il était tacitement convoqué pour la même heure dans le même bâtiment. Le dimanche, il s'y rendit donc et, cette fois, emprunta escaliers et couloirs sans faire aucun détour ; se souvenant de lui, quelques personnes le saluèrent de leur seuil, mais il n'eut pas à demander son chemin et parvint bientôt à la bonne porte. Celle-ci s'ouvrit dès qu'il frappa. Sans se soucier de la femme qu'il connaissait et qui restait à l'entrée, il s'apprêtait à pénétrer dans la seconde pièce, quand la femme dit :

– Aujourd'hui, il n'y a pas de séance.

– Pourquoi n'y aurait-il pas de séance ? répondit K., sans vouloir la croire.

Mais la femme le convainquit en ouvrant la porte de la pièce voisine. Celle-ci était effectivement déserte et paraissait du même coup plus misérable encore que le dimanche précédent. Sur la table, qui était toujours sur l'estrade, il y avait quelques livres.

– Puis-je jeter un coup d'œil à ces livres ? demanda K., moins par curiosité que pour n'être pas venu tout à fait pour rien.

– Non, dit la femme en refermant la porte, ce n'est pas permis. Ces livres sont au juge d'instruction.

– Ah bon, dit K. en hochant la tête, ce doit être des recueils de lois, et c'est bien dans la manière de ces tribunaux de condamner des innocents qu'on laisse de surcroît dans l'ignorance.

– Ce doit être ça, répondit la femme, qui n'avait pas très bien compris.

– Eh bien je repars, dit K.

– Avez-vous quelque chose à faire dire au juge ?

– Vous le connaissez ?

– Naturellement, mon mari est huissier au tribunal.

Alors seulement, K. s'aperçut que cette pièce, qui ne contenait l'autre fois qu'un baquet à lessive, était maintenant entièrement aménagée en pièce d'habitation. Voyant l'étonnement de K., la femme dit :

– Oui, nous sommes logés ici gratuitement, mais nous devons libérer la pièce les jours de séance. La situation de mon mari a quelques inconvénients.

– Ce n'est pas tant votre logement qui me surprend, dit K. avec un regard mauvais, c'est que vous soyez mariée.

– Vous faites peut-être allusion à cet incident qui, à la dernière séance, m'a fait interrompre votre discours ?

– Naturellement, dit K. Aujourd'hui, c'est passé et déjà presque oublié, mais l'autre jour ça m'a vraiment rendu furieux. Et voilà que vous me dites vous-même que vous êtes une femme mariée !

– Je ne vous ai pas porté tort en interrompant votre discours. Quand vous avez été parti, les jugements étaient sévères sur votre compte.

– C'est bien possible, dit K. d'un air évasif. Mais cela n'excuse pas votre conduite.

– Tous ceux qui me connaissent m'excuseront, dit la femme. L'homme qui me prenait dans ses bras me court après depuis longtemps. J'ai beau n'être pas très séduisante en général, je le suis pour cet homme. Il n'y a rien à faire, même mon mari a dû en prendre son parti ; s'il veut garder sa place, il doit s'en accommoder, car il s'agit d'un étudiant et on prévoit qu'un jour il sera très puissant. Il est sans cesse après moi, il venait de partir quand vous êtes arrivé.

– Cela va de pair avec tout le reste, dit K., je n'en suis pas surpris.

La femme répondit lentement, en examinant K. attentivement comme si elle disait quelque chose de dangereux, tant pour elle que pour lui :

– Vous voudriez améliorer un peu les choses ici, n'est-ce pas ? Je l'avais déjà compris à votre discours, qui personnellement m'a bien plu. Je n'en ai à vrai dire entendu qu'une partie, j'ai raté le début, et pendant votre conclusion, j'étais couchée par terre avec l'étudiant...

Elle marqua un temps, puis dit en prenant la main de K. :

– Tout est si répugnant, ici. Vous croyez que vous arriverez à provoquer une amélioration ?

K. sourit en tournant légèrement sa main dans les mains douces de la femme, et répondit :

– En fait, je ne suis pas chargé de provoquer ici des améliorations, comme vous dites, et si vous disiez cela par exemple au juge d'instruction, il vous rirait au nez ou bien vous punirait. En réalité, je n'aurais certainement pas pris l'initiative de me mêler de ces choses et jamais les améliorations qu'exigeraient ces tribunaux ne m'auraient empêché de dormir. Mais c'est ma prétendue arrestation (car je suis arrêté) qui m'a contraint à intervenir, et ce pour me défendre. Mais si, par la même occasion, je puis vous être de quelque utilité, je le ferai bien sûr très volontiers. Pas seulement par charité, mais aussi parce que vous pouvez également m'être utile.

– En quoi ? demanda la femme.

– Par exemple en me montrant les livres qui sont là-bas sur la table.

– Mais bien sûr, s'écria-t-elle en l'entraînant derrière elle.

C'étaient de vieux volumes fatigués, le dos d'une reliure avait lâché presque entièrement par le milieu, les morceaux ne tenaient plus que par des fils.

– Comme tout est sale, ici, dit K. en secouant la tête. Avant qu'il ne puisse saisir les livres, la femme les épousseta avec son tablier, au moins superficiellement. K. ouvrit le livre qui était sur la pile et c'est une gravure obscène qui apparut. Un homme et une femme étaient assis sur un canapé, l'idée triviale du dessinateur ne faisait pas de doute, mais si grande avait été sa maladresse qu'on ne voyait finalement qu'un homme et qu'une femme, surgissant trop concrètement de l'image, assis là tout raides et que la faute de perspective empêchait quasiment de se tourner l'un vers l'autre. K. ne feuilleta pas plus avant, il regarda le titre du deuxième volume, c'était un roman intitulé *Les Tourments qu'endura Grete de son mari Hans.*

– Voici donc la législation qu'on étudie ici, dit K. Voilà les gens qui vont me juger.

– Je vous aiderai, dit la femme. Vous voulez ?

– Pourriez-vous vraiment le faire sans vous mettre vous-même en danger ? Ne disiez-vous pas tout à l'heure que votre mari dépend étroitement de ses supérieurs ?

– Je veux tout de même vous aider, dit la femme. Venez, il faut que nous en parlions. Ne me parlez plus des dangers que je cours, je ne crains le danger que quand je le veux bien. Venez.

Elle lui montra l'estrade et l'invita à s'asseoir avec elle sur le bord. Une fois là, elle examina K. par en dessous et lui dit :

– Vous avez de beaux yeux noirs. On me dit aussi que j'ai de beaux yeux, mais les vôtres sont bien plus beaux. Je les ai d'ailleurs tout de suite remarqués, quand vous êtes entré ici la première fois. C'est aussi à cause d'eux qu'ensuite je suis venue dans la salle, alors que je ne le fais jamais et qu'en somme cela m'est même interdit.

C'est donc cela, pensait K., elle s'offre à moi, elle est corrompue comme le sont ici tous ces gens, elle en a assez des employés du tribunal (ce qui se comprend), donc le premier venu a droit à un compliment sur ses yeux. K. se leva alors sans dire mot, comme s'il avait pensé à haute voix et expliqué ainsi son attitude à la femme.

– Je ne crois pas, dit-il, que vous puissiez m'aider ; pour m'aider réellement, il faudrait avoir des relations parmi les hauts fonctionnaires. Or vous ne connaissez sans doute que ces employés subalternes qui grouillent ici. Eux, vous les connaissez sûrement très bien et vous pourriez obtenir d'eux plus d'une chose, je n'en doute pas ; mais même dans le meilleur des cas ce qu'on pourrait obtenir d'eux n'aurait pas la moindre influence sur l'issue finale du procès. En revanche, vous y perdriez quelques amis : je ne veux pas de cela. Continuez d'entretenir les mêmes relations avec ces gens, puisque je crois comprendre qu'elles vous sont indispensables. Je ne dis pas cela sans quelque regret, car, pour vous retourner en quelque sorte votre compliment, vous me plaisez vous aussi, surtout quand vous me regardez avec cet air triste, ce qui d'ailleurs est tout à fait injustifié de votre part. Vous appartenez à la société que je suis obligé de combattre, mais vous vous y sentez à l'aise, vous aimez même cet étudiant et, si vous ne l'aimez pas, vous le préférez tout de même à votre mari. Vos paroles ne laissaient pas de doute là-dessus.

– Non ! s'écria-t-elle et, restant assise, elle saisit la main de K., qu'il ne put retirer assez vite. Vous n'avez pas le droit de partir maintenant, pas le droit de partir avec un jugement faux sur mon compte ! Vous seriez vraiment capable de partir maintenant ? Ai-je vraiment si peu de valeur à vos yeux que vous ne puissiez me faire le plaisir de rester un petit moment ?

– Vous me comprenez mal, dit K. en s'asseyant, si vous tenez vraiment à ce que je reste, je reste volontiers, j'ai tout le temps, je suis venu en croyant qu'il y avait une séance aujourd'hui. Tout ce que j'ai voulu dire, c'est qu'il ne fallait pas que vous entrepreniez quoi que ce soit pour moi dans mon procès. Mais il ne faut pas que cela vous vexe, songez que l'issue de ce procès m'est indifférente et qu'une condamnation me fera tout au plus rire. À supposer que ce procès se termine un jour vraiment, ce dont je doute fort. Je crois au contraire que par paresse, ou par négligence, ou peut-être déjà par peur, les fonctionnaires ont suspendu la procédure ou vont la suspendre sous peu. Encore qu'il soit possible également qu'on feigne de poursuivre le procès, dans l'espoir de me soutirer davantage de pots-de-vin ; mais cet espoir est vain, je puis le dire dès aujourd'hui, car je ne verse aucun pot-de-vin. Il y a tout de même un service que vous pourriez me rendre, ce serait de faire savoir au juge d'instruction (ou à n'importe qui d'autre aimant à répandre les grandes nouvelles) que jamais on ne m'extorquera un pot-de-vin, par aucune de ces manigances dont ces messieurs ne sont sans doute pas avares. Ce serait peine perdue, vous pouvez le leur dire carrément. D'ailleurs on s'en est peut-être déjà rendu compte et, si ce n'était pas le cas, peu m'importe qu'on l'apprenne dès à présent. Simplement, cela épargnera du travail à ces messieurs ; il est vrai que cela m'épargnera aussi quelques désagréments, que néanmoins j'encaisserais volontiers si je sais que, de l'autre côté, on en subit le contrecoup. Et je veillerai à ce qu'il en soit ainsi. Au fait, connaissez-vous le juge d'instruction ?

– Naturellement, dit la femme, c'est à lui que je pensais en premier, en vous offrant mon aide. J'ignorais que ce n'était qu'un fonctionnaire subalterne, mais puisque vous le dites, cela doit être vrai. Je crois tout de même que le rapport qu'il fournit à ses supérieurs a néanmoins quelque influence. Et il écrit beaucoup de rapports. Vous dites que les fonctionnaires sont paresseux, ils ne le sont sûrement pas tous ; ce juge d'instruction, en particulier, écrit énormément. Dimanche dernier, par exemple, la séance s'est prolongée jusqu'au soir. Tous les gens sont partis, mais le juge est resté dans la salle, j'ai dû lui apporter une lampe ; je n'avais qu'une petite lampe de cuisine, mais il s'en est contenté et il s'est aussitôt mis à écrire. Mon mari, qui avait justement congé ce dimanche-là, était rentré entre-temps ; nous sommes allés chercher nos meubles et avons réinstallé notre chambre, des voisins sont encore venus nous voir et nous avons parlé à la lumière d'une bougie ; bref, nous avons oublié le juge d'instruction et nous nous sommes couchés. Tout d'un coup, dans la nuit (ce devait être déjà très tard), je me réveille et je vois le juge debout près de notre lit, faisant écran avec sa main devant la lampe pour que la lumière ne vienne pas sur mon mari ; c'était une précaution superflue, car mon mari a le sommeil si lourd que la lumière ne l'aurait pas réveillé. J'ai eu si peur que j'ai failli crier, mais le juge a été très gentil, il m'a dit de ne pas faire de bruit, m'a chuchoté qu'il avait travaillé pendant tout ce temps et qu'il me rapportait la lampe, et que jamais il n'oublierait l'image qu'il avait eue de moi en me trouvant endormie. Si je vous raconte tout cela, c'est pour vous dire que le juge d'instruction rédige vraiment beaucoup de rapports, surtout sur vous, car votre audition était sûrement l'un des principaux objets de la séance de ce dimanche. Or des rapports aussi longs ont nécessairement une certaine importance. De plus, cette histoire vous montre que le juge me fait la cour et que dans ces premiers temps (sans doute ne m'a-t-il remarquée que ces jours-ci) je peux avoir une grande influence sur lui. J'ai d'autres preuves qu'il s'intéresse beaucoup à moi. Hier, par l'intermédiaire de l'étudiant, en qui il a toute confiance et qui est son collaborateur, il m'a offert des bas de soie, parce que je fais le ménage dans la salle de séance, soi-disant ; mais ce n'est qu'un prétexte, car ce travail m'incombe et il est payé à mon mari. Ce sont de jolis bas, regardez, mais à vrai dire trop fins, ils ne sont pas faits pour moi.

En disant cela, elle avait allongé les jambes et relevé ses jupes jusqu'aux genoux pour regarder elle-même les bas. Soudain, elle s'arrêta net, posa sa main sur celle de K. comme pour le faire tenir tranquille et chuchota :

– Doucement, Berthold nous regarde.

K. leva lentement les yeux. À la porte de la salle se tenait un jeune homme ; il était petit, ses jambes n'étaient pas tout à fait droites et il cherchait à se donner de la dignité en arborant une barbe rousse, courte et peu fournie, qu'il tripotait sans cesse. K. le regarda avec curiosité, car c'était la première fois qu'il rencontrait ainsi sur un terrain quasi personnel un étudiant versé dans la mystérieuse science juridique, un homme sans doute appelé à exercer un jour de hautes fonctions dans l'administration. À l'inverse, l'étudiant ne sembla nullement se soucier de K., il se contenta d'extraire pour un instant un doigt de sa barbe et de faire un petit signe à la femme, puis il alla vers la fenêtre. La femme se pencha vers K. et chuchota :

– Ne m'en veuillez pas, je vous en supplie, et ne me jugez pas mal, il faut que j'aille le retrouver, cet ignoble individu, regardez-moi ces jambes arquées. Mais je reviens tout de suite et je vais avec vous, si vous voulez de moi ; j'irai où vous voudrez, vous pourrez faire de moi ce que vous voudrez ; je serai heureuse si je pars d'ici le plus longtemps possible, je préférerais même partir pour toujours.

Elle caressa encore la main de K., puis se leva d'un bond et courut vers la fenêtre. Sans le vouloir, K. chercha encore à lui attraper la main et la manqua. Cette femme l'attirait vraiment et il avait beau réfléchir, il ne trouvait pas de raison valable de ne pas céder à cette attirance. Il songea un instant que cette femme lui tendait peut-être un piège pour le compte du tribunal, mais il balaya sans peine cette objection. Comment le prendrait-elle au piège ? Ne conservait-il pas toute liberté d'écraser en un instant ce tribunal, au moins dans son affaire ? Ne pouvait-il avoir ce minimum de confiance en soi ? Et l'aide de cette femme paraissait offerte de bon cœur, et elle n'était peut-être pas sans valeur. Et c'était peut-être la meilleure vengeance à l'égard du juge et de sa clique, que de leur souffler cette femme et de la prendre avec lui. Alors il se pourrait qu'un de ces jours, après s'être échiné sur ses rapports mensongers concernant K., le juge en pleine nuit trouve vide le lit de cette femme. Vide parce qu'elle appartiendrait à K., parce que cette femme près de la fenêtre, ce corps épanoui, souple et chaud, dans cette robe sombre d'étoffe grossière et lourde, appartiendrait exclusivement à K.

Après avoir ainsi écarté toute défiance envers elle, K. commença à trouver que ce dialogue à voix basse s'éternisait, près de la fenêtre ; il frappa sur l'estrade comme on toque à une porte, puis il tapa du poing. L'étudiant lui jeta un bref regard par-dessus l'épaule de la femme, mais ne se dérangea pas, il se serra même contre elle et l'enlaça. Elle inclina profondément la tête comme si elle l'écoutait attentivement ; comme elle se penchait, il l'embrassa bruyamment dans le cou, sans pour autant cesser de parler. K. y vit la confirmation de la tyrannie de l'étudiant, dont la femme s'était plainte ; il se leva et fit les cent pas dans la pièce. Tout en lorgnant vers l'étudiant, il réfléchissait au moyen le plus rapide de s'en débarrasser et ne fut donc pas fâché quand, visiblement importuné par la promenade de K., qui par moment tournait déjà au piétinement, l'étudiant déclara :

– Si vous êtes impatient, vous pouvez partir. Vous auriez même pu partir plus tôt, personne ne s'en serait plaint. Vous auriez même dû partir, et ce dès mon arrivée, et en vitesse.

Si ces propos exprimaient sans doute le comble de la fureur, ils n'en manifestaient pas moins, en tout cas, la morgue du futur magistrat s'adressant à un accusé qu'on a pris en grippe. K. se planta tout près de lui et dit en souriant :

– Je suis impatient, c'est exact, mais la meilleure façon de mettre un terme à mon impatience, c'est que vous nous laissiez. Mais si vous êtes venu pour travailler (on m'a dit que vous étiez étudiant), je vous céderai bien volontiers la place et partirai avec cette dame. Du reste, il vous faudra travailler encore beaucoup, avant de pouvoir être juge. Certes, je ne connais pas encore très bien votre système judiciaire, mais je doute qu'il suffise d'y tenir des discours grossiers, tels que ceux où je dois convenir que vous excellez déjà effrontément.

– On n'aurait pas dû le laisser aussi libre de circuler, dit l'étudiant comme pour expliquer à la femme les propos offensants de K. On a fait une bourde. Je l'ai dit au juge d'instruction. Entre les interrogatoires, on aurait dû au moins le consigner dans sa chambre. Le juge d'instruction est parfois difficile à comprendre.

– Que de paroles inutiles, dit K.* en tendant la main vers la femme. Venez !

– Ah, c'est comme ça ! dit l'étudiant. Non, non, vous ne l'aurez pas.

Et avec une force qu'on n'aurait pas soupçonnée, il hissa la femme sur son bras et fila vers la porte, le dos rond mais en levant vers elle un regard tendre. Il était clair qu'il avait un peu peur de K., mais il se risqua tout de même à le provoquer encore, en caressant et en pressant le bras de la femme avec sa main libre. K. courut quelques pas à côté de lui, prêt à l'empoigner et, si nécessaire, à l'étrangler ; mais la femme dit :

– Rien n'y fera, le juge d'instruction me demande, je ne peux pas venir avec vous, ce petit monstre (et en disant cela, elle passait sa main sur le visage de l'étudiant), ce petit monstre ne me lâchera pas.

– Et vous ne voulez pas qu'on vous délivre ! cria K. en posant une main sur l'épaule de l'étudiant, qui essaya de le mordre.

– Non ! s'écria la femme en repoussant K. à deux mains. Non, non, surtout pas, vous n'y songez pas ! Je serais perdue. Laissez-le, je vous en supplie, laissez-le faire. Il ne fait qu'exécuter l'ordre du juge, il m'amène à lui.

– Alors, qu'il file ! Et vous, je ne veux plus vous revoir, dit K., fou de déception.

Il donna à l'étudiant un coup dans le dos qui le fit trébucher un instant. Mais, ravi de n'être pas tombé, il n'en bondit que plus haut sans lâcher son fardeau. K. les suivit lentement ; il devait convenir que c'était la première défaite indubitable qu'il essuyait de la part de ces gens. Il n'y avait naturellement pas de quoi s'inquiéter, il n'avait subi cette défaite que parce qu'il avait cherché l'affrontement. S'il restait chez lui et menait son existence habituelle, il était mille fois plus fort que tous ces gens et pourrait envoyer promener d'un coup de pied n'importe lequel d'entre eux. Et K. de se représenter la scène parfaitement ridicule que ce serait si, par exemple, cet étudiant pitoyable, cet enfant bouffi d'orgueil, ce barbu difforme se retrouvait à genoux devant le lit d'Elsa, les mains jointes pour implorer sa grâce. L'idée lui plut tellement qu'il résolut qu'à la première occasion il emmènerait l'étudiant chez Elsa.

Par curiosité, K. alla vite jusqu'à la porte, il voulait voir où l'on emportait la femme ; l'étudiant n'allait tout de même pas parcourir les rues en la tenant sur son bras. Mais K. découvrit que le chemin n'était pas long. Juste en face de l'appartement, un étroit escalier de bois conduisait vraisemblablement au grenier ; il tournait et l'on ne voyait pas où il aboutissait. C'est par cet escalier que l'étudiant emportait la femme, très lentement déjà et en gémissant, car il était affaibli d'avoir couru auparavant. La femme fit à K. un petit salut de la main et chercha, en haussant plusieurs fois les épaules, à lui manifester qu'elle n'était pas responsable de cet enlèvement, mais ce geste ne traduisait pas beaucoup de regret.

K. la regarda aussi froidement qu'une inconnue, ne voulant trahir ni sa déception, ni la facilité avec laquelle il pourrait la surmonter.

Le couple avait déjà disparu, que K. était encore à la porte de l'appartement. Force était de constater que non seulement la femme l'avait trompé mais qu'en prétendant aller chez le juge, elle lui avait encore menti. Le juge d'instruction ne pouvait tout de même pas être fourré au grenier en train de l'attendre. On avait beau regarder cet escalier de bois, il n'en disait pas davantage. Soudain, K. remarqua un bout de papier épinglé près de l'escalier ; il s'approcha et lut, dans une écriture gauche et enfantine : « Accès aux bureaux du greffe ». C'était donc là, dans le grenier de cet immeuble locatif, qu'étaient les bureaux du greffe ? Voilà qui n'était pas de nature à inspirer un grand respect et il était rassurant, pour un accusé, d'imaginer un tribunal assez dépourvu de moyens financiers pour installer ses bureaux là où les locataires, qui étaient déjà eux-mêmes des pauvres parmi les pauvres, jetaient leurs vieilleries. À vrai dire, il n'était pas exclu qu'il y eût suffisamment d'argent, mais que les fonctionnaires fissent main basse dessus avant qu'il puisse être affecté aux dépenses du tribunal. D'après ce que K. avait pu constater, c'était même très vraisemblable et si pareille gabegie était outrageante pour l'accusé, elle avait au fond de quoi le rassurer, encore plus que la pauvreté du tribunal. K. comprenait maintenant que l'on eût honte, pour le premier interrogatoire, de citer l'accusé à comparaître dans ce grenier et que l'on préférât l'importuner à son domicile. Quelle n'était pas la supériorité de K. sur ce juge installé dans un grenier ! Il disposait à la banque d'un grand bureau doté d'une antichambre et d'une vaste baie donnant sur une grande place animée ! Il est vrai qu'il n'arrondissait pas ses appointements à coups de pots-de-vin et de malversations, et qu'il ne pouvait pas non plus demander à son garçon de bureau de lui apporter des femmes sur son bras. Mais K. en faisait son deuil, au moins dans cette vie.

Il était toujours planté devant l'inscription, lorsqu'un homme surgit sur le palier, venant d'en bas, et jeta un coup d'œil, sans franchir la porte, dans la pièce d'habitation et la salle de séance, puis demanda à K. s'il n'avait pas vu une femme.

– Vous êtes l'huissier, n'est-ce pas ? dit K.

– Oui, dit l'homme. Ah, vous êtes l'accusé K., je vous reconnais maintenant, moi aussi. Soyez le bienvenu.

Il tendit la main à K., qui ne s'y attendait nullement et ne répondit rien, si bien que l'homme ajouta :

– Mais il n'y a pas de séance prévue, aujourd'hui.

– Je sais, dit K.

Il regardait la veste de l'homme, une veste civile qui, pour tout insigne officiel, comportait à côté de boutons ordinaires deux boutons dorés qui auraient pu être récupérés sur une vieille capote d'officier.

– J'ai parlé tout à l'heure à votre femme, ajouta K. Elle n'est plus ici. L'étudiant l'a portée au juge d'instruction.

– Et voilà, dit l'huissier, on me l'emporte tout le temps. C'est pourtant dimanche, je ne devrais pas travailler ; mais, rien que pour se débarrasser de moi, on m'envoie faire des commissions parfaitement inutiles. Et on ne m'expédie pas bien loin, si bien qu'en me dépêchant j'espère toujours revenir à temps. Je cours aussi vite que je peux et, une fois à destination, je crie mon message en entrouvrant juste la porte et sans reprendre mon souffle, si bien qu'on ne doit rien y comprendre, et je repars en courant ; mais l'étudiant m'a pris de vitesse, il faut dire qu'il a moins de chemin à faire, il n'a qu'à descendre l'escalier du grenier. Si je ne dépendais pas autant d'eux, il y a longtemps que j'aurais écrasé cet étudiant contre le mur, là. À côté du petit papier. J'en rêve tout le temps. Là, un peu au-dessus du plancher, il est écrabouillé, les bras tendus, les doigts écartelés, ses

jambes arquées clouées en rond et, tout autour, des
giclées de sang. Mais jusqu'à présent, ce n'est qu'un rêve.

— Il n'y a pas d'autre moyen ? demanda K. en
souriant.

— Je n'en vois pas, dit l'homme. Et maintenant c'est
encore pire ; jusque-là il ne l'emportait que pour lui, mais
maintenant il l'apporte aussi au juge d'instruction ; je
m'y attendais d'ailleurs depuis longtemps.

— Et ce n'est pas un peu la faute de votre femme ?
demanda K. en se forçant, tant il se sentait lui-même
jaloux.

— Mais bien sûr, dit l'huissier, c'est même surtout de
sa faute à elle. C'est elle qui s'est jetée à son cou. Lui, il
court après toutes les femmes. Rien que dans cet
immeuble, il s'est déjà fait jeter à la porte de cinq logements où il s'était introduit. Il faut dire que ma femme
est la plus belle de tout l'immeuble, et je n'ai justement
pas le droit de me défendre.

— Dans ces conditions, dit K., il n'y a vraiment pas
de solution.

— Mais si, dit l'homme. L'étudiant est un lâche. Un
jour qu'il s'apprête à toucher ma femme, il faudrait lui
flanquer une telle raclée qu'il n'ose plus jamais recommencer. Mais moi je n'ai pas le droit de le faire et personne d'autre ne me rendra ce service, car tout le monde
a peur du pouvoir qu'il détient. Il n'y a qu'un homme
comme vous qui pourrait le faire.

— Comment cela, comme moi ? demanda K. étonné.

— Eh bien, vous êtes accusé.

— Oui, raison de plus pour craindre que l'étudiant
n'ait une influence, sinon sur l'issue du procès, du moins
sans doute sur l'instruction.

— Oui, bien sûr, dit l'huissier comme si l'avis de K.
était tout aussi judicieux que le sien. Mais chez nous, en
règle générale, les procès ne sont pas intentés pour
n'aboutir à rien.

– Je ne suis pas de votre avis, dit K., mais cela ne m'empêchera pas, à l'occasion, d'arranger comme il faut cet étudiant.

– Je vous en serais très reconnaissant, dit l'huissier un peu cérémonieusement, sans avoir l'air de croire vraiment que son vœu le plus cher se réaliserait.

– Peut-être même, poursuivit K., que d'autres fonctionnaires encore et peut-être même tous mériteraient ici le même traitement.

– Oui, oui, dit l'huissier comme si cela allait de soi.

Il gratifia K. d'un regard plein de confiance, alors que jusque-là il avait été simplement aimable, et il ajouta :

– On se révolte toujours.

Mais cette conversation sembla le mettre désormais un peu mal à l'aise et il brisa là en disant :

– Il faut maintenant que je me présente au bureau. Vous voulez venir ?

– Je n'ai rien à faire là-haut, dit K.

– Vous verrez les bureaux. Personne ne se souciera de vous.

– Est-ce que cela vaut la peine d'être vu ? demanda K. en hésitant, mais il avait très envie d'y aller.

– Bah, dit l'huissier, je pensais que ça vous intéresserait.

– Bon, dit enfin K., je viens.

Et il grimpa l'escalier plus vite que son guide.

En arrivant, il faillit tomber, car il y avait une marche derrière la porte.

– On ne se soucie guère du public, dit-il.

– On ne se soucie de rien, dit l'huissier, regardez-moi cette salle d'attente.

C'était un long couloir, où des portes en grosses planches donnaient sur les différents compartiments du grenier. Bien qu'il n'y eût pas d'ouverture sur l'extérieur, l'obscurité n'était pas complète, car plusieurs de ces compartiments n'étaient pas séparés du couloir par des cloisons d'un seul tenant, mais par des grilles en bois qui

allaient bien jusqu'au plafond, mais qui laissaient passer
un peu de jour et permettaient d'apercevoir quelques
fonctionnaires, assis à leur table ou bien justement
debout contre ces grilles et observant les gens qui se trouvaient dans le couloir. Sans doute parce qu'on était
dimanche, ces gens étaient peu nombreux. Ils avaient l'air
très modestes. Ils étaient assis à intervalles presque réguliers sur les deux rangées de longs bancs de bois qui
étaient fixés de part et d'autre du couloir. Leur mise était
négligée, quoiqu'à leur mine, à leur maintien, à la coupe
de leurs barbes et à de nombreux détails difficiles à préci-
ser, ils appartinssent aux classes élevées. En l'absence de
portemanteaux, ils avaient sans doute suivi l'exemple de
l'un d'eux et tous posé leur chapeau sous les bancs.
Quand ceux qui étaient le plus près de la porte aper-
çurent K. et l'huissier, ils se levèrent pour les saluer ;
voyant cela, les suivants crurent qu'il fallait saluer, si bien
que tous se levèrent au passage des deux hommes. Ils
ne se redressaient jamais complètement, les dos étaient
courbés et les genoux fléchis, ils se tenaient comme des
mendiants dans la rue. K. attendit l'huissier qui le suivait
à quelque distance et dit :

— Comme ils doivent être humiliés.

— Oui, répondit l'huissier, ce sont des accusés, tous
ceux que vous voyez là sont des accusés.

— Vraiment ? dit K. Alors ce sont des collègues à moi.

Et se tournant vers le plus proche, un homme grand
et mince aux cheveux déjà presque gris, il lui demanda
courtoisement :

— Qu'attendez-vous ici ?

Mais à cette interpellation imprévue, l'homme se troubla, et c'était d'autant plus gênant à voir que manifestement il s'agissait d'un homme qui avait l'expérience du
monde et qui en d'autres lieux savait sûrement se dominer et ne renonçait pas aisément à la supériorité qu'il
s'était acquise sur bien des gens. Mais là, il ne savait que
répondre à une question aussi simple et se tournait vers

les autres comme s'ils avaient eu le devoir de l'aider et comme si personne ne pouvait exiger de lui une réponse en l'absence d'une telle aide. Alors, l'huissier s'avança et lui dit, pour le rassurer et l'encourager :

— Ce monsieur vous demande simplement ce que vous attendez. Répondez-lui.

La voix sans doute familière de l'huissier eut davantage de succès, car l'homme dit :

— J'attends...

Mais il n'alla pas plus loin. Visiblement, il avait choisi de commencer ainsi pour répondre précisément à la question posée, mais il ne trouvait plus la suite. Quelques autres accusés s'étaient approchés et entouraient le groupe ; l'huissier leur dit :

— Écartez-vous, écartez-vous, dégagez le passage.

Ils reculèrent un peu, mais sans regagner leurs places.

Cependant, l'homme s'était ressaisi et il eut même un petit sourire en répondant :

— J'ai déposé il y a un mois une demande visant à produire des preuves concernant mon affaire et j'attends de savoir si cette demande est recevable.

— Vous semblez vous donner beaucoup de peine, dit K.

— Oui, dit l'homme, mais il s'agit de moi.

— Tout le monde ne pense pas comme vous, dit K. Moi, par exemple, je suis accusé aussi, mais, sur mon âme, je n'ai pas déposé la moindre demande, ni entrepris quoi que ce soit de ce genre. Vous pensez que c'est nécessaire ?

— Je ne sais pas au juste, dit l'homme.

Il était de nouveau complètement déconcerté ; il croyait manifestement que K. se moquait de lui et il aurait sans doute préféré, de peur de commettre quelque nouvelle faute, répéter sa première réponse ; mais devant le regard impatient de K., il dit simplement :

— Moi, j'ai déposé des demandes.

– Vous ne croyez sans doute pas que je suis accusé, demanda K.

– Oh que si, certainement !

Et l'homme s'écarta un peu en proférant cette réponse, qui ne respirait pas la conviction, mais uniquement la peur.

– Ainsi, vous ne me croyez pas ? dit K.

Secrètement agacé par cette servilité, il prit l'homme par le bras, comme pour le forcer à le croire. Il ne voulait pas lui faire mal et ne l'avait saisi que légèrement, mais l'homme poussa un cri, comme si K. s'était servi de tenailles brûlantes et non de deux doigts. Ce cri grotesque acheva d'écœurer K. ; tant mieux si l'on ne croyait pas qu'il était accusé ; peut-être même que cet homme le prenait pour un juge. Et avant de le quitter, il l'empoigna avec une fermeté cette fois réelle et le repoussa sur son banc, puis se remit en route.

– La plupart des accusés sont tellement sensibles, dit l'huissier.

Derrière eux, maintenant, presque tous les gens qui attendaient faisaient cercle autour de l'homme qui avait déjà cessé de crier, et semblaient le questionner minutieusement sur l'incident. K. vit alors s'approcher un gardien, reconnaissable essentiellement à un sabre dont le fourreau paraissait être d'aluminium, du moins à en juger par sa couleur. K. en fut étonné et alla jusqu'à vérifier en palpant l'objet. Ce gardien avait été alerté par le cri et il s'enquit de ce qui s'était passé. L'huissier eut quelques mots pour tenter de l'apaiser, mais le gardien déclara qu'il devait aller voir par lui-même : il fit un salut militaire et s'éloigna vers l'attroupement, d'un petit pas pressé qui devait être entravé par la goutte.

K. se désintéressa de lui et de la foule qui occupait le couloir, d'autant que vers le milieu de celui-ci il aperçut un passage sans porte qui permettait de le quitter sur la droite. Il s'assura auprès de l'huissier que c'était leur chemin, l'huissier acquiesça d'un signe de tête et K.

s'engagea effectivement dans ce passage. Il lui était désagréable d'avoir sans cesse à précéder l'huissier d'un ou deux pas et d'avoir ainsi l'air, du moins en ces lieux, d'un prisonnier conduit chez le juge. Aussi attendait-il souvent l'huissier, mais celui-ci le laissait aussitôt reprendre de l'avance. Finalement, pour mettre un terme au malaise qu'il éprouvait, K. déclara :

– Eh bien, j'ai vu à quoi cela ressemble, je vais m'en aller.

– Vous n'avez pas tout vu, dit l'huissier sans la moindre malice.

– Je ne veux pas tout voir, dit K. qui se sentait d'ailleurs réellement fatigué. Je veux m'en aller ; comment regagne-t-on la sortie ?

– Vous n'êtes tout de même pas déjà perdu ? demanda l'huissier avec étonnement. Vous n'avez qu'à prendre à droite au prochain coin, ensuite le couloir vous ramène tout droit à la sortie.

– Venez, dit K., montrez-moi le chemin, je vais le rater ; il y a ici tant de chemins.

– C'est le seul chemin possible, dit l'huissier en prenant déjà un ton de reproche. Je ne peux pas le refaire avec vous, il faut que j'aille porter mon message et vous m'avez déjà fait perdre beaucoup de temps.

– Venez ! répéta K. plus durement, comme s'il avait enfin surpris l'huissier en train de mentir.

– Mais ne criez donc pas comme ça, chuchota l'huissier. Il y a des bureaux partout. Si vous ne voulez pas repartir seul, accompagnez-moi encore un peu ou bien attendez-moi ici le temps que je délivre mon message, je vous accompagnerai ensuite volontiers.

– Non, non, dit K., je ne veux pas attendre, il faut que vous veniez avec moi tout de suite.

K. n'avait pas encore prêté attention à l'endroit où il était ; il ne regarda autour de lui que quand s'ouvrit une des nombreuses portes en planches qui se trouvaient

alentour. Une jeune femme entrait, sans doute attirée par
le bruit qu'avait fait K., et demandait :

– Monsieur désire ?

Derrière elle, à quelque distance, on voyait dans la
pénombre un homme qui s'approchait également. K.
regarda l'huissier. Celui-ci avait pourtant dit que personne ne se soucierait de K., et ils étaient déjà deux à le
faire. Pour un peu, tout le service allait s'intéresser à lui
et lui demander de justifier sa présence. La seule explication plausible et acceptable consisterait à dire qu'il était
accusé et qu'il désirait connaître la date de son prochain
interrogatoire ; mais c'était précisément l'explication
qu'il ne voulait pas donner, d'autant qu'elle n'était pas
conforme à la vérité, puisqu'il était venu par simple
curiosité ou bien (explication encore plus impossible)
parce qu'il désirait vérifier que cet appareil judiciaire
était aussi répugnant de l'intérieur que de l'extérieur.
D'ailleurs cette impression se confirmait bel et bien : il
ne voulait pas aller plus avant, il était suffisamment
oppressé par ce qu'il avait vu jusqu'à présent ; il ne se
sentait nullement en état d'affronter un fonctionnaire de
rang élevé comme il pouvait en surgir de n'importe quel
bureau ; il voulait s'en aller, que ce soit en compagnie de
l'huissier ou même, au besoin, tout seul.

Mais sa façon de rester planté là sans rien dire devait
sembler étrange : de fait, la jeune femme et l'huissier le
regardaient comme si d'un instant à l'autre il allait subir
quelque métamorphose dont il ne fallait pas rater le spectacle. Et l'homme que K. avait vu s'approcher restait
debout sur le seuil du bureau, se tenant d'une main au
linteau de la porte basse et se balançant un peu sur la
pointe des pieds comme un spectateur qui s'impatiente.
Mais c'est la jeune femme qui comprit la première que le
comportement de K. était dû à un petit malaise ; elle
approcha un fauteuil et demanda :

– Vous ne voulez pas vous asseoir ?

K. s'assit immédiatement, appuyant ses coudes sur les accoudoirs pour se tenir plus solidement.

— Vous avez un peu le vertige, n'est-ce pas ? lui dit-elle.

Il voyait maintenant de près son visage, qui avait cette expression sévère qu'ont bien des femmes au moment même où leur jeunesse est la plus épanouie.

— Ne vous en faites pas, dit-elle, c'est ici quelque chose de banal, presque tout le monde a un malaise de ce genre, quand on vient pour la première fois. Vous n'étiez jamais venu ? Eh bien, c'est banal. Le soleil tape sur les combles et c'est la charpente chaude qui rend l'air si lourd et si oppressant. Aussi, ce n'est pas un endroit très approprié pour des bureaux, quels que soient par ailleurs ses avantages. Les jours où viennent de nombreuses affaires (et c'est le cas presque chaque jour), l'air est à peine respirable. Et si vous songez qu'on étend là aussi pas mal de lessives (on ne peut pas l'interdire complètement aux locataires), vous ne vous étonnerez pas d'avoir un peu mal au cœur. Mais on finit par s'habituer très bien à cette atmosphère. La deuxième ou la troisième fois que vous viendrez, vous ne ressentirez plus guère cette sensation d'oppression. Est-ce que vous ne vous sentez pas déjà mieux ?

K. ne répondit rien ; il lui était trop pénible que cette soudaine faiblesse le mette ainsi à la merci de ces gens ; et de connaître la cause de son malaise l'aggravait un peu davantage, au lieu de l'atténuer. La jeune femme s'en aperçut aussitôt et, pour donner de l'air frais à K., elle saisit une perche posée contre le mur et souleva un vasistas qui se trouvait juste au-dessus de la tête de K. et qui donnait à l'air libre. Mais il en tomba tellement de suie qu'elle dut aussitôt le refermer et prendre son mouchoir pour essuyer la suie sur les mains de K., qui était trop las pour le faire lui-même. Il serait volontiers resté tranquillement assis là, le temps de reprendre les forces nécessaires pour s'en aller, mais il fallait partir tant qu'on ne s'occupait pas trop de lui. Or voilà que la jeune femme ajoutait maintenant :

– Vous ne pouvez pas rester là, nous gênons le passage.

Du regard, K. demanda de quel passage il pouvait s'agir.

La jeune femme reprit :

– Si vous voulez bien, je vais vous conduire à l'infirmerie. Aidez-moi, je vous prie.

Et l'homme qui se tenait sur le seuil du bureau s'avança immédiatement. Mais K. ne voulait pas aller à l'infirmerie, il ne voulait surtout plus qu'on le conduise nulle part ; plus cela durerait, plus il se sentirait mal. Il dit :

– Je peux marcher.

S'arrachant au confort de son siège, il se leva, mais il tremblait et dut renoncer à se tenir debout.

– Je n'y arrive tout de même pas, dit-il en secouant la tête.

Il se rassit en soupirant. Il songea à l'huissier qui, malgré tout, pouvait facilement le raccompagner jusqu'à la sortie, mais il avait l'air d'avoir disparu depuis longtemps. K. regarda derrière l'homme et la jeune femme, il ne parvint pas à l'apercevoir.

L'homme, qui était au demeurant élégamment vêtu et dont on remarquait surtout le gilet gris aux longues pointes aiguës, dit alors :

– Le malaise de ce monsieur est dû à l'atmosphère qu'on respire ici. Je crois que ce qui vaut le mieux, et ce qu'il préférera lui-même, ce n'est pas que nous le conduisions à l'infirmerie, c'est tout simplement que nous l'aidions à sortir de ces bureaux.

– Tout à fait, dit K. enchanté, sans presque le laisser achever. Je suis sûr que ça ira tout de suite mieux, je ne suis d'ailleurs pas si faible, il suffira de me soutenir un peu sous les bras, je ne vous donnerai pas beaucoup de mal, et ça n'est pas tellement loin, conduisez-moi juste à la sortie, je resterai un moment assis sur les marches et je me sentirai tout de suite mieux, je ne suis nullement sujet à ce genre de malaises, j'en suis le premier surpris. Je suis moi-même employé et habitué à l'atmosphère des bureaux, mais celle d'ici est intenable, vous le dites vous-mêmes. Si donc vous voulez bien être assez aimables pour m'accompagner un peu… C'est que la tête me tourne et que je me sentirai mal, si je me lève seul.

K. leva les épaules pour qu'on puisse plus aisément le saisir sous les bras. Mais l'homme ne répondit pas à cette invitation, il garda tranquillement les mains dans les poches et se mit à rire en disant à la jeune femme :

– Vous voyez que j'avais deviné juste. Ce monsieur ne se sent mal que chez nous, ailleurs il va très bien.

La jeune femme sourit à son tour, mais elle tapota du bout des doigts le bras de l'homme, comme si elle trouvait la plaisanterie un peu rude. Il continua, riant toujours :

– Mais qu'allez-vous imaginer ? Je vais vraiment accompagner ce monsieur.

– Alors, c'est bien, dit-elle en inclinant brièvement sa jolie tête. Et n'accordez pas trop d'importance à ce rire, ajouta-t-elle à l'intention de K. qui regardait de nouveau fixement devant lui sans avoir l'air de demander la moindre explication. Ce monsieur, s'il m'autorise à le présenter (autorisation que l'homme accorda d'un geste de la main), est ici préposé aux renseignements. Il donne aux justiciables tous les renseignements dont ils ont besoin et, comme notre système judiciaire est mal connu de la population, on lui demande quantité de renseignements. Il a réponse à tout ; vous pouvez le mettre à l'épreuve, si le cœur vous en dit. Mais là n'est pas son seul mérite, il a aussi celui d'être bien mis. Nous, je veux dire les fonctionnaires du service, avons pensé un jour que le préposé aux renseignements, ayant constamment affaire aux justiciables et en première ligne, devait leur faire bonne impression et, par conséquent, être élégamment vêtu.

Nous autres, nous sommes (regardez-moi !) fort mal
habillés, hélas, et de façon démodée ; cela n'aurait
d'ailleurs guère de sens de faire des frais pour notre toilette, vu que nous ne sortons guère des bureaux et que
même nous y dormons. Mais, encore une fois, le préposé
aux renseignements nous avait semblé mériter d'être bien
vêtu. Or, comme notre administration, qui est un peu
bizarre en la matière, n'a rien voulu savoir, nous avons
fait une collecte (à laquelle des justiciables ont participé)
et nous lui avons acheté ces beaux vêtements et d'autres
encore. Il aurait donc tout pour faire bonne impression,
mais son rire gâche tout et fait peur aux gens.

– Voilà, dit l'homme ironiquement. Mais je ne comprends pas pourquoi, Mademoiselle, vous racontez à ce
monsieur, ou plutôt vous lui infligez, nos histoires
internes, dont il n'a que faire. Regardez donc l'air qu'il a,
sur son fauteuil : il est tout occupé de ses propres affaires.

K. n'avait même plus envie de protester ; peut-être que
l'intention de la jeune femme était bonne et qu'elle avait
voulu le distraire ou lui donner le temps de se reprendre,
mais c'était raté. Elle dit à l'homme :

– Il fallait que je lui explique votre rire, c'était une
offense.

– Je crois qu'il m'en pardonnerait de pires encore si
pour finir je l'accompagne jusqu'à la sortie.

K. ne dit rien, il ne leva même pas les yeux, laissant
les deux fonctionnaires discuter à son propos comme
d'un objet, préférant même cela. Mais soudain il sentit
sur un de ses bras la main du préposé, et la main de la
jeune femme sur l'autre.

– Eh bien, debout, petite nature, dit l'homme.

– Je vous remercie mille fois l'un et l'autre, dit K.

Heureusement surpris, il se dressa lentement, aidant
lui-même ces mains étrangères à se placer aux endroits
où elles le soutiendraient le mieux. Tandis qu'ils allaient
vers le passage, la jeune femme glissa à l'oreille de K. :

– Vous pourriez croire que je tiens absolument à présenter le préposé aux renseignements sous un jour favorable, pourtant je veux seulement dire la vérité. Il n'a pas le cœur endurci. Il n'est pas obligé d'accompagner les justiciables qui sont malades et cependant il le fait, vous voyez. Peut-être qu'aucun d'entre nous n'est dur, peut-être que nous voudrions tous être secourables, mais notre statut de fonctionnaires de la justice nous donne facilement l'air d'être durs et de ne vouloir aider personne. Je souffre véritablement de cette situation.

– Vous ne voulez pas vous asseoir un peu ici ? demanda le préposé aux renseignements.

Ils étaient déjà revenus dans le couloir et parvenus devant l'accusé auquel K. avait parlé. K. avait presque honte, il s'était tenu si droit tout à l'heure et voilà qu'il s'appuyait sur deux personnes, le préposé faisait danser son chapeau sur le bout de ses doigts, K. était décoiffé, ses cheveux pendaient sur son front couvert de sueur. Mais l'accusé sembla n'en rien voir ; il se tenait humblement devant le préposé qui ne le voyait pas et il ne cherchait qu'à faire excuser sa présence :

– Je sais que mes demandes n'ont pas encore pu aboutir. Mais je suis venu tout de même, j'ai pensé que je pouvais quand même attendre ici, c'est dimanche, j'ai tout mon temps et je ne dérange personne.

– Ne vous excusez pas tant, dit le préposé. Il est louable d'être aussi consciencieux. Bien que vous preniez de la place sans nécessité, je n'entends pas vous empêcher (tant que cela ne m'indisposera pas) de suivre de près la marche de votre affaire. Lorsqu'on a vu des gens négliger honteusement leurs devoirs, on apprend à être patient avec des gens comme vous. Asseyez-vous.

– Comme il sait parler aux justiciables, chuchota la jeune femme.

K. approuva de la tête, mais sursauta aussitôt quand le préposé aux renseignements réitéra sa question :

– Vous ne voulez pas vous asseoir là ?

– Non, dit K., je ne veux pas me reposer.

Il avait dit cela avec toute la fermeté possible ; en réalité, cela lui aurait fait grand bien de s'asseoir. Il éprouvait une sorte de mal de mer. Il se sentait sur un bateau,
par gros temps. Il lui semblait que l'eau se jetait contre
les cloisons de bois, que le fond du couloir retentissait
d'un déferlement de houle et que tout le couloir tanguait,
faisant monter et descendre ceux qui attendaient de part
et d'autre. L'impassibilité de la jeune femme et de
l'homme qui l'accompagnaient n'en était que plus incompréhensible. Il était à leur merci : s'ils le lâchaient, il tomberait comme une planche. Leurs yeux mi-clos
échangeaient des regards aigus, la cadence régulière de
leurs pas se communiquait à K., qui la subissait presque
comme un poids mort. Il s'aperçut enfin qu'ils lui parlaient, mais il ne les comprenait pas ; il n'entendait que le
vacarme qui avait tout envahi et à travers lequel semblait
résonner un son aigu et monotone, comme celui d'une
sirène.

– Plus fort, chuchota-t-il en penchant la tête.

Puis il eut honte, sachant qu'ils avaient parlé suffisamment haut, même si lui n'avait rien compris. Enfin,
comme si le mur s'était écroulé devant lui, il sentit un
courant d'air frais et entendit qu'on disait près de lui :

– D'abord il veut s'en aller, mais on a beau lui dire
cent fois que c'est la sortie, il ne bouge pas.

K. se rendit compte qu'il était devant la porte de sortie
et que la jeune femme l'avait ouverte. Il eut le sentiment
que toutes ses forces lui étaient revenues d'un coup ; pour
avoir un avant-goût de la liberté, il descendit aussitôt une
marche et prit congé de ses deux guides, qui se pen-
chaient sur lui. Il répéta :

– Merci beaucoup.

Il leur serra la main à plusieurs reprises et ne cessa
que quand il crut voir qu'habitués à l'air des bureaux,
ils supportaient mal l'air relativement frais qui venait de
l'escalier. Ils pouvaient à peine répondre et la jeune

femme serait peut-être tombée dans l'escalier si K. n'avait prestement refermé la porte. Il resta un instant immobile, tira un miroir de poche et remit de l'ordre dans sa coiffure, ramassa son chapeau qui avait roulé jusqu'au palier suivant (le préposé aux renseignements l'avait sans doute jeté derrière lui), puis dévala l'escalier avec tant d'entrain et à si grandes enjambées que ce retournement lui fit presque peur. Sa solide santé ne l'avait pas habitué à de telles surprises. Est-ce que par hasard son corps avait l'intention de se révolter et de lui faire à son tour un procès, puisqu'il supportait l'autre si aisément ? Il n'écarta pas tout à fait l'idée d'aller voir un médecin à la prochaine occasion, mais il résolut en tous les cas (là il pouvait se conseiller lui-même) de faire à l'avenir un meilleur usage de toutes ses matinées du dimanche.

LE BASTONNEUR

Quelques jours plus tard, K. passait dans le couloir qui allait de son bureau à l'escalier principal (il était presque le dernier à quitter la banque ce soir-là, il n'y avait plus que deux employés travaillant à la lumière d'une ampoule électrique dans la salle du courrier), quand derrière une porte qu'il avait toujours cru être celle d'un débarras, sans jamais être allé y voir, il entendit des gémissements. Étonné, il s'arrêta et tendit l'oreille, pour s'assurer qu'il ne se trompait pas ; il y eut un instant de silence, puis les gémissements reprirent bel et bien. K. songea d'abord à aller quérir l'un des employés, peut-être fallait-il un témoin, puis il fut saisi d'une curiosité tellement irrépressible qu'il arracha presque la porte. Pas d'erreur, c'était bien un débarras. De vieux imprimés inutilisables et des flacons d'encre en terre, vides et renversés, jonchaient le sol dès le seuil. Mais dans le réduit, trois hommes étaient debout, courbés faute de place. Une bougie collée sur un rayon les éclairait.

– Qu'est-ce que vous fabriquez ? dit K. précipitamment, mais sans que l'excitation lui fît élever la voix.

Celui des trois hommes qui dominait manifestement les autres et attirait d'emblée le regard était pris dans une sorte de vêtement de cuir sombre qui laissait nus son cou, une grande partie de sa poitrine et ses bras tout entiers. Il ne répondit pas. Mais les deux autres crièrent :

– Maître ! On va nous battre, parce que tu t'es plaint de nous au juge d'instruction.

Alors seulement, K. vit qu'il s'agissait en effet des gardiens Franz et Willem, et que le troisième homme avait à la main une trique pour les frapper. Les yeux fixés sur eux, K. dit :

– Enfin, je ne me suis pas plaint, j'ai simplement dit ce qui s'était passé chez moi. Et l'on ne peut pas dire que votre comportement ait été irréprochable.

Tandis que Franz s'abritait du troisième homme en se mettant derrière Willem, celui-ci répondit :

– Maître, si vous saviez comme nous sommes mal payés, vous nous jugeriez moins sévèrement. J'ai une famille à nourrir et Franz que voici voulait se marier ; on cherche à s'enrichir comme on peut et on n'y arrive pas en travaillant, même si on se tue à la tâche. Votre linge est fin et j'ai été tenté ; bien sûr qu'il est interdit aux gardiens d'agir de la sorte, j'ai mal agi ; mais c'est l'usage que le linge revienne aux gardiens, il en a toujours été ainsi, croyez-moi ; d'ailleurs ça se comprend, car quelle importance peut encore avoir ce genre de choses pour qui a le malheur d'être arrêté ? Mais bien sûr, si l'intéressé parle, il faut qu'il y ait une sanction.

– Ce que vous me dites là, je l'ignorais. Et je n'ai réclamé aucune sanction, c'était pour moi une question de principe.

– Franz, dit Willem à l'autre gardien, je t'avais bien dit que Monsieur n'avait pas réclamé de sanction contre nous. Tu vois, il ne savait même pas que nous allions être punis.

– Ne te laisse pas attendrir par de tels discours, dit le troisième homme à K., la punition est aussi juste qu'inévitable.

– Ne l'écoute pas, dit Willem en s'interrompant juste pour porter rapidement à sa bouche la main que venait d'atteindre un coup de trique ; nous sommes punis parce que tu nous as dénoncés. Sinon, il ne nous serait rien arrivé, même si on avait appris ce que nous avions fait. Est-ce qu'on peut parler de justice ? Tous les deux, mais

surtout moi, nous sommes depuis longtemps de bons
gardiens ; avoue toi-même que, du point de vue de
l'administration, nous avons bien fait notre service ; nous
pouvions espérer une promotion et sans doute aurions-
nous bientôt été nommés bastonneurs comme lui, qui a
eu la chance que personne ne le dénonce, car ce genre de
dénonciation est effectivement très rare. Et maintenant,
maître, tout est perdu, notre carrière est terminée, on
nous assignera des tâches encore beaucoup plus subalternes que celle de gardien, et par-dessus le marché nous
allons avoir droit à cette bastonnade terriblement douloureuse.

– Cette trique fait donc si mal ? dit K. en tâtant
l'instrument que le bastonneur brandissait sous son nez.

– C'est qu'il va falloir nous mettre tout nus, dit
Willem.

– Ah bon, dit K. en examinant le bastonneur, qui était
hâlé comme un matelot et montrait une figure farouche
et sportive. Il n'existe pas un moyen de leur épargner
la bastonnade ?

– Non, dit le bastonneur avec un sourire, en secouant
la tête. Déshabillez-vous, lança-t-il aux gardiens. Et à
l'adresse de K., il dit : Il ne faut pas croire tout ce qu'ils
disent, la peur des coups les rend déjà un peu stupides.
Par exemple, ce que celui-ci (il montrait Willem) raconte
sur ses perspectives de carrière est parfaitement ridicule.
Regarde comme il est gras... Les premiers coups de
trique se perdront dans la graisse... Sais-tu pourquoi il a
engraissé à ce point ? Parce qu'il a l'habitude de manger
le petit déjeuner de tous ceux qu'il arrête. Est-ce qu'il n'a
pas mangé le tien ? Tu vois, je te le disais. Or, avec un
ventre pareil, il n'est pas question un seul instant de devenir bastonneur, c'est tout à fait exclu.

– Des bastonneurs gros, ça existe, rétorqua Willem en
dégrafant sa ceinture.

– Non, dit le bastonneur en lui caressant le cou avec sa trique, ce qui le fit broncher. Tu n'as pas à écouter ce qu'on dit, tu as à te déshabiller.

– Je te donnerai une bonne récompense, si tu les laisses filer, dit K. et, sans regarder l'homme (car on traite mieux ce genre d'affaires les yeux baissés) il tira son portefeuille.

– Tu veux me dénoncer à mon tour, dit le bastonneur, et me faire tâter aussi de la bastonnade. Non, non !

– Sois donc raisonnable, dit K. Si j'avais voulu leur punition, je ne serais pas en train d'essayer de t'acheter. Rien ne m'empêcherait de claquer cette porte et de rentrer chez moi sans plus rien voir ni entendre. Mais je n'en fais rien, je tiens au contraire beaucoup à les délivrer ; si je m'étais douté qu'ils seraient punis ou même simplement qu'ils pourraient l'être, je n'aurais jamais cité leurs noms. Car je ne les tiens nullement pour coupables, c'est l'organisation qui est coupable, ce sont les hauts fonctionnaires.

– C'est bien vrai ! crièrent les gardiens, qui aussitôt reçurent un coup sur leurs dos déjà nus.

– Si tu avais là, sous ta trique, un juge important, dit K. tout en rabaissant la trique qui se relevait déjà, je ne t'empêcherais pas le moins du monde de frapper à ton aise ; au contraire, je te donnerais encore de l'argent, afin que tu te revigores pour la bonne cause.

– Ce que tu dis là est plausible, dit le bastonneur, mais je ne me laisserai pas soudoyer. On m'emploie pour bastonner, je bastonne.

Le gardien Franz qui, espérant sans doute que l'intervention de K. porterait ses fruits, s'était jusque-là tenu plutôt sur la réserve, s'avança alors vers la porte et, vêtu qu'il était de son seul pantalon, s'agenouilla en s'accrochant au bras de K. et murmura :

– Si tu ne peux pas obtenir qu'on nous épargne tous les deux, essaye au moins que je m'en sorte. Willem est plus vieux que moi ; d'une manière générale, il est moins sensible que moi, d'ailleurs il a déjà été condamné à une bastonnade légère voilà quelques années, tandis que mon honneur est encore intact et qu'en fait c'est Willem qui a exercé sur moi son influence ; j'ai été son élève, en bien comme en mal. En bas, devant la banque, ma pauvre fiancée attend le dénouement de l'affaire, j'ai effroyablement honte.

Avec le bas de la veste de K., il essuyait son visage tout baigné de larmes.

– J'ai assez attendu, dit le bastonneur.

Il prit la trique à deux mains et se mit à taper sur Franz, tandis que Willem, accroupi dans un coin, regardait à la dérobée sans oser tourner la tête. Alors s'éleva le cri de Franz, un cri d'un seul tenant, invariable, qui ne paraissait pas émaner d'un être humain, mais d'un instrument martyrisé ; tout le couloir en retentissait, tout l'immeuble devait l'entendre.

– Ne crie pas ! ne put s'empêcher de dire K.

Et tout en regardant dans la direction d'où les employés allaient certainement surgir, il bouscula Franz : pas très violemment, mais assez tout de même pour le faire tomber. À demi conscient, il tâtonnait convulsivement sur le sol, mais il n'échappait pas aux coups ; la trique le trouvait même par terre et, tandis qu'il se tordait sous elle, on en voyait la pointe monter et redescendre régulièrement. Déjà un employé apparaissait au loin, un second le suivait à quelques pas. K. avait vite claqué la porte et, allant à une des fenêtres qui donnaient sur la cour, il l'ouvrit. Le cri avait complètement cessé. Pour ne pas laisser les employés approcher, il lança :

– C'est moi !

– Bonsoir, Monsieur le Fondé de pouvoir, répondit-on. Il s'est passé quelque chose ?

– Non, non, dit K., c'est juste un chien qui crie dans la cour.

Comme les employés ne bougeaient pas, il ajouta :

– Vous pouvez continuer votre travail.

Pour ne pas avoir à engager la conversation, il se pencha par la fenêtre. Lorsqu'au bout d'un petit moment, il regarda de nouveau dans le couloir, ils étaient déjà partis. Mais K. resta tout de même près de la fenêtre ; il n'osait pas entrer dans le débarras et il ne voulait pas non plus rentrer chez lui. La cour où donnait cette fenêtre était petite, carrée, entourée de bureaux, toutes les fenêtres étaient obscures à cette heure-là, sauf les plus hautes qui reflétaient le clair de lune. K. scruta les ténèbres pour tenter de distinguer, dans un coin de la cour, les quelques chariots à bras qui y étaient encastrés les uns dans les autres. Il était tourmenté de n'avoir pas réussi à empêcher la bastonnade, mais ce n'était pas de sa faute, s'il n'avait pas réussi ; si Franz n'avait pas crié (certes, ça devait faire très mal, mais dans un moment crucial il faut savoir se dominer), s'il n'avait pas crié, K. aurait, c'était du moins très vraisemblable, trouvé encore un moyen pour persuader le bastonneur. Si l'ensemble des fonctionnaires les plus subalternes était de la canaille, pourquoi ce bastonneur, dont l'office était le plus inhumain, aurait-il justement fait exception ? K. avait d'ailleurs bien noté qu'à la vue du billet de banque, son œil s'était allumé ; manifestement, il n'avait mis alors ses menaces à exécution que pour faire un peu monter les enchères. Et K. n'aurait pas regardé à la dépense, il tenait vraiment à délivrer les gardiens ; puisque aussi bien il avait commencé à lutter contre la dépravation de cet appareil judiciaire, il allait de soi qu'il intervînt aussi à ce niveau-là. Mais dès l'instant où Franz s'était mis à crier, tout avait été compromis, naturellement. K. ne pouvait se permettre d'être surpris en pourparlers avec le trio du débarras par les employés et peut-être toutes sortes de gens, qui n'auraient pas manqué de survenir. Une telle abnégation, personne vraiment ne pouvait l'exiger. Si K. avait nourri semblable intention, il eût été presque plus simple de se déshabiller lui-même et de se livrer au bastonneur à la place des gardiens. Au reste, le bastonneur

n'aurait certainement pas voulu de cette substitution qui
aurait enfreint son devoir sans rien lui rapporter*, et
l'aurait vraisemblablement même doublement enfreint,
puisque tant que la procédure était en cours K. devait
être intouchable pour tous les employés du tribunal. Il est
vrai qu'en la matière il pouvait y avoir des dispositions
particulières. Toujours est-il que K. n'avait pu faire autrement que de claquer la porte, même s'il n'avait pas pour
autant écarté tout danger pour lui-même. Quant à la
bourrade qu'il avait fini par donner à Franz, c'était un
geste regrettable, que seule pouvait excuser l'émotion.

Il entendit au loin les pas des employés ; pour ne pas
attirer leur attention, il referma la fenêtre et se dirigea
vers l'escalier principal. Il s'arrêta un instant à la porte
du débarras et tendit l'oreille. Il n'y avait aucun bruit.
L'homme avait pu tuer les gardiens, à force de coups ; ils
étaient entièrement à sa merci. K. tendait déjà la main
vers le loquet, mais il la retira. Il ne pouvait plus venir
en aide à personne, et les employés allaient arriver ; mais
il se promit bien de faire mention de cette affaire et,
autant qu'il serait en son pouvoir, de châtier comme ils
le méritaient les vrais coupables, ces hauts fonctionnaires
dont aucun n'avait encore osé se montrer à lui. En des-
cendant le perron de la banque, il observa attentivement
tous les passants ; mais, même à quelque distance, il ne
vit nulle jeune fille en train d'attendre. Quand Franz avait
dit que sa fiancée l'attendait, il avait donc fait un mensonge, à vrai dire excusable et visant seulement à éveiller
plus de pitié.

Le lendemain encore, K. ne cessa de penser à ces gardiens ; il en fut distrait dans son travail et, pour mener
celui-ci à bien, il dut rester au bureau encore un peu plus
tard que la veille. Repassant devant le débarras au
moment de rentrer chez lui, il l'ouvrit par habitude. Il
s'attendait à trouver l'obscurité et ce qu'il vit le renversa.
Tout était exactement comme lorsqu'il avait ouvert la
porte le soir d'avant. Les imprimés et les flacons d'encre

jonchant le sol dès le seuil, le bastonneur avec sa trique, les gardiens encore tout habillés, la bougie sur le rayon, et les gardiens qui se mirent à se plaindre et à crier « Maître ! » Aussitôt, K. referma brutalement la porte et se mit à la frapper de ses poings, comme si cela pouvait mieux la fermer. Pleurant presque, il courut trouver les employés, qui actionnaient tranquillement leurs machines à copier et s'interrompirent avec étonnement.

– Mettez donc enfin de l'ordre dans ce débarras, cria-t-il. Nous sommes submergés par les saletés !

Les employés se dirent prêts à le faire dès le lendemain et K. approuva, conscient qu'à cette heure tardive il ne pouvait les contraindre à s'exécuter tout de suite, comme il l'eût souhaité en fait. Il s'assit un peu pour les surveiller un moment, mit un peu de désordre dans les copies en s'imaginant que cela ferait croire qu'il les vérifiait et, quand il comprit que les employés n'oseraient pas partir en même temps que lui, il s'en alla, fatigué, l'esprit vide, et rentra chez lui.

L'ONCLE, LENI

Un après-midi, au moment où K. était très occupé par le départ imminent du courrier, il vit s'introduire dans son bureau, se faufilant entre deux employés qui apportait des papiers, son oncle Karl. C'était un petit propriétaire foncier qui arrivait de sa campagne. À sa vue, K. fut moins effrayé qu'il ne l'avait été depuis quelque temps en songeant que cet oncle allait venir. Cette visite était inévitable, K. le savait bien depuis déjà un mois environ. Dès ce moment, K. avait vu son arrivée : un peu courbé, il écraserait de la main gauche son panama et lui tendrait de loin la main droite, qu'il brandirait par-dessus la table avec une précipitation pataude, en renversant tout ce qui se trouverait sur son passage. L'oncle était toujours en train de se précipiter, car il était hanté par le souci obsédant de régler toutes ses affaires en l'espace d'une journée (il ne restait jamais davantage dans la capitale), mais sans qu'il fût pour autant question de renoncer à la moindre occasion qui s'offrait de tenir une conversation, de conclure une affaire ou de goûter un plaisir. Pour avoir été jadis son pupille, K. était tenu de l'aider en tout cela et, par-dessus le marché, de l'héberger pour la nuit. K. l'appelait « le campagnard fantôme ».

Dès qu'ils se furent salués et sans prendre le temps de s'asseoir dans le fauteuil que lui offrait son neveu, l'oncle pria K. de lui accorder un entretien seul à seul. Avalant sa salive avec difficulté, il dit :

– C'est nécessaire. Nécessaire pour me rassurer.

K. fit aussitôt sortir les employés, ordonnant que personne ne le dérange. Dès qu'ils furent seuls, l'oncle s'écria :

– Qu'est-ce que j'apprends, Joseph ?

Et il s'assit sur la table en se fourrant, sans regarder, quelques dossiers sous les fesses pour être mieux installé. K. ne répondit rien, sachant ce qui l'attendait. Libéré tout d'un coup d'une tâche astreignante, il s'abandonnait à une agréable fatigue et regardait par la fenêtre de l'autre côté de la rue : de son siège, on n'apercevait qu'un petit triangle de mur nu entre deux vitrines.

– Tu regardes par la fenêtre, cria l'oncle en levant les bras. Mais pour l'amour du ciel, Joseph, réponds-moi ! Est-ce vrai ? Est-ce possible ?

– Cher oncle, dit K. en s'arrachant à sa distraction, je ne sais vraiment pas ce que tu attends de moi.

– Joseph, dit l'oncle sur un ton de reproche, tu as toujours dit la vérité, que je sache. Ces mots que tu viens de dire seraient-ils de mauvais augure ?

– Je me doute bien de ce que tu attends de moi, dit K. docilement. Tu as sans doute entendu parler de mon procès.

– C'est bien cela, dit l'oncle en hochant lentement la tête. J'ai entendu parler de ton procès.

– Et par qui ?

– Par Erna, dans une lettre. Elle n'est pas en relation avec toi, tu ne t'occupes malheureusement guère d'elle, mais elle a tout de même appris la chose. J'ai reçu sa lettre aujourd'hui et je suis venu tout de suite, naturellement. Je n'avais pas d'autre raison de faire le voyage, mais il me semble que c'est une raison suffisante. Je peux te lire le passage qui te concerne, dans sa lettre.

L'oncle tira la lettre de son portefeuille et poursuivit :

– Voici ce qu'elle écrit : « Il y a longtemps que je n'ai pas vu Joseph. La semaine passée, je suis allée à sa banque ; mais il était si occupé qu'on ne m'a pas laissée le voir. J'ai attendu près d'une heure et puis j'ai dû rentrer chez moi pour une leçon de piano. J'aurais bien aimé lui parler, peut-être que j'en aurai l'occasion bientôt. Pour ma fête, il m'a envoyé une grosse boîte de chocolats, c'était une attention très gentille. J'avais oublié de vous l'écrire sur le moment, c'est votre question qui me le rappelle. Il faut vous dire qu'à la pension les chocolats disparaissent tout de suite ; on a juste le temps de se rendre compte qu'on vous en a donné, il n'en reste déjà plus. Mais à propos de Joseph, je voulais vous dire autre chose. Donc, on ne m'a pas laissée le voir, parce qu'il était en conversation avec un monsieur. J'ai attendu un moment sans rien dire, puis j'ai demandé à un employé si la conversation allait durer encore longtemps. Il m'a dit que c'était bien possible, parce qu'il s'agissait sans doute du procès intenté à Monsieur le Fondé de pouvoir. Je lui ai demandé ce que c'était que ce procès, et s'il était sûr de ne pas se tromper ; il m'a dit qu'il ne se trompait pas, que c'était un procès, et même un procès grave, mais qu'il n'en savait pas davantage. Il ajouta qu'il aimerait bien venir en aide à Monsieur le Fondé de pouvoir, parce que c'était un homme bon et juste ; mais il ne savait comment faire et ne pouvait qu'espérer que des gens influents s'occuperaient de le défendre. C'était sûrement ce qui allait se passer et, pour finir, tout s'arrangerait ; mais pour l'instant, à en juger par l'humeur où était Monsieur le Fondé de pouvoir, ça n'allait pas bien. Je n'attachai naturellement que peu d'importance à ces propos, je m'efforçai de rassurer cet employé à l'âme simple et je lui interdis d'en parler à d'autres : je considère tout cela comme du bavardage. Néanmoins, il serait peut-être bon que toi, cher père, tu profites de ton prochain voyage pour tirer la chose au clair ; tu n'auras aucun mal à savoir des détails et, si c'était vraiment nécessaire, à faire jouer tes vastes et influentes relations. Et si ce n'était pas nécessaire, comme il est hautement vraisemblable, cela vaudrait au moins à ta fille d'avoir la joie de t'embrasser. » C'est une bonne fille.

Concluant ainsi sa lecture, l'oncle essuya quelques larmes. K. approuva d'un signe de tête. Les ennuis de ces derniers temps lui avaient fait complètement oublier Erna, il avait même laissé passer son anniversaire et l'histoire des chocolats était manifestement inventée pour épargner à K. les reproches de son oncle et de sa tante. C'était touchant, et les billets de théâtre qu'il se promit de lui envoyer désormais régulièrement seraient une trop faible récompense ; mais il ne se sentait pas capable en ce moment de lui rendre visite dans sa pension et de faire la conversation à une petite lycéenne de dix-huit ans.

– Alors, qu'as-tu à dire ? demanda l'oncle, à qui cette lettre semblait avoir fait oublier toute précipitation et toute excitation, au point qu'il paraissait la relire.

– Oui, mon oncle, dit K., c'est vrai.

– C'est vrai ! s'écria l'oncle. Qu'est-ce qui est vrai ? Comment est-ce que ça peut être vrai ? Qu'est-ce que ce procès ? Ce n'est tout de même pas un procès pénal ?

– C'est un procès pénal, répondit K.

– Et tu restes tranquillement assis, alors que tu as un procès pénal sur le dos ? s'écria l'oncle, qui parlait de plus en plus fort.

– Plus je suis tranquille, mieux ça vaut pour l'issue de mon affaire, dit K. avec lassitude. Ne crains rien.

– Cela ne me rassure en rien ! cria l'oncle. Joseph, mon cher Joseph, pense à toi, aux gens de ta famille, à notre réputation ! Jusqu'ici, tu étais celui qui nous faisait honneur, tu n'as pas le droit de nous faire honte. Ton attitude (il regardait K. d'un air penché) ne me plaît pas, ce n'est pas l'attitude d'un accusé innocent, s'il est encore en possession de ses moyens. Dis-moi rapidement de quoi il retourne, que je puisse t'aider. Il s'agit naturellement de la banque ?

– Non, dit K. en se levant. Mais tu parles trop fort, cher oncle, l'employé est sans doute derrière la porte en train d'écouter. Je trouve cela déplaisant. Sortons plutôt. Je répondrai à toutes tes questions, autant que je le pourrai. Je sais fort bien que je dois des comptes à notre famille.

– Très juste ! cria l'oncle. Très juste. Mais dépêche-toi, Joseph, dépêche-toi !

– J'ai juste quelques instructions à donner, dit K.

Il appela par téléphone son adjoint, qui se présenta au bout d'un instant. Dans son émotion, l'oncle lui signifia d'un geste que c'était K. qui l'avait fait venir, ce qui ne faisait de toute façon aucun doute. Le jeune homme était froid, mais attentif, et K., debout devant sa table, lui expliqua à voix basse, pièces en main, ce qui devait être réglé le jour même en son absence. L'oncle les gênait, d'abord en restant planté là avec des yeux ronds, à se mordiller nerveusement les lèvres : même s'il n'écoutait pas, il en avait l'air et c'était déjà suffisamment gênant. Mais ensuite il se mit à arpenter le bureau en se plantant de temps à autre devant une fenêtre ou une gravure et en poussant à chaque fois des exclamations comme « je n'y comprends absolument rien ! » ou « je serais curieux de savoir ce que ça va donner ! » Le jeune homme feignit de ne rien remarquer et écouta tranquillement jusqu'au bout les instructions de K., prit quelques notes et sortit, non sans s'être incliné devant K. et aussi devant l'oncle : mais celui-ci lui tournait le dos et regardait par la fenêtre en froissant les rideaux à pleines mains. À peine la porte s'était-elle refermée que l'oncle s'écria :

– Enfin ce pantin est parti et nous pouvons partir aussi. Enfin !

Il n'y eut malheureusement pas moyen de le faire cesser ses questions sur le procès quand ils traversèrent le hall, où se tenaient divers employés et que traversait justement le directeur adjoint. Répondant par un petit salut militaire aux gens qui s'inclinaient sur leur passage, l'oncle reprit :

– Eh bien, Joseph, dis-moi franchement ce que c'est que ce procès.

K. se contenta de quelques propos anodins assortis de sourires, et ce n'est qu'une fois sur le perron qu'il expliqua à son oncle qu'il n'avait pas voulu parler en clair devant les gens.

– C'est juste, dit l'oncle. Mais maintenant, parle. Et il écouta, la tête penchée, tirant de son cigare des bouffées courtes et nerveuses.

– D'abord, mon oncle, dit K., il ne s'agit nullement d'un procès devant la juridiction habituelle.

– C'est fâcheux, dit l'oncle.

– Comment ? dit K. en le regardant.

– Je veux dire que c'est fâcheux, répéta l'oncle.

Ils étaient debout sur le perron qui donnait sur la rue ; le portier ayant l'air de les épier, K. entraîna son oncle et ils se retrouvèrent dans l'agitation de la rue. L'oncle avait pris le bras de K. et ne semblait plus aussi avide de l'interroger sur son procès, ils marchèrent même un moment sans parler.

– Mais comment est-ce arrivé ? demanda finalement l'oncle en s'arrêtant si brusquement que les gens qui les suivaient eurent peur et firent un écart. Ces choses-là ne se produisent pas tout d'un coup, elles se préparent longtemps à l'avance, il a dû y avoir des signes avant-coureurs, pourquoi ne pas m'avoir écrit ? Tu sais que je ferais tout pour toi, je reste un peu ton tuteur et, jusqu'à présent, j'en étais fier. Naturellement, je vais t'aider, cette fois encore ; seulement, si le procès est déjà engagé, ça va être très difficile. Le mieux serait de prendre un petit congé, que tu viendrais passer chez nous, à la campagne. D'ailleurs je m'aperçois que tu as un peu maigri. À la campagne, tu reprendrais des forces, ce serait une bonne chose, car cette affaire sera certainement éprouvante. Mais en outre, tu échapperais ainsi un peu au tribunal. Ici, ils disposent de tous les moyens possibles et, automatiquement, ils les emploient aussi contre toi ; si tu étais à la campagne, il faudrait qu'ils passent par des intermédiaires ou qu'ils cherchent à te toucher par la poste, le

télégraphe ou le téléphone. Cela atténuerait tout naturellement les choses et, sans te mettre à l'abri, cela te permettrait de respirer.

– Mais ils pourraient m'interdire de m'éloigner, dit K.,
qui commençait à se laisser prendre aux arguments de
l'oncle.

– Je ne pense pas qu'ils le feront, dit gravement l'oncle.
Ils ne perdent pas tellement de leur pouvoir, en te laissant partir.

K. empoigna son oncle par le coude pour l'empêcher
de s'arrêter et dit :

– Je pensais que tu attacherais encore moins d'importance que moi à toute cette affaire, et voilà que tu la
prends très au sérieux.

– Joseph ! s'écria l'oncle en cherchant à se dégager
pour s'arrêter, mais K. l'en empêcha. Je ne te reconnais
pas, toi qui as toujours eu l'esprit si clair, voilà que tu
perds la tête ? Tu as envie de perdre ton procès ? Tu sais
ce que cela signifierait ? Cela signifierait tout simplement
qu'on fait un trait sur toi. Et que tous les gens de ta
famille subissent le même sort ou sont, du moins, humiliés plus bas que terre. Joseph, ressaisis-toi. Ton indifférence me rend fou. À te voir, on serait tenté d'ajouter foi
au proverbe qui dit que certains procès sont perdus
d'avance.

– Cher oncle, dit K., l'énervement ne sert à rien ; il ne
sert à rien de ta part et ne servirait pas davantage de la
mienne. L'énervement ne fait pas gagner les procès. Tiens
un peu compte de mon expérience, de même que je res-
pecte la tienne dans tous les cas, y compris ceux où elle
me surprend. Puisque tu dis que notre famille aurait à
pâtir de ce procès (ce que pour ma part je ne comprends
pas, mais c'est un détail), je suis disposé à te suivre en
tout point. Mais ce séjour à la campagne, dans ta perspective même, ne me paraît pas avantageux, car il aurait
l'air d'une fuite et d'un aveu. Du reste, il est vrai qu'ici

je suis davantage en butte aux tracasseries, mais je suis
aussi mieux en mesure d'agir.

– C'est juste, dit l'oncle sur un ton qui semblait indi-
quer que leurs points de vue se rapprochaient enfin. Je
te le proposais uniquement parce qu'en restant ici tu me
paraissais compromettre les choses par ton indifférence
et que je préférais travailler pour toi en ton absence. Mais
si tu es disposé à prendre l'affaire en main, cela vaut
naturellement beaucoup mieux.

– Nous sommes donc d'accord là-dessus, dit K. Et
que me suggères-tu de faire pour commencer ?

– Il faut encore que j'y réfléchisse, naturellement, dit
l'oncle. Songe que cela fait déjà vingt ans que je vis
presque sans interruption à la campagne, où le flair
s'émousse pour ce genre d'affaires. Certaines relations
importantes, avec des personnalités qui sont ici plus com-
pétentes en la matière, se sont d'elles-mêmes relâchées. Je
suis un peu isolé dans cette campagne, tu le sais bien. Il
faut des occasions de ce genre pour que soi-même on
s'en aperçoive. Et, pour une part, ton affaire m'a aussi
pris au dépourvu, encore qu'après la lettre d'Erna j'ai
curieusement soupçonné quelque chose de ce genre, et
quand je t'ai vu aujourd'hui j'en étais presque sûr. Mais
c'est sans importance ; ce qui compte maintenant, c'est
de ne pas perdre de temps.

En même temps qu'il parlait, l'oncle s'était dressé sur
la pointe des pieds et avait fait signe à une automobile.
Tout en lançant une adresse au chauffeur, il y monta en
entraînant son neveu.

– Nous allons chez Maître Huld, l'avocat. Nous étions
ensemble à l'école. Tu connais sûrement son nom, toi
aussi ? Non ? Tiens, c'est curieux. Il jouit pourtant d'une
réputation bien établie, comme avocat et comme défenseur des pauvres. Mais c'est surtout l'homme qui
m'inspire confiance.

– Je souscris d'avance à tout ce que tu entreprendras, dit K. que mettait cependant mal à l'aise la manière précipitée et pressante dont l'oncle traitait le problème.

Il songeait qu'il n'était guère réjouissant d'être accusé et d'aller voir un avocat des pauvres. Il dit :

– J'ignorais qu'en l'occurrence on pût avoir recours à un avocat.

– Mais naturellement, dit l'oncle, cela va de soi. Pourquoi pas ? Et maintenant, pour que je sois bien au courant, raconte-moi tout ce qui s'est passé jusqu'à présent.

K. se mit aussitôt à raconter, sans rien dissimuler ; sa totale franchise était la seule protestation qu'il pût se permettre contre l'opinion de son oncle, selon laquelle ce procès était une grande honte. Il ne prononça le nom de Mademoiselle Bürstner qu'une fois en passant, mais ce n'était pas une entorse à sa franchise, puisqu'il n'y avait aucun rapport entre Mademoiselle Bürstner et le procès. Tout en parlant, il regardait par la portière et vit qu'ils approchaient justement du faubourg où se trouvait le greffe ; il en fit la remarque à son oncle, mais celui-ci ne trouva pas cette coïncidence particulièrement frappante. La voiture s'arrêta devant un immeuble sombre. L'oncle sonna aussitôt à la première porte du rez-de-chaussée ; pendant qu'ils attendaient, il sourit en montrant ses grandes dents et chuchota :

– Huit heures, ce n'est pas une heure habituelle pour recevoir des clients. Mais Huld ne m'en voudra pas.

Derrière le judas apparurent deux grands yeux noirs, qui examinèrent un instant les visiteurs et disparurent ; mais la porte ne s'ouvrit pas. L'oncle et K. se confirmèrent mutuellement qu'ils avaient vu ces deux yeux.

– Une nouvelle femme de chambre, qui a peur des inconnus, dit l'oncle en frappant à nouveau.

Les yeux réapparurent, ils avaient maintenant l'air presque tristes, mais peut-être n'était-ce qu'une illusion causée par la flamme nue du gaz qui sifflait près de leurs têtes sans beaucoup éclairer.

– Ouvrez ! cria l'oncle en cognant du poing sur la porte, nous sommes des amis de Maître Huld !

– Maitre Huld est souffrant, chuchota-t-on derrière leur dos.

Sur le pas d'une porte, à l'autre extrémité du petit couloir, c'était un homme en robe de chambre qui leur avait donné cette information d'une voix à peine audible. L'oncle, déjà furieux d'attendre aussi longtemps, fit volte-face et s'exclama :

– Souffrant ? Vous dites qu'il est souffrant ?

Il marcha sur l'homme d'un air quasi menaçant, comme s'il était la cause de l'indisposition.

– On vous a ouvert, dit l'homme en montrant la porte de l'avocat et, rassemblant les pans de sa robe de chambre, il disparut.

De fait, la porte était ouverte et dans le vestibule se tenait une jeune fille dont K. reconnut les yeux foncés, un peu écarquillés ; elle portait un long tablier blanc et tenait une bougie à la main.

– La prochaine fois, vous ouvrirez plus vite ! dit l'oncle pour tout salut, tandis qu'elle faisait une petite révérence. Et il ajouta : Viens, Joseph !

K. dépassa la jeune fille en se glissant lentement sur le côté. Comme l'oncle allait droit à une porte sans s'arrêter, elle dit :

– Maitre Huld est souffrant.

K. regardait la fille avec étonnement, tandis qu'elle s'était déjà retournée pour pousser le verrou : elle avait un visage de poupée, tout en rondeurs ; non seulement ses joues pâles et son menton étaient ronds, mais même ses tempes et les bords de son front.

– Joseph ! lança encore l'oncle, ajoutant à l'adresse de la fille : C'est sa maladie de cœur ?

– Je crois bien, dit la fille.

Elle avait trouvé le temps de les précéder avec sa bougie et d'ouvrir la porte de la chambre. Dans un coin

que n'atteignait pas encore la lueur de la bougie, un
visage pourvu d'une longue barbe se dressa sur un lit.

   – Leni, qui vient d'entrer ? demandait l'avocat qui,
ébloui par la bougie, ne distinguait pas les visiteurs.

   – C'est Albert, ton vieil ami, dit l'oncle.

   – Ah, Albert, dit l'avocat en se laissant retomber sur
ses oreillers comme s'il n'avait pas à jouer la comédie
devant ce visiteur.

   – C'est si grave que cela ? demanda l'oncle en
s'asseyant sur le bord du lit. Je n'en crois rien ; c'est un
accès de ta maladie de cœur et ça va passer comme les
autres fois.

   – C'est possible, dit l'avocat d'une voix faible, mais ça
n'a jamais été à ce point-là. J'ai du mal à respirer, je ne
dors pas et je m'affaiblis de jour en jour.

   – Ah bon, dit l'oncle en enfonçant de sa grande main
son panama sur son genou. Voilà de mauvaises nouvelles. Au fait, es-tu bien soigné ? Et puis c'est si triste ici,
si sombre. Cela fait longtemps que je ne suis pas venu, il
me semble que la dernière fois c'était plus gai. Et cette
petite jeune femme n'a pas l'air bien joyeuse non plus, à
moins qu'elle ne fasse semblant.

   La jeune personne était restée debout près de la porte
avec sa bougie ; pour autant que son regard vague permettait d'en juger, elle regardait plutôt K. que son oncle,
même pendant que ce dernier parlait d'elle. K. était
appuyé sur un fauteuil qu'il avait tiré près d'elle.

   – Lorsqu'on est aussi malade que je le suis, il faut du
calme et je ne trouve pas que ce soit triste, dit l'avocat
qui ajouta après un temps : Et Leni me soigne bien, elle
est gentille*.

   L'oncle n'était pas convaincu, il avait manifestement
une prévention contre la garde-malade et, sans répondre
à l'avocat, il la suivait d'un regard peu amène tandis
qu'elle s'approchait du lit, posait la bougie sur la table
de nuit, se penchait sur le malade et chuchotait avec lui
en arrangeant ses oreillers. Presque sans égards pour le

malade, l'oncle se leva pour arpenter la chambre dans le dos de la jeune femme et cela n'aurait pas surpris K. de le voir la prendre par les jupes et l'éloigner de force du lit. K. pour sa part regardait tout cela calmement, la maladie de l'avocat l'arrangeait même plutôt : il n'avait pas su s'opposer au zèle déployé par l'oncle en sa faveur, mais il voyait sans déplaisir que ce zèle fût contrarié sans son intervention. C'est alors que l'oncle, peut-être dans la seule intention de vexer la garde-malade, dit :

– Mademoiselle, je vous prie, laissez-nous seuls un moment, je dois parler à mon ami d'une affaire personnelle.

La jeune femme était toujours penchée très loin sur le malade et lissait son drap du côté du mur : elle se contenta de tourner la tête et de répondre très calmement, ce qui contrastait avec l'élocution furibarde et hachée de l'oncle :

– Vous voyez bien que Monsieur est si mal qu'on ne peut lui parler d'aucune affaire.

Sans doute n'avait-elle répété l'expression de l'oncle que par commodité, mais même un auditeur impartial aurait pu y voir quelque ironie et l'oncle, naturellement, bondit comme si on l'avait piqué :

– Sacrée bonne femme ! proféra-t-il dans un borborygme trop pantelant pour être compréhensible.

K. prit peur, bien qu'il se fût attendu à un éclat de ce genre, et il courut vers son oncle avec la ferme intention de lui fermer la bouche à deux mains. Mais heureusement le malade se dressa derrière la fille, l'oncle fit grise mine, comme s'il déglutissait quelque chose de répugnant, et dit plus calmement :

– Nous n'avons pas encore tout à fait perdu la raison ; si ce que je demande était impossible, je ne le demanderais pas. Je vous en prie, sortez, maintenant !

La garde-malade était debout près du lit et faisait face à l'oncle en caressant d'une main (à ce que crut voir K.) la main de l'avocat.

– Tu peux tout dire devant Leni, dit le malade d'un ton qui était nettement celui d'une prière instante.

– Il ne s'agit pas de moi, dit l'oncle, et le secret ne m'appartient pas.

Et il se retourna, comme s'il n'entendait pas poursuivre la discussion et accordait seulement un petit délai de réflexion.

– De qui s'agit-il donc ? demanda l'avocat d'une voix mourante en se laissant aller de nouveau en arrière.

– De mon neveu, dit l'oncle, que j'ai d'ailleurs amené. Je te présente Joseph K., fondé de pouvoir.

– Oh, dit le malade avec une vivacité nouvelle en tendant la main à K., excusez-moi, je ne vous avais pas remarqué. Laisse-nous, Leni.

La garde-malade ne fit plus aucune difficulté et lui serra la main comme si elle partait pour longtemps. Enfin l'avocat s'adressa à l'oncle qui, rasséréné lui aussi, s'était rapproché :

– Ainsi tu n'es pas venu rendre visite à un malade, tu viens me parler affaires.

On aurait dit que cette idée d'une visite à un malade l'avait jusque-là paralysé, tant il paraissait maintenant revigoré : il demeurait constamment appuyé sur son coude, ce qui devait être assez fatigant, et ne cessait de tirer sur une mèche de sa barbe.

– Tu as déjà l'air en bien meilleure santé, dit l'oncle, depuis que cette sorcière est sortie. Il s'interrompit pour chuchoter : Je parie qu'elle écoute !

Il bondit vers la porte, mais il n'y avait personne derrière. L'oncle revint, plus vexé que déçu : si la garde-malade n'écoutait pas, ce ne pouvait être de sa part qu'un surcroît de méchanceté.

– Tu la juges mal, dit l'avocat.

Mais il ne prit pas autrement sa défense, voulant peut-être manifester par là qu'elle n'avait pas besoin qu'on la défendît, et d'un ton beaucoup plus empressé poursuivit :

– Pour ce qui est de monsieur ton neveu, j'avoue que je m'estimerais heureux si mes forces me permettaient de me charger de cette affaire extrêmement délicate ; je crains fort qu'elles ne me le permettent pas, mais en tout cas je ferai tout mon possible et, si je ne suffis pas à la tâche, je pourrai toujours m'adjoindre un confrère. À vrai dire, le cas m'intéresse trop pour que je puisse me résoudre à ne pas m'en occuper du tout. Si mon cœur lâche, au moins ce sera pour une raison qui en valait la peine.

K. avait le sentiment de ne rien comprendre à tout ce discours et regardait son oncle, quêtant une explication. Mais ce dernier, la bougie à la main, était assis sur la table de nuit, d'où un flacon de médicament avait déjà roulé sur le tapis, il opinait à tout ce que disait l'avocat, approuvait chaque phrase et regardait de temps en temps K. pour l'inviter à manifester également son approbation. Peut-être l'oncle avait-il déjà parlé du procès à l'avocat ? Mais c'était impossible, tout ce qui venait de se passer prouvait le contraire, et il commença à dire :

– Je ne comprends pas…

– Oui ? Vous aurais-je mal compris, peut-être ? demanda l'avocat, tout aussi surpris et embarrassé que K. Me suis-je trompé, en voulant brûler les étapes ? De quoi vouliez-vous donc me parler ? Je pensais que c'était de votre procès ?

– Naturellement, répondit l'oncle. Et il dit à K. : Qu'est-ce qui te prend ?

– Oui, dit K., mais comment se fait-il que vous me connaissiez et que vous connaissiez mon procès ?

– Ah, oui ! dit l'avocat en souriant. C'est que je suis avocat : je fréquente les tribunaux, on y parle de tel ou tel procès et certains vous frappent et vous restent en mémoire, surtout quand ils concernent le neveu d'un ami. Cela n'a rien d'étonnant.

– Qu'est-ce qui te prend ? répéta l'oncle. Tu es bien nerveux.

– Vous fréquentez les tribunaux ? demanda K.

– Oui, dit l'avocat.

– Tu poses des questions puériles, dit l'oncle.

– Qui voulez-vous que je fréquente, sinon les gens de ma profession ? ajouta l'avocat.

C'était tellement irréfutable que K. ne répondit rien. Il aurait voulu objecter que les tribunaux fréquentés par l'avocat se situaient au palais de justice et non dans un grenier, mais il ne trouva pas le courage de le dire. L'avocat poursuivait, du ton de quelqu'un qui donne en passant une explication superflue, parce que la chose va de soi :

– Vous comprenez bien qu'en entretenant ces contacts, je rends aussi de grands services à mes clients, et de toutes sortes de façons, sans qu'il faille toujours en parler. En ce moment, bien sûr, je suis un peu immobilisé par la maladie ; mais je reçois tout de même la visite de bons amis qui viennent du tribunal et me tiennent un peu au courant. J'en apprends peut-être plus que certains qui, bien portants, passent leurs journées au tribunal. Ainsi, en ce moment même, j'ai la visite d'un de ces amis.

L'avocat tendit le doigt vers un coin sombre de la chambre.

– Où ça ? demanda K. presque brutalement, tant il était surpris.

Il regarda vaguement alentour ; la lueur de la petite bougie n'éclairait pas jusqu'à l'autre mur, il s'en fallait de beaucoup. De fait, quelque chose remuait dans le coin le plus éloigné. L'oncle leva la bougie à bout de bras et l'on vit, près d'une petite table, un monsieur d'un certain âge. Il avait dû retenir son souffle, pour qu'on reste si longtemps sans le remarquer. Il se levait maintenant en faisant beaucoup d'embarras, visiblement mécontent d'avoir été repéré. Agitant ses mains comme de petites ailes, il semblait désireux de couper court à toutes les présentations et les salutations, de ne déranger les autres pour rien au monde par sa présence, de se faire oublier et de replonger dans les ténèbres. Mais il n'était désormais plus possible de satisfaire ce désir.

   – C'est que, voyez-vous, vous nous avez surpris, expliqua l'avocat en encourageant d'un geste l'homme à s'approcher, ce qu'il fit lentement, avec un regard hésitant et pourtant une certaine dignité. Monsieur le Directeur du greffe… Ah oui, pardon, je n'ai pas fait les présentations. Voici mon ami Albert K., voici son neveu Joseph, qui est fondé de pouvoir, et voici Monsieur le Directeur du greffe, qui donc avait la bonté de me faire une visite. Pour en mesurer tout le prix, il faut être de ceux qui savent à quel point Monsieur le Directeur du greffe est surchargé de travail. Eh bien, il est venu tout de même et nous devisions tranquillement, pour autant que le permettait la faiblesse de mon état. Nous n'avions pas défendu à Leni d'introduire des visiteurs, car nous n'en attendions pas, mais nous pensions rester seuls ; c'est alors que nous avons entendu tes coups de poing sur la porte, Albert, et que Monsieur le Directeur a poussé dans ce coin sa chaise et sa table. Mais il semble maintenant qu'éventuellement, c'est-à-dire si vous le souhaitez, nous aurions une affaire à évoquer ensemble et que donc nous pourrions tous nous rapprocher. Monsieur le Directeur…

L'avocat inclina la tête avec un sourire obséquieux en offrant à son hôte un fauteuil près du lit. En s'y installant confortablement, le directeur du greffe regarda sa montre et dit aimablement :

   – Je ne puis hélas rester que quelques minutes encore, les affaires me réclament. Mais je ne voudrais en aucun cas manquer cette occasion de faire la connaissance d'un ami de mon ami.

Il inclina légèrement la tête à l'adresse de l'oncle, qui paraissait fort satisfait de cette rencontre ; mais sa nature lui interdisait d'exprimer la déférence et il ne sut qu'accompagner les paroles du directeur par un rire embarrassé et bruyant. C'était un spectacle pénible !

K. pouvait tranquillement tout observer, car personne ne
s'occupait de lui ; maintenant qu'il s'était joint aux
autres, le directeur du greffe prenait la conversation en
main, comme cela paraissait être son habitude ; l'avocat,
dont la faiblesse du début n'était peut-être destinée qu'à
repousser l'irruption des deux visiteurs, écoutait attentivement, la main à l'oreille ; l'oncle jouait le porte-
flambeau, balançant la bougie sur sa cuisse et s'attirant
par là les regards inquiets de l'avocat : il oublia bientôt
son embarras, tout ravi qu'il était à la fois par l'éloquence du directeur et par les gestes débonnaires et
ondoyants dont lui-même l'accompagnait. Appuyé au
montant du lit, K. était complètement ignoré par le
directeur, qui le faisait peut-être même exprès, et il servait
de simple auditeur à ces vieux messieurs. Du reste, il
savait à peine de quoi l'on parlait : tantôt il songeait à la
garde-malade et à la façon dont l'oncle l'avait maltraitée,
tantôt il se demandait s'il n'avait pas déjà vu le directeur
du greffe, peut-être même lors de la première séance de
l'instruction. Et même s'il se trompait, le directeur aurait
néanmoins été parfaitement à sa place au milieu des
vieillards à barbe maigre qui siégeaient au premier rang.

À ce moment, on entendit dans le vestibule un bruit
de porcelaine brisée qui les fit tous dresser l'oreille.

– Je vais voir ce qui s'est passé, dit K. en sortant lentement comme pour donner aux autres l'occasion de le
retenir.

À peine dans le vestibule, alors qu'il s'orientait dans
l'obscurité, il sentit se poser sur sa main qui tenait encore
la porte une petite main, bien plus petite que la sienne,
et qui referma doucement la porte. C'était la garde-
malade, qui attendait là.

– Il ne s'est rien passé, chuchota-t-elle, j'ai juste jeté
une assiette contre le mur, pour vous faire sortir.

Embarrassé, K. dit :

– Moi aussi, je pensais à vous.

– Tant mieux, dit la garde-malade. Venez.

En quelques pas, ils furent devant une porte aux vitres dépolies, qu'elle ouvrit devant K.

– Entrez donc, dit-elle.

C'était à coup sûr le cabinet de l'avocat ; à ce qu'on voyait au clair de lune, qui découpait juste un petit rectangle de parquet au pied de chacune des trois grandes fenêtres, la pièce était décorée de vieux meubles lourds.

– Par ici, dit la garde-malade.

Elle lui montra un coffre sombre avec un dossier de bois sculpté. Tout en s'asseyant, K. continua d'examiner la pièce : elle était vaste et haute de plafond, les clients de cet avocat des pauvres devaient s'y sentir perdus*. K. imagina les visiteurs avançant à petits pas vers l'imposant bureau. Puis il oublia tout cela et n'eut plus d'yeux que pour la garde-malade, qui était assise tout près de lui et le pressait quasiment contre l'accoudoir.

– Je pensais, dit-elle, que vous viendriez me retrouver de vous-même, sans que j'aie besoin de vous appeler. C'était tout de même bizarre : dès que vous êtes entré, vous n'avez pas arrêté de me regarder, et ensuite vous m'avez fait attendre. Au fait, appelez-moi Leni.

Elle ajouta cela rapidement et sans transition, comme s'il ne fallait pas perdre un instant de cet entretien.

– Volontiers, dit K. Et ce qui vous a semblé bizarre, Leni, s'explique facilement. D'abord, il fallait bien que j'écoute les bavardages de ces vieux messieurs, je ne pouvais pas filer sans motif ; ensuite je n'ai pas beaucoup de culot, je serais plutôt timide ; et puis vous-même, Leni, vous ne donniez pas du tout l'impression qu'on pouvait vous plaire du premier coup.

– Ce n'est pas ça, dit Leni en posant son bras sur le dossier et en regardant K., c'est que je ne vous plaisais pas ; d'ailleurs je ne vous plais sans doute pas maintenant non plus.

– Plaire, ce serait peu dire, dit K. sans se compromettre.

– Oh ! dit-elle en souriant.

La phrase de K. et sa petite exclamation lui donnaient un certain avantage. C'est pourquoi K. resta un moment sans rien dire. S'étant habitué à l'obscurité qui régnait dans la pièce, il distinguait certains détails du mobilier. Il fut frappé par un grand tableau accroché à droite de la porte ; il se pencha pour mieux le voir. Il représentait un homme en robe de juge, trônant sur un fauteuil haut dont la dorure semblait faire saillie sur la toile. Curieusement, ce juge n'avait pas une dignité impassible, il appuyait solidement son bras gauche sur le dossier et l'accoudoir, mais l'autre bras était tout à fait dégagé et seule la main droite enserrait l'accoudoir, comme si d'un instant à l'autre le magistrat allait bondir, d'un mouvement violent et peut-être indigné, pour laisser tomber une phrase décisive ou même pour prononcer le verdict. Sans doute fallait-il imaginer l'accusé au pied de l'escalier dont le tableau montrait juste la première marche, recouverte d'un tapis jaune.

– C'est peut-être mon juge, dit K. en montrant le tableau du doigt.

– Je le connais, dit Leni en regardant aussi le tableau, il vient souvent ici. Le tableau remonte à sa jeunesse, mais jamais il n'a dû être ressemblant, car ce juge est d'une taille quasi minuscule. Ça ne l'a pas empêché de se faire étirer en longueur par le peintre, car il est vaniteux jusqu'à l'absurde, comme tout le monde ici. Mais je le suis aussi, et je suis très fâchée de ne pas vous plaire du tout.

Pour répondre à ce dernier propos, K. se contenta de prendre Leni dans ses bras et de l'attirer vers lui ; sans rien dire, elle appuya sa tête sur son épaule. Pour le reste, il demanda :

– Quel rang a-t-il ?

– Il est juge d'instruction.

Elle saisit la main de K. qui la serrait et se mit à jouer avec ses doigts.

– Encore un simple juge d'instruction, dit K. avec déception. Les hauts fonctionnaires se cachent. Pourtant il est assis sur un trône.

– Pure invention, dit Leni en penchant son visage sur la main de K. En réalité, il est assis sur un tabouret de cuisine recouvert d'une vieille couverture de cheval. Mais vous ne pouvez pas vous empêcher de penser sans arrêt à votre procès ?

Elle avait ajouté cela lentement et K. répondit :

– Si, bien sûr. Il est même probable que je n'y pense pas assez.

– Ce n'est pas ça, votre erreur, dit Leni. J'ai entendu dire que vous étiez trop intransigeant.

– Qui a dit cela ? demanda K. en sentant contre sa poitrine le corps de la jeune femme et en regardant sa chevelure opulente et sombre, dont les tresses serrées étaient juste sous ses yeux.

– Je trahirais un secret si j'en disais davantage, répondit-elle. Je vous en prie, ne me demandez pas de noms ; mais corrigez ce défaut, ne soyez pas si intransigeant ; on ne peut rien faire contre ce tribunal, on est obligé d'avouer. Passez donc aux aveux à la première occasion. Ce n'est qu'à partir de ce moment-là que vous aurez une possibilité de vous en tirer, pas avant. Mais même cela exigera une aide extérieure ; seulement ne craignez rien, je suis prête à vous l'apporter moi-même.

– Vous en savez long sur ce tribunal et sur les tromperies qui y sont nécessaires.

Comme elle se serrait trop contre lui, il la hissa sur ses genoux.

– C'est bien, comme ça, dit-elle.

Elle se redressa sur ses genoux, tira sur sa jupe et rajusta son corsage. Puis elle se pendit des deux mains à son cou, se renversa en arrière et le regarda longuement.

– Et si je ne passe pas aux aveux, vous ne pourrez pas m'aider ? demanda-t-il à tout hasard.

J'enrôle des femmes à mon service, songeait-il avec stupéfaction : d'abord Mademoiselle Bürstner, puis la femme de l'huissier du tribunal et, pour finir, cette petite garde-malade, qui semble avoir de moi un besoin incompréhensible. À sa façon de rester assise sur mes genoux, on jurerait que c'est sa place ! Leni cependant répondait en secouant lentement la tête :

– Non, je ne pourrai pas vous aider. Mais en fait vous ne voulez pas de mon aide, vous n'y tenez pas du tout, vous êtes buté et vous ne vous laissez pas persuader. Puis elle ajouta, au bout d'un petit moment : Vous avez une amie ?

– Non, dit K.

– Oh, si, dit-elle.

– Oui, c'est vrai. Vous vous rendez compte ? Je la reniais, alors que j'ai sa photographie sur moi.

Comme elle insistait, il lui montra une photo d'Elsa, qu'elle examina pelotonnée sur ses genoux. C'était un instantané pris au terme d'une de ces danses tournoyantes qu'Elsa aimait à exécuter dans son café ; les plis de sa robe volaient encore autour d'elle, elle avait les mains posées sur ses hanches fermes et, le cou tendu, elle riait en regardant sur le côté ; à qui s'adressait ce rire, la photo ne le montrait pas.

– Elle est trop serrée à la taille, dit Leni en montrant l'endroit où elle trouvait que cela se voyait. Elle ne me plaît pas, elle est gauche et fruste. Mais peut-être qu'avec vous elle est douce et gentille, c'est ce qu'on pourrait conclure en voyant cette photo. Ces grandes filles robustes n'ont souvent pas le choix, elles ne savent être que douces et gentilles. Mais est-ce qu'elle pourrait se sacrifier pour vous ?

– Non, dit K., elle n'est pas douce et gentille, et elle ne serait pas non plus capable de se sacrifier pour moi. D'ailleurs jusqu'à présent je n'ai rien exigé de tel de sa part. Tenez, je n'avais même jamais regardé sa photo d'aussi près que vous.

– Vous ne tenez donc pas tellement à elle, dit Leni, ce
n'est donc pas vraiment votre amie.

– Si, dit K., je ne retire pas ce mot.

– Mettons donc qu'elle est votre amie. Mais elle ne
vous manquerait guère si vous la perdiez, ou bien si vous
l'échangiez contre quelqu'un d'autre, par exemple
contre moi.

– Certes, dit K. en souriant, mais elle a sur vous un
gros avantage, c'est qu'elle ne sait rien de mon procès ;
et même si elle était au courant, elle n'y penserait pas.
Elle ne chercherait pas à me persuader de transiger.

– Ce n'est pas un avantage, dit Leni. Si elle n'en a pas
d'autre, je ne me décourage pas. A-t-elle quelque défaut
physique ?

– Défaut physique ?

– Oui. Parce que moi j'en ai un petit, regardez.

Elle écarta le médius et l'annulaire de sa main droite :
une peau les reliait, presque jusqu'à la dernière phalange
de ses doigts courts. Dans l'obscurité, K. ne vit pas tout
de suite ce qu'elle voulait lui montrer et elle lui prit la
main pour qu'il touche.

– Une fantaisie de la nature, dit K. qui ajouta après
avoir examiné toute la main : Une jolie patte d'oiseau !

C'est avec une sorte de fierté que Leni regardait K.
s'extasier en écartant, puis rapprochant sans cesse les
deux doigts, jusqu'au moment où il y déposa un baiser
furtif et les lâcha.

– Oh, s'écria-t-elle aussitôt, vous m'avez embrassée !

La bouche ouverte, elle se hissa précipitamment de
façon à l'enserrer de ses genoux. Presque consterné, K.
leva les yeux vers elle ; maintenant qu'elle était si proche,
elle dégageait une odeur âcre et piquante, comme du
poivre ; elle prit contre elle la tête de K., se pencha au-
dessus, mordit et embrassa son cou, mordit même ses
cheveux.

– Vous m'avez prise en échange ! s'écriait-elle de
temps à autre. Ça y est, vous m'avez prise en échange !

Son genou glissa, elle poussa un petit cri et tomba presque sur le tapis, K. la serra dans ses bras pour la retenir et fut entraîné dans sa chute.

– Maintenant tu m'appartiens, dit-elle.

Et ses derniers mots furent :

– Voici la clé de la porte d'entrée, viens quand tu veux.

Un baiser envoyé au hasard l'atteignit dans le dos tandis qu'il partait. Quand il franchit le porche de l'immeuble, il tombait une pluie fine ; il voulait s'avancer jusqu'au milieu de la rue pour apercevoir peut-être encore Leni à la fenêtre quand, jaillissant d'une automobile qui stationnait devant l'immeuble et que K. n'avait pas remarquée dans sa distraction, l'oncle l'empoigna par les deux bras et le projeta contre la porte de l'immeuble, comme s'il avait voulu l'y clouer, criant :

– Fiston, comment as-tu pu faire ça ? Ton affaire était en bonne voie, tu viens de la compromettre terriblement. Tu vas te fourrer avec cette petite saleté qui, en plus, est visiblement la maîtresse de l'avocat et tu y restes des heures. Sans même chercher un prétexte, sans te cacher le moins du monde, non, ouvertement, tu cours la retrouver et tu restes avec elle. Et tu nous plantes là, moi ton oncle qui me décarcasse pour toi, l'avocat qu'il s'agissait de mettre de ton côté et ce personnage considérable qui a la haute main sur ton affaire au point où elle en est. Nous voulions nous concerter sur la façon de te venir en aide, il fallait que je manie l'avocat avec précaution et qu'il fasse de même pour le directeur du greffe : tu avais tout lieu d'apporter ton concours au moins à mes efforts. Au lieu de cela, tu disparais. À la longue, plus moyen de se dissimuler la situation. Bien sûr, ce sont des hommes polis et astucieux, ils me ménagent et ne disent mot ; mais pour finir ils n'en peuvent plus, même eux, et ne pouvant aller droit au fait ils se taisent. Durant de longues minutes, nous restons assis en silence, à guetter si tu ne te décides pas à revenir. Mais en vain. Finalement le directeur du greffe, qui est resté beaucoup plus longtemps

qu'il n'en avait d'abord l'intention, se lève et prend
congé ; il est visible qu'il me plaint, mais sans pouvoir
m'aider ; avec une gentillesse à peine concevable, il attend
encore un instant sur le pas de la porte, puis il s'en va.
J'étais naturellement heureux de le voir partir, je n'arrivais plus à respirer. Quant à l'avocat, sa maladie lui avait
rendu tout cela encore plus pénible ; le pauvre homme,
quand j'ai pris congé de lui, n'a pas pu dire un seul mot.
Tu as sans doute contribué à ruiner définitivement sa
santé, précipitant ainsi la mort d'un homme dont dépendait ton sort. Et moi, ton oncle, tu me fais attendre des
heures sous la pluie (touche, je suis complètement
trempé) et me ronger de soucis.

L'AVOCAT, L'INDUSTRIEL, LE PEINTRE

Un matin d'hiver (au-dehors, la neige tombait dans le jour blafard), K. était assis dans son bureau et, quoiqu'il fût encore tôt, ressentait déjà une extrême fatigue. Afin d'être au moins à l'abri des employés subalternes, il leur avait fait interdire sa porte sous prétexte qu'il avait à faire un important travail. Mais au lieu de travailler, il pivotait dans son fauteuil, déplaçait lentement quelques objets sur sa table, puis y laissait, sans s'en rendre compte, son bras posé de tout son long et demeurait immobile, la tête basse.

La pensée de ce procès ne le quittait plus. Souvent déjà, il s'était demandé s'il ne serait pas bon de rédiger un mémoire pour sa défense, qu'il déposerait auprès du tribunal. Il y donnerait un *curriculum vitae* succinct et, à propos de chaque fait un peu important, exposerait les mobiles de son comportement et dirait si aujourd'hui il jugeait ce comportement condamnable ou louable, et pour quelles raisons éventuelles. La rédaction d'un tel mémoire présentait, par rapport à la simple défense assurée par un avocat qui au reste n'était pas sans reproche, des avantages indubitables. Car, de fait, K. n'avait aucune idée de ce que faisait cet avocat ; il ne devait pas faire grand-chose ; cela faisait déjà un mois qu'il n'avait pas fait venir son client et aucune de leurs entrevues n'avaient jusque-là donné à K. l'impression que cet homme pût beaucoup pour lui. Surtout, il ne lui avait presque pas posé de questions. Et il y avait pourtant tellement de questions à poser. L'essentiel était de poser des questions.

K. avait le sentiment qu'il aurait pu lui-même poser les questions indispensables. Au lieu de cela, l'avocat discourait, ou bien restait assis sans rien dire en face de K., se penchait un peu par-dessus sa table, sans doute parce qu'il était un peu dur d'oreille, tiraillait une mèche dans sa barbe et regardait le tapis, peut-être même l'endroit précis où K. s'était vautré avec Leni. De temps à autre, il adressait à K. quelques exhortations creuses, comme on en adresse aux enfants. Des propos tout aussi inutiles que fastidieux, pour lesquels K. n'avait pas l'intention de verser un sou au moment du décompte des honoraires. Lorsque l'avocat pensait l'avoir suffisamment humilié, il se mettait généralement à lui remonter un peu le moral. Il lui disait alors avoir déjà gagné, totalement ou en partie, nombre de procès semblables. Des procès qui, s'ils n'étaient peut-être pas en réalité aussi délicats que celui-ci, semblaient encore plus désespérés. J'ai ici une liste de ces procès, disait-il en tapotant quelque tiroir de son bureau, mais je ne puis malheureusement montrer ces documents, ils sont couverts par le secret administratif. Il n'empêche que, naturellement, la grande expérience que j'ai acquise dans tous ces procès, vous allez en profiter. Je me suis naturellement mis au travail sans délai et notre première requête est déjà quasiment au point. Elle est très importante, car le première impression produite par la défense détermine fréquemment tout le cours de la procédure. Cela dit, je dois malheureusement vous signaler qu'il arrive parfois que les premières requêtes, une fois parvenues au tribunal, n'y soient lues par personne. On les classe simplement dans le dossier en faisant valoir que, dans un premier temps, l'audition et l'observation de l'accusé sont plus importantes que tout document écrit. Si le justiciable insiste, on ajoute qu'avant que l'affaire soit tranchée et dès qu'aura été complété le dossier (ayant trait à l'affaire, naturellement), toutes les pièces seront examinées, y compris par conséquent cette première requête. Mais hélas cela n'est même pas exact

la plupart du temps : cette première requête est généralement mal classée ou complètement égarée, et même
quand elle n'a pas disparu, je me suis laissé dire (ce ne
sont que des bruits, bien sûr) que finalement elle n'était
guère lue. Tout cela est regrettable, mais ce n'est pas totalement injustifié. Il faut, en effet, se rappeler que la procédure n'est pas publique, elle peut le devenir si le
tribunal estime que c'est nécessaire, mais la loi ne stipule
pas qu'elle doive l'être. Il s'ensuit donc que le dossier
constitué au tribunal et, en particulier, l'acte d'accusation
ne sauraient être communiqués à l'accusé ni à ses défenseurs, ce qui fait qu'en général on ne sait pas, ou du
moins pas précisément, contre quoi doit argumenter
cette première requête ; si donc elle contient des éléments
pertinents, ce ne peut être en vérité que par l'effet du
hasard. Les requêtes réellement pertinentes et probantes
ne sauraient être élaborées qu'ultérieurement, après que
la suite de ses auditions ont permis à l'accusé de discerner plus nettement les différents chefs d'accusation, ou
du moins de les deviner, ainsi que ce qui les motive. Dans
ces conditions, la défense est naturellement dans une
position très défavorable et délicate. Mais c'est à dessein,
là encore. Il faut vous dire que la défense n'est pas à
proprement parler autorisée par la loi, mais seulement
tolérée ; encore tout le monde n'est-il pas d'accord sur
l'interprétation des textes législatifs qu'invoquent les par-
tisans de cette tolérance. À strictement parler, il n'existe
donc pas d'avocats que reconnaîtrait le tribunal : tous
ceux qui se présentent devant lui en qualité d'avocats
exercent donc en somme de façon clandestine et illégale.
C'est naturellement très préjudiciable à la dignité de
toute notre profession et, la prochaine fois que vous vous
rendrez au greffe, allez donc jeter un coup d'œil à la salle
des avocats, il faut avoir vu cela. La faune qui la hante
vous fera sans doute peur. Déjà, rien que la pièce étroite
et basse qu'on leur a attribuée montre le mépris que le
tribunal porte à ces gens. La lumière n'y pénètre que par

une petite lucarne placée si haut que pour regarder à travers (en s'exposant du reste à la fumée d'une cheminée toute proche, qui vous arrive dans le nez et vous noircit le visage), il faut d'abord chercher un confrère qui vous hisse sur son dos. Le plancher de ce réduit (pour vous citer encore un exemple de cette déplorable situation) comporte, depuis maintenant plus d'un an, un trou qui n'est pas assez grand pour qu'un homme y tombe tout entier, mais assez grand pour qu'on y enfonce toute la jambe. Cette salle des avocats se trouve au second niveau des greniers ; si donc une jambe passe par ce trou, elle pend au plafond du premier grenier et, plus précisément, du couloir où attendent les justiciables. On n'exagère pas lorsque, dans le milieu des avocats, on qualifie une telle situation de honteuse. Porter plainte auprès de l'administration n'a pas le moindre effet, en revanche il est strictement interdit aux avocats de faire modifier à leurs frais quoi que ce soit dans cette pièce. Mais si on les traite de cette façon, c'est également pour une raison précise. On veut exclure la défense, autant que faire se peut ; tout doit reposer sur l'accusé. C'est un point de vue qui n'est pas mauvais, au fond ; mais ce serait une grave erreur d'en conclure que devant ce tribunal un accusé n'a pas besoin d'avocats. Au contraire, aucun autre tribunal ne rend leur présence aussi nécessaire. C'est qu'en général la procédure y reste secrète non seulement pour le public, mais aussi pour l'accusé. Dans la mesure seulement où cela est possible, naturellement, mais c'est possible dans une très large mesure. L'accusé, en effet, n'a pas non plus le droit de prendre connaissance des pièces du dossier et il est très difficile de s'en faire une idée d'après les interrogatoires qui en découlent, surtout pour l'accusé, intimidé qu'il est et distrait par toutes sortes de soucis. C'est à ce moment-là qu'intervient la défense. En général, les avocats n'ont pas le droit d'assister aux interrogatoires, c'est donc après ceux-ci, et autant que possible à la porte même du juge d'instruction, qu'il faut questionner

l'accusé sur l'interrogatoire qu'il vient de subir et, dans
le récit souvent déjà très confus qu'il en donne, trouver
ce qui peut être utile à sa défense. Mais ce n'est pas là le
plus important, car de la sorte on n'apprend pas grand-
chose (bien que naturellement, là comme ailleurs, un
homme compétent en apprenne plus que d'autres). Le
plus important, ce sont malgré tout les relations personnelles de l'avocat : ce sont principalement elles qui
donnent sa valeur à la défense. Vos propres contacts avec
le tribunal vous ont sans doute permis de constater que
ses organes les plus subalternes ne sont pas parfaits : on
y trouve des fonctionnaires négligents et corruptibles, qui
sont comme des fissures dans le rempart dont s'entoure
le tribunal. C'est par là que s'engouffrent la plupart des
avocats : ils corrompent, ils font parler, il est même arrivé
(autrefois du moins) que des pièces disparaissent de certains dossiers. Il n'est pas douteux que de telles pratiques
produisent sur le moment des résultats, parfois même
étonnamment favorables à l'accusé, et cela permet aux
petits avocats de se faire mousser et d'appâter de nouveaux clients ; mais par la suite du procès, cela ne donne
rien, ou rien de bon. Seules ont vraiment de la valeur les
relations personnelles et sincères : avec des fonctionnaires
importants (importants dans les échelons subalternes,
s'entend). C'est la seule manière d'influer sur la suite du
procès, de façon certes d'abord imperceptible, mais
ensuite de plus en plus nette. Il n'y a naturellement qu'un
petit nombre d'avocats qui soient en mesure de le faire,
et votre choix a été excellent. Un ou deux de mes
confrères, tout au plus, peuvent se targuer de relations
analogues aux miennes. Nous ne nous soucions pas, à
vrai dire, des gens qui peuplent la salle des avocats et
nous n'avons rien à faire avec eux. Mais nos liens avec
les fonctionnaires du tribunal n'en sont que plus étroits.
Souvent, je n'ai même pas besoin de me rendre au tribunal, de guetter dans leurs antichambres l'apparition des
juges d'instruction et d'obtenir, selon leur humeur,

quelque résultat généralement illusoire ou même moins que cela. Non, vous avez pu le voir vous-même, des fonctionnaires (parfois même fort importants) se déplacent eux-mêmes pour me donner de bonne grâce des renseignements explicites ou du moins faciles à interpréter, pour commenter la suite que vont connaître les procès ; dans certains cas, ils se laissent même convaincre et adoptent l'opinion d'autrui. Bien sûr, il ne faut pas leur faire en la matière une confiance excessive : si fermement qu'ils formulent de nouvelles intentions favorables à la défense, ils peuvent fort bien regagner tout droit leurs bureaux et y donner pour le lendemain des instructions diamétralement opposées, et peut-être beaucoup plus dures pour l'accusé que ne l'étaient leurs intentions premières, auxquelles ils viennent de dire qu'ils renonçaient complètement. On ne peut naturellement rien faire là contre, car ce qui s'est dit en tête à tête reste justement en tête à tête et l'on ne saurait rien en déduire d'officiel, même si la défense était moins soucieuse de conserver la faveur de ces messieurs. D'un autre côté, il est vrai aussi que ce n'est pas uniquement par charité ou par amitié que ces messieurs prennent contact avec les défenseurs (les défenseurs compétents, naturellement) : ils sont quasiment contraints de recourir à leurs services. On touche là du doigt l'inconvénient d'un système judiciaire qui impose le secret d'emblée. Ces fonctionnaires sont coupés de la population et, s'ils sont bien armés pour les procès moyens et habituels, qui suivent leur cours presque d'eux-mêmes et exigent simplement qu'on leur redonne une impulsion de-ci de-là, en revanche ils sont souvent désemparés en face des cas tout simples, ou encore des cas particulièrement difficiles ; constamment coincés, jour et nuit, dans leur loi, ils n'ont pas le sens des rapports humains et cela leur fait gravement défaut dans de tels cas. C'est alors qu'ils viennent prendre conseil de l'avocat, en se faisant suivre d'un employé portant ces dossiers d'habitude si secrets. Devant cette fenêtre, vous

auriez pu en trouver plus d'un, de ces messieurs qu'on
attendrait moins que personne en pareille posture : ils
regardaient dans la rue d'un air proprement accablé,
tandis qu'à mon bureau j'étudiais les dossiers, afin de
leur donner un bon conseil. On voit du reste, en de telles
occasions, que ces messieurs exercent leur métier avec
infiniment de sérieux et que les obstacles que par nature
ils ne sauraient franchir les mettent au désespoir. Leur
position n'est d'ailleurs pas tellement facile et il serait
injuste de la considérer comme telle. L'échelonnement
hiérarchique de l'appareil judiciaire est infini, l'initié lui-
même n'en voit pas le bout. Mais la procédure devant les
tribunaux étant généralement secrète, y compris pour les
fonctionnaires subalternes, ceux-ci ne peuvent presque
jamais suivre entièrement le développement ultérieur des
affaires dont ils ont à connaître : elles surgissent donc
dans leur horizon sans que souvent ils connaissent leur
origine et elles se poursuivent au-delà sans qu'ils sachent
jamais dans quelle direction. Ils ne sauraient donc tirer
d'enseignements d'une étude portant sur les diverses
étapes du procès, sur le verdict définitif et sur ses attendus. Ils n'ont le droit de s'occuper que de la partie du
procès que la loi leur attribue limitativement : la suite et
les résultats de leur propre travail leur échappent donc,
la plupart du temps, plus qu'ils n'échappent à la défense ;
tant il est vrai qu'en règle générale celle-ci reste en liaison
avec l'accusé jusqu'au terme du procès. En ce sens aussi,
les fonctionnaires peuvent donc recueillir des informations utiles auprès de la défense. Compte tenu de tout
cela, vous ne vous étonnerez donc pas qu'ils soient irri-
tables et que cette irritation (tout le monde peut en faire
l'expérience) se manifeste parfois envers les justiciables
de façon insultante. Tous les fonctionnaires sont irrités,
même lorsqu'ils ont l'air calmes. Naturellement, ce sont
les petits avocats qui ont le plus à en pâtir. On raconte
par exemple l'histoire suivante, qui paraît fort plausible.
Un fonctionnaire âgé, qui était un monsieur tranquille et

bon, avait étudié durant un jour et une nuit une affaire délicate que les requêtes de l'avocat avaient particulièrement compliquée : ces fonctionnaires sont effectivement plus studieux que personne. Or, vers le matin et au terme de vingt-quatre heures d'un travail sans doute peu fructueux, cet homme gagna la porte d'entrée, s'y mit en embuscade et jeta au bas des escaliers tous les avocats qui prétendirent entrer. Les avocats se rassemblèrent sur le palier d'en dessous et se concertèrent sur l'attitude à adopter ; d'un côté, ils n'ont pas véritablement le droit d'entrer et ne peuvent donc rien entreprendre contre ce fonctionnaire par la voie juridique, d'autant qu'ils doivent se garder (nous l'avons vu) de s'aliéner le corps des fonctionnaires ; d'un autre côté, toute journée passée hors du tribunal est perdue pour eux, et ils tenaient donc beaucoup à entrer. Finalement ils convinrent qu'ils allaient fatiguer ce vieux monsieur. Ils envoyèrent l'un après l'autre des confrères, dont chacun gravissait en courant l'escalier, opposait le maximum de résistance (mais passive) et se faisait jeter en bas, où ses confrères le recevaient au vol. Cela dura environ une heure ; puis le vieux monsieur, déjà épuisé par son travail nocturne, se sentit pour de bon fatigué et regagna son bureau. Ceux d'en bas n'en crurent pas leurs yeux et envoyèrent d'abord un éclaireur vérifier qu'il n'y avait vraiment plus personne derrière la porte. Alors seulement, tout le groupe entra, vraisemblablement sans même oser murmurer. Car les avocats (même si le plus petit d'entre eux a une vue au moins partielle de la situation) n'ont pas la moindre envie d'introduire ou d'imposer quelque amélioration que ce soit à l'intérieur des tribunaux ; alors que presque tous les accusés (et ceci est très caractéristique), même des gens fort simples, se mettent à penser à des projets d'amélioration dès qu'ils ont un pied dans leur procès, perdant souvent ainsi un temps et une énergie qu'ils feraient beaucoup mieux d'employer autrement. La seule attitude judicieuse consiste à s'accommoder de l'état des choses. Même s'il était possible d'améliorer des détails (mais ce serait absurde de croire cela), cela concernerait dans le meilleur des cas des affaires futures, mais à soi-même on nuirait immensément en attirant sur soi l'attention d'un corps de fonctionnaires toujours prompt au ressentiment. Il faut surtout ne pas attirer l'attention ! Se tenir tranquille, même si l'on y répugne à l'extrême ! Tenter de comprendre que ce grand organisme judiciaire est comme perpétuellement en équilibre instable et que si l'on y change quelque chose de son propre chef, à l'endroit où l'on se trouve, on creuse sous ses propres pieds et l'on risque une chute fatale, alors que, pour son compte, ce grand organisme compensera facilement en un autre point (tout y est relié, n'est-ce pas) ce petit dérangement et demeurera inchangé, si même (comme il est même vraisemblable) il ne manifeste pas un surcroît de cohésion, d'attention, de rigueur et de méchanceté. Qu'on laisse donc travailler l'avocat, au lieu de l'importuner. Il ne sert pas à grand-chose de faire des reproches, surtout quand il est impossible de faire comprendre leur bien-fondé, mais je dois tout de même vous dire à quel point vous avez nui à votre cause par votre comportement face au directeur du greffe. C'est un homme influent, et l'on peut déjà presque le rayer de la liste des gens auprès de qui l'on peut faire quelque chose pour vous. Lorsqu'on évoque votre procès, même allusivement, il fait la sourde oreille désormais. C'est qu'à maints égards, les fonctionnaires sont comme des enfants. Souvent il suffit d'une vétille (mais votre comportement n'entre hélas pas dans cette catégorie) pour les offenser au point que, même s'agissant de bons amis, ils ne leur parlent plus, se détournent d'eux quand ils les rencontrent et travaillent contre eux par tous les moyens. Mais d'autres fois, on est surpris de les voir, sans raison particulière, rire à une petite plaisanterie qu'on lançait uniquement parce qu'on pensait la partie perdue : et les voilà raccommodés avec vous. C'est à la fois difficile et facile de se comporter avec eux, il n'y a pas de règles. Quelquefois on est tout étonné que la durée moyenne d'une seule existence suffise à saisir tout ce qu'il faut pour travailler ici avec quelque succès. À dire vrai, il y a des moments d'abattement comme tout le monde en connaît, où l'on croit n'avoir pas obtenu le moindre résultat : il vous semble que seuls les procès destinés dès le départ à bien se terminer ont connu la conclusion heureuse qu'ils auraient eue tout aussi bien sans votre aide, tandis que tous les autres ont été perdus, en dépit de l'affairement que vous avez montré, de la peine que vous vous êtes donnée et de tous ces petits succès apparents qui faisaient tant plaisir. Et puis on n'est plus sûr de rien et, si l'on vous posait la question carrément, on n'oserait pas affirmer qu'on n'ait pas gâché, précisément en intervenant, des procès qui par eux-mêmes se seraient bien déroulés. Ce doute est une forme ultime de confiance en notre action, mais c'est la seule qui nous reste en ces moments-là. Les avocats sont particulièrement sujets à des accès de ce genre (ce ne sont naturellement que des accès passagers) lorsqu'on leur retire brusquement un procès qu'ils ont mené assez loin et de façon satisfaisante. C'est sans doute ce qui peut arriver de pire à un avocat. Non que ce soit l'accusé qui leur retire l'affaire ; cela n'arrive sans doute jamais ; une fois qu'il a choisi tel avocat, l'accusé doit s'en tenir à lui quoi qu'il arrive. Une fois qu'il a sollicité de l'aide, comment pourrait-il bien s'en tirer seul ? Cela n'arrive donc pas ; mais il arrive parfois que le procès prenne un tour tel que l'avocat n'ait plus le droit de le suivre. Le procès, l'accusé et tout le reste lui sont alors purement et simplement retirés ; et on peut avoir les meilleurs relations avec les fonctionnaires, cela n'avance à rien, car les fonctionnaires eux-mêmes ne savent rien. C'est que le procès se trouve dans une phase où aucune assistance ne doit être apportée, où il vient devant des instances inaccessibles, où l'accusé ne peut plus avoir de contact même avec son avocat. Alors celui-

ci, rentrant un jour chez lui, trouve sur sa table la pile
des requêtes concernant cette affaire, où il avait mis tous
ses soins et ses plus beaux espoirs ; elles ont été retournées, ne pouvant être reprises en considération dans cette
nouvelle phase du procès ; ce n'est plus que de la pape-
rasse sans intérêt. Cela ne signifie pas pour autant que
le procès soit nécessairement perdu, absolument pas ; il
n'y a du moins aucune raison décisive de le penser ; simplement, on ne sait plus rien du procès, et l'on n'en saura
jamais plus rien. Heureusement, les affaires de ce genre
sont des exceptions et, même si votre procès en était une,
il est pour l'instant très loin d'être dans cette phase-là.
Au point où il en est, les occasions ne manquent pas de
faire intervenir l'avocat, et il ne les laissera pas passer,
vous pouvez en être certain. La requête, comme vous
savez, n'est pas encore déposée, mais cela ne presse pas
non plus ; beaucoup plus décisives sont les conversations
préalables avec les fonctionnaires importants, et elles ont
déjà eu lieu. Avec des succès divers, il faut le dire franchement. Mieux vaut pour l'instant ne pas trahir des détails
qui ne pourraient que vous influencer défavorablement
et vous inspirer trop d'espoir ou trop d'inquiétude ; je
vous dirai seulement que certains ont eu des paroles très
rassurantes et se sont aussi montrés très bien disposés,
tandis que d'autres ont eu des paroles moins rassurantes,
mais toutefois sans aucunement refuser leur aide. Le
résultat est donc au total très positif, mais il ne faut pas
en tirer de conclusions particulières, vu que tous les
débats préalables commencent de la sorte et qu'il faut
absolument attendre la suite pour apprécier la valeur que
ceux-ci avaient. En tous les cas, rien n'est encore perdu
et, si nous pouvions arriver à mettre malgré tout de notre
côté le directeur du greffe (j'ai déjà posé quelques jalons
dans ce sens), tout cela ferait (comme disent les chirur-
giens) une plaie bien propre, et nous pourrions attendre
avec confiance la suite des événements.

L'avocat ne tarissait pas de discours de ce genre. Sous cette forme ou une autre, ils se répétaient à chaque visite. Il y avait toujours du progrès, mais jamais on ne pouvait savoir de quel ordre. On fignolait toujours la première requête, mais elle n'était jamais terminée, et on s'apercevait à la visite suivante que c'était une fort bonne chose, car sans qu'on eût pu le prévoir, la dernière période eût été très peu propice au dépôt d'une telle requête. Si parfois K., exténué par ces discours, faisait remarquer que, même en tenant compte de toutes les difficultés, cela avançait tout de même très lentement, on lui rétorquait que ça n'avançait pas lentement du tout, mais qu'on aurait déjà avancé bien davantage s'il s'était adressé à l'avocat en temps utile. Malheureusement il avait tardé, et cette négligence n'avait pas fini de lui porter tort, et pas seulement en matière de calendrier.

La seule interruption qui soulageât K. au cours de ces visites, c'était Leni, qui s'arrangeait toujours pour apporter son infusion à l'avocat lorsque K. était là. Elle restait alors debout derrière lui, feignant de regarder l'avocat, qui mettait une sorte d'avidité à se courber sur sa tasse, à la remplir et à la boire, et elle laissait K. lui prendre la main en cachette. Il régnait un silence complet. L'avocat buvait. K. pressait la main de Leni et elle osait parfois caresser doucement les cheveux de K.

– Tu es encore là ? disait l'avocat, quand il avait terminé.

– Je voulais desservir, disait Leni.

Il y avait une dernière pression de mains, l'avocat s'essuyait la bouche et, revigoré, reprenait ses exhortations.

Étaient-ce des consolations ou était-ce le désespoir, qu'il voulait apporter ? K. n'aurait pas pu le dire ; en revanche il tenait pour certain que sa défense n'était pas en de bonnes mains. C'était peut-être bien exact, tout ce que racontait l'avocat ; encore qu'il fût bien clair qu'il faisait tout pour se mettre en avant et que sans doute il

n'avait encore jamais eu de procès aussi important que
l'était à ses propres yeux celui de K. Mais ce qui demeurait suspect, c'étaient ses relations personnelles avec les
fonctionnaires, sur lesquelles il ne cessait d'insister.
N'étaient-elles nécessairement utilisées qu'au bénéfice de
K. ? L'avocat n'omettait jamais de remarquer qu'il s'agissait uniquement de fonctionnaires subalternes, donc dans
une situation très dépendante et susceptible d'être influ-
encée par la tournure des procès. Peut-être utilisaient-
ils l'avocat pour donner au procès telle tournure, qui ne
pouvait qu'être funeste pour l'accusé ? Peut-être ne le fai-
saient-ils pas dans tous les procès, certes, c'eût été invraisemblable ; mais inversement il y avait sûrement des
procès au cours desquels ils consentaient des avantages à
l'avocat en échange des services qu'il leur rendait, car
nécessairement ils devaient tenir aussi à ce que sa réputation demeurât intacte. Mais si tel était vraiment le cas,
comment allaient-ils influer sur ce procès qui, aux dires
de l'avocat, était un procès très délicat, donc important,
qui avait d'emblée suscité une grande attention du tribunal ? Ce qu'ils allaient entreprendre ne faisait guère de
doute. Il était déjà significatif que la première requête ne
fût toujours pas déposée au tribunal, alors que le procès
durait déjà depuis des mois, et que, selon les déclarations
même de l'avocat, tout en fût encore à ses débuts, ce qui
permettait naturellement d'endormir l'accusé et de le
faire tenir tranquille, pour le prendre ensuite au
dépourvu par une sentence inopinée ou du moins par
l'annonce que l'instruction avait conclu dans un sens qui
ne lui était pas favorable et qu'on transmettait l'affaire à
des instances supérieures.

Il était absolument nécessaire que K. intervînt en personne. Surtout dans les moments de grande fatigue,
comme cette matinée d'hiver où il n'était pas maître des
idées qui l'agitaient, cette conviction était inébranlable.
Il n'était plus question de mépriser ce procès, comme
il l'avait fait naguère. Si K. avait été seul au monde, il

aurait facilement pu dédaigner un procès qui au demeurant, dans ce cas, ne lui aurait sûrement même pas été intenté. Mais maintenant son oncle l'avait traîné chez l'avocat, des considérations familiales entraient en ligne de compte ; la position de K. n'était plus complètement indépendante du déroulement du procès, il avait commis l'imprudence d'y faire allusion devant des amis avec une sorte de satisfaction inexplicable, d'autres en avaient entendu parler sans que K. sût comment ; ses relations avec Mademoiselle Bürstner connaissaient des hauts et des bas en fonction du procès... Bref, il n'avait plus guère le choix d'accepter ou de refuser ce procès, il était en plein dedans et devait se défendre. S'il était fatigué, ce serait fâcheux.

Pour l'instant, à vrai dire, il n'avait pas de raison de se faire trop de souci. À la banque, il avait su en assez peu de temps arriver à un poste important et s'y maintenir avec l'estime de tous ; il lui suffirait maintenant d'appliquer un peu à ce procès les capacités qu'il avait montrées là, et il ne faisait aucun doute que tout finirait bien. Surtout, pour obtenir des résultats, il était indispensable d'écarter d'emblée toute idée d'une quelconque culpabilité. Il n'existait aucune culpabilité. Le procès n'était pas autre chose qu'une grosse affaire, comme K. en avait déjà souvent conclu au profit de la banque, une affaire comportant (comme c'est la règle) un certain nombre de dangers, dont il fallait justement écarter la menace. Pour ce faire, il ne fallait pas jongler avec des idées de culpabilité, mais s'en tenir le plus fermement possible à l'idée de son propre intérêt. Dans cette perspective, il faudrait absolument retirer très bientôt son mandat à cet avocat, et le mieux serait de le faire le soir même. Certes, à ce qu'il racontait, c'était un geste inouï et sans doute très offensant, mais K. ne pouvait tolérer que ses efforts dans ce procès se heurtassent à des obstacles provoqués peut-être par son propre avocat. Une fois débarrassé de lui, il faudrait aussitôt déposer la requête et insister, si possible

chaque jour, pour qu'on la prenne en considération. Pour
cela, il ne suffirait naturellement pas que K. aille avec les
autres s'asseoir dans le couloir et mette son chapeau sous
le banc. Jour après jour, il faudrait que lui-même, ou les
femmes, ou d'autres intermédiaires envahissent les
bureaux et contraignent les fonctionnaires à s'asseoir à
leur table, au lieu de regarder dans le couloir à travers
les grilles, et à étudier la requête de K. Il faudrait poursuivre ces efforts sans relâche, organiser et surveiller
tout : le tribunal aurait affaire, pour une fois, à un accusé
qui saurait défendre ses droits.

Mais tout en se sentant capable d'exécuter ce plan, K.
était accablé par la difficulté que présentait la rédaction
de la requête. Jusque-là, et encore voilà une semaine, il
avait eu honte de songer qu'il pourrait un jour être
contraint de rédiger lui-même une telle requête ; mais il
n'avait pas soupçonné que ce serait de surcroît difficile.
Il se souvenait qu'un matin où il était justement surchargé de travail, il avait soudain tout laissé en plan, pris
un bloc-notes et esquissé le schéma d'une requête qu'il
fournirait éventuellement à ce lambin d'avocat. À ce
moment, la porte du bureau directorial s'était ouverte et
le directeur adjoint était entré en éclatant de rire. K. en
avait été très affecté, bien que naturellement le directeur
adjoint n'eût pas ri de sa requête, dont il ne savait rien,
mais d'une blague qu'on racontait à la Bourse et qui
venait de lui être rapportée. Pour l'expliquer, il fallait un
dessin, et le directeur adjoint, penché sur le bureau de K.
et lui prenant son crayon des mains, s'était mis à le tracer
sur le bloc destiné à la requête.

Aujourd'hui, K. n'éprouvait plus la moindre honte ; il
fallait que cette requête fût rédigée. S'il n'en trouvait pas
le temps au bureau, comme il était probable, il faudrait
la faire la nuit, chez lui. Et si les nuits ne suffisaient pas,
il faudrait prendre un congé. Il ne fallait surtout pas faire
les choses à moitié, c'était la solution la plus absurde,
non seulement en affaires, mais dans tous les domaines et

toujours. À vrai dire, cette requête représentait un travail quasi interminable. Sans être d'un tempérament très anxieux, on pouvait facilement se persuader que jamais on ne pourrait y mettre la dernière main. Chez l'avocat, cette impossibilité pouvait n'être que paresse ou supercherie ; mais pour K. elle tenait à ce que, sans avoir connaissance des termes de l'accusation ni, à plus forte raison, des suites qui pourraient lui être données, il lui fallait se remémorer toute sa vie, jusque dans les actes et les événements les plus infimes, puis l'exposer et enfin l'examiner sous tous ses aspects. Et quelle tristesse qu'un tel travail ! Une fois à la retraite, on aurait peut-être pu y passer ses longues journées et y occuper un esprit retombé en enfance. Mais en ce moment, où K. avait besoin de toute sa tête pour son travail, où chaque heure passait à toute allure (parce que K. n'avait pas achevé son ascension, qui menaçait déjà le directeur adjoint) et où il entendait consacrer des soirées et des nuits trop brèves aux plaisirs de la jeunesse, voilà qu'il fallait se mettre à la rédaction de cette requête. Ses réflexions tournaient de nouveau aux lamentations. Uniquement pour y mettre un terme et presque involontairement, son doigt chercha le bouton qui actionnait la sonnette de l'antichambre. En appuyant, il regarda la pendule. Il était onze heures, il avait passé à rêvasser deux longues heures d'un temps précieux et il était naturellement encore plus las qu'auparavant. Mais enfin ce n'était pas du temps perdu, il avait pris des résolutions qui pouvaient être valables. Outre diverses lettres, les employés lui apportèrent les cartes de visite de deux messieurs qui attendaient depuis assez longtemps déjà d'être reçus. C'étaient justement de gros clients de la banque, qu'à vrai dire il n'aurait fallu faire attendre en aucun cas. Pourquoi venaient-ils à un si mauvais moment, et pourquoi (semblaient-ils demander, de l'autre côté de la porte) un homme aussi sérieux que K. consacrait-il à des affaires personnelles les meilleures heures d'ouverture ? Fatigué à la fois par ce qui venait de l'occuper et par la perspective de ce qui allait suivre, K. se leva pour accueillir le premier visiteur.

C'était un petit homme vif, un industriel que K. connaissait bien. Il s'excusa de déranger K. dans une tâche importante, tandis que K. s'excusait de l'avoir fait attendre si longtemps. Mais les excuses de K. furent débitées si machinalement et sonnaient tellement faux que l'industriel, s'il n'avait pas été si préoccupé par son affaire, aurait dû le remarquer. Au lieu de cela, il tira prestement de toutes ses poches des comptes et des tableaux qu'il étala devant K. ; il expliqua différents postes, corrigea une petite erreur de calcul qui lui avait sauté aux yeux en dépit de la rapidité de ce survol, évoqua une affaire analogue conclue avec K. environ un an plus tôt, fit allusion à une autre banque qui était prête à de gros sacrifices pour décrocher l'affaire, et enfin se tut pour connaître la réaction de K. Celui-ci avait effectivement bien suivi, au début, l'exposé de l'industriel ; l'idée de cette importante affaire avait aussi retenu son attention, mais malheureusement pas pour la durée requise ; il avait bientôt cessé d'écouter ; pendant un petit moment, il avait encore opiné de la tête aux exclamations plus bruyantes de l'industriel, mais il avait fini par renoncer même à cela, se contentant de considérer ce crâne chauve penché sur les papiers et de se demander quand l'industriel se rendrait enfin compte qu'il perdait sa salive. Lorsqu'il se tut, K. crut d'abord pour de bon que c'était pour lui donner l'occasion d'avouer l'incapacité où il était de prêter attention. Ce n'est qu'à regret qu'il nota le regard anxieux de l'industriel, manifestement prêt à ce qu'on lui fît n'importe quelle réponse, et en conclut qu'il fallait poursuivre cette discussion d'affaires. Il inclina donc la tête comme s'il avait reçu un ordre et se mit à parcourir lentement les papiers du bout de son crayon, s'arrêtant de temps à autre pour regarder fixement un chiffre. L'industriel pressentit des objections ; peut-être que ses chiffres n'étaient pas vraiment fixés, peut-être que l'important n'était pas là ; toujours est-il qu'il cacha les papiers avec sa main et, tirant sa chaise tout près de K., se lança de nouveau dans un exposé d'ensemble.

– C'est délicat, dit K. avec une moue.

Et puisque les papiers, seul élément concret, étaient dissimulés, K. se laissa complètement aller contre son accoudoir. Il eut même à peine un regard lorsque s'ouvrit la porte directoriale et que s'y profila confusément, comme derrière un voile de gaze, le directeur adjoint. Sans se poser autrement de questions, K. observa l'effet immédiat de cette entrée, lequel était très positif à ses yeux. Aussitôt, en effet, l'industriel bondit de son siège et se précipita à la rencontre du directeur adjoint ; mais K. l'eût souhaité dix fois plus agile, tant il craignait que le directeur adjoint redisparût. Crainte injustifiée : ces messieurs s'abordèrent, se serrèrent la main et s'approchèrent ensemble du bureau de K. L'industriel se plaignit de ce que le fondé de pouvoir ait paru si peu enclin à conclure cette affaire, et il montra K. replongé dans les papiers sous le regard du directeur adjoint. Quand ensuite les deux hommes se penchèrent sur le bureau et que l'industriel entreprit de gagner à sa cause le directeur adjoint, K. eut le sentiment que par-dessus sa tête deux hommes qu'il voyait plus grands que nature débattaient de son sort. Levant les yeux avec une prudente lenteur, il tenta de saisir ce qui se passait là-haut ; prenant sans regarder un papier sur la table, il le posa sur le plat de sa main et l'éleva lentement vers les deux hommes, tout en se dressant lui-même. Il n'avait rien de précis en tête, il agissait simplement de la sorte en ayant le sentiment que ce serait la conduite à tenir une fois qu'il aurait mis la dernière main à la grande requête qui le blanchirait tout à fait. Le directeur adjoint, tout à sa conversation, ne jeta sur le papier qu'un vague coup d'œil, sans même regarder ce qui y était écrit (car ce qui était important

pour le fondé de pouvoir était sans importance pour lui)
et, le prenant à K., dit :

– Merci, je sais tout cela.

Puis il reposa tranquillement le papier sur la table. K.
lui lança de côté un regard offensé. Mais le directeur
adjoint ne s'en aperçut pas ou, s'il s'en aperçut, en fut
tout au plus émoustillé ; éclatant souvent de rire, il mit
une fois l'industriel dans l'embarras par une réplique
vive, mais l'en tira aussitôt en se faisant à lui-même une
objection, et pour finir l'invita à passer dans son bureau
pour discuter l'affaire à fond.

– C'est une chose très importante, dit-il à l'industriel,
je le comprends parfaitement. Et Monsieur le Fondé de
pouvoir sera certainement heureux (même en disant ces
mots, il ne s'adressait en fait qu'à l'industriel) si nous
l'en déchargeons. Cela exige qu'on y réfléchisse à tête
reposée. Or il semble aujourd'hui très débordé, et il y
a d'ailleurs dans l'antichambre quelques personnes qui
attendent déjà depuis des heures.

K. parvint encore à se contrôler suffisamment pour se
détourner du directeur adjoint et adresser au seul industriel un sourire aimable, mais figé ; pour le reste, il
n'intervint pas et, un peu penché, appuyé des deux mains
sur sa table comme un commis sur son pupitre, il regarda
les deux messieurs ramasser les papiers sans cesser de
discourir, puis s'engouffrer dans le bureau directorial. Au
moment de franchir la porte, l'industriel se retourna
pour dire qu'il ne prenait pas encore congé de Monsieur
le Fondé de pouvoir, mais viendrait naturellement lui
rendre compte de l'issue de l'entretien, et que d'ailleurs
il avait encore une autre petite chose à lui dire.

Enfin, K. était seul. Il ne songeait nullement à faire
entrer un autre client et n'avait qu'obscurément
conscience de la commodité de sa situation : au-dehors,
les gens croyaient qu'il était toujours en conférence avec
l'industriel et qu'il ne pouvait donc laisser entrer personne, pas même l'employé. Il s'approcha de la fenêtre,

s'assit sur son rebord en se tenant d'une main à la poignée et regarda la place au-dehors. La neige tombait toujours et le jour restait sombre.

Il demeura comme cela longtemps, sans savoir au juste ce qui le préoccupait ; de temps en temps, il jetait seulement un coup d'œil un peu effrayé par-dessus son épaule, s'imaginant avoir entendu un bruit du côté de l'antichambre. Mais comme il ne venait personne, il se calma, se fit couler un peu d'eau froide dans son lavabo et, s'étant ainsi éclairci les idées, vint reprendre sa place à la fenêtre. La décision de prendre lui-même en main sa défense était plus lourde de conséquences qu'il ne l'avait cru tout d'abord. Tant qu'il s'était déchargé de sa défense sur l'avocat, ce procès l'avait au fond peu touché ; il l'observait à distance, sans guère en être directement atteint ; il pouvait se pencher sur l'affaire quand il le voulait, pour vérifier où elle en était, mais il pouvait aussi, quand il le voulait, en détourner la tête. Mais maintenant qu'il assurerait personnellement sa défense, il allait falloir (du moins pour l'instant) s'exposer intégralement au tribunal ; l'objectif était bien d'obtenir ultérieurement sa libération complète et définitive, mais pour l'atteindre il fallait commencer par courir un danger en tout cas bien plus grand que jusqu'à présent. S'il avait voulu en douter, cette rencontre d'aujourd'hui avec le directeur adjoint et l'industriel eût amplement suffi à le convaincre du contraire. La simple décision d'assurer lui-même sa défense ne l'avait-elle pas cloué dans son fauteuil, complètement hébété ? Qu'est-ce que ce serait plus tard ! Qu'est-ce qui l'attendait au cours des jours à venir ? Découvrirait-il la voie étroite menant à un heureux dénouement ? Est-ce qu'une défense vigilante (et toute autre attitude n'aurait aucun sens), est-ce qu'une défense vigilante n'impliquait pas du même coup la nécessité de se fermer le plus possible à toute autre préoccupation ? Surmonterait-il cela avec succès ? Et comment faire pour appliquer cette politique à la banque ? C'est qu'il ne s'agissait pas seulement de la requête, pour laquelle il aurait peut-être suffi de prendre un congé (encore qu'en ce moment, une demande de congé fût une démarche bien risquée), il s'agissait de tout un procès, dont la durée était impossible à évaluer d'avance. Quel obstacle, soudain jeté dans la carrière de K. !

Et l'on voulait qu'en un tel moment il travaille pour la banque ? (Il regarda sa table.) Qu'il fasse entrer des clients et discute avec eux ? Pendant que son procès continuait d'avancer, pendant que dans le grenier, là-haut, les fonctionnaires étaient penchés sur les pièces de ce procès, on voulait qu'il s'occupe des affaires de la banque ? Est-ce que cela n'avait pas l'air d'un supplice qui, avec l'aval du tribunal, était lié au procès et allait de pair avec lui ? Et est-ce que par exemple à la banque, au moment d'apprécier son travail, on tiendrait compte de sa situation particulière ? Jamais de la vie*. Car son procès n'était pas tout à fait ignoré, quoiqu'il fût difficile de discerner qui était au courant et jusqu'à quel point. Mais il fallait espérer que le bruit n'en fût pas encore parvenu jusqu'au directeur adjoint, sinon il n'aurait pas manqué de s'en servir déjà contre K. sans la moindre humanité ni solidarité entre collègues. Et le directeur ? Certes, il était bien disposé envers K. et sans doute aurait-il, à la nouvelle du procès, voulu aussitôt faire tout son possible pour alléger le sort de K., mais il n'y serait certainement pas parvenu car, maintenant que K. commençait à faire un peu moins office de contrepoids, il était de plus en plus sous l'influence du directeur adjoint, qui de surcroît profitait de la mauvaise santé de son supérieur pour consolider sa position de force. Que pouvait donc espérer K. ? Peut-être que par de telles réflexions il affaiblissait sa force de résistance, mais il était tout de même nécessaire de ne pas se faire d'illusions et de voir les choses aussi clairement que c'était possible pour le moment.

Sans raison particulière, uniquement pour retarder un peu le moment de se remettre à sa table, K. ouvrit la fenêtre. Il eut du mal à le faire, il dut s'y prendre à deux mains pour tourner la poignée. Alors pénétra massivement dans la pièce, en s'y déversant sur toute la largeur et toute la hauteur de la fenêtre, un brouillard mêlé de fumée, qui sentait l'incendie. Quelques flocons de neige entrèrent aussi.

– Nous n'avons pas un bel automne, dit derrière K. l'industriel.

Il avait quitté le bureau du directeur adjoint et regagné celui de K. sans que celui-ci s'en aperçût. Approuvant de la tête, K. jeta un regard inquiet vers la serviette de l'industriel, d'où ce dernier allait sans doute tirer des papiers, pour lui faire part du résultat de l'entretien avec le directeur adjoint. Mais, surprenant ce regard, l'industriel tapota la serviette et dit, sans l'ouvrir :

– Vous voulez savoir ce que cela a donné. Eh bien j'ai quasiment là mon contrat en bonne et due forme. C'est un homme charmant, que votre directeur adjoint ; mais il peut être redoutable.

Il rit et secoua la main de K. en voulant le faire rire à son tour. Mais maintenant K. trouvait louche que l'industriel ne voulût pas lui montrer les papiers et il n'avait aucune envie de rire.

– Monsieur le Fondé de pouvoir, poursuivit l'industriel, le temps qu'il fait ne vous convient sans doute pas. Vous semblez si déprimé, aujourd'hui.

– Oui, dit K. en portant la main à sa tempe. Des maux de tête, des soucis familiaux.

– Très juste, dit l'industriel en homme pressé et incapable d'écouter, chacun de nous doit porter sa croix.

Machinalement, K. avait fait un pas vers la porte, comme pour raccompagner l'industriel, mais celui-ci reprit :

– J'aurais encore, Monsieur le Fondé de pouvoir, une petite chose à vous dire. J'ai très peur de vous ennuyer avec ça aujourd'hui, mais cela fait déjà deux fois que je vous rencontre et que j'oublie. Si je remettais une fois de

plus, cela n'aurait vraisemblablement plus aucun intérêt.
Et ce serait dommage, car au fond ce que j'ai à vous dire
n'est peut-être tout de même pas sans valeur.

Sans laisser à K. le temps de répondre, il s'approcha
de lui et lui tapota délicatement la poitrine de son index
replié, en disant à voix basse :

– Vous avez un procès, n'est-ce pas ?

K. recula en s'écriant immédiatement :

– C'est le directeur adjoint qui vous l'a dit !

– Mais non, dit l'industriel, comment voulez-vous que
le directeur adjoint le sache ?

– Et vous ? dit K. en reprenant déjà son calme.

– J'apprends, par-ci par-là, ce qui se passe au tribunal.
Le renseignement que je voulais vous donner a justement
à voir avec cela.

– Il y en a, des gens qui sont en contact avec le tribunal, dit K.

La tête basse, il ramena l'industriel jusqu'à la table, où
ils reprirent place comme avant. L'industriel dit alors :

– Ce n'est hélas que peu de chose, ce que j'ai à vous
dire. Mais en de telles affaires, il ne faut absolument rien
négliger. Et de plus, je ressens le besoin de vous aider, si
modeste que soit mon aide. Nous avons jusqu'à ce jour
entretenu les meilleures relations d'affaires, non ? Eh
bien, alors.

K. voulait s'excuser pour l'attitude qu'il avait eue lors
de leur entretien, mais l'industriel ne lui permit pas de
l'interrompre et, coinçant sa serviette sous son aisselle
pour montrer qu'il avait peu de temps, il poursuivit :

– Je suis au courant de votre procès par un certain
Titorelli. C'est un peintre, Titorelli est son nom d'artiste
et j'ignore même son véritable nom. Cela fait des années
qu'il vient de temps en temps à mon bureau, m'apporter
de petites toiles pour lesquelles (c'est presque un men-
diant) je lui donne toujours ce qui est une sorte
d'aumône. Du reste, ce sont de jolis tableaux, des paysages de landes et des choses de ce genre. Nous nous

étions tous deux habitués à ces transactions, qui se passaient fort bien, jusqu'au jour où ses visites devinrent tout de même trop fréquentes ; je lui en fis le reproche, nous engageâmes la conversation, je m'enquis de la façon dont il pouvait vivre de sa peinture et j'appris avec étonnement que sa principale source de revenus était le portrait. Je travaille pour le tribunal, me dit-il. Pour quel tribunal, lui demandai-je ? Et il se mit à me parler du tribunal. Vous êtes bien placé pour imaginer quel fut mon étonnement en entendant ses histoires. Depuis, à chacune de ses visites, j'apprends des nouvelles du tribunal et, petit à petit, j'en ai une certaine idée. Bien sûr, Titorelli est bavard et je suis souvent obligé de mettre le holà : d'abord, je suis certain qu'il ment, et surtout je n'ai guère le temps de m'occuper des histoires d'autrui, accablé que je suis par le souci de mes affaires. Soit dit en passant. Mais je me disais que peut-être Titorelli pourrait vous aider un peu, il connaît beaucoup de juges et, même s'il n'a pas grande influence personnelle, il pourra vous donner des conseils sur la façon de toucher tel ou tel personnage influent. Et même si ces conseils n'étaient pas décisifs par eux-mêmes, je suis persuadé qu'entre vos mains ils prendront de l'importance. Car vous êtes une sorte d'avocat. Je dis toujours : Monsieur K., le fondé de pouvoir, est une sorte d'avocat. Oh, je ne me fais pas de souci pour votre procès ! Mais est-ce que vous voulez voir Titorelli ? Sur ma recommandation, il fera certainement tout ce qu'il pourra. Je pense vraiment que vous devriez y aller. Pas nécessairement aujourd'hui, bien sûr, mais un de ces jours, à l'occasion. Au demeurant, je tiens à ajouter que je vous donne ce conseil, mais que vous n'êtes nullement obligé pour autant d'aller effectivement trouver Titorelli. Non, si vous croyez pouvoir vous passer de lui, il vaut sûrement mieux le tenir complètement à l'écart. Peut-être avez-vous déjà un plan bien arrêté, que Titorelli pourrait déranger. Alors non, n'y allez en aucun cas ! Et puis il faut prendre sur soi, à coup sûr, pour

supporter qu'un type pareil vous donne des conseils.
Enfin, comme vous voulez. Voici un mot de recommandation et voici l'adresse.

C'est avec déception que K. prit la lettre et la mit dans
sa poche. En mettant les choses au mieux, le bénéfice
qu'il tirerait de cette recommandation ne compenserait
pas l'inconvénient qu'il y avait à ce que l'industriel fût
au courant du procès, et que le peintre en répande la
nouvelle. K. dut se forcer pour adresser à l'industriel, qui
se dirigeait déjà vers la porte, quelques mots de remercie-
ments. Tandis que son visiteur prenait congé, il lui dit :

– J'irai. Ou bien, comme je suis très occupé en ce
moment, je lui écrirai pour lui demander de passer à
mon bureau.

– Je savais bien, dit l'industriel, que vous trouveriez
la meilleure solution. J'aurais cru, à vrai dire, que vous
préféreriez éviter de faire venir à la banque, pour y parler
de votre procès, quelqu'un comme Titorelli. Et il n'est
pas toujours bien indiqué de laisser circuler des lettres
adressées à des gens comme ça. Mais je suis sûr que vous
avez pesé le pour et le contre, et que vous savez ce que
vous pouvez vous permettre.

K. hocha de la tête et reconduisit l'industriel dans
l'antichambre. En dépit de son calme apparent, il était
effaré d'être dans un tel état ; s'il avait dit qu'il écrirait à
Titorelli, c'était en fait uniquement pour montrer à
l'industriel qu'il était sensible à sa recommandation et
qu'il envisageait sans tarder la possibilité de le rencontrer ; mais s'il avait jugé que cette aide fût précieuse, il
n'aurait pas hésité à écrire pour de bon. Or il avait fallu
la remarque de l'industriel pour qu'il aperçoive les
risques que cela pouvait comporter. Est-ce que déjà,
effectivement, il ne pouvait plus se fier à son propre jugement ? S'il était capable d'adresser à un individu douteux
une lettre sans ambiguïté pour le faire venir à la banque
et là lui demander des conseils sur son procès, alors
qu'une simple porte le séparait du directeur adjoint,

n'était-il pas à craindre, n'était-il pas même fort probable qu'il fût aveugle à bien d'autres dangers et s'y précipitât ? Il n'avait pas toujours quelqu'un à ses côtés pour l'avertir. Et c'était au moment de rassembler toutes ses énergies qu'il se mettait ainsi, pour la première fois de sa vie, à douter de sa présence d'esprit ! Est-ce que cela voulait dire que les difficultés qu'il éprouvait à exécuter son travail de bureau allaient désormais se manifester aussi dans le procès ? Voilà que maintenant il ne comprenait plus du tout comment il avait pu songer un instant à écrire à Titorelli pour le faire venir à la banque.

Il en secouait encore la tête lorsqu'un employé s'approcha pour lui signaler la présence de trois messieurs, qui étaient assis là dans l'antichambre, sur une banquette. Cela faisait déjà longtemps qu'ils attendaient d'être reçus par K. Tandis que l'employé parlait à ce dernier, ils s'étaient levés et chacun guettait l'occasion de passer avant les autres. Puisque dans cette banque on avait eu le culot de leur faire perdre leur temps dans cette salle d'attente, ils voulaient aussi y aller au culot. L'un d'eux disait déjà :

– Monsieur le Fondé de pouvoir…

Mais K. s'était fait apporter son pardessus et, tout en l'enfilant avec l'aide de l'employé, il dit aux trois visiteurs :

– Pardonnez-moi, Messieurs, mais je n'ai malheureusement pas le temps de vous recevoir en ce moment. Je vous en demande bien pardon, j'ai à faire une démarche urgente et je dois partir tout de suite. Vous avez pu constater que j'avais été retenu très longuement. Auriez-vous l'obligeance de repasser demain ou quand vous voudrez ? Ou bien pourrions-nous parler de vos affaires par téléphone, peut-être ? Ou bien voulez-vous me dire en deux mots de quoi il retourne, et je vous fournirai par écrit une réponse détaillée ? Mais le mieux serait que vous repassiez.

Ces suggestions, impliquant qu'ils avaient attendu pour rien, causèrent chez les trois messieurs une telle stupeur qu'ils se regardèrent sans un mot. Se tournant vers l'employé qui lui apportait à présent son chapeau, K. dit :

– C'est entendu comme cela ?

Par la porte de son bureau, on voyait qu'à l'extérieur la neige s'était mise à tomber beaucoup plus fort. Aussi K. releva-t-il le col de son manteau, le boutonnant sur toute sa hauteur. C'est à ce moment que le directeur adjoint sortit du bureau voisin, regarda avec un sourire K. discuter en pardessus avec les visiteurs et demanda :

– Vous partez maintenant, Monsieur le Fondé de pouvoir ?

– Oui, dit K. en se redressant, une affaire m'appelle à l'extérieur.

Mais déjà le directeur adjoint s'était tourné vers les trois messieurs, disant :

– Et ces Messieurs ? Je crois qu'ils attendent déjà depuis longtemps.

– Nous nous sommes déjà entendus, répondit K.

Mais, n'y tenant plus, les trois messieurs encerclèrent alors K., disant qu'ils n'auraient pas attendu pendant des heures si leurs affaires n'avaient pas été importantes, et qu'elles exigeaient d'être traitées séance tenante, et à fond, et entre quat'z'yeux. Le directeur adjoint leur prêta l'oreille un instant, tout en considérant K. qui tenait à la main son chapeau et l'époussetait par endroits, puis il dit :

– Messieurs, il y a une solution fort simple. Si vous consentez à vous rabattre sur moi, je me chargerai volontiers de vous recevoir à la place de Monsieur le Fondé de pouvoir. Il faut naturellement que ces affaires soient discutées sans tarder. Nous sommes entre gens d'affaires et nous savons ce que vaut notre temps. Voulez-vous entrer ?

Et il ouvrit la porte donnant sur l'antichambre de son bureau.

Comme ce directeur adjoint s'entendait à mettre la main sur tout ce que K. se voyait contraint de lâcher ! Mais ne lâchait-il pas plus de choses qu'il n'était strictement nécessaire ? En se précipitant ainsi chez un peintre inconnu, sur la foi d'espoirs vagues et, à vrai dire, bien minces, il portait à sa réputation dans la maison un tort irréparable. Il aurait bien mieux valu, sans doute, retirer son pardessus et regagner au moins la confiance des deux messieurs qui attendaient encore dans l'antichambre du directeur adjoint. C'est peut-être ce qu'aurait tenté de faire K. si, dans son propre bureau, il n'avait alors aperçu le directeur adjoint en train de fouiller dans son armoire comme si c'eût été la sienne. Quand, irrité, K. s'approcha de la porte, l'autre lui lança :

– Ah, vous n'êtes pas encore parti !

Il tourna vers K. un visage dont les rides dures et nombreuses semblaient moins traduire son âge que son énergie, puis il reprit aussitôt ses recherches en disant :

– Je cherche la copie d'un contrat qui doit être chez vous, à ce que dit le représentant de la firme en question. Vous ne voudriez pas m'aider à le chercher ?

K. fit un pas, mais le directeur adjoint reprit aussitôt :

– Merci, je l'ai déjà trouvé.

Et il regagna son bureau avec un gros paquet de documents qui contenait non seulement la copie du contrat, mais certainement beaucoup d'autres choses encore.

En ce moment, je ne fais pas le poids en face de lui, songea K. ; mais dès que j'aurai réglé mes problèmes personnels, il peut être sûr qu'il sera le premier à s'en apercevoir, et il s'en mordra les doigts.

Un peu rasséréné par cette réflexion, K. chargea l'employé qui lui tenait depuis un moment la porte du couloir d'informer à l'occasion le directeur qu'il avait à faire à l'extérieur, et avec une sorte de bonheur à l'idée

de pouvoir ainsi se consacrer exclusivement à son affaire
pendant un moment, il quitta la banque.

   Il se rendit directement chez le peintre, qui habitait un
faubourg diamétralement opposé à celui où se trouvaient
les bureaux du greffe. C'étaient des quartiers encore plus
pauvres, les immeubles étaient encore plus noirs, les rues
envahies par une crasse dégoulinant sur la neige fondue.
L'immeuble où vivait le peintre n'était ouvert que d'un
battant de son portail, l'autre laissait passer, d'un trou
pratiqué dans la pierre, un liquide répugnant, jaunâtre et
fumant, qui jaillit à l'approche de K., chassant quelques
rats vers l'égout voisin. Au pied des escaliers, un petit
enfant était couché par terre sur le ventre et pleurait,
mais on l'entendait à peine, dans le vacarme assourdis-
sant qui venait d'un atelier de ferblantier sur l'autre côté
du porche. La porte de cet atelier était ouverte, trois compagnons se tenaient en demi-cercle autour d'une pièce
qu'ils travaillaient à grands coups de marteau. Une
grande plaque de fer-blanc accrochée au mur jetait une
lumière blafarde qui passait entre deux des compagnons,
éclairant leurs visages et leurs tabliers. K. n'accorda
qu'un regard rapide à tout cela, il voulait en finir au
plus vite, poser juste quelques questions au peintre et
retourner aussitôt à la banque. Pour peu qu'il obtienne
ici un petit résultat, son travail à la banque s'en trouverait bien amélioré pour ce jour-là. Au troisième étage, il
dut ralentir, il était hors d'haleine ; marches et étages
avaient une hauteur démesurée, et K. savait que le peintre
habitait tout en haut, dans une mansarde. Et puis l'air
était très oppressant, l'escalier ne donnait pas sur l'extérieur, mais était resserré entre deux parois ne comportant
que quelques petites fenêtres, çà et là, tout en haut.
Comme K. s'arrêtait un peu, quelques fillettes surgirent
en courant d'un logement et filèrent en riant vers l'étage
supérieur. K. les suivit lentement et rattrapa l'une d'elles,
qui avait trébuché et pris du retard sur les autres ; comme
ils montaient ensemble, K. lui demanda :

– Est-ce que M. Titorelli habite ici, c'est un peintre ?

La fillette, treize ans à peine et un peu bossue, lui donna un coup de coude et leva vers lui un regard en coin. Son jeune âge et son infirmité n'avaient pas empêché une dépravation déjà complète. Elle ne souriait même pas, elle posait sur K. un regard sérieux, vif et provocant. Il fit semblant de ne pas remarquer son attitude et lui demanda :

– Connais-tu le peintre Titorelli ?

Elle fit signe que oui et répliqua :

– Qu'est-ce que vous lui voulez ?

K. songea qu'il était intéressant de glaner encore rapidement quelques renseignements sur Titorelli, et il dit :

– Je veux qu'il fasse mon portrait.

– Votre portrait ?

Elle ouvrit grand la bouche et donna à K. une petite tape, comme s'il avait dit là quelque chose d'extrêmement surprenant ou d'extrêmement maladroit ; puis elle retroussa à deux mains une jupe déjà fort courte et monta à toutes jambes rattraper les autres, dont les cris se perdaient dans les hauteurs. Mais K. les retrouva déjà toutes au tournant suivant que faisait l'escalier. La bossue leur avait visiblement appris les intentions de K. et elles l'attendaient. Elles s'étaient rangées des deux côtés des marches, s'appuyant aux parois pour que K. pût passer facilement entre elles, et elles lissaient de la main leurs tabliers. Tous ces visages, et cette double haie elle-même, montraient un mélange de puérilité et de dévergondage. En haut, à la tête de la troupe qui, en riant, se reformait maintenant derrière K., la bossue menait le train. C'est grâce à elle que K. trouva tout de suite son chemin. Il voulait continuer à monter tout droit, mais elle lui indiqua que, pour arriver chez Titorelli, il fallait prendre un second escalier sur le côté. Celui-ci était particulièrement étroit, très long et en ligne droite : on le voyait tout entier d'un seul coup d'œil et il s'arrêtait juste à la porte de Titorelli. Contrairement au reste de l'escalier, cette porte était relativement éclairée par en haut, grâce à une tabatière qui la surplombait en oblique, et sur les grosses planches de bois brut on lisait le nom de Titorelli, tracé en rouge à larges coups de pinceau. K. et son escorte avaient à peine atteint le milieu de l'escalier quand, sans doute au bruit de tous ces pas, la porte s'entrouvrit sur un homme qui n'était vraisemblablement vêtu que d'une chemise de nuit. À la vue de cette foule, il poussa un « oh ! » et disparut. De joie, la bossue frappa dans ses mains, et les autres fillettes poussèrent K. pour qu'il monte plus vite.

Mais avant même qu'ils arrivent en haut, le peintre ouvrait toute grande la porte et, s'inclinant très bas devant K., l'invitait à entrer. Les fillettes, en revanche, se firent refouler. Il n'en laissa entrer aucune, en dépit de leurs supplications et de leurs tentatives pour entrer contre son gré, à défaut de pouvoir le faire avec son assentiment. Seule la bossue parvint à se faufiler sous le bras que tendait le peintre, mais il la pourchassa, l'empoigna par ses jupes, la fit virevolter autour de lui et la reposa sur le seuil près des autres, qui n'avaient tout de même pas osé franchir la porte pendant qu'il abandonnait son poste. K. ne savait que penser de tout cela, car il semblait régner là une aimable connivence. Les fillettes, à la porte, tendaient le cou tour à tour pour lancer au peintre ce qui voulait être des blagues et que K. ne comprenait pas, et le peintre riait aussi en faisant exécuter à la bossue son vol plané. Puis il ferma la porte, s'inclina de nouveau devant K. et lui tendit la main en se présentant :

– Titorelli, artiste peintre.

K. montra la porte, derrière laquelle chuchotaient les filles, et dit :

– On dirait qu'on vous aime bien, dans la maison.

– Ah, les coquines ! répondit le peintre.

Il cherchait en vain à reboutonner le col de sa chemise de nuit. Pour le reste, il était pieds nus et vêtu simplement d'un ample pantalon de toile jaunâtre retenu par une courroie dont l'extrémité lui battait les jambes. Abandonnant son col, dont le dernier bouton venait de sauter, il alla prendre une chaise et, faisant asseoir K., reprit :

– Elles sont assommantes ! Depuis que j'ai fait le portrait de l'une d'elles, qui n'est pas là aujourd'hui, elles sont toutes après moi. Quand j'y suis, elles n'entrent qu'avec ma permission, mais dès que je n'y suis pas, il y en a toujours au moins une qui est là. Elles se sont fait faire une clé de ma porte et elles se la prêtent. Vous n'imaginez pas comme c'est embêtant. Par exemple, je reviens avec une dame dont je dois faire le portrait, j'ouvre ma porte avec ma clé et je trouve la bossue près de cette petite table, en train de se peindre au pinceau les lèvres en rouge, tandis que ses petits frères et ses petites sœurs, qu'elle est chargée de surveiller, s'amusent dans la chambre et font des saletés dans tous les coins. Ou bien encore je rentre tard le soir (comme c'était le cas hier et je vous prie de bien vouloir excuser l'état où je suis et tout ce désordre), donc je rentre tard le soir et je veux me mettre au lit, quand je sens qu'on me pince la jambe : je regarde sous le lit et j'en extirpe une autre de ces petites créatures. Qu'est-ce qui me vaut d'être ainsi assailli, je l'ignore, mais vous avez pu constater vous-même tout à l'heure que je ne fais rien pour les attirer. Et naturellement, cela me dérange aussi dans mon travail. Si cet atelier n'était pas mis gratuitement à ma disposition, j'aurais déménagé depuis longtemps.

Juste à ce moment, on entendit derrière la porte une petite voix, douce et timide :

– Titorelli, nous pouvons entrer, maintenant ?

– Non, répondit le peintre.

– Même si je viens seule ? reprit la voix.

– Non plus ! dit le peintre et il alla fermer la porte à clé.

Pendant ce temps, K. avait examiné la chambre ; il n'aurait jamais pensé qu'on pût appeler atelier une petite

chambre aussi misérable. On ne pouvait pas y faire plus
de deux grands pas, en long comme en travers. Sol, murs
et plafond étaient tout en bois et les planches grossières
jointaient mal. Contre le mur en face de K., le lit disparaissait sous un tas de literie disparate. Au milieu de la
pièce, un chevalet supportait une toile, qui était recouverte d'une chemise dont les manches traînaient par
terre. Derrière K., il y avait la fenêtre, par laquelle on ne
voyait pas plus loin que le toit de l'immeuble voisin, couvert de neige.

Le bruit de la clé dans la serrure rappela à K. qu'il ne
voulait pas s'attarder. Il tira donc de sa poche la lettre
de l'industriel et la tendit au peintre en disant :

– C'est par ce monsieur, qui vous connaît, que j'ai
entendu parler de vous et c'est sur son conseil que je
suis venu.

Le peintre parcourut rapidement la lettre et la jeta sur
le lit. Si l'industriel n'avait pas dit très clairement qu'il
connaissait Titorelli et que celui-ci avait besoin de ses
aumônes, on aurait vraiment pu croire que Titorelli ne
connaissait pas cet industriel ou du moins ne parvenait
pas à s'en souvenir. D'ailleurs, voilà qu'il demandait :

– C'est pour acheter des tableaux ou pour que je fasse
votre portrait ?

K. regarda le peintre avec stupeur. Que disait donc
cette lettre ? K. avait tout naturellement pensé que
l'industriel y avisait le peintre qu'il venait pour avoir uniquement des renseignements concernant son procès.
Ainsi, il était venu beaucoup trop précipitamment et sans
réfléchir ! Mais maintenant il fallait trouver une réponse
à la question du peintre et K. lui dit en regardant vers
le chevalet :

– Vous êtes en train de travailler à un tableau ?

Le peintre retira du chevalet la chemise, qui alla
rejoindre la lettre sur le lit.

– Oui. C'est un portrait. Du bon travail, mais ce n'est
pas tout à fait fini.

Le hasard favorisait K. : on lui offrait sur un plateau la possibilité de parler du tribunal, car il s'agissait manifestement du portrait d'un juge. La ressemblance était du reste frappante avec celui qui ornait le cabinet de l'avocat. Ce juge-ci était tout différent, c'était un gros homme portant une barbe noire et touffue qui lui envahissait les joues ; et le tableau, au lieu d'être peint à l'huile comme l'autre, était un pastel aux touches pâles et imprécises. Mais tout le reste était pareil : ce juge s'apprêtait comme l'autre à se lever, menaçant, d'un trône dont il tenait solidement les accoudoirs. K. avait failli dire tout de suite : « Mais c'est un juge ! » Puis il se retint et s'approcha de la toile, comme pour en étudier les détails. Le dossier du trône était surmonté d'un personnage de grande taille et K., ne comprenant pas ce que cela signifiait, interrogea le peintre. Celui-ci répondit qu'il devait encore y travailler un peu et, allant prendre sur la petite table un crayon pastel, il retoucha un peu les contours du personnage, sans que K. ne le distinguât mieux.

– C'est la Justice, dit enfin Titorelli.

– Maintenant je la vois, dit K. ; voici le bandeau sur les yeux, et voici la balance. Mais est-ce qu'elle n'a pas des ailes aux pieds, est-ce qu'elle n'est pas en train de courir ?

– Oui, dit le peintre, cela faisait partie de la commande : une Justice qui fût en même temps déesse de la Victoire.

– Cela se combine mal, dit K. en souriant. La Justice doit être immobile, sinon sa balance vacille et il ne peut plus y avoir de jugement équitable.

– Je n'ai fait que me plier aux exigences de mon client, dit le peintre.

– Mais certainement, dit K. qui n'avait voulu blesser personne. Vous avez peint cette allégorie telle qu'elle est en réalité sur le dossier de ce trône.

– Non, dit le peintre, je n'ai vu ni l'allégorie ni le trône, tout cela est inventé ; mais je me suis conformé aux instructions qu'on m'a données.

– Comment ? dit K. en feignant à dessein de ne pas bien comprendre. C'est bien un juge qui est assis sur ce fauteuil de juge ?

– Oui, dit le peintre, mais ce n'est pas un haut magistrat ; jamais il n'a été assis sur un trône pareil.

– Et il se fait pourtant représenter dans une posture aussi solennelle ? On jurerait un président de cour !

– Oui, dit le peintre, ces messieurs sont vaniteux. Mais on les autorise, en haut lieu, à se faire peindre ainsi. Chacun sait exactement comment il a le droit de se faire peindre. Malheureusement, ce tableau ne permet pas de juger les détails du costume et du siège, le pastel n'est pas fait pour rendre ces choses-là.

– Oui, dit K., c'est bizarre d'avoir choisi le pastel.

– C'est ce juge qui l'a voulu, le tableau est pour une dame.

La contemplation de la toile paraissait lui avoir donné envie de travailler, il retroussa ses manches, saisit quelques crayons, et K. vit leurs pointes frémissantes créer progressivement une ombre rougeâtre qui, partant de la tête du juge, rayonnait vers les bords du tableau, où elle s'estompait. Ce jeu d'ombres finit par faire autour de la tête comme une parure ou comme le signe d'une haute distinction. Mais l'allégorie de la Justice demeura cernée d'une aura claire, juste à peine teintée, et cette clarté lui conférait un relief particulier : cela n'évoquait plus guère la déesse de la Justice, ni d'ailleurs celle de la Victoire ; on aurait maintenant bien plutôt dit que c'était tout à fait la déesse de la Chasse. Le travail du peintre attirait K. plus qu'il n'aurait voulu ; mais il finit tout de même par se reprocher d'être resté si longtemps sans avoir encore rien fait pour son affaire.

– Comment s'appelle ce juge ? demanda-t-il soudain.

– Je n'ai pas le droit de le dire, répondit le peintre.

Il était complètement penché sur son tableau et se désintéressait visiblement de ce visiteur qu'il avait pourtant accueilli d'abord avec tant d'égards. K. vit là un caprice et s'en irrita, parce qu'il perdait du temps.

– Vous êtes sans doute un homme de confiance, pour le tribunal ? demanda-t-il.

Aussitôt, le peintre posa ses crayons pastels, se redressa, se frotta les mains et dit en souriant :

– Il ne faut pas tourner autour du pot. Vous voulez des renseignements sur le tribunal, comme le disait d'ailleurs la lettre que vous m'avez remise, et c'est pour vous mettre dans mes bonnes grâces que vous avez commencé par me parler de mes tableaux. Mais je ne vous en veux pas, vous ne pouviez pas savoir que ce n'est pas de mise avec moi. Oh, je vous en prie ! (K. avait voulu protester et se faisait sèchement rabrouer.) Du reste, votre remarque est tout à fait pertinente, je suis un homme de confiance du tribunal.

Il marqua une pause, comme pour laisser à K. le temps de se faire à cette idée. De nouveau, on entendait les fillettes derrière la porte. Sans doute se bousculaient-elles autour du trou de la serrure, peut-être aussi qu'on pouvait voir par des fentes. K. se garda de s'excuser, pour ne pas interrompre le peintre ; mais ne voulant pas non plus que celui-ci le prenne de trop haut et soit amené du coup à faire des mystères, il lui demanda :

– Est-ce une fonction officielle ?

– Non.

Le peintre répondait comme si on avait voulu lui clouer le bec. Mais, décidé à le faire parler, K. dit :

– Oui, mais ce genre de fonctions officieuses donne souvent plus d'influence que des fonctions officielles.

– C'est précisément mon cas, approuva le peintre en plissant le front. J'ai parlé hier de votre histoire avec l'industriel, il m'a demandé si je voulais bien vous aider, je lui ai dit : « Cet homme peut toujours venir me voir. » Je suis heureux que vous vous soyez déplacé si vite.

L'affaire semble vous tenir très à cœur, ce qui bien sûr ne m'étonne nullement. Peut-être voudriez-vous d'abord enlever votre manteau ?

Bien qu'il eût l'intention de ne rester qu'un moment, K. fut heureux de cette offre. L'air de la chambre était devenu peu à peu étouffant et K. avait déjà jeté à plusieurs reprises des regards étonnés en direction du coin où le petit poêle de fonte n'était pourtant certainement pas allumé : cette touffeur était inexplicable. Pendant que K. ôtait son manteau et déboutonnait même sa veste, le peintre dit pour s'excuser :

– J'ai besoin de chaleur. On est bien, ici, n'est-ce pas ? De ce point de vue, la chambre est très bien située.

K. ne répliqua pas, mais en fait ce n'était pas la chaleur qui le mettait mal à l'aise, mais plutôt cet air lourd, qui empêchait presque de respirer ; sans doute la chambre n'avait-elle pas été aérée depuis longtemps. Pour comble d'inconfort, le peintre invita K. à s'asseoir sur le lit, tandis que pour sa part il s'installait devant le chevalet, sur la seule chaise que comportait le mobilier de la chambre. Semblant de surcroît ne pas comprendre pourquoi K. restait sur le bord du lit, il l'invita au contraire à s'installer confortablement et, comme K. hésitait, il alla l'enfoncer lui-même au creux de la literie. Puis, regagnant sa chaise, il posa enfin sa première question précise, et K. en oublia tout le reste :

– Vous êtes innocent ?

– Oui, dit K.

Il éprouva une véritable joie à fournir cette réponse, d'autant qu'il la donnait à un particulier et que par conséquent elle n'engageait à rien. Personne ne lui avait encore posé la question aussi franchement. Pour bien goûter sa joie, il ajouta encore :

– Je suis complètement innocent.

– Bien, dit le peintre.

Il pencha la tête et sembla réfléchir. Se redressant soudain, il dit :

– Si vous êtes innocent, alors l'affaire est très simple.

Le regard de K. se troubla : ce soi-disant homme de confiance du tribunal parlait comme un enfant.

– Mon innocence ne simplifie pas mon affaire, dit K. sans pouvoir s'empêcher pourtant de sourire en hochant lentement la tête. Tout dépend d'innombrables nuances où le tribunal se perd. Mais au bout du compte il exhumera, à un endroit où au départ il n'y avait rien, une lourde faute.

– Oui, oui, bien sûr, dit le peintre comme si K. troublait inutilement ses réflexions. Mais vous êtes tout de même innocent ?

– Ma foi oui, dit K.

– C'est le principal.

Il ne se laissait pas influencer par les arguments que K. pouvait lui opposer, mais on ne savait si c'était la conviction qui le rendait si péremptoire, ou bien l'indifférence. Soucieux de tirer d'abord cela au clair, K. dit :

– Vous connaissez certainement le tribunal mieux que moi, je n'en sais guère que ce que j'ai entendu dire, mais par des personnes tout de même très diverses. Toutes ont été d'accord pour me dire que le tribunal ne porte pas d'accusation à la légère ; que, quand il accuse, il est fermement convaincu de la culpabilité de l'accusé ; et qu'on le fait difficilement démordre de cette conviction.

– Difficilement ? dit le peintre en levant très haut sa main. Jamais on ne l'en fait démordre. Si je peignais là sur une toile tous les juges, les uns à côté des autres, et que vous présentiez votre défense devant cette toile, vous auriez plus de succès que devant le véritable tribunal.

– Oui, dit K. pour lui-même en oubliant qu'il n'était venu que pour poser des questions.

Derrière la porte, une des filles se remettait à poser des questions :

– Titorelli, est-ce qu'il ne va pas bientôt s'en aller ?

– Taisez-vous ! cria le peintre en se tournant vers la porte. Vous ne voyez pas que j'ai à parler avec ce monsieur ?

Mais la fillette ne se contenta pas de cette réponse :

– Tu vas faire son portrait ?

Et comme le peintre ne répondait pas, elle ajouta :

– S'il te plaît, ne le fais pas, il est trop laid.

Cela déclencha un brouhaha d'approbations indistinctes. D'un bond, le peintre fut à la porte, qu'il entrouvrit juste un peu (on aperçut les mains jointes des filles, qu'elles tendaient en suppliant), et il dit :

– Si vous ne vous taisez pas, je vous jette en bas de l'escalier, toutes. Asseyez-vous là sur les marches et tenez-vous tranquilles.

Elles durent tarder à obéir, car il fut obligé de crier encore :

– Assises sur les marches !

Alors, enfin, le silence se fit.

– Je vous demande pardon, dit le peintre en revenant vers K.

Celui-ci avait à peine tourné les yeux vers la porte, laissant au peintre le soin de décider s'il fallait prendre la défense de son visiteur, et par quels moyens. Il ne bougea pas davantage lorsque le peintre se pencha maintenant vers lui et, pour ne pas être entendu de l'extérieur, lui chuchota à l'oreille :

– Ces filles, elles aussi, appartiennent au tribunal.

– Comment ? dit K. en écartant vivement la tête pour regarder le peintre.

Celui-ci reprit place sur sa chaise et dit, à moitié comme une plaisanterie, à moitié comme une explication :

– Tout appartient au tribunal !

– Je ne m'en suis pas encore aperçu, dit sèchement K.

Cette généralisation ôtait tout caractère inquiétant à la remarque concernant les fillettes. Pourtant K. regarda un moment vers la porte, derrière laquelle elles étaient maintenant assises en silence sur les marches. L'une d'elles avait juste glissé un brin de paille entre deux planches et le faisait lentement monter et descendre dans l'interstice.

– Vous ne paraissez pas encore avoir une vue d'ensemble du tribunal, dit le peintre.

Il avait les jambes écartées et tapotait sur le sol avec le bout de ses pieds. Il poursuivit :

– Mais puisque vous êtes innocent, ce n'est pas nécessaire. Je vous en tirerai tout seul.

– Comment vous y prendrez-vous ? demanda K. Ne disiez-vous pas tout à l'heure vous-même qu'aux yeux du tribunal les preuves sont tout à fait irrecevables.

– Irrecevables uniquement lorsqu'elles sont fournies au tribunal lui-même, dit le peintre en levant l'index comme si K. n'avait pas saisi une nuance subtile. Il en va tout autrement de ce qu'on entreprend en la matière hors débats : dans les salles de délibération, dans les couloirs ou, par exemple, ici dans cet atelier.

Ce que le peintre disait ne semblait plus tellement incroyable, cela concordait bien au contraire avec ce que d'autres personnes avaient également dit à K., c'était même extrêmement rassurant. Si l'on pouvait influencer les juges par des relations personnelles aussi facilement que l'avait dit l'avocat, les relations que le peintre entretenait avec ces juges vaniteux étaient particulièrement importantes et il ne fallait surtout pas les sous-estimer. Le peintre avait tout à fait sa place dans la série de ces gens que K. avait peu à peu réunis autour de lui pour l'aider. Un jour, à la banque, on avait vanté ses talents d'organisateur : eh bien c'était une bonne occasion, dans ce combat où tout dépendait de lui, de les mettre à l'épreuve du feu. Le peintre observait l'effet produit sur K. par ses déclarations et dit avec une pointe d'inquiétude :

– Vous n'avez pas remarqué que je m'exprime presque comme un juriste ? C'est à force de fréquenter ces messieurs du tribunal. J'en tire naturellement un grand profit, mais j'y perds une grande partie de mon élan de créateur.

– Comment êtes-vous entré en contact avec les juges, la première fois ?

K. voulait gagner la confiance du peintre, avant de l'enrôler véritablement à son service. Titorelli répondit :

– Très simplement : c'est un contact dont j'ai hérité. Mon père était déjà peintre du tribunal. C'est une fonction héréditaire. On n'y a que faire de gens nouveaux. Pour portraiturer les différents échelons de la hiérarchie, il faut respecter des règles si diverses, si nombreuses et surtout si secrètes qu'elles ne sauraient sortir de certaines familles. J'ai par exemple dans ce tiroir, là-bas, les notes de mon père, que je ne montre à personne. Mais il est indispensable de les connaître pour être en mesure de peindre des juges. Pourtant, même si je les perdais, j'aurais encore en tête de si nombreuses règles que personne ne pourrait me disputer ma situation. Tant il est vrai que tous les juges veulent être peints comme l'ont été les grands juges de jadis, et je suis le seul à savoir le faire.

– Il y a de quoi vous envier, dit K. en songeant à sa situation à la banque. Ainsi, votre situation est d'une solidité à toute épreuve ?

– Oui, à toute épreuve, dit le peintre en bombant le torse. C'est bien pourquoi je puis de temps à autre me permettre d'aider un pauvre homme qui a un procès.

– Et comment faites-vous ?

K. s'enquérait comme si le pauvre homme en question n'était pas lui. Mais le peintre ne s'y laissa pas prendre :

– Dans votre cas, par exemple, puisque vous êtes complètement innocent, voici comment je m'y prendrai.

Ces allusions réitérées à son innocence commençaient à assommer K. Il avait parfois l'impression que ces remarques tendaient à faire dépendre l'aide du peintre d'une issue favorable du procès, laquelle rendait naturellement superflue une telle aide. Mais K. prit sur lui, en dépit de ces doutes, et n'interrompit pas le peintre. Il était résolu à ne pas renoncer à cette aide, qui du reste n'était pas plus suspecte que celle de l'avocat. Elle était même bien préférable, offerte qu'elle était avec plus d'ingénuité et de franchise.

Ayant rapproché sa chaise du lit, le peintre poursuivit à voix basse :

– J'ai oublié de vous demander d'abord quel genre d'acquittement vous souhaitez. Il y a trois possibilités, à savoir : l'acquittement réel, l'acquittement apparent et l'atermoiement. L'acquittement réel est naturellement ce qu'il y a de mieux, seulement je n'ai pas la moindre influence sur ce genre de solution. Je pense que de toute façon il n'existe personne qui ait individuellement une influence sur l'acquittement réel. Ce dernier tient sans doute uniquement à l'innocence de l'accusé. Puisque vous êtes innocent, il vous serait réellement possible de tabler exclusivement sur votre innocence. Mais alors vous n'avez pas besoin de moi, ni d'aucune autre aide.

K. fut d'abord sidéré par cet exposé en bonne et due forme ; puis il dit, d'une voix aussi basse que le peintre :

– Je crois que vous vous contredisez.

– Comment cela ? demanda patiemment le peintre.

Et il se cala contre son dossier en souriant. Cette mimique donna à K. l'impression que ce n'était pas dans les propos du peintre, mais dans les procédures judiciaires elles-mêmes qu'il allait maintenant découvrir des contradictions. Mais il n'en continua pas moins sans broncher :

– Vous observiez tout à l'heure que le tribunal tient les preuves pour irrecevables, puis vous avez limité cette assertion aux seuls débats publics, et maintenant vous allez jusqu'à dire que l'innocent n'a pas besoin d'aide devant le tribunal. Il y a déjà là une contradiction. Par ailleurs, vous disiez que l'on pouvait influencer personnellement les juges, et maintenant vous affirmez que

jamais l'acquittement réel, comme vous l'appelez, ne saurait être obtenu par influence personnelle. Il y a là une
seconde contradiction.

— Ces contradictions s'expliquent aisément, dit le
peintre. Il s'agit là de deux choses distinctes : de ce qui
figure dans la loi et de ce que j'ai personnellement
constaté, ne confondez pas. D'une part, la loi stipule
naturellement (encore que je ne l'aie pas lue) que l'innocent est acquitté ; mais d'autre part elle ne dit pas que
les juges puissent être influencés. Or j'ai justement
constaté le contraire. Je ne connais aucun cas d'acquittement réel, alors que je connais beaucoup de cas où les
juges se sont laissé influencer. Il est naturellement possible que, sur tous ces cas connus de moi, il n'y ait pas
eu un seul innocent. Mais n'est-ce pas invraisemblable ?
Sur tant de cas, pas un seul innocent ? Déjà lorsque
j'étais enfant, j'écoutais attentivement mon père, quand
chez nous il racontait des procès ; les juges qui venaient
dans son atelier parlaient aussi du tribunal, on ne parle
que de cela dans nos milieux ; dès que j'ai eu la possibilité de me rendre moi-même au tribunal, j'en ai toujours
profité et j'ai écouté d'innombrables procès dans leurs
phases importantes, j'en ai suivi au moins toute la partie
visible ; eh bien je dois avouer que je n'ai pas vu un seul
acquittement réel.

— Ainsi, pas un seul acquittement réel, dit K. comme
s'il s'adressait à lui-même et à ses espoirs. Cela confirme
l'opinion que j'ai déjà du tribunal. De ce côté-là aussi,
tout est donc inutile. Un seul bourreau pourrait remplacer tout le tribunal.

— Ne généralisez pas, dit le peintre avec humeur. Je
n'ai parlé que de mes expériences personnelles.

— Cela suffit bien, dit K. Ou bien avez-vous entendu
parler d'acquittements prononcés dans le passé ?

— On dit, répondit le peintre, qu'il y en aurait eu. Mais
il est très difficile de s'en assurer. Les décisions définitives
du tribunal ne sont pas rendues publiques, les juges

eux-mêmes n'y ont pas accès, si bien que sur les affaires anciennes il ne court que des légendes. Elles parlent bien (et même la plupart du temps) d'acquittements réels : on peut le croire, mais on ne peut pas l'établir. Ce n'est tout de même pas à négliger complètement, ces légendes recèlent sûrement une part de vérité, elles sont d'ailleurs très belles et j'en ai fait le sujet de quelques-uns de mes tableaux.

– Ce ne sont pas de simples légendes qui vont me faire changer d'opinion, dit K. ; d'ailleurs on ne peut sans doute pas s'y référer devant le tribunal ?

– Non, on ne peut pas, dit le peintre en riant.

– Alors il ne sert à rien d'en parler.

Pour le moment, K. voulait laisser dire le peintre, même si ses opinions lui paraissaient invraisemblables et inconciliables avec d'autres renseignements. Il n'avait pas le temps à présent d'examiner si ses propos étaient véridiques ni, à plus forte raison, de les réfuter ; ce serait déjà bien s'il parvenait à inciter le peintre à l'aider, fût-ce d'une manière peu décisive. C'est pourquoi il lui dit :

– Eh bien laissons de côté l'acquittement réel ; mais vous évoquiez deux autres possibilités.

– L'acquittement apparent et l'atermoiement, dit le peintre, il ne peut être question que de ces deux-là. Mais avant que nous en parlions, vous ne voulez pas ôter votre veste ? Vous avez sans doute trop chaud.

– Oui, dit K., c'est presque insupportable.

Il n'avait jusque-là prêté attention qu'aux explications du peintre ; mais, en entendant parler de la chaleur, il sentit la sueur lui ruisseler sur le front. Le peintre opina, comme s'il comprenait fort bien le malaise de K., qui dit :

– On ne pourrait pas ouvrir la fenêtre ?

– Non, dit le peintre, ce n'est qu'une vitre fixée sur son cadre, elle ne s'ouvre pas.

K. se rendit alors compte qu'il n'avait pas cessé d'attendre le moment où le peintre irait vers la fenêtre (à moins que K. n'y allât lui-même) pour l'ouvrir tout

grand. K. aurait été prêt à aspirer à pleine bouche même
le brouillard. La sensation d'être là complètement coupé
de l'air extérieur lui donnait le vertige. Il tapota légèrement l'édredon qui était près de lui et dit d'une voix
faible :

– Mais c'est inconfortable et malsain !

– Oh non, dit le peintre en prenant la défense de sa
fenêtre, cette simple vitre, du fait qu'on ne peut pas
l'ouvrir, retient mieux la chaleur qu'une double fenêtre.
Mais si je veux aérer (ce qui n'est guère nécessaire,
puisque l'air passe partout à travers les interstices des
planches), je peux ouvrir l'une de mes portes ou même
les deux à la fois.

Un peu réconforté par cette déclaration, K. chercha
où se trouvait la seconde porte. Ayant surpris son regard,
le peintre dit :

– Elle est derrière vous, j'ai été obligé de mettre le lit
devant.

K. découvrit alors qu'il y avait une petite porte dans
la cloison. Comme pour prévenir les critiques de son visiteur, le peintre reprit :

– Tout est bien trop petit, ici, pour un atelier. Il a fallu
que je m'arrange, tant bien que mal. Le lit est naturellement très mal placé, devant cette porte. Par exemple, le
juge dont je fais actuellement le portrait entre toujours
par cette porte près du lit, je lui en ai même donné une
clé, pour qu'en mon absence il puisse m'attendre dans
l'atelier. Seulement il arrive généralement de bon matin,
quand je dors encore. Quand la porte s'ouvre à côté de
mon lit, cela me tire brutalement de mon profond sommeil. Vous perdriez tout respect pour les juges, si vous
entendiez les jurons avec lesquels je l'accueille, lorsqu'il
enjambe ainsi mon lit aux aurores. Bien sûr, je pourrais
lui reprendre ma clé ; mais ça n'arrangerait rien, au
contraire. On peut faire sauter toutes les portes du bout
du doigt, dans cette maison.

Tout au long de ce discours, K. se demandait s'il allait retirer sa veste ; mais il finit par se rendre compte que, s'il ne le faisait pas, il serait incapable de rester plus longtemps ; il la retira donc et la posa sur ses genoux, pour pouvoir la remettre au cas où l'entretien serait terminé. À peine l'avait-il retirée qu'une des fillettes cria :

– Il a déjà retiré sa veste !

On les entendit se bousculer devant les fentes des planches pour voir le spectacle.

– Elles croient que je vais faire votre portrait et que c'est pour cela que vous vous déshabillez, dit le peintre.

– Ah, dit K. que cela n'amusait guère car, bien qu'en bras de chemise, il ne se sentait guère mieux qu'avant. Il ajouta d'un ton presque bougon : Comment avez-vous appelé les deux autres possibilités ?

– L'acquittement apparent et l'atermoiement, dit le peintre. C'est à vous de choisir. Avec mon aide, vous pouvez obtenir l'un ou l'autre. Mais non sans peine, naturellement. La différence en la matière, c'est que l'acquittement apparent exige un gros effort limité dans le temps, tandis que l'atermoiement en demande un bien moindre, mais constant. Commençons donc par l'acquittement apparent. Si c'est la solution que vous avez choisie, je prends une feuille de papier et je vous établis une attestation d'innocence. La formule m'en a été transmise par mon père et elle est absolument inattaquable. Muni de cette attestation, je fais alors le tour des juges que je connais. Je commence par exemple par le juge dont je fais en ce moment le portrait et, ce soir, quand il viendra poser, je lui présente l'attestation. Je lui présente l'attestation, je lui déclare que vous êtes innocent et je me porte garant de votre innocence. Mais ce n'est pas une garantie purement formelle, c'est une garantie réelle, qui me lie.

Dans les regards du peintre, il y avait comme un reproche pour la charge pesante que représentait une telle garantie. K. dit alors :

– Ce serait très aimable de votre part. Et le juge vous croirait, mais pourtant il ne m'acquitterait pas réellement ?

– Je vous l'ai déjà dit, répondit le peintre. Du reste, il n'est pas du tout sûr qu'ils me croiraient tous ; il se trouverait plus d'un juge pour exiger par exemple que je vous conduise en personne jusqu'à lui. Dans ce cas, il faudrait donc que vous m'accompagniez. À vrai dire, l'affaire serait en l'occurrence déjà à demi gagnée, étant donné surtout que je vous aurais bien sûr indiqué précisément au préalable comment vous comporter devant le juge en question. Les choses se présentent moins bien quand les juges (et cela se produira aussi) refuseront d'emblée de m'écouter. À ceux-là (même si bien sûr je ne me fais pas faute de renouveler mes démarches) nous devrons renoncer ; nous le pourrons, d'ailleurs, car ce ne sont pas tel et tel juges qui emportent la décision. Lorsque j'aurai réuni au bas de cette attestation un nombre suffisant de signatures de juges, j'irai la présenter au juge qui sera chargé de votre procès à ce moment-là. Il pourra se faire que sa propre signature y figure déjà, et du coup les choses iront un peu plus vite que d'habitude. Mais en général il n'y a dès lors plus guère d'obstacles, c'est l'époque où l'accusé se sent le plus confiant. C'est curieux, mais c'est un fait : les gens sont plus confiants à ce moment-là qu'une fois prononcé leur acquittement. Il n'est plus besoin de se donner beaucoup de peine. Cette attestation fournit au juge la garantie d'un certain nombre de juges, il peut donc vous acquitter sans crainte et, au prix de diverses formalités qui restent néanmoins à accomplir, il ne manquera pas, pour m'obliger et obliger d'autres relations, de vous acquitter à coup sûr. Vous sortez du tribunal et vous êtes libre.

– Alors je suis libre, dit K. avec hésitation.

– Oui, dit le peintre, mais libre seulement en apparence ou, pour mieux dire, temporairement. Car les juges subalternes, dont font partie mes relations, n'ont pas le droit d'acquitter définitivement ; ce droit n'appartient qu'au tribunal suprême, lequel est tout à fait inaccessible pour vous, pour moi, pour nous tous. À quoi ressemble ce tribunal, nous ne le savons pas et d'ailleurs, soit dit en passant, nous ne tenons pas à le savoir. Ainsi donc, nos juges ne détiennent pas le droit éminent de tenir quitte de l'accusation, en revanche ils ont celui de la suspendre. C'est-à-dire qu'une fois acquitté de la sorte, vous êtes temporairement soustrait à l'accusation, mais elle continue de planer au-dessus de vous et il suffit d'un ordre venu d'en haut pour qu'aussitôt elle entre de nouveau en action. Du fait de ces bonnes relations que j'entretiens avec le tribunal, je suis même en mesure de vous dire comment, dans les règlements du greffe, cette différence entre acquittement réel et acquittement apparent se manifeste tout concrètement. En cas d'acquittement réel, les dossiers du procès doivent être entièrement retirés, ils disparaissent complètement de la procédure, on détruit non seulement l'accusation, mais le procès et même l'acquittement, on détruit tout. Il n'en va pas de même en cas d'acquittement apparent. La seule modification du dossier est alors l'adjonction de l'attestation d'innocence, de l'acquittement et de l'exposé de ses motifs. Pour le reste, le dossier continue à suivre les voies de la procédure : comme l'exige le fonctionnement ininterrompu des greffes, ce dossier va être transmis aux tribunaux d'instance supérieure, redescendre vers les instances inférieures et faire ainsi la navette de haut en bas et de bas en haut, selon des fluctuations plus ou moins amples et avec des arrêts plus ou moins longs. Ces voies sont impénétrables. De l'extérieur, on pourrait parfois croire que tout est oublié depuis longtemps, que le dossier est perdu et que l'acquittement est intégral. Un initié ne croira rien de tel. Aucun dossier ne se perd, et le tribunal n'oublie jamais rien. Un jour où personne ne s'y attend, un juge quelconque compulse le dossier plus attentivement, s'aperçoit qu'en cette affaire l'accusation n'est pas éteinte, et ordonne une immédiate arrestation. Je suppose là qu'entre l'acquittement apparent et la nouvelle arrestation il s'écoule beaucoup de temps, et c'est possible, j'en connais des exemples ; mais il est tout aussi possible qu'au sortir même du tribunal, l'acquitté rentre chez lui pour y trouver des fonctionnaires déjà chargés de l'arrêter à nouveau. Plus question dès lors, naturellement, de vivre en liberté.

– Et le procès recommence ? demanda K. presque incrédule.

– Certes, dit le peintre, le procès recommence, mais la possibilité existe, tout comme la première fois, d'obtenir un acquittement apparent. Il faut de nouveau rassembler toutes ses énergies et surtout ne pas s'avouer vaincu.

Cette dernière phrase avait peut-être été inspirée au peintre par l'impression d'abattement que lui donnait K. ; comme pour aller au-devant des révélations qui pouvaient encore suivre, celui-ci dit alors :

– Mais l'obtention d'un deuxième acquittement n'est-elle pas plus difficile que l'obtention du premier ?

– On ne peut rien dire de net en la matière, dit le peintre. Vous voulez sans doute dire que la deuxième arrestation joue contre l'accusé, dans l'opinion des juges ? Tel n'est pas le cas. Cette arrestation, ils l'ont prévue dès le prononcé de l'acquittement. Lorsqu'elle intervient, cela ne change pas grand-chose. Il existe en revanche d'innombrables autres raisons susceptibles de modifier l'humeur des juges et leur appréciation juridique de l'affaire ; c'est pourquoi les efforts qu'on déploie pour obtenir un deuxième acquittement doivent être adaptés à ces données nouvelles et, généralement, être tout aussi énergiques que la première fois.

– Mais ce deuxième acquittement n'est toujours pas définitif, dit K. avec un signe de tête qui disait déjà non.

– Bien sûr que non, dit le peintre. Le deuxième acquittement est suivi d'une troisième arrestation, le troisième acquittement d'une quatrième arrestation, et ainsi de

suite. C'est ce qu'implique la notion même d'acquittement apparent.

K. ne répondait rien. Le peintre poursuivit :

– Manifestement, l'acquittement apparent ne vous
semble pas avantageux. Peut-être que l'atermoiement
vous conviendra mieux. Voulez-vous que je vous explique
ce qu'est l'atermoiement ?

K. fit signe que oui. Le peintre s'était carré bien à
son aise sur son siège, sa chemise de nuit était largement
ouverte ; il y avait glissé une main, qu'il passait sur sa
poitrine et sur ses flancs. Il débuta comme s'il cherchait
des yeux l'explication vraiment pertinente :

– L'atermoiement... L'atermoiement consiste en ceci
que le procès se trouve perpétuellement cantonné dans
sa phase la plus humble. On n'y arrive qu'à condition
que l'accusé et celui qui l'aide, mais surtout ce dernier,
demeure constamment en contact personnel avec le tribunal. Je le répète, cela exige une dépense d'énergie moindre
que l'obtention d'un acquittement apparent, en revanche
cela exige une attention beaucoup plus grande. Il n'est
pas question de perdre le procès de vue, il faut se rendre
auprès du juge compétent à intervalles réguliers et, de
surcroît, en de certaines occasions ; si l'on ne le connaît
pas personnellement, il faut faire jouer sur lui l'influence
de juges qu'on connaît, sans pour autant renoncer à lui
parler directement. Si on ne néglige rien en ce sens, il y
a de fortes chances pour que le procès ne dépasse pas
cette première phase. Certes, le procès ne s'arrête pas,
mais l'accusé est tout aussi à l'abri d'une condamnation
que s'il était acquitté. Par rapport à l'acquittement apparent, l'atermoiement présente l'avantage que l'avenir de
l'accusé est moins incertain ; il est préservé des affres
d'une soudaine arrestation et il n'a pas à redouter d'avoir,
aux moments les plus mal choisis par rapport à ses autres
préoccupations, à fournir les efforts et à supporter les
émotions liés à l'obtention d'un acquittement apparent.
Il est vrai que cet atermoiement présente aussi pour

l'accusé quelques inconvénients qu'il ne faudrait pas
sous-estimer. Je ne parle pas du fait qu'en l'occurrence
l'accusé n'est jamais libre : il ne l'est pas non plus, à
strictement parler, dans le cas d'un acquittement apparent. Il s'agit d'un autre inconvénient. Le procès ne saurait s'arrêter sans qu'il y ait à cela du moins quelque
raison apparente. Il faut donc qu'extérieurement il se
passe des choses dans ce procès. Il faut donc que de
temps en temps diverses mesures soient prises, que
l'accusé soit entendu, que des interrogatoires aient lieu,
et ainsi de suite. Il faut que le procès ne cesse pas de
tourner à l'intérieur du cercle étroit où il a été artificielle-
ment maintenu. Cela entraîne naturellement pour
l'accusé certains désagréments, mais n'imaginez pas non
plus qu'ils soient terribles. Tout cela est de pure forme ;
les interrogatoires, par exemple, sont extrêmement
courts ; si un jour on n'a pas le temps ou pas envie d'y
aller, on peut s'excuser ; avec certains juges, on peut
même se mettre d'accord longtemps à l'avance sur un
calendrier ; ce qui compte au fond, c'est qu'en sa qualité
d'accusé l'on se présente de temps à autre devant son
juge.
  Avant même que Titorelli n'ait fini sa phrase, K. avait
pris sa veste sur son bras et s'était levé.
  — Il se lève déjà ! cria-t-on aussitôt derrière la porte.
  — Vous voulez déjà partir ? demanda le peintre, qui
s'était levé aussi. C'est cet air qui vous chasse, j'en suis
sûr. Je suis tout à fait désolé. J'aurais eu encore plus
d'une chose à vous dire. J'ai dû résumer beaucoup ; mais
j'espère avoir été clair.
  — Oh oui, dit K.
  Ses efforts pour se contraindre à écouter lui avaient
donné mal à la tête. En dépit de la réponse de K., le
peintre tint à tout résumer encore une fois, comme pour
réconforter son visiteur au moment du départ :
  — Ces deux méthodes ont ceci de commun qu'elles
empêchent une condamnation de l'accusé.

– Mais elles empêchent également un acquittement réel, dit tout doucement K., comme s'il avait honte d'avoir compris cela.

– Vous avez mis le doigt sur l'essentiel, dit très vite le peintre.

K. posa la main sur son manteau, sans pouvoir se décider à enfiler sa veste. Pour un peu, il aurait tout pris sous son bras et serait sorti tel quel à l'air libre. Même les fillettes n'arrivaient pas à le faire s'habiller, bien qu'elles fussent en train d'annoncer prématurément et à grands cris qu'il le faisait. Soucieux de sonder les dispositions où était K., le peintre lui dit :

– Sans doute n'avez-vous pas encore fait votre choix entre mes propositions. Je vous approuve. Je vous aurais même déconseillé de prendre une décision immédiate. Avantages et inconvénients tiennent à de subtiles nuances. Il faut bien tout peser. Sans bien sûr perdre trop de temps non plus.

– Je reviendrai bientôt, dit K.

Soudain décidé, il enfila sa veste, jeta son manteau sur ses épaules et marcha vers la porte, derrière laquelle les filles se mirent à crier. K. croyait les voir, à travers la porte.

– Mais il faut tenir parole, dit le peintre sans le suivre. Sinon je viendrai à la banque vous demander ce qu'il en est.

– Ouvrez donc cette porte, dit K. en forçant sur le loquet que manifestement les filles retenaient de l'autre côté.

– Vous tenez donc à ce que ces filles vous ennuient ? dit le peintre. Prenez donc plutôt par là.

Il montrait la porte qui était derrière le lit. K. approuva et revint d'un bond vers le lit. Mais au lieu d'aller ouvrir cette porte, le peintre se glissa sous le lit et, une fois en dessous, demanda :

– Un instant : vous ne voulez pas regarder un tableau que je pourrai vous vendre ?

K. ne voulut pas être impoli ; le peintre s'était vraiment occupé de lui, il avait promis de continuer à l'aider,
et l'étourderie de K. avait fait qu'on n'avait même pas
parlé de la façon dont cette aide serait rémunérée. K. ne
pouvait donc pas rembarrer le peintre maintenant, il se
laissa donc montrer le tableau, bien qu'il tremblât
d'impatience de quitter cet atelier. Le peintre tira de sous
le lit un tas de toiles non encadrées. Elles étaient couvertes d'une telle poussière que, quand Titorelli souffla
dessus, ce fut un nuage qui tourbillonna devant les yeux
de K. et lui coupa le souffle pour un moment.

— C'est un paysage de landes, dit le peintre en tendant
à K. le premier tableau.

Cela représentait deux arbres malingres, plantés sur
une prairie sombre loin l'un de l'autre. Au fond, il y avait
un coucher de soleil de toutes les couleurs.

— C'est bien, dit K., j'achète.

Il n'avait pas fait exprès d'être aussi peu expansif et il
fut rassuré que le peintre, loin de le prendre mal, tire d'en
dessous un deuxième tableau.

— C'est le pendant du premier, disait-il.

Cela voulait peut-être en être le pendant, mais on n'y
voyait pas la moindre différence : mêmes arbres, même
prairie, même coucher de soleil. Mais K. ne s'en souciait guère.

— Ce sont de beaux paysages, dit-il, j'achète les deux
et je les accrocherai dans mon bureau.

— Le sujet a l'air de vous plaire, dit le peintre en sortant un autre. Cela tombe bien : j'en ai encore un du
même genre.

Mais il n'était pas du même genre, il était la copie
exacte du même paysage de landes. Le peintre profitait
bien de l'occasion pour vendre de vieilles toiles.

— Je le prends aussi, dit K., combien coûtent les trois ?

— Nous en reparlerons un de ces jours, dit le peintre.
Pour le moment, vous êtes pressé. Et puis nous restons en
contact. Je suis d'ailleurs content que ces tableaux vous

plaisent, je vais vous donner tous ceux que j'ai là-dessous.
Ce sont tous des paysages de landes, j'ai peint déjà beaucoup de paysages de landes. Il y a des gens qui n'en veulent
pas, parce qu'ils les trouvent trop tristes, et d'autres qui,
comme vous, aiment justement ce qui est triste.

Mais K. n'avait pour l'instant que faire des expériences
professionnelles du peintre-mendiant. Lui coupant la
parole, il lança :

– Enveloppez-moi tous ces tableaux ! Mon employé
viendra les chercher demain.

– Ce ne sera pas nécessaire, dit le peintre. J'espère que
je vais trouver un porteur pour vous accompagner tout
de suite.

Il se pencha enfin par-dessus le lit et ouvrit la porte,
disant :

– N'ayez pas peur de marcher sur le lit, tous ceux qui
viennent ici le font.

Cet encouragement n'était pas nécessaire pour faire
taire les scrupules de K., il avait déjà un pied au milieu
de l'édredon. Mais ayant regardé par la porte ouverte, il
retira son pied et s'écria :

– Qu'est-ce que c'est que ça ?

– Qu'est-ce qui vous surprend ? répliqua le peintre,
surpris à son tour. C'est le greffe. Vous ignoriez que le
greffe avait des bureaux ici ? Il en a presque dans tous
les greniers, pourquoi voudriez-vous qu'il n'en ait pas
ici ? Même mon atelier fait partie en fait des bureaux du
greffe, mais le tribunal l'a mis à ma disposition.

Ce n'est pas tant la découverte de ces bureaux du greffe
qui atterrait K., c'était de constater son ignorance des
choses du tribunal. L'une des grandes règles de conduite
d'un accusé, pensait-il, c'était d'être toujours prêt, de ne
jamais se laisser surprendre, de ne jamais regarder bête-
ment vers la droite quand le juge est à deux pas sur votre
gauche : et c'est précisément cette grande règle qu'il enfreignait sans cesse. Devant lui s'étendait un long couloir
exhalant un air qui, par comparaison, faisait paraître

rafraîchissant celui de l'atelier. Des bancs étaient disposés
de part et d'autre, tout comme dans la salle d'attente des
bureaux qui s'occupaient de K. Apparemment, l'installa-
tion de ces bureaux de greffe était régie par des règlements
précis. Pour le moment, on ne voyait pas beaucoup de justiciables. Un homme était là-bas à moitié couché sur le
banc et semblait dormir, le visage enfoui dans ses bras ; un
autre se tenait debout dans la pénombre à l'extrémité du
couloir. K. escalada le lit, suivi du peintre portant les
tableaux. Ils ne tardèrent pas à tomber sur un huissier du
tribunal (K. les reconnaissait maintenant tous au bouton
doré qu'ils portaient parmi les boutons ordinaires de leur
costume civil), et le peintre chargea l'homme d'accompagner K. en portant les tableaux. K. titubait plus qu'il ne
marchait, en pressant un mouchoir sur sa bouche. Ils
avaient presque atteint la sortie quand ils furent assaillis
par la troupe des fillettes, auxquelles K. n'échapperait
donc pas. Elles avaient manifestement aperçu que la
seconde porte de l'atelier avait été ouverte, et elles avaient
fait le tour pour arriver de l'autre côté.

– Je ne peux pas vous accompagner plus loin ! dit le
peintre en riant sous l'assaut des filles. Au revoir ! Et ne
réfléchissez pas trop longtemps !

K. ne se retourna même pas vers lui. Dans la rue, il
prit la première voiture qu'il trouva. Il lui tardait de se
débarrasser de l'huissier, dont le bouton doré ne cessait
d'attirer désagréablement son regard, bien que sans
doute personne d'autre ne le remarquât. L'homme voulait pousser le zèle jusqu'à monter à côté du cocher, mais
K. le fit redescendre en vitesse. Il était déjà beaucoup
plus de midi quand K. arriva devant la banque. Il aurait
bien abandonné les tableaux dans la voiture, mais il eut
peur d'avoir à les montrer au peintre un jour ou l'autre.
Il les fit donc porter dans son bureau et les enferma à clé
dans le tiroir du bas de sa table, afin qu'au moins dans
les prochains jours ils n'aillent pas tomber sous les yeux
du directeur adjoint.

LE NÉGOCIANT BLOCK,
L'AVOCAT DÉCHARGÉ DU DOSSIER

Finalement, K. s'était tout de même décidé à se passer des services de l'avocat. Il ne cessait pas pour autant de se demander s'il avait raison de le faire, mais l'idée que c'était une nécessité l'emporta sur ces doutes pourtant tenaces. Le jour où il voulait aller trouver l'avocat, cette décision réduisit beaucoup sa capacité de travail : il travailla particulièrement lentement, dut rester très tard au bureau, et il était déjà dix heures passées quand il se trouva devant la porte de Me Huld. Au moment de sonner, il se demanda encore s'il ne vaudrait pas mieux annoncer sa décision par téléphone ou par lettre : l'entrevue allait sûrement être des plus gênantes. Pourtant, K. résolut en fin de compte de ne pas y renoncer, car toute autre forme de rupture serait acceptée tacitement ou avec quelques mots de pure forme, et jamais K. ne saurait alors (à moins de s'en enquérir par l'intermédiaire de Leni) comment l'avocat prenait la chose, ni quelles conséquences elle était susceptible d'entraîner pour K. de l'avis même (avis non négligeable) de l'avocat. Au contraire, si l'avocat était assis en face de K. et recevait la nouvelle de plein fouet, même s'il ne se laissait pas tirer les vers du nez, sa mine et son comportement diraient à K. tout ce qu'il voulait savoir. Il n'était même pas exclu que ces réactions de Me Huld le convainquent de l'opportunité de laisser l'avocat le défendre et l'amènent finalement à revenir sur sa décision.

Le premier coup de sonnette ne fut, comme d'habitude, suivi d'aucun effet. Leni pourrait se montrer plus dégourdie, pensa K. Mais c'était déjà bien de ne pas être importuné par quelque tierce personne, comme à l'accoutumée : l'homme à la robe de chambre ou un autre. Tout en appuyant une seconde fois sur le bouton, K. se retourna vers la porte d'en face ; mais, cette fois, même elle resta fermée. Enfin deux yeux se montrèrent derrière le judas de la porte de l'avocat, mais ce n'étaient pas ceux de Leni. Quelqu'un tourna le loquet, mais en bloquant la porte et en criant vers le fond de l'appartement :

– C'est lui !

Alors seulement la porte s'ouvrit en grand. K. se pressait contre le battant, car déjà il entendait qu'on déverrouillait précipitamment la porte d'en face, et il se trouva littéralement projeté dans l'antichambre, le temps d'apercevoir Leni filer en chemise dans le couloir desservant les chambres : c'est elle qu'on avait avertie avant d'ouvrir la porte. K. regarda un instant dans la direction où elle avait disparu, puis se retourna vers la personne qui lui avait ouvert. C'était un petit homme sec et portant barbe, qui tenait une bougie à la main.

– Vous êtes employé ici ? demanda K.

– Non, répondit l'homme, je ne suis pas de la maison ; seulement Me Huld assure ma défense, je suis ici à cause d'un procès.

– Sans veston ? dit K. avec un geste de la main vers l'individu sommairement vêtu.

– Oh ! Je vous demande pardon ! dit l'homme en approchant la bougie pour examiner sa propre tenue comme s'il ne s'en était pas aperçu plus tôt.

– Leni est votre maîtresse ? demanda brutalement K.

Il avait un peu écarté les jambes et tenait son chapeau derrière son dos, les mains croisées. Son gros pardessus lui donnait à lui seul, en face de ce gringalet, un fort sentiment de supériorité. L'homme levait la main à hauteur du visage, dans un geste de dénégation effrayée :

– Ah, mon Dieu, non, non, qu'est-ce que vous imaginez ?

– Vous paraissez sincère, dit K. en souriant, mais tout de même... Allons-y.

D'un signe de la main et du chapeau, il le fit passer devant lui et, en chemin, lui demanda :

– Comment vous appelez-vous ?

– Block. Je suis négociant.

En se présentant ainsi, le petit homme voulut se retourner, mais K. ne le laissa pas s'arrêter.

– C'est votre vrai nom ?

– Bien sûr, pourquoi en doutez-vous ?

– Je pensais que vous pourriez avoir des raisons de taire votre véritable nom.

K. était aussi à l'aise qu'on peut l'être à l'étranger, quand on parle à de petites gens : on garde pour soi ce qui tient à cœur et l'on évoque seulement, avec sérénité, ce qui intéresse ses interlocuteurs, qu'on rehausse ainsi à leurs propres yeux, mais qu'on peut aussi laisser choir quand il vous plaît. À la porte du cabinet de l'avocat, K. s'arrêta, ouvrit et cria au négociant qui continuait docilement son chemin :

– Pas si vite ! Éclairez par ici !

K. pensait que Leni pouvait s'être cachée là, il fit fouiller le négociant dans tous les recoins, mais la pièce était vide. Devant le portrait du juge, K. retint le négociant par ses bretelles et, l'index en l'air, lui demanda :

– Vous le connaissez ?

Le négociant leva sa bougie et dit en clignant des yeux :

– C'est un juge.

– Un juge important ?

K. se plaça de côté, pour observer l'impression que le tableau faisait sur le négociant, qui dit en levant les yeux avec admiration :

– C'est un juge important.

– Vous ne vous y connaissez guère, dit K. ; parmi les juges d'instruction peu importants, c'est le moins important.

– Maintenant, je me souviens, dit le négociant en rabaissant la bougie ; je l'ai déjà entendu dire.

– Mais naturellement, s'écria K., j'oubliais ; naturellement, vous l'avez déjà entendu dire, forcément.

– Mais pourquoi, pourquoi ça ? demanda le négociant, tandis que, poussé des deux mains par K., il regagnait la porte du cabinet.

Une fois dans le couloir, K. lui demanda :

– Vous savez bien où Leni s'est cachée ?

– Cachée ? Non. Elle pourrait bien être à la cuisine, en train de faire une soupe pour l'avocat.

– Pourquoi ne l'avez-vous pas dit tout de suite ?

– Mais je voulais vous y mener, seulement vous m'avez fait revenir, dit le négociant dérouté par ces ordres contradictoires.

– Vous vous croyez très malin, dit K., eh bien conduisez-moi !

K. n'était encore jamais allé dans cette cuisine, elle était étonnamment grande et bien installée. Le fourneau, à lui seul, était déjà trois fois plus grand que les fourneaux habituels ; pour le reste, on ne voyait pas les détails, car la cuisine n'était éclairée que par une petite lampe suspendue à l'entrée. Leni était debout devant le fourneau, en tablier blanc comme d'habitude, et cassait des œufs dans une casserole posée sur un réchaud à alcool.

– Bonsoir, Joseph, dit-elle en coulant un regard en direction de K.

– Bonsoir, dit K.

K. fit signe au négociant d'aller s'asseoir sur une chaise à l'écart et l'homme s'exécuta. Allant se placer derrière Leni, K. se pencha par-dessus son épaule et lui demanda :

– Qui est cet homme ?

Sans cesser de remuer la soupe, Leni passa un bras autour de K. et l'attira vers elle, disant :

– C'est un pauvre homme, un malheureux commerçant, un certain Block. Regarde-le.

Ils se retournèrent tous les deux vers le négociant : assis sur la chaise que lui avait indiquée K., il avait soufflé sa bougie, dont la lumière n'était plus utile, et il en mouchait la mèche entre ses doigts pour éviter qu'elle ne fume. De la main, K. retourna le visage de Leni vers le fourneau et dit :

– Tu étais en chemise.

Elle ne dit rien. K. demanda :

– Il est ton amant ?

Elle voulut saisir la casserole de soupe, mais K. lui prit les deux mains et dit :

– Eh bien, réponds !

– Viens dans le bureau, dit-elle, je vais tout t'expliquer.

– Non, dit K., je veux que tu t'expliques ici.

Elle s'accrocha à lui et chercha à l'embrasser. Mais K. se dégagea et dit :

– Je ne veux pas que tu m'embrasses maintenant.

– Joseph, dit-elle d'un air suppliant, mais en regardant K. droit dans les yeux, tu ne vas tout de même pas être jaloux de M. Block ! Rudi, ajouta-t-elle en se tournant vers le négociant, aide-moi, tu vois qu'on me soupçonne, laisse cette bougie.

On aurait pu penser que le négociant ne faisait pas attention, mais il était tout à fait dans la conversation. Sans beaucoup de repartie, il déclara :

– Je ne vois vraiment pas pourquoi vous seriez jaloux.

– À vrai dire, moi non plus, dit K. en lui souriant. Leni éclata de rire et profita de l'inattention de K. pour s'accrocher à son bras en chuchotant :

– Laisse-le, tu vois bien quel genre d'homme c'est. Je me suis un peu occupée de lui, parce que c'est un gros client de l'avocat, c'est tout. Et toi ? Tu veux voir l'avocat ce soir ? Il est très mal aujourd'hui ; mais, si tu veux, je t'annoncerai quand même. Mais tu resteras avec moi cette nuit, c'est promis. Il y a tellement longtemps que tu n'es pas venu, même l'avocat se demandait ce que tu faisais. Ne néglige pas ton procès ! J'ai moi-même à te dire différentes choses que j'ai apprises. Mais commence donc par retirer ton manteau !

Elle l'aida à se débarrasser, lui prit son chapeau, fila suspendre le tout dans l'antichambre et revint tout aussi vite surveiller la soupe.

– Tu veux que je t'annonce d'abord ou que je commence par lui apporter sa soupe ?

– Annonce-moi d'abord, dit K.

Il était agacé ; il avait à l'origine l'intention de discuter avec soin de son affaire avec elle, et surtout de son intention problématique de décharger Me Huld du dossier, mais la présence du négociant lui en avait ôté l'envie. Mais à présent la chose lui parut trop importante pour souffrir que ce petit négociant risque d'interférer ; aussi rappela-t-il Leni, qui était déjà dans le couloir :

– Si, apporte-lui d'abord sa soupe. Qu'il prenne des forces avant notre entrevue, il en aura besoin.

– Ainsi, vous êtes également un client de l'avocat, constata à voix basse le négociant dans son coin.

Mais son intervention ne fut pas bien accueillie.

– Qu'est-ce que ça peut bien vous faire ? dit K.

– Tu vas te tenir tranquille ! dit Leni, qui enchaîna en versant la soupe dans une assiette : Alors je lui apporte d'abord sa soupe. Simplement, il risque de s'endormir. Il ne tarde pas à s'endormir, une fois qu'il a mangé.

– Ce que j'ai à lui dire le réveillera, dit K.

Il s'efforçait constamment de laisser entendre qu'il avait un grave problème à régler avec l'avocat ; il voulait que Leni le questionne, pour pouvoir ensuite lui demander conseil. Mais elle se contentait d'exécuter scrupuleusement ses ordres. En emportant la soupe, elle le heurta doucement au passage et chuchota :

– Dès qu'il aura mangé sa soupe, je t'annoncerai ;
comme ça je te récupérerai le plus vite possible.

– C'est ça, c'est ça, dit K. Va !

– Tu pourrais être plus gentil, dit-elle et, sur le seuil,
elle se retourna une fois encore, la soupe à la main.

K. la suivit des yeux ; cette fois, il était définitivement
résolu à se défaire de l'avocat ; il valait d'ailleurs mieux
qu'il n'en eût pas d'abord parlé à Leni ; elle n'avait pas
une vue assez complète de toute l'affaire, elle aurait sans
doute cherché à le dissuader, voire réussi effectivement à
ce qu'il ne retire pas le dossier à Me Huld et, toujours en
proie au doute et à l'inquiétude, K. aurait tout de même
fini par mettre à exécution sa décision, tant elle était
d'une nécessité contraignante. Mais plus tôt il le ferait,
plus il éviterait de dégâts. Peut-être qu'au demeurant le
négociant aurait une opinion là-dessus.

K. se retourna. À peine le négociant s'en aperçut-il
qu'il voulut se lever.

– Restez assis, dit K. en approchant une chaise. Vous
êtes déjà un vieux client de l'avocat ?

– Oui, dit le négociant, un très vieux client.

– Depuis combien d'années défend-il vos intérêts ?

– Je ne sais comment vous l'entendez. En matière professionnelle (j'ai un commerce de grains), il est mon
avocat depuis que j'ai repris l'affaire, c'est-à-dire depuis
environ vingt ans ; dans mon procès personnel, auquel
vous faites sans doute allusion, Me Huld assure ma
défense depuis le début aussi, cela fait déjà plus de cinq
ans. Oui, largement plus de cinq ans (ajouta-t-il en tirant
un vieux portefeuille), j'ai tout noté là ; si vous le voulez,
je vous dirai les dates exactes. C'est difficile de tout retenir. Mon procès dure vraisemblablement depuis beaucoup plus longtemps, il a commencé peu après la mort de
ma femme, qui remonte à plus de cinq ans et demi déjà.

Rapprochant encore sa chaise, K. demanda :

– L'avocat se charge donc aussi d'affaires ordinaires ?

K. trouvait extrêmement rassurant qu'il y eût ainsi un lien entre tribunaux et entre jurisprudences.

– Certainement, dit le négociant, qui ajouta en chuchotant : On dit même qu'il s'y montre plus efficace que dans les autres.

Mais il parut regretter ce qu'il venait de dire et, posant une main sur l'épaule de K., il ajouta :

– Je vous en prie, ne me trahissez pas.

K. lui tapota la cuisse pour le rassurer, disant :

– Non, je ne suis pas un traître.

– C'est qu'il est rancunier, dit le négociant.

– Il ne fera sûrement rien contre un client aussi fidèle, dit K.

– Oh si ! Quand il est irrité, il ne fait pas la différence. D'ailleurs, je ne lui suis pas vraiment fidèle.

– Comment cela ?

– Faut-il que je vous confie cela ? demanda le négociant sur le ton du doute.

– Je pense que vous en avez le droit, dit K.

– Eh bien, dit le négociant, je vais vous le dire en partie, mais il faudra que vous me confiiez vous aussi un secret, de sorte que nous soyons liés face à Me Huld.

– Vous êtes très prudent, dit K., mais je vous confierai un secret qui vous rassurera tout à fait. En quoi consiste donc votre infidélité envers l'avocat ?

– En plus de lui, dit le négociant sur le ton hésitant de qui avoue une turpitude, en plus de lui j'ai d'autres avocats.

– Ce n'est pas bien grave, dit K. un peu déçu.

– En l'occurrence, si.

Depuis cet aveu, le négociant avait du mal à respirer. La réaction de K. lui redonnait un peu confiance :

– C'est interdit. Il est surtout interdit d'engager des avocaillons lorsqu'on a déjà un véritable avocat. Et c'est précisément ce que j'ai fait : j'en ai cinq en plus de lui.

– Cinq ! s'écria K. Cinq de plus ?

C'était le nombre qui l'étonnait. Le négociant opina et dit :

– Je suis en pourparlers avec un sixième.

– Mais pourquoi avez-vous besoin d'autant d'avocats ?

– J'ai besoin de tous, dit le négociant.

– Vous ne voudriez pas m'expliquer pourquoi ?

– Volontiers, dit le négociant. Je ne voudrais surtout pas perdre mon procès, c'est bien évident. Par conséquent, je ne dois rien négliger de ce qui peut me servir ; même lorsque l'utilité d'une démarche donnée est fort improbable, je n'ai tout de même pas le droit de l'écarter. J'ai donc consacré à mon procès tout ce que je possède. J'ai par exemple retiré tout l'argent investi dans mon entreprise, dont les bureaux occupaient jadis près d'un étage, tandis qu'à présent je me contente d'une petite pièce sur l'arrière-cour, où je travaille avec un apprenti. Naturellement, si mon affaire a ainsi régressé, ce n'est pas seulement que j'ai désinvesti mes capitaux, c'est plus encore que j'ai désinvesti mon énergie. Quand on veut faire quelque chose pour son procès, on ne peut guère s'adonner à d'autres activités.

– Ainsi, vous vous livrez vous-même à un travail auprès du tribunal ? demanda K. C'est justement là-dessus que j'aimerais bien avoir des informations.

– Je ne peux pas vous dire grand-chose, dit le négociant. Au début, j'ai essayé, bien sûr ; mais j'y ai bientôt renoncé. C'est par trop épuisant et cela n'est guère rentable. Se rendre sur place pour travailler et négocier, j'ai découvert que c'était tout à fait impossible, du moins pour moi. Le simple fait de rester assis et d'attendre représente là-bas un gros effort. Vous connaissez vous-même l'atmosphère lourde des bureaux du greffe.

– Comment se fait-il que vous sachiez que j'y ai été ? demanda K.

– Je me trouvais dans la salle d'attente, quand vous êtes passé.

– Quelle coïncidence ! s'écria K., tout ému et oubliant que le négociant lui avait paru ridicule. Ainsi, vous m'avez vu ! Vous étiez dans la salle d'attente quand je suis passé. Oui, j'y suis passé un jour.

– Ce n'est pas tellement une coïncidence, dit le négociant, j'y suis presque chaque jour.

– Il va maintenant falloir, vraisemblablement, que j'y aille moi aussi assez souvent, dit K. Seulement on ne m'y recevra sans doute plus avec la même déférence. Tout le monde s'était levé. On devait penser que j'étais un juge.

– Non, dit le négociant, c'était pour saluer l'huissier du tribunal. Que vous êtes un accusé, nous le savions. Ce genre de nouvelles se répand vite.

– Ah, vous le saviez donc déjà, dit K. Alors mon attitude vous a peut-être semblé hautaine. On n'en a rien dit ?

– Non, dit le négociant, au contraire. Mais ce sont des bêtises.

– Quelle sorte de bêtises ? demanda K.

– Pourquoi me demander ça ? dit le négociant avec agacement. Vous n'avez pas l'air de connaître ces gens-là et vous allez peut-être mal comprendre. Il faut songer qu'une telle procédure entraîne constamment l'évocation de nombreuses choses qui finissent par passer l'entendement ; on est simplement trop fatigué et trop distrait bien des fois, et l'on se rattrape par la superstition. Je parle des autres, mais je ne vaux pas mieux. L'une de ces superstitions consiste par exemple, pour beaucoup d'entre eux, à s'imaginer qu'on peut lire l'issue du procès sur le visage de l'accusé et, en particulier, dans le dessin de ses lèvres. Ainsi, ces gens ont affirmé que, d'après vos lèvres, vous seriez sûrement condamné, et bientôt. Je répète que c'est une superstition ridicule, que d'ailleurs les faits démentent totalement dans la plupart des cas, mais quand on vit dans ce milieu, il est difficile d'échapper à de telles opinions. Voyez quels effets peut avoir cette superstition. Vous avez là-bas adressé la parole à un homme, n'est-ce pas ? Mais il fut à peu près incapable de vous répondre. Il y a naturellement là-bas bien des raisons de perdre la tête, mais l'une d'elles n'était autre que l'aspect de vos lèvres. Il nous a dit ensuite qu'il avait cru y voir de surcroît l'indice de sa propre condamnation.

– Mes lèvres ? dit K., et tirant un miroir de poche il s'y regarda. Je ne vois pas ce que mes lèvres ont de particulier. Et vous ?

– Moi non plus, dit le négociant, je ne vois pas du tout.

– Comme ces gens sont superstitieux ! s'écria K.

– Ne vous l'avais-je pas dit ?

– Est-ce qu'ils se fréquentent tant que cela, est-ce qu'ils échangent leurs avis ? Je me suis tenu jusqu'à présent tout à fait à l'écart.

– En général, dit le négociant, ils ne se fréquentent pas ; ce ne serait d'ailleurs pas possible, ils sont trop nombreux. Ils ont d'ailleurs peu d'intérêts communs. Quand parfois, au sein d'un groupe, ils croient s'être découvert un intérêt commun, ils s'aperçoivent bientôt qu'ils se trompaient. Vis-à-vis du tribunal, aucune action commune ne saurait aboutir. Chaque affaire est instruite séparément, il n'y a pas de tribunal plus minutieux. On ne peut donc pas agir de concert ; ce n'est qu'isolément qu'on arrive parfois à quelque chose, en secret ; les autres ne l'apprennent qu'après coup et nul ne sait comment cela s'est passé. Il n'y a donc aucune solidarité ; on se rencontre bien de temps à autre dans les salles d'attente, mais on y parle peu. Ces idées superstitieuses existent depuis toujours et elles se reproduisent littéralement d'elles-mêmes.

– J'ai vu ces messieurs dans cette salle d'attente, dit K., et leur attente m'a eu l'air tellement vaine.

– L'attente n'est pas vaine, dit le négociant ; la seule chose qui soit vaine, c'est d'intervenir de son propre chef. Je vous disais qu'à part cet avocat, j'en ai encore cinq autres. On pourrait croire (et je l'ai cru d'abord) que je

pourrais dorénavant les laisser mener l'affaire seuls. Mais
ce serait une erreur complète. Je le puis encore moins que
si j'avais un seul avocat. Sans doute ne comprenez-vous
pas cela ?

– Non, dit K. en posant sa main sur celle du négociant
pour calmer son débit précipité ; j'aimerais vous demander de parler un peu plus lentement ; tout ce que vous
dites là est très important pour moi et je ne peux pas
bien vous suivre.

– Heureusement que vous me le rappelez, dit le négociant, vous êtes un nouveau, un jeune. Votre procès n'a
que six mois, n'est-ce pas ? Oui, j'en ai entendu parler.
C'est un procès bien jeune ! Tandis que moi, j'ai déjà
médité toutes ces choses d'innombrables fois, elles sont
pour moi tout ce qu'il y a de plus naturel.

– Vous devez être content que votre procès soit déjà si
avancé ? demanda K.

Il ne voulait pas demander franchement comment se
présentait l'affaire du négociant, qui d'ailleurs ne lui fit
pas une réponse nette. Il dit en baissant la tête :

– Oui, cela fait cinq ans que je traîne ce procès, ce
n'est pas un petit travail.

Il se tut pendant un petit moment. K. tendait l'oreille,
guettant le retour de Leni. D'une part, il ne souhaitait
pas qu'elle revînt, car il avait encore beaucoup de questions à poser et ne voulait pas qu'elle surprît cet entretien
confidentiel avec le négociant ; mais, d'autre part, il s'irri-
tait qu'en sa présence elle s'attardât autant auprès de
l'avocat, bien plus longuement qu'il n'était nécessaire
pour lui donner sa soupe. Le négociant reprit, captant
aussitôt toute l'attention de K. :

– Je me rappelle encore très bien l'époque où mon
procès avait l'âge qu'a aujourd'hui le vôtre. Je n'avais
alors que cet avocat, mais je n'en étais pas très satisfait.

Là je vais tout savoir, pensa K. et il hocha vivement la
tête, comme si cela pouvait encourager le négociant à lui
dire tout ce qu'il fallait savoir. L'homme poursuivait :

– Mon procès n'avançait pas ; il y avait bien des inter-rogatoires, et je me rendais à tous ; je réunissais des docu-ments, présentais au tribunal tous mes registres comptables (ce qui, je l'appris plus tard, n'était même pas nécessaire), je courais sans cesse chez l'avocat, qui déposait de son côté plusieurs mémoires...

– Plusieurs mémoires ? demanda K.

– Mais bien sûr, dit le négociant.

– Voilà qui est très important pour moi, dit K. ; dans mon affaire, il en est toujours à travailler au premier mémoire. Il n'a encore rien fait. Je me rends compte à présent qu'il me néglige scandaleusement.

– Si ce mémoire n'est pas encore au point, dit le négo-ciant, cela peut tenir à plusieurs raisons valables. Du reste, il s'est avéré par la suite que ses mémoires, dans mon cas, n'avaient pas la moindre valeur. Grâce à la complaisance d'un employé du tribunal, j'en ai même lu un moi-même. C'était érudit mais, en somme, creux. Sur-tout beaucoup de latin (que je ne comprends pas) ; puis des pages d'invocations générales adressées au tribunal ; puis des flatteries à l'adresse de tel et tel fonctionnaire précis, qui certes n'était jamais nommé, mais qu'un initié pouvait du moins identifier ; puis un éloge de l'avocat par lui-même, où il se traînait aux pieds du tribunal avec l'humilité d'un chien couchant ; enfin des analyses juri-diques de précédents anciens, censément analogues à ma propre affaire. Je dois dire que ces analyses, pour autant que je pusse les suivre, étaient fort minutieuses. Au reste, je n'entends par là porter aucun jugement sur le travail de Me Huld ; d'ailleurs ce n'était là qu'un mémoire parmi d'autres ; en tous les cas (et c'est ce que je veux vous dire) mon procès ne fit alors aucun progrès.

– Quels progrès vouliez-vous donc qu'il fît ? demanda K.

– C'est une question très judicieuse, dit en souriant le négociant, il est rare qu'on voie progresser ce genre de pro-cédure. Mais en ce temps-là je ne le savais pas. Je suis négociant, et je l'étais alors beaucoup plus qu'aujourd'hui ; j'entendais obtenir des progrès tangibles, je voulais que tout cela tire à sa fin ou bien, du moins, prenne un tour nettement positif. Au lieu de cela, il y avait uniquement des interrogatoires, généralement sur des sujets identiques ; j'avais les réponses toutes prêtes, comme une litanie ; plusieurs fois par semaine, des coursiers du tribunal se présentaient à mes bureaux, à mon domicile, ou bien là où ils pouvaient me toucher ; naturellement, c'était gênant (aujourd'hui, ça va beaucoup mieux, au moins de ce point de vue, le téléphone est beaucoup moins gênant) ; mes relations d'affaires et surtout les membres de ma famille commencèrent à avoir vent de ce procès, cela me portait donc tort à tous égards ; mais il n'y avait pas le moindre indice annonçant que dût se tenir prochainement même la première séance au tribunal. J'allai donc trouver l'avocat pour m'en plaindre. Il me donna bien de longues explications, mais il se refusa tout net à entreprendre quelque chose dans mon sens, disant que nul ne pouvait influer sur la date des débats ; quant à rédiger une requête pour demander qu'on la fixe (comme je le désirais), c'était tout simplement inouï et cela causerait ma perte et la sienne. Je pensai : ce que cet avocat ne veut ou ne peut faire, un autre le voudra et le pourra. Je me mis donc en quête d'autres avocats. Pour le dire tout de suite, aucun d'entre eux n'a demandé ni obtenu qu'on fixe la date des véritables débats ; à une réserve près, dont je reparlerai, c'est effectivement impossible et, sur ce point, l'avocat ne m'a pas trompé ; mais au demeurant je n'ai pas eu lieu de regretter de m'être adressé à des avocats supplémentaires. Je suppose que Mᵉ Huld a déjà dû vous parler des avocaillons, il vous les a vraisemblablement dépeints comme très méprisables, et ils le sont réellement. Il n'en est pas moins vrai que, quand il en parle et qu'il les compare à ses confrères et à lui-même, il commet une petite erreur que je tiens à vous signaler en passant. Pour distinguer les avocats qui appartiennent à son milieu, il les qualifie toujours de « grands avocats ». C'est faux ; n'importe qui peut naturellement se qualifier de « grand » si ça lui plaît, mais en la matière ce sont les usages du tribunal qui décident. Or, à côté des avocaillons, le tribunal connaît de petits avocats et de grands avocats. Me Huld et ses confrères ne sont que les petits ; les grands, dont j'ai seulement entendu parler et que je n'ai jamais vus, se situent dans la hiérarchie beaucoup plus haut au-dessus des petits que ceux-ci au-dessus des avocaillons.

– Les grands avocats ? demanda K. Qui sont-ils donc ? Comment les approcher ?

– Ainsi, vous n'avez jamais entendu parler d'eux, dit le négociant. Il n'est pas un accusé qui n'ait rêvé d'eux quelque temps, une fois qu'il a appris leur existence. Ne vous laissez pas prendre à ce piège. Je ne sais qui sont ces grands avocats et sans doute est-il tout à fait impossible de les approcher. Je ne connais aucun cas où l'on puisse dire avec certitude qu'ils soient intervenus. Ils défendent bien des gens, mais on ne peut obtenir de son propre chef qu'ils le fassent ; ils ne défendent que ceux qu'ils veulent défendre. Mais la cause dont ils se chargent doit sans doute avoir déjà franchi le niveau de la première instance. Au demeurant, il vaut mieux ne jamais penser à eux, sinon les consultations des autres avocats, leurs conseils et leur assistance, vous semblent d'une répugnante inutilité (j'en ai fait moi-même l'expérience), si bien qu'on aurait envie de tout envoyer promener, de rentrer chez soi se mettre au lit et de ne plus entendre parler de rien. Mais ce serait naturellement la plus stupide des solutions et, d'ailleurs, on n'aurait pas longtemps la paix dans son lit.

– À cette époque, vous n'avez donc pas songé aux grands avocats ? demanda K.

– Pas longtemps, dit le négociant en souriant à nouveau. On ne peut, hélas, les oublier complètement ; la nuit, en particulier, est favorable à de telles idées. Mais à l'époque, je voulais des résultats immédiats, je suis donc allé trouver les avocaillons.

– Comme vous êtes assis, l'un près de l'autre ! s'écria Leni, qui était revenue avec son plateau et s'était arrêtée sur le pas de la porte. Ils étaient effectivement serrés l'un contre l'autre au point de se heurter au moindre mouvement de tête ; non seulement le négociant était de petite taille, mais il se tenait voûté, obligeant K. à se pencher bien bas s'il voulait tout entendre.

– Encore un petit moment ! lança K. à Leni pour l'écarter, tandis que tressaillait d'impatience sa main, qui était restée posée sur celle du négociant. Celui-ci dit à Leni :

– Il voulait que je lui raconte mon procès.

– Raconte donc, raconte, dit-elle.

Elle lui parlait gentiment, mais en même temps avec condescendance. Cela ne plut pas à K. ; il avait pu constater que cet homme avait une certaine valeur, qu'il avait du moins des expériences et qu'il savait en faire part. Leni, vraisemblablement, ne le jugeait pas comme il le méritait. Avec agacement, il regarda Leni débarrasser le négociant de la bougie qu'il n'avait pas cessé de tenir pendant tout ce temps, puis lui essuyer la main avec son tablier, puis s'agenouiller près de lui pour gratter une goutte de cire qui était tombée sur son pantalon. Sans autre commentaire, K. écarta la main de la jeune femme tout en disant :

– Vous vouliez me parler des avocaillons.

– Mais qu'est-ce qui te prend ? répliqua Leni et, lui donnant une petite tape, elle reprit son travail.

– Oui, des avocaillons, dit le négociant.

Il se frottait le front comme s'il réfléchissait. Pour lui venir en aide, K. lui dit :

– Vous vouliez des résultats immédiats, vous êtes donc allé trouver les avocaillons.

– Exactement, dit le négociant.

Mais il ne poursuivit pas. Peut-être ne veut-il pas parler en présence de Leni, pensa K. qui fit taire son impatience et n'insista plus pour écouter la suite. Il demanda à Leni :

– Tu m'as annoncé ?

– Naturellement. Il t'attend. Laisse maintenant Block. Block, tu pourras lui parler plus tard, puisqu'il reste ici.

K. hésitait encore. Il demanda au négociant :

– Vous restez ici ?

Il voulait entendre sa réponse à lui, il ne voulait pas que Leni parle du négociant comme on parle d'un absent ; elle lui causait aujourd'hui un secret agacement. Mais ce fut encore elle qui répondit :

– Il couche assez souvent ici.

– Il couche ici ? s'écria K.

Il avait pensé que Block l'attendrait simplement là, le temps d'expédier en vitesse la conversation avec l'avocat, et qu'ensuite ils partiraient ensemble et pourraient tout discuter à fond sans être dérangés.

– Oui, Joseph, dit Leni, tout le monde n'est pas comme toi admis auprès de Me Huld à n'importe quelle heure. Tu n'as pas l'air de t'étonner que l'avocat, en dépit de sa maladie, te reçoive à onze heures du soir. Tu as trop tendance à penser que les choses vont de soi, alors que ce sont des services que te rendent tes amis. Bien sûr, ils le font volontiers, moi en tout cas. Je n'ai pas besoin que tu me remercies et je ne le demande pas, je veux simplement que tu m'aimes bien.

« Que je l'aime bien ? » pensa K. sur le moment, puis il reprit ses esprits et se dit : « Eh bien oui, je l'aime bien. » Mais ignorant toute autre considération, il déclara :

– Il me reçoit parce que je suis son client. Si même pour cela il fallait l'aide d'un tiers, il faudrait à chaque pas mendier et remercier tout à la fois.

– Comme il est méchant aujourd'hui, vous ne trouvez pas ? dit Leni au négociant.

K. pensa : maintenant, c'est de moi qu'on parle comme d'un absent. Et pour un peu il en aurait voulu au négociant qui, imitant l'impolitesse de Leni, répondait :

– L'avocat le reçoit pour d'autres raisons encore. C'est que son cas est plus intéressant que le mien. D'autre part, son procès en est à ses débuts, sans doute n'est-il donc pas encore trop enlisé, alors l'avocat s'en occupe encore volontiers. Par la suite, cela changera.

– Oui, oui, dit Leni en regardant le négociant avec un sourire. Et elle se tourna vers K. pour ajouter : comme il est bavard ! Il ne faut jamais le croire, tu sais. Il est aussi bavard qu'il est gentil. C'est peut-être pour ça que l'avocat ne peut pas le sentir. En tout cas, il ne le reçoit que quand il est d'humeur à le faire. Je me suis déjà donné beaucoup de mal pour que cela change, mais c'est impossible. Tu penses : parfois j'annonce Block, et il ne le reçoit que deux jours plus tard. Mais si Block n'est pas sur place au moment où l'avocat l'appelle, tout est perdu et il faut de nouveau qu'il se fasse annoncer. C'est pourquoi je l'autorise à dormir ici, car il est déjà arrivé que l'avocat sonne en pleine nuit pour que je le fasse entrer. Maintenant, Block est prêt même la nuit. Encore qu'il arrive aussi que l'avocat, constatant la présence de Block, annule l'ordre qu'il avait donné de le faire entrer.

K. jetait au négociant un regard interrogateur. Block approuva de la tête et, peut-être distrait par la honte, parla avec la même franchise qu'auparavant :

– Oui, dit-il, on devient ensuite très dépendant de son avocat.

– Il fait semblant de se plaindre, dit Leni. Il aime beaucoup dormir ici, il me l'a souvent avoué.

Elle alla vers une petite porte et la poussa, en demandant à K. :

– Tu veux voir sa chambre ?

K. alla jusqu'à la porte et jeta un coup d'œil dans une pièce basse et sans fenêtre, tout entière occupée par un lit étroit, dont il fallait enjamber le pied. À la tête, il y

avait dans le mur un renfoncement où étaient soigneusement rangés une bougie, un encrier et un porte-plume,
ainsi qu'une liasse de papiers, sans doute des documents
pour le procès.

— Vous couchez dans la chambre de bonne ? demanda
K. en se retournant vers le négociant.

— C'est Leni qui l'a mise à ma disposition, répondit le
négociant, c'est très pratique.

K. le regarda longuement ; peut-être que sa première
impression avait tout de même été la bonne ; le négociant
avait bien l'expérience que donnait un long procès, mais
il l'avait payée cher. Soudain, il ne supporta plus la vue
de ce Block et cria à Leni :

— Va donc le mettre au lit !

Elle parut n'y rien comprendre. K. voulait maintenant
aller trouver Me Huld et se défaire non seulement de lui,
mais du même coup aussi de Leni et du négociant. Mais
avant qu'il ait atteint la porte, le négociant l'interpella
sans élever la voix :

— Monsieur le Fondé de pouvoir.

K. lui fit face, l'air méchant. L'autre poursuivit en se
tendant vers K. sans quitter son siège, d'un air
suppliant :

— Vous avez oublié votre promesse. Vous vouliez
encore me confier un secret.

— Il est vrai, dit K. en coulant aussi un regard vers
Leni, qui l'observait attentivement. Alors écoutez bien,
même si ce n'est plus guère un secret. Je vais voir l'avocat
pour lui retirer l'affaire.

— Il lui retire l'affaire ! s'écria le négociant, qui bondit
de sa chaise et se mit à courir dans la cuisine en levant
les bras au ciel. Il criait sans cesse :

— Il retire l'affaire à l'avocat !

Leni voulut se jeter sur K., mais le négociant se trouva
sur son chemin, ce qui lui valut de recevoir un coup de
poing. Sans desserrer les poings, elle se précipita alors à
la poursuite de K., mais il avait pris une grande avance.

Quand Leni le rattrapa, il avait déjà pénétré dans la
chambre de l'avocat. Il avait presque refermé la porte
derrière lui, mais Leni bloqua le battant avec son pied et
saisit K. par le bras pour le tirer en arrière. Seulement il
lui coinça le poignet si vigoureusement qu'elle dut lâcher
prise en poussant un gémissement. Elle n'osa pas entrer
tout de suite dans la chambre, et K. ferma la porte à clé*.

– Je vous attends déjà depuis un grand moment, dit
l'avocat de son lit.

Il posa sur la petite table de nuit un document qu'il
lisait à la lumière d'une bougie et chaussa des lunettes
pour examiner K. sans aménité. Au lieu de s'excuser, K.
dit :

– Je repars tout de suite.

Sans tenir compte de ce qui n'était pas une excuse,
l'avocat dit :

– À l'avenir, je ne vous recevrai plus à une heure
aussi tardive.

– Vous anticipez sur ce que j'ai moi-même à vous dire.

L'avocat le regarda d'un air interrogateur et dit :

– Asseyez-vous.

– C'est bien parce que vous le désirez, dit K. en approchant de la petite table de nuit une chaise, sur laquelle il
prit place.

– Il me semble que vous avez fermé la porte à clé,
dit l'avocat.

– Oui, dit K., c'était à cause de Leni.

K. n'avait pas l'intention d'épargner qui que ce fût.
Mais l'avocat demanda :

– S'est-elle montrée importune, une fois de plus ?

– Importune ? dit K.

– Oui, dit l'avocat.

Il se mit à rire, ce qui lui donna une quinte de toux ;
et quand elle fut calmée, il se remit à rire, en tapotant la
main que K. avait posée sur la petite table de nuit et que
du coup il s'empressa de retirer. Il poursuivit :

– Vous avez bien dû remarquer qu'elle importune les gens ?

Et comme K. se taisait, l'avocat reprit :

– Vous n'y attachez pas beaucoup d'importance, tant mieux. Sinon j'aurais peut-être dû m'excuser auprès de vous. C'est de sa part une bizarrerie que du reste je lui ai pardonnée depuis longtemps et dont je ne parlerais pas si vous ne veniez de fermer cette porte à clé. Vous êtes d'ailleurs le dernier à qui je devrais avoir besoin d'expliquer cette bizarrerie, mais vous avez l'air tellement stupéfait que je le fais tout de même : sa bizarrerie consiste à trouver beaux la plupart des accusés. Elle s'accroche à tous ceux qu'elle voit, elle les aime tous et semble aussi être aimée d'eux tous ; pour me distraire, elle m'en parle quelquefois, lorsque je le lui permets. Tout cela me cause moins d'étonnement qu'à vous, à ce que je vois. Quand on a l'œil pour cela, on trouve souvent les accusés vraiment beaux. Il faut avouer que c'est un phénomène étrange, qui relève en quelque sorte des sciences naturelles. Bien sûr, l'accusation ne provoque pas une modification nette et bien définie du physique de l'accusé. À la différence d'autres prévenus, la plupart ne changent pas de mode de vie et, quand ils ont un bon avocat pour s'occuper d'eux, leur procès ne les gêne guère. Pourtant, les gens qui ont de l'expérience en la matière sont capables de distinguer ces accusés, un à un, au milieu de la foule la plus nombreuse. Vous me demanderez : à quoi les reconnaissent-ils ? Ma réponse ne va pas vous satisfaire. C'est que les accusés sont les plus beaux. Ce ne peut pas être leur culpabilité qui les rend beaux, puisque (l'avocat que je suis doit bien le dire) ils ne sont pas tous coupables ; ce ne peut pas être non plus une peine bien adaptée qui les rendrait beaux par avance, puisque tous ne sont pas frappés d'une peine ; cela ne peut donc tenir qu'à la procédure engagée contre eux, qui imprime sur eux une sorte de marque. Il faut convenir que

certains sont encore plus beaux que les autres. Mais tous
le sont, même Block, cette pauvre larve.

Quand l'avocat eut terminé, K. était parfaitement
calme, il avait même opiné de façon visible aux dernières
paroles prononcées, se manifestant ainsi à lui-même qu'il
voyait corroborée sa vieille idée selon laquelle l'avocat
cherchait toujours, par des considérations générales hors
de propos, à le distraire et à le détourner de la question
principale, qui était de savoir ce que l'avocat avait effectivement entrepris pour défendre ses intérêts. Sans doute
Me Huld s'aperçut-il que K. lui résistait plus qu'à
l'accoutumée ; il se tut, pour lui donner la possibilité de
s'exprimer, et comme K. ne dit rien, il lui demanda :

– Vous veniez dans une intention précise ?

– Oui, dit K. en cachant un peu de sa main la lumière
de la bougie pour mieux voir l'avocat, je voulais vous dire
qu'à dater de ce jour je vous décharge de mon affaire.

– Est-ce que je vous comprends bien ? dit l'avocat en
se redressant à moitié sur son lit, la main appuyée sur
ses oreillers.

– Il me semble, dit K.

Il se tenait raide sur sa chaise, comme aux aguets. Au
bout d'un moment, l'avocat dit :

– Eh bien, nous pouvons aussi discuter de cette
tactique.

– Ce n'est plus une tactique, dit K.

– Peut-être bien, dit l'avocat ; mais tout de même, ne
précipitons rien.

Il disait « nous » comme s'il n'avait pas l'intention de
lâcher K., comme si, faute de pouvoir être son défenseur,
il entendait rester au moins son conseiller.

– Cela n'a rien de précipité, dit K. en se levant lentement et en se plaçant derrière sa chaise ; j'y ai bien réflé-
chi et peut-être même trop longtemps. Ma décision est
irrévocable.

– Alors permettez-moi de vous dire encore quelques
mots, dit l'avocat.

Il repoussa l'édredon et s'assit sur le bord du lit. Ses jambes nues et couvertes de poils blancs tremblaient de froid. Il pria K. de lui donner une couverture qui se trouvait sur le canapé. K. alla la chercher et dit :

— Vous vous exposez à prendre froid pour rien.

— La raison est suffisamment importante, dit l'avocat en se protégeant le torse avec l'édredon, avant de s'emmailloter les jambes dans la couverture. Votre oncle est mon ami, et vous-même à la longue m'avez inspiré de l'affection. Je l'avoue franchement. Je n'ai pas à en rougir.

Les propos larmoyants de ce vieil homme importunaient fort K. en le contraignant à s'expliquer par le menu, ce dont il se serait bien passé ; de surcroît, il devait avouer qu'il en était troublé, même si ce n'était pas au point de le faire revenir sur sa décision.

— Je vous remercie, dit-il, de l'amitié que vous me témoignez, et je reconnais également que vous avez pris en charge mon affaire autant qu'il vous était possible et qu'il vous semblait souhaitable pour moi. Néanmoins, j'ai acquis ces derniers temps la conviction que cela n'est pas suffisant. Jamais je ne tenterai, naturellement, de convaincre un homme tellement plus âgé et plus expérimenté que moi ; s'il m'est arrivé de le faire malgré moi, il faut me pardonner ; mais cette affaire est, comme vous l'avez dit vous-même, suffisamment importante et j'ai la conviction qu'il est nécessaire d'intervenir dans ce procès beaucoup plus énergiquement qu'on ne l'a fait jusqu'ici.

— Je vous comprends, dit l'avocat, vous êtes impatient.

— Je ne suis pas impatient, dit K. avec un peu d'agacement et en surveillant moins ses paroles. Peut-être avez-vous noté, lors de la première visite que je vous fis en compagnie de mon oncle, que ce procès ne m'importait guère et que, si l'on ne me le rappelait pas quasiment par la force, je l'oubliais complètement. Mais mon oncle a insisté pour que je vous charge de ma défense et je l'ai fait pour lui être agréable. Et désormais l'on aurait pu s'attendre à ce que ce procès me pèse encore moins qu'auparavant*, car enfin si l'on prend un défenseur, c'est bien pour se décharger un peu sur lui du poids du procès. Or c'est le contraire qui s'est produit. Jamais ce procès ne m'avait valu d'aussi grands soucis que depuis le moment où vous vous en êtes chargé. Tant que j'étais seul, je ne faisais rien pour me défendre, mais je ne sentais quasiment rien ; désormais, au contraire, j'avais un défenseur, tout était en place pour qu'il se passe quelque chose, j'attendais sans cesse et de plus en plus impatiemment votre intervention, mais elle n'a jamais eu lieu. Certes, vous m'avez donné certaines informations sur le tribunal, et peut-être n'aurais-je pu les obtenir de personne d'autre. Mais cela ne saurait me suffire, à présent que le procès, d'une façon littéralement secrète, me serre chaque jour de plus près.

K. avait violemment écarté sa chaise et se tenait là droit, les mains dans les poches de sa veste. L'avocat dit calmement, sans élever la voix :

– Quand on a exercé pendant un certain nombre d'années, il ne se passe plus rien de bien neuf. Combien de clients, à des stades analogues de leurs procès, se sont plantés devant moi comme vous et m'ont tenu les mêmes discours !

– Eh bien tous ces clients analogues, dit K., avaient raison tout comme moi. Cela ne prouve pas que j'aie tort.

– Je ne voulais pas prouver que vous ayez tort, dit l'avocat, mais je voulais encore ajouter que j'aurais attendu de vous plus de jugement que des autres, étant donné surtout que je vous ai mieux expliqué le fonctionnement de la justice et ma propre activité que je ne l'explique d'habitude à mes clients. Or je dois constater qu'en dépit de tout cela vous n'avez pas suffisamment confiance en moi. Vous ne me facilitez pas la tâche.

Comme l'avocat s'humiliait devant K. ! Au mépris de l'honneur du barreau, à coup sûr particulièrement

susceptible en la matière. Et pourquoi agissait-il ainsi ?
Pourtant, c'était manifestement un avocat très pris, riche
de surcroît et *a priori* assez indifférent à la perte d'un
client ou de ses honoraires. De plus, il n'était pas bien
portant et aurait dû avoir le souci de s'épargner du travail. Et pourtant il se cramponnait à K. ! Pourquoi ?
Était-ce sa sympathie personnelle pour l'oncle de K., ou
bien considérait-il vraiment ce procès comme extraordinaire et espérait-il s'y distinguer, soit aux yeux de K.
soit (car cette éventualité n'était jamais à exclure) aux
yeux de ses amis du tribunal ? K. avait beau l'observer
sans aucune retenue, la mine de l'avocat ne trahissait
rien. On aurait presque pu croire qu'il prenait à dessein
un air fermé pour attendre l'effet produit par ses paroles.
Mais la suite de son discours manifesta qu'il avait inter-
prété trop favorablement le mutisme de K. :
   – Vous aurez sans doute remarqué, dit-il, que tout en
ayant un gros cabinet je n'ai pas de collaborateurs. Il en
allait autrement jadis ; il fut un temps où de jeunes
juristes travaillaient pour moi ; aujourd'hui je travaille
seul. Cela tient en partie à l'évolution de ma clientèle (je
me suis de plus en plus cantonné dans les affaires du
genre de la vôtre), et en partie à la connaissance toujours
plus approfondie que j'ai acquise de ces affaires. J'ai jugé
que ce travail ne pouvait être confié à personne sans
porter préjudice au client et à la tâche qui m'était échue.
Mais la décision d'assurer personnellement tout le travail
eut les conséquences qu'on imagine : je dus repousser
presque toutes les demandes et ne céder qu'aux gens qui
me tenaient à cœur. Bah ! il ne manque pas de créatures,
et même tout près de moi, pour se jeter sur la moindre
miette que je laisse tomber. Et de surcroît, je tombai
malade à force de surmenage. Mais néanmoins je ne
regrette pas ma décision ; peut-être aurais-je dû refuser
encore davantage de causes ; mais quant à celles dont je
me suis chargé, il s'est avéré absolument nécessaire que
je m'y adonne en effet tout entier et mes succès l'ont

confirmé. J'ai lu un jour un texte qui formulait très joli-
ment la différence existant, pour le défenseur, entre les
causes ordinaires et ces causes-ci : s'agissant des premières, l'avocat conduit son client jusqu'au verdict en le
tirant par un fil ; dans les autres, l'avocat prend son client
sur son dos dès le départ et, sans jamais déposer son
fardeau, il le porte jusqu'au verdict et encore au-delà.
C'est bien cela. Mais quand je disais que je ne regrette
jamais ce gros travail, ce n'était pas tout à fait exact.
Lorsqu'on le méconnaît aussi totalement que dans votre
cas, eh bien alors j'ai presque des regrets*.

Loin d'être convaincu par ce discours, K. en était
impatienté. Aux inflexions de l'avocat, il entendait déjà
ce à quoi il pouvait s'attendre s'il cédait : Mᵉ Huld
recommencerait à lui prodiguer de bonnes paroles, évo-
quant l'avancement de la rédaction du mémoire, les
meilleures dispositions des fonctionnaires du tribunal,
mais aussi les difficultés considérables auxquelles se
heurtait son travail ; bref, l'avocat ressortirait tout ce que
K. savait par cœur et jusqu'à l'écœurement, pour une
fois encore le bercer d'espoirs vagues et le tourmenter de
vagues menaces. Il fallait empêcher cela une fois pour
toutes, aussi demanda-t-il :

– Que vous proposez-vous d'entreprendre si vous êtes
toujours chargé de l'affaire ?

Sans broncher sur ce que la question avait d'outra-
geant, l'avocat répondit :

– Je poursuivrai ce que j'ai déjà entrepris pour vous.

– Je m'en doutais, dit K. ; alors, inutile d'insister.

– Je vais faire une dernière tentative, dit l'avocat
comme si c'était lui qui avait lieu de s'énerver. Je soupçonne en effet que ce qui vous égare et motive non seulement votre erreur d'appréciation sur mon assistance
juridique, mais aussi tout le reste de votre comportement,
c'est qu'on vous traite trop bien, quoique vous soyez
accusé ; qu'on vous traite, plus exactement, avec indolence, avec une apparente indolence. Et ceci n'est pas sans

raison ; il vaut souvent mieux être dans les chaînes que d'être libre. Mais je voudrais tout de même vous montrer comment sont traités d'autres accusés, peut-être parviendrez-vous à en tirer une leçon. Je vais faire entrer Block, déverrouillez la porte et asseyez-vous là près de la table de nuit.

    – Volontiers, dit K., faisant ce qu'avait dit l'avocat.

    Il était toujours disposé à apprendre. Mais pour se mettre à l'abri de toute éventualité, il demanda encore :

    – Mais vous avez bien noté que je vous retire l'affaire ?

    – Oui, dit l'avocat, mais vous pouvez dès aujourd'hui revenir sur cette décision.

    Il se recoucha, tira l'édredon jusque sous son menton et se tourna vers le mur. Puis il sonna.

    La sonnerie avait à peine fini de retentir que Leni apparaissait. D'un rapide coup d'œil, elle chercha à savoir ce qui s'était passé et, voyant K. tranquillement assis au chevet de l'avocat, elle sembla rassurée. Elle adressa à K. impassible un petit signe de tête et un sourire.

    – Va chercher Block, dit l'avocat.

    Au lieu de se déplacer, elle se contenta d'aller à la porte et d'appeler :

    – Block ! Chez l'avocat !

    Puis, sans doute parce que l'avocat restait tourné vers le mur et ne se souciait de rien, elle se glissa derrière la chaise de K. Dès lors elle ne cessa de le déranger en se penchant par-dessus le dossier ou en caressant ses cheveux et ses joues, d'une main à vrai dire très douce et prudente. Pour finir, K. chercha à l'en empêcher en lui prenant une main, qu'après quelque résistance elle lui abandonna.

    Block était arrivé dès qu'on l'avait appelé, mais il restait devant la porte et semblait se demander s'il devait entrer. Il levait les sourcils et penchait la tête comme pour guetter si l'on allait lui réitérer l'ordre de se présenter à l'avocat. K. aurait pu l'encourager à entrer, mais il avait résolu de rompre les ponts non seulement avec l'avocat, mais avec tout ce qui se passait dans cet appartement, et il ne broncha pas. Leni se taisait elle aussi. Block nota que du moins personne ne le chassait et il entra sur la pointe des pieds, le visage crispé, les mains nouées derrière le dos. Il n'avait pas fermé la porte, pour ne pas se couper la retraite. Sans un regard pour K., il fixait sans cesse le gros édredon sous lequel l'avocat, serré contre le mur, était pourtant invisible. Alors on entendit la voix de Me Huld :

— Block est là ?

Le négociant avait déjà parcouru une certaine distance ; cette question l'atteignit comme un coup en pleine poitrine, suivi d'un coup dans le dos ; il tituba, resta planté le dos voûté, et dit :

— Pour vous servir.

— Que veux-tu ? dit l'avocat ; tu me déranges.

— Est-ce qu'on ne m'a pas appelé ?

Block adressait cette question à lui-même plus qu'à l'avocat ; il tenait les mains devant lui pour se protéger et était prêt à détaler.

— On t'a appelé, dit l'avocat, mais tu me déranges tout de même.

L'avocat fit une pause et ajouta encore :

— Tu me déranges toujours.

Depuis que Me Huld parlait, Block ne regardait plus vers le lit, il écoutait en fixant un coin de la chambre, comme si la vue de son interlocuteur était trop éblouissante pour qu'il la supporte. Mais il avait aussi du mal à écouter, car l'avocat parlait au mur, à voix basse et rapidement.

— Vous voulez que je m'en aille ? demanda Block.

— Maintenant que tu es là, dit l'avocat, reste !

On aurait dit que l'avocat, loin d'exaucer ainsi le vœu du négociant, venait de le menacer de quelque volée de bois vert, car cette fois Block se mit à trembler pour de bon.

– J'étais hier, dit l'avocat, chez le troisième juge, qui
est un ami, et j'ai mis peu à peu la conversation sur toi.
Veux-tu savoir ce qu'il a dit ?

– Oh oui, s'il vous plaît, dit Block.

Comme l'avocat ne répondait pas tout de suite, Block
répéta sa prière et se pencha comme s'il allait s'agenouiller. Alors K. l'interpella brutalement :

– Qu'est-ce que tu fais ?

Comme Leni avait tenté de l'empêcher de pousser ce
cri, il emprisonna aussi son autre main. Mais il ne lui
serrait pas les mains avec amour : d'ailleurs elle gémissait
souvent et cherchait à se dégager. C'est Block qui fut
puni pour l'intervention de K., car l'avocat lui demanda :

– Qui donc est ton avocat ?

– C'est vous, dit Block.

– Et à part moi ?

– Personne d'autre que vous, dit Block.

– Alors n'obéis à personne d'autre, dit l'avocat.

La leçon porta tellement bien que Block toisa K. avec
des regards furieux, en secouant violemment la tête. Tra-
duite en paroles, cette attitude aurait donné de grossières
invectives. C'est avec cet individu que K. avait voulu
parler en ami de son affaire ! Se rejetant en arrière sur
son siège, K. dit :

– Je ne te dérangerai plus. Mets-toi à genoux, traîne-
toi à quatre pattes, fais ce que tu veux. Je ne m'en soucie-
rai plus.

Mais Block avait tout de même de l'honneur, du moins
face à K., car il marcha sur lui en brandissant les poings
et cria, aussi fort qu'il pouvait l'oser en présence de
l'avocat :

– Vous n'avez pas le droit de me parler ainsi, ce n'est
pas permis. Pourquoi m'insultez-vous ? Et ici, en plus,
devant Monsieur l'Avocat, alors que nous ne sommes
l'un comme l'autre tolérés que par pure compassion ?
Vous ne valez pas mieux que moi, puisque comme moi
vous êtes accusé et vous avez un procès. Et si vous êtes

tout de même encore un monsieur, j'en suis un tout
comme vous, sinon même un plus grand. Et je veux
qu'on me parle comme à un monsieur, surtout vous.
Mais si vous pensez être privilégié parce qu'on vous
permet d'être assis là et d'écouter tranquillement pendant que (comme vous dites) je me traîne à quatre pattes,
alors je vous rappellerai ce vieil adage de juristes : mieux
vaut pour le suspect le mouvement que le repos, car tel
qui repose risque toujours d'être sans le savoir sur un
plateau de la balance et d'y être pesé avec ses péchés.

   K. ne dit mot, fixant simplement avec stupeur cet être
égaré. Quels changements s'étaient produits en lui, ne
fût-ce qu'au cours de la dernière heure ! Était-ce son
procès qui le ballottait en tous sens, au point qu'il ne
reconnût plus où se trouvaient ses amis ni où ses enne-
mis ? Ne voyait-il donc pas que l'avocat l'humiliait à dessein et dans le seul but, cette fois, d'étaler son pouvoir
devant K., afin peut-être de subjuguer par là K. lui-
même ? Si Block n'était pas capable de voir clair dans ce
jeu, ou s'il craignait trop l'avocat pour que cela lui serve
à rien, comment pouvait-il en même temps être assez
retors ou assez téméraire pour tromper l'avocat et lui dissimuler qu'à part lui il faisait encore travailler d'autres
avocats ? Et comment osait-il attaquer K., alors que ce
dernier pouvait d'un instant à l'autre trahir son secret ?
Mais il osait davantage encore ; s'avançant vers le lit de
Me Huld, voilà qu'il déversait aussi là-bas ses plaintes
contre K. :

   – Monsieur l'Avocat, disait-il, avez-vous entendu
comment cet homme m'a parlé ? La durée de son procès
ne se compte encore qu'en heures, et il prétend faire la
leçon à un homme comme moi, dont le procès dure
depuis cinq ans. De plus, il m'injurie. Il ne sait rien et
m'injurie, moi qui ai consacré toutes mes faibles forces à
l'étude minutieuse de ce qu'exigent les convenances, le
devoir et les usages judiciaires.

– Ne te soucie de personne, dit l'avocat, et fais ce qui te semble juste.

– Certainement, dit Block.

On avait le sentiment qu'il cherchait à se donner courage. Avec un bref coup d'œil de côté, il s'agenouilla tout près du lit et dit :

– Me voici à genoux, mon avocat.

Mais l'avocat se taisait*. D'une main, le négociant caressait prudemment l'édredon. Dans le silence qui régnait, Leni, se dégageant des mains de K., dit :

– Tu me fais mal. Lâche-moi. Je vais avec Block.

Elle y alla et s'assit sur le bord du lit. Block fut ravi qu'elle le rejoigne et lui fit aussitôt des signes éloquents, mais silencieux, pour qu'elle intervienne en sa faveur auprès de l'avocat. Il avait manifestement besoin de façon urgente des renseignements que pouvait lui fournir Mᵉ Huld, peut-être uniquement dans le but de les faire exploiter par ses autres avocats. Sans doute Leni savait-elle exactement comment il fallait prendre l'avocat : elle montra la main de ce dernier, tout en avançant les lèvres comme pour un baiser. Aussitôt, Block exécuta le baise-main et, sur les instances de Leni, le répéta deux autres fois. Mais l'avocat se taisait toujours. Alors Leni se pencha au-dessus de lui, montrant en s'allongeant ainsi la beauté de ses formes élancées, et caressa ses longs cheveux blancs en s'inclinant jusque sur son visage. Cela lui arracha tout de même une réponse :

– J'hésite, dit-il, à le lui raconter.

Et on le vit secouer un peu la tête, peut-être pour mieux sentir la caresse de Leni. Block écoutait tête basse, comme si en écoutant il enfreignait un commandement.

– Pourquoi hésites-tu donc ? demanda Leni.

K. avait le sentiment d'entendre un dialogue bien au point, déjà souvent répété et qui se répéterait encore souvent, et dont seul Block pouvait ignorer qu'il avait perdu sa nouveauté.

– Comment s'est-il conduit aujourd'hui ? demanda
l'avocat au lieu de répondre.

Avant de s'exprimer sur ce point, Leni abaissa les yeux
vers Block et le regarda un petit moment tendre ses
mains vers elle et les frotter l'une à l'autre en manière de
supplication. Enfin, elle opina gravement de la tête et, se
tournant vers l'avocat, dit :

– Il a été calme et studieux.

Un négociant âgé, un homme à longue barbe, suppliait
une jeune fille de témoigner en sa faveur. Même s'il le
faisait avec des arrière-pensées, rien ne pouvait le justifier
aux yeux d'un de ses semblables. K. ne pouvait comprendre que l'avocat ait pu penser le persuader par ce
spectacle. S'il ne l'avait pas déjà fait fuir auparavant, il y
serait parvenu grâce à cette scène. Il ôtait presque toute
dignité à celui qui y assistait. Ainsi, la méthode de
l'avocat, à laquelle K. n'avait heureusement pas été
exposé suffisamment longtemps, faisait pour finir que le
client oubliait l'univers entier et n'espérait plus atteindre
le terme de son procès qu'en se traînant sur ce chemin
sans issue. Ce n'était plus un client, c'était le chien de
l'avocat. Si celui-ci lui avait ordonné de ramper sous le
lit comme dans une niche et d'y aboyer, il l'eût fait avec
joie. Comme s'il avait pour mission d'enregistrer soigneusement tout ce qui se disait là, afin de porter plainte en
haut lieu et d'y faire un rapport, K. tendit une oreille
critique et supérieure.

– Qu'a-t-il fait, toute la journée ? demanda l'avocat.

– Pour qu'il ne me dérange pas dans mon travail, dit
Leni, je l'ai enfermé dans la chambre de bonne, où de
toute façon il se tient d'habitude. Par l'ouverture, je pouvais regarder de temps en temps ce qu'il faisait. Il restait
à genoux sur le lit et lisait les documents que tu lui as
prêtés, qu'il avait posés sur le rebord de la fenêtre. Cela
m'a fait une bonne impression ; car la fenêtre ne donne
que dans un puits à poussière. Que Block ait lu tout de
même, cela montre à quel point il est docile.

– Je suis heureux de l'entendre, dit l'avocat. Mais lisait-il en plus de façon intelligente ?

Durant cette conversation, Block remuait continuellement les lèvres ; il formulait manifestement les réponses qu'il espérait que Leni donnerait.

– Cela, répondait Leni, je ne puis naturellement pas l'affirmer avec certitude. J'ai vu en tout cas qu'il lisait de façon approfondie. Il a passé toute la journée sur la même page, en suivant les lignes du bout du doigt. Chaque fois que j'ai regardé, il gémissait, comme si sa lecture lui coûtait beaucoup de peine. Les documents que tu lui as prêtés sont vraisemblablement difficiles à comprendre.

– Oui, dit l'avocat, c'est vrai qu'ils le sont. Je ne crois d'ailleurs pas qu'il y comprenne quelque chose. Ils sont destinés à lui faire un peu sentir la difficulté du combat que je mène pour sa défense. Et pour qui est-ce que je mène ce difficile combat ? Pour (c'est presque ridicule à dire), pour Block. Il faut aussi qu'il comprenne ce que cela signifie. A-t-il étudié sans interruption ?

– Presque sans interruption, répondit Leni ; une seule fois il m'a demandé de l'eau, pour boire. Je lui ai fait passer un verre par l'ouverture. À huit heures je l'ai laissé sortir et je lui ai donné quelque chose à manger.

Block glissa un regard du côté de K., comme si on venait de faire là son éloge et que K. dût en être impressionné. Il paraissait maintenant avoir bon espoir, il bougeait plus librement et se déplaçait sur ses genoux. L'effet des paroles que prononça alors l'avocat n'en fut que plus frappant :

– Tu en dis du bien, déclara l'avocat, mais c'est justement cela qui m'empêche de parler. Car le juge ne s'est pas prononcé favorablement, ni sur Block lui-même, ni sur son procès.

– Pas favorablement ? demanda Leni. Comment est-ce possible ?

Pétrifié, Block fixait la jeune femme d'un regard aussi anxieux que s'il l'avait crue douée du pouvoir de retourner encore maintenant en sa faveur les paroles proférées par ce juge depuis longtemps.

– Pas favorablement, dit l'avocat. Il fut même désagréablement surpris, quand je me mis à parler de Block. « Ne me parlez pas de Block », me dit-il. « C'est mon client », lui dis-je. « Vous gâchez votre talent », dit-il. « Je ne considère pas sa cause comme perdue », lui dis-je alors. Il répéta : « Vous gâchez votre talent. » Je dis : « Je ne le crois pas. Block est sérieux dans son procès, il suit sans cesse son affaire. Il habite presque chez moi, pour être constamment au courant. Voilà un zèle qu'on ne trouve pas toujours. Certes, il n'est pas personnellement agréable, il a de très vilaines manières et il est sale ; mais, question procès, il est irréprochable. » À quoi le juge rétorqua : « Block est un malin, voilà tout. Il a amassé beaucoup d'expérience et il sait s'y prendre pour atermoyer son procès. Mais il est encore beaucoup plus ignorant qu'il n'est malin. Que dirait-il s'il apprenait que son procès n'a pas commencé ; si on lui disait que même le coup de gong n'est pas donné qui en marquera le début. » Du calme, Block !

En effet, le négociant commençait à se redresser sur ses genoux tremblants et s'apprêtait visiblement à demander une explication. C'était la première fois que l'avocat s'était explicitement adressé à lui. Il promena le regard de ses yeux fatigués, mi dans le vide, mi sur Block, qui du coup se laissa lentement retomber sur ses genoux.

– Ces propos du juge, dit l'avocat, sont sans aucune importance pour toi. Ne prends donc pas peur à chaque mot. Si cela se reproduit, je ne te confierai plus rien du tout. On ne peut pas commencer une phrase sans que tu regardes les gens comme si on allait prononcer ton verdict définitif. Tu devrais avoir honte, devant mon client ! Et puis tu ébranles la confiance qu'il met en moi. Mais enfin, qu'est-ce que tu veux ? Tu es encore en vie, tu es toujours sous ma protection. Quelle angoisse absurde ! Tu as lu quelque part que, dans certains cas, le verdict définitif tomberait à l'improviste, de n'importe quelle bouche, à n'importe quel moment. Avec beaucoup de réserves, c'est d'ailleurs vrai, mais il est tout aussi vrai que je trouve ton angoisse répugnante et que j'y vois un manque de cette confiance qui est pourtant nécessaire. Qu'est-ce que j'ai donc dit ? J'ai rapporté les propos d'un juge. Tu sais que les opinions divergentes s'accumulent autour d'une procédure jusqu'à être inextricables. Ce juge, par exemple, ne considère pas comme le début d'un procès le même point que moi. Nous sommes d'avis différents, voilà tout. À un certain stade du procès, un usage antique veut qu'on fasse retentir un gong. Ce juge est d'avis que cela marque le début du procès. Je ne peux pas te dire maintenant tout ce qui parle là contre, d'ailleurs tu ne le comprendrais pas ; qu'il te suffise de savoir que ce sont des arguments nombreux.

Gêné, Block fourrageait dans les poils de la descente de lit ; l'angoisse provoquée par les propos du juge lui faisait momentanément oublier d'être servile envers l'avocat ; il ne songeait là qu'à lui-même et retournait en tous sens les paroles de ce juge.

– Block, dit Leni sur le ton de la remontrance en le tirant un peu vers le haut par le col de sa veste, lâche cette descente de lit et écoute ce que dit l'avocat.

Dans la cathédrale

K. reçut pour mission de montrer quelques monuments à un très gros client italien de la banque, qui séjournait pour la première fois dans cette ville. C'était une mission qu'en d'autres circonstances il eût certainement considérée comme un honneur, mais en ce moment, où il avait grand peine à préserver son prestige à la banque, il l'accepta de mauvais gré. Chaque heure passée hors de son bureau lui causait du souci ; il était loin de pouvoir tirer de ses heures de présence le même parti que naguère, il passait des heures à faire tout juste semblant de travailler vraiment, mais ses soucis étaient d'autant plus graves dès qu'il s'absentait. Il croyait voir alors le directeur adjoint (qui avait toujours été à l'affût) pénétrer périodiquement dans son bureau, s'asseoir à sa table, fouiller dans ses papiers, recevoir des clients devenus presque des amis de K. au fil des ans et les suborner, peut-être même découvrir de ces fautes auxquelles K. se sentait maintenant exposé sans cesse de tous les côtés dans son travail, sans plus pouvoir les éviter. Quand d'aventure on lui confiait, même de la façon la plus flatteuse, telle course ou, à plus forte raison, tel petit voyage (et il se trouvait que c'était de plus en plus fréquent ces derniers temps), il y avait tout lieu de croire qu'on voulait l'éloigner un moment du bureau et contrôler son travail, ou du moins qu'on n'y considérait pas sa présence comme bien indispensable. La plupart de ces missions auraient pu se refuser sans difficulté, mais il n'osait pas, car, pour peu que ses craintes fussent fondées, refuser reviendrait à avouer sa peur. C'est la raison pour laquelle il acceptait ce genre de missions avec une apparente sérénité, allant même jusqu'à ne pas souffler mot d'un grave refroidissement, à la veille d'un voyage fatigant de deux jours, pour ne pas risquer qu'on invoquât un temps d'automne fort pluvieux pour l'empêcher de partir. Rentré de ce voyage avec d'atroces maux de tête, il apprit qu'il était chargé dès le lendemain de guider ce client italien. Il fut extrêmement tenté de se récuser, pour une fois, d'autant que ce qu'on lui avait réservé là n'était pas une tâche directement liée au travail ; cette obligation mondaine envers ce client revêtait sans aucun doute une certaine importance, mais pas aux yeux de K. ; il savait fort bien qu'il ne se maintiendrait qu'à condition de remporter des succès dans son travail et que, s'il n'y parvenait pas, il ne lui servirait absolument à rien de faire même l'improbable conquête de cet Italien ; il ne voulait pas se laisser évincer un seul jour de son champ d'activité, si grande était sa crainte qu'on ne l'y laissât plus rentrer ; il se rendait parfaitement compte que cette crainte était excessive, mais elle l'oppressait tout de même. Du reste, il était presque impossible, en l'occurrence, d'inventer une excuse plausible. K. avait des connaissances d'italien qui n'étaient pas très approfondies, mais qui suffiraient ; mais surtout il avait, datant d'une époque antérieure, quelques notions d'histoire de l'art, et le bruit s'en était répandu dans la banque, alimenté et exagérément grossi par son appartenance passagère (et d'ailleurs due elle aussi à des motifs strictement professionnels) à l'Association pour la Sauvegarde du Patrimoine Artistique de la ville. Or le bruit s'était répandu que cet Italien était un amateur d'art, il était donc tout naturel de choisir K. pour l'accompagner.

C'est par un matin de forte pluie et de tempête que K., de fort méchante humeur à l'idée de la journée qui l'attendait, arriva dès sept heures au bureau, pour abattre au moins un peu de travail avant que le visiteur le

débauche. Il était très fatigué, ayant passé la moitié de la
nuit à étudier une grammaire italienne pour se préparer
quelque peu ; la fenêtre, près de laquelle il allait beaucoup trop souvent s'asseoir ces derniers temps, l'attirait
plus que sa table de travail, mais il résista et s'assit à sa
place. Hélas, un employé entra aussitôt, annonçant que
le directeur l'envoyait voir si Monsieur le Fondé de pouvoir était arrivé ; car, dans ce cas, il était prié de venir au
salon de réception : le Monsieur italien était déjà là.

– J'arrive, dit K.

Il mit dans sa poche un petit dictionnaire, coinça sous
son bras un album des monuments de la ville qu'il avait
préparé pour l'étranger et, traversant le bureau du directeur adjoint, gagna le salon directorial. Il était content
d'être arrivé si tôt et de pouvoir ainsi se présenter immédiatement, alors que personne ne pouvait sérieusement
s'attendre à ce qu'il fût disponible. Naturellement, le
bureau du directeur adjoint était encore vide comme en
pleine nuit ; sans doute l'employé avait-il été chargé de le
faire venir au salon lui aussi, mais en vain. Lorsque K.
pénétra dans le salon de réception, les deux messieurs se
levèrent de leurs profonds fauteuils. Le directeur avait un
sourire aimable, il était manifestement très heureux que
K. fût arrivé, il fit aussitôt les présentations, l'Italien
serra vigoureusement la main de K. et, en souriant, qua-
lifia quelqu'un de lève-tôt. K. ne comprit pas bien de qui
il voulait parler, c'était en plus un mot bizarre, dont K.
ne devina le sens qu'au bout d'un petit moment. Il
répondit par quelques phrases bien tournées, que l'Italien accueillit de nouveau avec un grand sourire, tout en
caressant d'une main nerveuse une moustache gris-bleu
et touffue. Les poils en étaient manifestement parfumés,
on était presque tenté de s'approcher pour renifler.
Quand ils furent tous assis et qu'une première petite
conversation s'engagea, K. fut fort contrarié de constater
qu'il ne comprenait cet Italien que par bribes. Lorsqu'il
parlait tranquillement, il le comprenait presque en entier,

mais c'était tout à fait exceptionnel : sa bouche déversait généralement un flot de paroles, et sa tête s'agitait comme si cela l'avait réjoui. Mais ce faisant, il s'embrouillait régulièrement dans un dialecte mal défini, qui pour K. n'avait plus rien d'italien, alors que le directeur non seulement le comprenait, mais le parlait ; ce que d'ailleurs K. aurait pu prévoir, car le visiteur venait de l'Italie méridionale, où le directeur avait lui-même vécu quelques années. K. devait du moins se rendre à l'évidence : il n'aurait guère la possibilité de se comprendre avec cet Italien, dont même le français était difficilement compréhensible et dont la moustache dissimulait les lèvres, alors que K. aurait peut-être mieux compris s'il avait pu discerner leurs mouvements. K. vit s'annoncer bien des ennuis ; en attendant, il renonça à vouloir comprendre le visiteur (en présence d'un directeur qui le comprenait si facilement, c'eût été un effort inutile) et il se contenta d'observer avec aigreur la façon qu'avait l'Italien de s'abandonner, mais avec légèreté, dans son fauteuil, de tirer à petits coups sur son veston court et bien ajusté, puis d'un coup, bras levés et poignets souples, agiter les mains pour représenter quelque chose* que K. n'arrivait pas à comprendre, bien qu'il se penchât et tînt les yeux fixés sur ces mains. Finalement, à force de suivre du regard de façon nonchalante et purement mécanique l'alternance des répliques qui s'échangeaient, il fut repris par sa fatigue d'avant et, à un certain moment, se surprit avec terreur, mais heureusement encore à temps, alors qu'au comble de la distraction il allait se lever, tourner les talons et sortir. L'Italien regarda enfin sa montre et se leva d'un bond. Ayant pris congé du directeur, il s'approcha de K. et le serra de si près que celui-ci dut reculer son fauteuil pour pouvoir bouger. Le directeur, lisant certainement dans les yeux de K. la détresse où le plongeait ce langage, revint se mêler à la conversation, et le fit avec tant de finesse et de délicatesse qu'on eût dit qu'il ajoutait simplement de petits conseils, alors qu'en réalité il expliquait sommairement à K. tout ce que l'Italien débitait en lui coupant inlassablement la parole. K. apprit ainsi que l'Italien avait encore dans l'immédiat quelques affaires à régler, que malheureusement il ne disposerait d'ailleurs au total que de peu de temps, qu'il n'avait nullement l'intention de faire à toute allure la tournée de tous les monuments, mais qu'il avait au contraire résolu (à condition, bien sûr, que K. en soit d'accord, c'était à lui seul de décider) de ne visiter que la cathédrale, mais à fond. Il était enchanté de pouvoir effectuer cette visite en la compagnie d'un homme aussi savant et aussi aimable (ceci s'adressait à K., tout occupé à ne pas entendre l'Italien, pour saisir au vol ce que disait le directeur), et il lui demandait, si du moins cela lui convenait, de bien vouloir le retrouver à la cathédrale dans deux heures, soit à dix heures environ. Le visiteur espérait qu'à cette heure-là il pourrait à coup sûr s'y trouver déjà lui-même. K. répondit dans le même ton, l'Italien serra d'abord la main du directeur, puis celle de K., puis encore une fois celle du directeur ; puis, suivi par les deux hommes et ne cessant pas de parler bien qu'il ne se tournât plus qu'à moitié vers eux, il gagna la porte. Ensuite, K. resta encore un petit moment avec le directeur, qui avait l'air particulièrement souffrant ce jour-là. Il crut devoir s'excuser auprès de K., disant (tandis qu'ils se tenaient tout près l'un de l'autre, familièrement) qu'il avait d'abord songé à accompagner lui-même l'Italien, mais qu'ensuite il avait décidé (il ne dit pas pourquoi) d'envoyer plutôt K. Il ne fallait pas, ajouta-t-il, que K. se laisse démonter si, au début, il ne comprenait pas le visiteur, cela viendrait vite ; et si décidément il ne comprenait pas grand-chose, ce ne serait pas bien grave, car l'Italien ne se souciait pas tellement d'être compris. Du reste, le directeur trouvait que K. parlait étonnamment bien l'italien, et il était sûr qu'il se tirerait magnifiquement d'affaire. Sur ce, K. pouvait se retirer. Il passa le temps qui lui restait à chercher dans le dictionnaire et à noter des termes rares dont il aurait besoin pour la visite de la cathédrale. C'était un travail extrêmement fastidieux ; des employés apportèrent le courrier ; des collègues vinrent pour soulever diverses questions et, voyant que K. était occupé, restèrent plantés à la porte jusqu'à ce qu'on les écoutât ; le directeur adjoint ne se fit pas faute de venir déranger, entrant à plusieurs reprises, prenant le dictionnaire des mains de K. et le feuilletant d'une manière visiblement inepte ; jusqu'à des clients qui, lorsque la porte s'ouvrait, émergeaient dans la pénombre de l'antichambre et s'inclinaient en hésitant, soucieux de se faire remarquer, mais sans être sûrs qu'on les vît : tout cela gravitait autour de K. comme s'il en avait été le centre, tandis que pour sa part il dressait la liste des mots dont il avait besoin puis les cherchait dans le dictionnaire, puis les copiait, puis s'exerçait à les prononcer et, enfin, tentait de les apprendre par cœur. Sa bonne mémoire de jadis semblait l'avoir tout à fait abandonné ; par moments, il enrageait tellement contre le personnage qui l'obligeait à de tels efforts qu'il enfouissait le dictionnaire sous des papiers, bien décidé à ne pas se préparer davantage ; puis il se rendait bien compte qu'il ne pouvait tout de même pas arpenter la cathédrale et y passer en revue les œuvres d'art sans dire un mot à l'Italien : avec une rage accrue, il ressortait le dictionnaire.

À neuf heures et demie exactement, au moment où il voulait partir, on l'appela au téléphone. C'était Leni, qui lui souhaita le bonjour et lui demanda comment il allait ; K. la remercia hâtivement et ajouta qu'il n'avait pas le temps de lui parler, devant se rendre à la cathédrale.

– À la cathédrale ? demanda Leni.

– Eh bien oui, à la cathédrale.

– Pourquoi à la cathédrale ?

K. tenta de le lui expliquer rapidement, mais il avait à peine commencé que Leni dit brusquement :

– Ils te harcèlent.

Ne supportant pas d'être plaint quand il ne le demandait ni ne l'attendait, K. mit fin en deux mots à la conversation ; mais en raccrochant l'écouteur, il dit, moitié à lui-même, moitié à sa correspondante qui ne pouvait plus l'entendre :

– Oui, ils me harcèlent.

Maintenant, il était déjà tard ; K. risquait presque de ne pas arriver à temps. Il prit une automobile, après s'être souvenu au dernier moment d'emporter l'album qu'il n'avait pas trouvé l'occasion de remettre au visiteur au début de la matinée. Il le tint sur ses genoux et tambourina nerveusement dessus pendant tout le trajet. La pluie tombait moins fort, mais le temps restait humide, froid et sombre ; on ne verrait pas bien clair, dans la cathédrale ; en revanche, à rester longtemps debout sur ces dalles froides, K. allait sans doute aggraver son refroidissement. La place, devant la cathédrale, était vide ; K. se souvint avoir noté dès son enfance que, dans les maisons qui bordaient cette place étroite, presque toutes les fenêtres avaient toujours leurs rideaux baissés. Avec le temps qu'il faisait ce jour-là, cela se comprenait d'ailleurs mieux que jamais. La cathédrale paraissait également déserte, il ne venait naturellement à l'idée de personne d'y entrer en ce moment. K. parcourut les deux bas-côtés ; il ne trouva qu'une vieille femme emmitouflée dans un gros châle, qui était agenouillée devant une statue de la Vierge et la fixait des yeux. Puis il aperçut aussi, de loin, un sacristain boiteux qui disparaissait par une porte latérale. K. était arrivé à l'heure, dix heures sonnaient au moment où il entrait ; mais l'Italien n'était pas encore là. K. revint vers l'entrée principale, se tint là un moment sans savoir que faire, puis sortit sous la pluie faire le tour de la cathédrale, pour voir si l'Italien ne l'attendait pas à l'une des entrées latérales. Il n'était nulle part. Le directeur aurait-il mal compris l'heure du rendez-vous ? Comment bien comprendre ce que disait cet individu ! En tout état de cause, il fallait maintenant que K. l'attendît au moins une demi-heure. Se sentant fatigué, il voulut s'asseoir et rentra dans la cathédrale ; il trouva sur une marche un bout de tissu en forme de tapis, le tira du bout du pied jusque vers un banc voisin, se serra dans son manteau, releva son col et s'assit. Pour se distraire, il ouvrit l'album et le feuilleta un peu, mais il dut bientôt abandonner, car l'obscurité devenait telle qu'en levant les yeux, c'est à peine s'il distinguait le moindre détail dans le bas-côté le plus proche.

Au loin étincelait, sur le maître-autel, un grand triangle fait de cierges allumés ; K. n'aurait pu dire avec certitude s'il les avait déjà vus tout à l'heure. Peut-être venait-on juste de les allumer. Les sacristains ont par vocation la démarche sournoise, on ne les remarque pas. En se retournant par hasard, K. vit non loin derrière lui, contre un pilier, un gros et grand cierge qui brûlait aussi. C'était fort beau, mais pour éclairer les retables, dont la plupart étaient plongés dans l'obscurité des autels latéraux, c'était tout à fait insuffisant, l'obscurité s'en trouvait au contraire accrue. En ne venant pas, l'Italien se montrait donc aussi raisonnable que discourtois : on n'aurait rien pu voir, on aurait dû se contenter d'explorer quelques tableaux par petits morceaux à la lueur de la lampe électrique de K. Pour voir ce que cela pouvait donner, K. fit quelques pas jusqu'à une chapelle latérale, descendit quelques marches jusqu'à une petite balustrade en marbre par-dessus laquelle il se pencha, et éclaira le retable avec sa lampe. La lumière de l'adoration perpétuelle faisait un faux jour. Tout d'abord, K. vit et, en partie, devina un grand chevalier en armure, qui figurait tout au bord du tableau. Il était appuyé sur son épée, qu'il avait plantée devant lui dans le sol nu, d'où ne sortaient que quelques brins d'herbes clairsemés. Il semblait observer attentivement une scène qui se déroulait devant lui. Il était étonnant qu'il restât immobile sans s'approcher. Peut-être était-il destiné à monter la garde. K. n'avait pas regardé de tableaux depuis longtemps et il contempla longuement le chevalier, bien qu'il dût sans cesse cligner des yeux ne supportant pas la lumière verte de sa lampe. Promenant ensuite celle-ci sur le reste du tableau, il découvrit une mise au tombeau de conception banale, c'était du reste un tableau moderne. Il remit la lampe dans sa poche et revint à sa place.

Sans doute n'était-il déjà plus utile d'attendre l'Italien ; mais dehors il tombait sûrement une pluie battante et, puisque là il ne faisait pas aussi froid qu'il l'avait craint, K. décida de rester pour le moment. À proximité se dressait la grande chaire ; sur son petit toit rond étaient posées obliquement deux croix dorées et évidées, dont les extrémités se croisaient. L'extérieur de la balustrade et sa jonction avec le pilier qui supportait la chaire étaient constitués par du feuillage vert, où venaient s'accrocher des angelots, les uns remuants, les autres au repos. K. s'avança jusqu'au pied de la chaire et l'examina sous tous les angles ; le travail de la pierre était très délicat ; dans le feuillage et derrière lui, les ombres profondes paraissaient captées et prisonnières ; K. mis la main dans l'un de ces creux et palpa la pierre avec prudence ; il n'avait jamais su que cette chaire existait. C'est alors qu'il remarqua par hasard, derrière la plus proche travée de bancs, un sacristain debout dans une robe noire à longs plis, qui tenait dans sa main gauche une tabatière et le regardait. Que me veut cet homme, se demanda K. Me trouve-t-il suspect ? Veut-il un pourboire ? Mais voyant que K. l'avait remarqué, le personnage tendit la main droite, dont deux doigts tenaient encore une prise de tabac, et indiqua une direction mal définie. Son comportement était à peu près incompréhensible et K. attendit un moment, mais le sacristain ne cessait de montrer quelque chose de la main, insistant même par des signes de tête.

— Que veut-il donc ? demanda K. à voix basse, n'osant pas élever la voix en ce lieu.

Puis il tira son porte-monnaie et se faufila dans la travée de bancs pour arriver près de l'homme. Mais celui-

ci fit aussitôt de la main un geste de dénégation, haussa
les épaules et s'éloigna en boitant. Son boitillement hâtif
avait la même allure que K. prenait dans son enfance
pour faire un cavalier sur son cheval. Ce vieillard est
retombé en enfance, songea K., il lui reste tout juste assez
de tête pour vaquer dans une église. Quelle façon il a de
s'arrêter quand je m'arrête, et de guetter si je vais repartir ! En souriant, K. suivit le vieil homme sur toute la
longueur du bas-côté, presque jusqu'à hauteur du
maître-autel ; l'homme ne cessait de lui montrer quelque
chose, mais K. faisait exprès de ne pas se retourner, car
ce geste ne visait qu'à lui faire perdre la trace du sacristain. Finalement il le laissa filer, ne voulant pas trop lui
faire peur et tenant à ne pas effaroucher complètement
ce personnage, pour le cas où l'Italien arriverait encore.

Comme il regagnait la nef centrale en cherchant sa
place, où il avait laissé l'album, il remarqua, contre un
pilier, presque contre les stalles du chœur, une seconde
chaire, petite, toute simple, en pierre claire et sans orne-
ments. Elle était si petite que de loin on aurait dit une
niche encore vide, attendant de recevoir une statue de
saint. Celui qui prêchait là n'avait même pas la place de
reculer d'un pas derrière la balustrade. De plus, la voûte
de pierre du rabat-voix partait en s'incurvant plus bas
qu'il n'est d'usage et sa courbe, toute dépouillée qu'elle
était, prenait une forme telle qu'un homme de taille
moyenne n'avait pas la place de s'y tenir debout et devait
rester constamment penché par-dessus la balustrade.
Tout cela semblait conçu pour mettre le prédicateur à la
torture ; on ne comprenait pas l'utilité de cette chaire,
alors qu'on pouvait disposer de l'autre, qui était vaste et
richement ornée.

Cette petite chaire n'aurait d'ailleurs certainement pas
attiré l'attention de K. s'il n'y avait aperçu, fixée en hauteur, une lampe comme on en installe d'habitude au
moment d'un sermon. Est-ce qu'il allait y avoir un
sermon ? Dans l'église déserte ? K. suivit du regard, de

haut en bas, l'escalier qui s'enroulait autour du pilier
pour mener à la chaire et qui était si étroit qu'il semblait
fait non pour être emprunté, mais pour servir d'orne-
ment au pilier. Or en bas (K. sourit d'étonnement) il y
avait effectivement le prêtre qui, la main sur la rampe,
prêt à monter, regardait vers K. Il fit un très léger signe
de tête ; sur quoi K. se signa et s'inclina, comme il aurait
dû le faire plus tôt. Le prêtre prit un petit peu d'élan et,
à petits pas rapides, monta jusqu'à la chaire. Est-ce qu'un
sermon allait vraiment commencer ? Peut-être que le
sacristain n'était pas si extravagant et qu'il avait voulu
rabattre K. en direction du prédicateur, ce qui était à vrai
dire fort nécessaire dans cette église déserte ? Du reste, il
y avait aussi quelque part, au pied d'une statue de la
Vierge, une vieille femme qui aurait dû venir aussi. Et si
décidément ç'allait être un sermon, pourquoi n'était-il
pas annoncé par les orgues ? Mais les orgues étaient
muettes et ne brillaient que faiblement du haut de leurs
ténèbres.

K. se demanda s'il ne devait pas filer en vitesse, sinon
il n'aurait aucune chance de pouvoir le faire pendant le
sermon ; il faudrait qu'il reste jusqu'au bout, perdant
beaucoup d'heures de bureau ; il n'était plus obligé
depuis longtemps d'attendre l'Italien ; il regarda sa
montre, il était onze heures. Mais pouvait-il vraiment y
avoir un sermon ? Est-ce que K. pouvait seul figurer la
communauté des fidèles ? Que se serait-il passé s'il avait
été un étranger, venu juste pour visiter l'église ? Au fond,
il n'était d'ailleurs rien d'autre. Il était absurde de penser
qu'il y aurait un sermon maintenant, à onze heures, un
jour de semaine, par ce temps affreux. Le prêtre (c'était
sans aucun doute un prêtre, un homme jeune au visage
lisse et basané) ne montait manifestement là-haut que
pour éteindre la lampe, qu'on avait allumée par erreur.

Mais il n'en était rien ; au contraire, le prêtre vérifiait
la lampe et la réglait de façon qu'elle éclaire un peu plus ;
puis il se retourna lentement vers la balustrade et saisit

des deux mains, à l'extérieur, son rebord anguleux. Il se tint ainsi un moment, regardant alentour sans bouger la tête. K. s'était reculé à bonne distance et accoudé au banc de la première travée. D'un œil vague, il aperçut quelque part, sans savoir précisément où, le sacristain qui, le dos rond, paisiblement, son devoir accompli, s'accroupissait. Quel silence régnait maintenant dans la cathédrale ! Mais il fallait que K. le trouble, il n'avait pas l'intention de rester là ; si c'était le devoir du prêtre de prêcher à une certaine heure, sans tenir compte des circonstances, qu'il le fasse ! Cela n'exigeait pas l'assistance de K., dont d'ailleurs la présence ne contribuerait pas davantage à l'effet du sermon. Lentement, K. se mit donc en marche, tâtonnant du bout du pied pour suivre le banc ; il atteignit ensuite la large allée centrale où l'on marchait tout à son aise, sauf que le sol de pierre résonnait au moindre pas et que les voûtes en retentissaient faiblement mais continûment, selon une progression aussi complexe que réglée. K. se sentait un peu abandonné en passant là-bas entre les bancs, peut-être sous le regard du prêtre, et puis il lui semblait que les dimensions de la cathédrale étaient tout juste à la limite de ce qu'un être humain peut encore supporter. Passant près de la place où il s'était assis, il chipa littéralement au passage l'album qu'il y avait laissé et l'emporta sans s'arrêter. Déjà, il avait presque dépassé les derniers bancs et atteint l'espace libre qui restait entre eux et l'entrée, lorsqu'il entendit pour la première fois la voix du prêtre. Une voix forte et bien posée. Comme elle se répercutait partout, dans la cathédrale prête à la recevoir ! Mais ce n'était pas l'assemblée des fidèles qu'interpellait le prêtre ; c'était sans équivoque et il n'y avait pas d'échappatoire, il appelait :

– Joseph K. !

K. s'arrêta net, les yeux fixés sur le sol. Pour le moment, il était encore libre, il pouvait continuer d'avancer et, par l'une des trois petites portes en bois sombre qui n'étaient pas loin de lui, il pouvait s'esquiver. Cela voudrait dire qu'il n'avait pas compris, voilà tout, ou bien qu'il avait compris, mais qu'il n'en avait que faire. Mais s'il se retournait, il était pris ; car il aurait avoué par là qu'il avait bien compris, qu'il était bien celui qu'on appelait et qu'il était prêt à obéir. Si le prêtre l'avait appelé une seconde fois, K. serait certainement parti ; mais comme tout resta silencieux pendant que K. attendait, il tourna tout de même un peu la tête, car il voulait voir ce que faisait maintenant le prêtre. Il était tranquillement en chaire comme tout à l'heure, mais on voyait bien qu'il avait remarqué le mouvement de tête de K. Ç'aurait été un jeu de cache-cache puéril, si dès lors K. ne s'était pas complètement retourné. Il se retourna donc et le prêtre, d'un signe du doigt, l'invita à s'approcher. Comme on jouait franc jeu désormais, K. courut vers la chaire à longs pas pressés : par curiosité, et pour régler cette affaire. Il s'arrêta aux premiers bancs, mais le prêtre sembla trouver la distance encore trop grande et, tendant la main, il indiqua d'un index pointé droit vers le sol un emplacement au pied même de la chaire. D'ailleurs, K. s'exécuta, obligé une fois à l'endroit dit de rejeter la tête loin en arrière pour apercevoir le prêtre.

— Tu es Joseph K., dit le prêtre en levant une main au-dessus de la balustrade dans un geste indéfinissable.

— Oui, dit K.

Il songea à la belle franchise avec laquelle il prononçait jadis son nom, alors que depuis peu c'était une corvée ; et puis maintenant, des gens qu'il voyait pour la première fois connaissaient son nom ; comme c'était bien d'avoir à se présenter et de n'être connu qu'après !

— Tu es accusé, dit le prêtre d'une voix particulièrement basse.

— Oui, dit K., on me l'a notifié.

— Alors, tu es celui que je cherche, dit le prêtre. Je suis l'aumônier des prisons.

— Ah, bon, dit K.

– Je t'ai fait appeler, dit le prêtre, pour te parler.

– Je ne le savais pas, dit K. ; je suis venu pour montrer la cathédrale à un Italien.

– Ne t'arrête pas à des choses secondaires, dit le prêtre. Que tiens-tu à la main ? Est-ce un livre de prières ?

– Non, dit K., c'est un album sur les monuments de la ville.

– Pose-le, dit le prêtre.

K. le jeta si violemment qu'il s'ouvrit en tombant et que ses pages se froissèrent en traînant sur le sol.

– Sais-tu que ton procès va mal ? demanda le prêtre.

– J'ai aussi cette impression, dit K. ; je me suis donné beaucoup de mal, mais jusqu'à présent sans succès. Il faut dire que ma requête n'est pas encore rédigée.

– Comment crois-tu que cela finira ? demanda le prêtre.

– Avant, je pensais que cela finirait sûrement bien, dit K. ; maintenant, j'en doute parfois moi-même. Je ne sais pas comment cela finira. Tu le sais, toi ?

– Non, dit le prêtre, mais je crains que cela ne finisse mal. On te croit coupable. Peut-être que ton procès ne dépassera jamais la première instance. Pour le moment du moins, on considère ta culpabilité comme avérée.

– Mais je ne suis pas coupable, dit K., c'est une erreur. D'ailleurs de toute façon, comment est-ce qu'un être humain peut être coupable. Nous sommes pourtant tous des êtres humains, ici, tous autant que nous sommes.

– C'est exact, dit le prêtre, mais c'est là le discours que tiennent communément les coupables.

– Est-ce que tu as, toi aussi, un préjugé contre moi ? demanda K.

– Je n'ai pas de préjugé contre toi, dit le prêtre.

– Je te remercie, dit K. ; mais les autres personnes qui prennent part à mon procès ont toutes un préjugé contre moi. Elles inspirent même ce préjugé à celles qui n'y ont aucune part. Je suis dans une position de plus en plus difficile.

– Tu te méprends sur les faits, dit le prêtre, le jugement
n'intervient pas d'un coup ; c'est la procédure qui insen-
siblement devient le jugement.

– C'est donc cela, dit K. en baissant la tête.

– Que vas-tu faire dans l'immédiat pour ton procès ?
demanda le prêtre.

– Je vais encore chercher de l'aide, dit K. en relevant
la tête pour voir ce qu'en pensait le prêtre. Il y a encore
certaines possibilités que je n'ai pas exploitées.

– Tu cherches trop d'aides extérieures, dit le prêtre
d'un air réprobateur, et en particulier auprès des femmes.
Tu ne vois donc pas que cette aide n'est pas la bonne ?

– Je pourrais parfois te donner raison, dit K., et même
souvent, mais pas toujours. Les femmes ont un grand
pouvoir. Si je pouvais amener quelques femmes que je
connais à travailler de concert pour moi, j'aboutirais
sûrement. Surtout auprès de ce tribunal, qui n'est quasiment composé que d'hommes à femmes. Prends le juge
d'instruction et montre-lui une femme de loin : pour arriver à temps, il renversera la table du tribunal et l'accusé.

Le prêtre inclina la tête vers la balustrade, comme si
le rabat-voix de la chaire commençait seulement à le
gêner. Quel sale temps pouvait-il faire dehors ? Ce n'était
plus un jour gris, c'était la nuit noire. Aucun des grands
vitraux ne faisait une tache claire sur les murs sombres.
Et à ce moment précis, le sacristain se mit à éteindre l'un
après l'autre les cierges du maître-autel.

– Tu es en colère contre moi ? demanda K. Tu ne sais
peut-être pas quel tribunal tu sers.

Il ne reçut pas de réponse et ajouta :

– Je ne parle que de ce que j'ai vu.

Là-haut, c'était toujours le silence.

– Je n'ai pas voulu t'offenser, dit encore K.

C'est alors que le prêtre se pencha et cria :

– Tu vois donc à peine où tu mets les pieds ? !

C'était un cri de colère, mais en même temps on
l'aurait dit poussé par un homme qui en voit tomber un

autre et qui, parce qu'il est lui-même effrayé, crie sans le vouloir et sans se contrôler.

Ils se turent alors tous les deux pendant un long moment. Sans doute le prêtre ne pouvait-il pas distinguer nettement K. dans l'obscurité qui régnait en bas, tandis qu'à la lumière de la petite lampe K. voyait fort bien le prêtre. Pourquoi ne descendait-il pas ? Il n'avait pas fait de sermon, il avait seulement donné à K. quelques indications qui, s'il s'y conformait strictement, lui seraient sans doute plus dommageables qu'utiles. Pourtant, les bonnes intentions du prêtre ne faisaient pas de doute pour K. ; il n'était pas impossible qu'ils se mettent d'accord, une fois que le prêtre serait descendu ; il n'était pas impossible que K. reçoive là un conseil acceptable et décisif, lui indiquant par exemple non pas comment influer sur le procès, mais comment s'en échapper, comment le contourner, comment vivre à l'extérieur du procès. Cette possibilité devait sûrement exister, K. y avait fréquemment pensé depuis quelque temps. Or, si le prêtre avait connaissance d'une telle possibilité, peut-être qu'il la trahirait à K. si celui-ci l'en priait, en dépit de son appartenance au tribunal et de la façon dont, lorsque K. avait attaqué ce dernier, il avait fait taire sa mansuétude naturelle et même poussé un cri.

— Tu ne veux pas descendre ? dit K. Finalement, tu n'as pas de sermon à faire. Viens me rejoindre.

— Maintenant, je peux venir, dit le prêtre.

Il regrettait peut-être d'avoir crié. Tout en décrochant la lampe, il ajouta :

— Il fallait d'abord que je te parle de loin. Sinon, je me laisse trop facilement influencer et j'oublie ma fonction.

K. l'attendait au bas de l'escalier. Le prêtre lui tendit la main avant même d'avoir descendu les dernières marches.

— As-tu un peu de temps à me consacrer ? demanda K.

— Autant qu'il t'en faudra, dit le prêtre en tendant la petite lampe à K. pour qu'il la porte.

Même de près, il gardait quelque chose de solennel.

– Tu es très aimable avec moi, dit K.

Ils se mirent à faire les cent pas côte à côte dans l'obscurité du bas-côté.

– Tu es, poursuivis K., une exception parmi tous ceux qui appartiennent au tribunal. J'ai beau en connaître déjà beaucoup, j'ai plus confiance en toi qu'en personne d'autre. Avec toi, je peux parler franchement.

– Ne te fais pas d'illusions, dit le prêtre.

– Sur quoi m'en ferai-je ? demanda K.

– Tu te fais des illusions sur le tribunal, dit le prêtre. Dans les textes introductifs de la Loi, il est écrit ceci quant à cette illusion : Devant la porte de la Loi se tient un gardien. Ce gardien voit arriver un homme de la campagne qui sollicite accès à la Loi. Mais le gardien dit qu'il ne peut le laisser entrer maintenant. L'homme réfléchit, puis demande si, alors, il pourra entrer plus tard. « C'est possible, dit le gardien, mais pas maintenant. » Comme la grande porte de la Loi est ouverte, comme toujours, et que le gardien s'écarte, l'homme se penche pour regarder à l'intérieur. Quand le gardien s'en aperçoit, il rit et dit : « Si tu es tellement attiré, essaie donc d'entrer en dépit de mon interdiction. Mais sache que je suis puissant. Et je ne suis que le dernier des gardiens. De salle en salle, il y a des gardiens de plus en plus puissants. La vue du troisième est déjà insupportable, même pour moi. » L'homme de la campagne ne s'attendait pas à de telles difficultés ; la Loi est pourtant censée être accessible à tous à tout moment, pense-t-il ; mais en examinant de plus près le gardien dans sa pelisse, avec son grand nez pointu, sa longue barbe de Tartare maigre et noire, il se résout à attendre tout de même qu'on lui donne la permission d'entrer. Le gardien lui donne un tabouret et le fait asseoir à côté de la porte. Il y reste des jours, des années. Il fait de nombreuses tentatives pour être admis et fatigue le gardien par ses prières. Le gardien lui fait fréquemment subir de petits interrogatoires, lui pose toutes sortes de questions sur son pays et sur bien

d'autres choses, mais ce sont des questions posées avec
indifférence, comme le font les gens importants ; et il
conclut à chaque fois en disant qu'il ne peut toujours pas
le laisser entrer. L'homme, qui s'est muni de beaucoup
de choses pour ce voyage, les utilise toutes, si précieuses
soient-elles, pour soudoyer le gardien. Celui-ci accepte
bien tout, mais en disant : « J'accepte uniquement pour
que tu sois sûr de ne rien avoir négligé. » Pendant toutes
ces années, l'homme observe le gardien presque sans
interruption. Il oublie les autres gardiens et ce premier
gardien lui semble être l'unique obstacle qui l'empêche
d'accéder jusqu'à la Loi. Il maudit le hasard malheureux,
à voix haute et sans retenue les premières années ; par la
suite, avec l'âge, il ne fait plus que grommeler dans son
coin. Il retombe en enfance : étudiant le gardien depuis
des années, il connaît même les puces de son col en four-
rure, et il supplie jusqu'à ces puces de l'aider à fléchir le
gardien. Finalement, sa vue baisse et il ne sait pas s'il
fait réellement plus sombre autour de lui, ou bien si ce
sont seulement ses yeux qui le trompent. Mais il distingue bien dans l'obscurité une lueur que rien n'éteint
et qui passe par la porte de la Loi. Alors il n'a plus longtemps à vivre. Avant qu'il meure, toute l'expérience de
tout ce temps passé afflue dans sa tête et prend la forme
d'une question, que jamais jusque-là il n'a posée au gardien. Il lui fait signe d'approcher, car il ne peut plus
redresser son corps de plus en plus engourdi. Le gardien
doit se pencher de haut, car la différence de taille entre
eux s'est accentuée nettement au détriment de l'homme.
« Qu'est-ce que tu veux encore savoir, dit le gardien. Tu
es insatiable. – N'est-ce pas, dit l'homme, tout le monde
voudrait tant approcher la Loi. Comment se fait-il qu'au
cours de toutes ces années il n'y ait eu que moi qui
demande à entrer ? » Le gardien se rend compte alors
que c'est la fin et, pour frapper encore son oreille affai-
blie, il hurle : « Personne d'autre n'avait le droit d'entrer

par ici, car cette porte t'était destinée, à toi seul. Maintenant je pars et je vais la fermer. »

– Le gardien a donc trompé cet homme, dit aussitôt K. très attiré par cette histoire.

– Ne va pas trop vite, dit le prêtre ; n'adopte pas sans examen les opinions d'autrui. Je t'ai raconté cette histoire dans les termes mêmes du texte. Rien n'y parle de tromperie.

– Mais c'est évident, dit K. ; et ta première interprétation était tout à fait juste. Le gardien a attendu, pour fournir l'information libératrice, qu'elle ne puisse plus servir à l'homme.

– La question ne lui avait pas été posée auparavant, dit le prêtre ; songe aussi que ce n'était qu'un gardien et que, comme gardien, il a fait son devoir.

– Pourquoi crois-tu qu'il ait fait son devoir ? demanda K. : il ne l'a pas fait. Son devoir consistait peut-être à refouler tous les étrangers ; mais cet homme, à qui cette porte était destinée, il aurait dû le laisser entrer.

– Tu n'as pas assez le respect du texte et tu modifies l'histoire, dit le prêtre. L'histoire comporte, quant à l'accès à la Loi, deux déclarations importantes du gardien, l'une au début et l'autre à la fin. Le premier de ces passages dit « qu'il ne peut le laisser entrer maintenant », et l'autre : « cette porte t'était destinée, à toi seul ». S'il y avait contradiction entre ces deux déclarations, alors tu aurais raison, et le gardien aurait trompé l'homme. Mais il n'y a pas là de contradiction. Au contraire, la première de ces déclarations annonce même la seconde. On pourrait presque dire que le gardien outrepassait son devoir en faisant miroiter à l'homme la possibilité d'une entrée future. À ce moment-là, son devoir était, semble-t-il, d'écarter l'homme ; et, de fait, nombreux sont les interprètes de ce texte qui s'étonnent que le gardien ait pu faire cette allusion, car il paraît aimer la précision et il exerce ses fonctions avec une vigilance rigoureuse. Tout au long de ces années, il n'abandonne jamais son poste et ne ferme la porte qu'en dernière extrémité ; il est très conscient que son service est important, puisqu'il dit : « Je suis puissant » ; il est respectueux de ses supérieurs, puisqu'il dit : « je ne suis que le dernier des gardiens » ; il n'est pas bavard, puisque durant ces nombreuses années, il ne pose, dit le texte, ses questions qu'avec « indifférence » ; il est incorruptible, puisqu'il dit d'un cadeau qu'il accepte : « j'accepte uniquement pour que tu sois sûr de ne rien avoir négligé » ; quand il s'agit d'accomplir son devoir, il ne se laisse ni attendrir ni irriter, puisqu'il est dit que l'homme « fatigue le gardien par ses prières » ; enfin même son apparence traduit un caractère pointilleux : grand nez pointu, longue barbe de Tartare maigre et noire. Est-ce que jamais gardien fit mieux son devoir ? Mais ce gardien présente encore d'autres traits, fort favorables à qui désire entrer, et qui aident tout de même à concevoir qu'il ait pu outrepasser quelque peu son devoir en faisant allusion à cette possibilité d'une entrée future. Il est indéniable, en effet, qu'il est un peu simple d'esprit et, du même coup, un peu vaniteux. Si pertinents que puissent être ses propos concernant sa puissance et celle des autres gardiens et leur vue qui est insupportable même pour lui, si pertinents – dis-je – que ces propos puissent être en eux-mêmes, sa manière de les présenter n'en montre pas moins que ses conceptions sont faussées par la simplicité d'esprit et la présomption. Les interprètes disent à ce propos : « Conception pertinente et méconnaissance d'une même chose ne s'excluent pas tout à fait mutuellement. » En tous les cas, il faut bien admettre que cette simplicité d'esprit et cette présomption, si minimes qu'en puissent être les manifestations, affaiblissent tout de même la surveillance de l'entrée, elles constituent des lacunes dans le caractère du gardien. De surcroît, le gardien paraît être d'un naturel aimable, il est loin de s'identifier constamment à sa fonction. Dès les premiers instants, il plaisante en invitant à entrer en dépit de l'interdiction qu'il maintient expressément ; puis, loin de le renvoyer, il lui donne, dit le texte, un tabouret et le fait asseoir à côté de la porte. La patience avec laquelle il supporte durant toutes ces années les prières de l'homme, ses petits interrogatoires, son acceptation des cadeaux, l'élégance avec laquelle il tolère que l'homme maudisse près de lui à haute voix le malheureux hasard qui a placé là le gardien : tout cela permet de conclure à des mouvements de compassion. N'importe quel gardien n'aurait pas agi de la sorte. Et pour finir, sur un simple signe de l'homme, il se penche encore de haut jusqu'à lui pour lui donner l'occasion de poser la dernière question. Tout au plus une légère impatience (le gardien sait, n'est-ce pas, que c'est la fin) se marque-t-elle dans les mots : « tu es insatiable ». Il est même des gens pour pousser plus loin ce type d'explication et pour juger que les mots « tu es insatiable » expriment une sorte d'admiration amicale, à vrai dire mêlée de quelque condescendance. En tout cas, le personnage du gardien prend ainsi un contour différent de ce que tu croyais.

– Tu connais l'histoire plus précisément que moi et depuis plus longtemps, dit K.

Ils se turent un moment. Puis K. dit :

– Tu crois donc que l'homme n'a pas été trompé ?

– Comprends-moi bien, dit le prêtre, je ne fais que t'exposer les opinions qui ont cours en la matière. Il ne faut pas que tu tiennes trop compte des opinions. Le texte est immuable et les opinions n'expriment souvent que le désespoir inspiré par cette immuabilité. En l'occurrence, il existe même une opinion selon laquelle ce serait le gardien qui serait trompé.

– C'est un peu fort, dit K. ; comment justifie-t-on une telle opinion ?

– On la justifie, dit le prêtre, à partir de la simplicité d'esprit du gardien. On dit qu'il ne connaît pas l'intérieur de la Loi, mais uniquement le chemin qu'il fait en long et en large devant l'entrée. On considère qu'il ne se fait

de cet intérieur que des idées puériles et l'on suppose
qu'il a peur lui-même de ce avec quoi il veut faire peur à
l'homme. Il en a même plus peur que l'homme ; car enfin
celui-ci ne désire qu'une chose, c'est d'entrer, même après
avoir entendu parler des terribles gardiens qui sont à
l'intérieur ; le gardien, au contraire, ne désire pas entrer,
du moins il n'est rien dit de tel. D'autres disent bien qu'il
a fallu que le gardien pénètre déjà à l'intérieur, puisque
aussi bien il a été un jour engagé au service de la Loi, ce
qui selon eux n'a pu se faire qu'à l'intérieur. À quoi l'on
peut répondre qu'il a pu aussi bien être engagé comme
gardien sur un appel venu de l'intérieur et que du moins
il ne s'est sans doute jamais beaucoup avancé à l'intérieur, puisque déjà la vue du troisième gardien lui est
insupportable. En outre, on ne dit pas qu'au cours de ces
nombreuses années il ait fait concernant l'intérieur de la
Loi aucune autre observation que celle concernant les
gardiens. Cette discrétion pourrait résulter d'un interdit ;
mais de cet interdit, il ne dit rien non plus. De tout cela,
l'on conclut qu'il ne sait rien de l'allure ni de la signification qu'a l'intérieur de la Loi, et qu'il se fait là-dessus
des illusions. Mais il se fait aussi de trompeuses illusions
sur l'homme de la campagne, car c'est lui qui est subordonné à cet homme et il ne le sait pas. Qu'au contraire
le gardien traite l'homme comme un subordonné, cela se
voit à bien des détails dont tu te souviens sans doute.
Mais qu'en réalité ce soit le gardien le subordonné de
l'autre, les tenants de cette opinion affirment que cela se
voit tout aussi clairement. Surtout, qui est libre est supérieur à qui est lié. Or l'homme est effectivement libre, il
peut aller où il veut, seule l'entrée de la Loi lui est inter-
dite, et encore par une seule personne, le gardien. S'il
s'assied sur le tabouret à côté de la porte et y reste sa vie
durant, c'est par une libre décision de sa volonté, l'histoire ne parle d'aucune contrainte. Le gardien, en
revanche, est lié à son poste par sa fonction, il n'a pas le
droit de s'éloigner et d'aller ailleurs, il n'a manifestement

pas non plus le droit d'entrer, même s'il le désirait. En outre, il est bien au service de la Loi, mais il ne sert qu'à cette entrée, par conséquent il ne sert que cet homme, à qui cette entrée est exclusivement destinée. C'est une autre raison pour laquelle il lui est subordonné. On peut supposer que pendant de nombreuses années, pendant toute une vie d'homme en quelque sorte, il a assuré un service vain : car il est dit qu'il voit arriver un homme, donc un homme adulte, et le gardien a donc dû attendre longtemps avant de remplir son office, il a dû attendre autant qu'il a plu à l'homme de le faire attendre, puisque aussi bien l'homme est venu librement. Mais la fin de son service est également fixée par la fin de la vie de l'homme, qui demeure donc son supérieur jusqu'au bout. Et il est sans cesse souligné que le gardien ne paraît rien savoir de tout cela. Mais les tenants de cette opinion n'en sont pas surpris, puisque d'après eux le gardien est victime d'une illusion beaucoup plus grave, qui concerne son service. À la fin il dit, parlant de la porte : « Je pars et je vais la fermer. » Mais au début il est dit que la grande porte de la Loi est ouverte, comme toujours. Or, si elle est toujours ouverte, toujours veut dire indépendamment de la durée de la vie de l'homme auquel elle est destinée. Dans ce cas, même le gardien ne saurait la fermer. Les opinions diffèrent sur le sens à donner à ces paroles du gardien annonçant qu'il va fermer la porte : les uns pensent qu'il veut simplement donner une réponse, les autres qu'il veut mettre en relief les devoirs de sa charge, d'autres enfin qu'il veut inspirer à l'homme remords et affliction jusqu'en ce dernier moment. Mais beaucoup sont d'accord pour penser que le gardien ne pourra pas fermer la porte. Ils croient même qu'au moins vers la fin l'homme est supérieur au gardien même par son savoir : car l'homme voit la clarté qui émane de l'entrée de la Loi, tandis que le gardien est contraint par sa fonction d'y tourner le dos ; d'ailleurs aucun de ses propos ne montre qu'il ait remarqué un changement.

– Ce sont des raisons convaincantes, dit K. qui s'était répété à mi-voix divers passages des explications du prêtre. C'est convaincant et je crois maintenant moi aussi que le gardien est victime d'une illusion trompeuse. Mais je n'ai pas renoncé pour autant à mon opinion de tout à l'heure, car les deux se recoupent en partie. Il est indifférent que le gardien voit clair ou soit dans l'illusion. Je disais que le gardien a trompé cet homme. On pourrait en douter si le gardien voyait clair ; mais si le gardien est victime d'une illusion et se trompe, inévitablement cette illusion trompe à son tour l'homme de la campagne. Certes le gardien n'est pas alors un gardien trompeur, mais il est si simple d'esprit qu'il faudrait immédiatement le chasser de ses fonctions. Songe que l'illusion où il se trouve ne lui nuit en aucune façon, mais qu'elle nuit à l'homme de mille manières.

– Tu te heurtes là à une opinion contraire, dit le prêtre. D'aucuns disent en effet que cette histoire ne donne à personne le droit de porter un jugement sur le gardien. Quelles que soient les apparences, il est tout de même un serviteur de la Loi, il participe donc de la Loi, il échappe donc au jugement humain. Il ne faut pas croire, alors, que le gardien soit subordonné à l'homme. Être lié par sa fonction, comme il l'est, ne serait-ce qu'à l'entrée de la Loi, c'est incomparablement plus que de vivre libre dans le monde. L'homme ne fait qu'arriver vers la Loi, le gardien y est déjà. C'est la Loi qui lui assigne son service, et douter de sa dignité reviendrait à douter de la Loi.

– Je ne souscris pas à cette opinion, dit K. en secouant la tête, car si l'on s'y rangeait, il faudrait tenir pour vrai tout ce que dit le gardien. Or cela n'est pas possible, tu l'as toi-même démontré tout au long.

– Non, dit le prêtre, on n'a pas à tenir tout pour vrai on a seulement à le tenir pour nécessaire.

– Triste opinion, dit K. ; c'est le mensonge érigé en loi de l'univers*.

K. disait cela pour conclure, mais ce n'était pas son jugement définitif. Il était trop fatigué pour avoir une vue d'ensemble de toutes les conséquences qu'impliquait cette histoire, et puis elle l'entraînait dans des voies que son esprit n'était pas accoutumé de suivre, dans des choses irréelles qui étaient bien plutôt faites pour être débattues entre fonctionnaires du tribunal. Cette histoire simple était devenue informe, il voulait s'en débarrasser et le prêtre, qui faisait preuve maintenant d'une grande délicatesse, le laissa faire, accueillant sans un mot sa remarque, qui pourtant ne correspondait sûrement pas à sa propre opinion.

Ils continuèrent un moment à marcher ; K. se tenait contre le prêtre sans savoir où il se trouvait. La lampe qu'il tenait à la main était éteinte depuis longtemps. À un moment, une statue de saint en argent jeta une lueur juste devant lui, mais cette simple lueur argentée se fondit aussitôt de nouveau dans l'obscurité. Pour ne pas dépendre exclusivement du prêtre, K. lui demanda :

– Sommes-nous arrivés près de la grande entrée ?

– Non, dit le prêtre, nous en sommes loin. Tu veux déjà partir ?

Bien que K. n'y eût pas pensé sur le moment, il dit aussitôt :

– Certainement, il faut que je parte. Je suis fondé de pouvoir dans une banque, on m'attend, je ne suis venu que pour montrer la cathédrale à un client étranger.

– Eh bien, dit le prêtre en tendant la main à K., va, alors.

– Mais je ne sais pas retrouver mon chemin, seul dans l'obscurité, dit K.

– Rejoins le mur sur ta gauche, dit le prêtre, et puis longe-le sans le lâcher, tu trouveras une sortie.

À peine le prêtre s'était-il éloigné de quelques pas que déjà K. criait très fort :

– Je t'en prie, attends encore !

– J'attends, dit le prêtre.

– Tu n'as pas encore quelque chose à me demander ?
dit K.

– Non, dit le prêtre.

– Tu as été si aimable avec moi tout à l'heure, dit K.,
et tu m'as tout expliqué, mais maintenant tu me laisses
partir comme si je ne t'intéressais pas.

– Mais tu dois partir, dit le prêtre.

– Eh bien oui, dit K., comprends-le.

– Comprends d'abord toi-même qui je suis, dit le
prêtre.

– Tu es l'aumônier des prisons.

En disant cela, K. s'approcha du prêtre ; son retour à
la banque n'était plus aussi urgent qu'il l'avait dit, il pouvait fort bien rester encore.

– J'appartiens donc au tribunal, dit le prêtre. Donc,
pourquoi voudrais-tu que j'aie quelque chose à te
demander ? Le tribunal ne te demande rien. Il t'accueille
quand tu viens, et te laisse partir quand tu t'en vas.

FIN

La veille de son trente et unième anniversaire (c'était vers neuf heures du soir, au moment où les rues sont silencieuses), deux messieurs arrivèrent chez K. En redingote, pâles et gras, et leurs hauts-de-forme semblaient vissés sur leurs têtes. Après s'être fait quelques politesses à la porte de l'appartement, ils recommencèrent de plus belle à la porte de K. Sans qu'on lui eût annoncé cette visite, K. était également vêtu de noir et, assis sur une chaise à proximité de la porte, il enfilait lentement des gants neufs qui lui moulaient étroitement les doigts : il avait l'air d'attendre des invités. Il se leva aussitôt et regarda les messieurs avec curiosité.

– Ainsi, c'est vous que l'on m'a assignés ? demanda-t-il.

Les messieurs approuvèrent de la tête, l'un montrant l'autre de la main qui tenait le haut-de-forme. K. s'avoua qu'il avait attendu une autre visite. Il alla vers la fenêtre et regarda encore une fois dans la rue obscure. De l'autre côté de la rue aussi, presque toutes les fenêtres étaient déjà éteintes, beaucoup avaient leurs rideaux baissés. Derrière une fenêtre éclairée de l'étage, il y avait des petits enfants qui jouaient derrière une barrière : encore incapables de quitter leurs places, ils se tendaient leurs petites mains tâtonnantes. On a pris, se dit K., de vieux acteurs de second ordre pour m'envoyer chercher. Il regarda autour de lui pour bien s'en convaincre à nouveau, et songea : on cherche à se débarrasser de moi aux moindres frais. Se tournant soudain vers les deux hommes, il leur demanda :

– Dans quel théâtre jouez-vous ?

– Théâtre ? dit l'un d'eux en consultant l'autre, et il avait le coin des lèvres agité de tressaillements.

L'autre se comporta comme un muet aux prises avec son organe récalcitrant. Ils ne sont pas préparés à ce qu'on leur pose des questions, se dit K., et il alla chercher son chapeau.

Dès qu'ils furent dans l'escalier, les deux messieurs voulurent prendre K. par le bras, mais il dit :

– Attendez d'être dans la rue, je ne suis pas malade.

Mais à peine franchie la porte de l'immeuble, ils s'accrochèrent à lui d'une façon que K. n'avait encore jamais expérimentée. Ils tenaient leurs épaules collées derrière les siennes ; au lieu de plier les bras, ils les entouraient autour de ceux de K. sur toute leur longueur et, au bout, lui enserraient les mains dans une prise imparable, qui était le fruit d'un enseignement et de tout un entraînement. K. marchait raide entre eux deux et ces trois hommes formaient maintenant une unité telle qu'en brisant l'un, on les eût brisés tous. C'était une unité comme ne peut guère en constituer que la matière inanimée.

En passant sous les réverbères et si malaisé que ce fût avec ce dispositif, K. cherchait à voir ses compagnons plus distinctement qu'il n'avait pu le faire dans la pénombre de sa chambre. Ce sont peut-être des ténors, songea-t-il en apercevant leurs doubles mentons. Il fut dégoûté par la propreté de leurs visages. On revoyait littéralement la main ménagère qui avait exploré le coin des yeux, astiqué la lèvre supérieure et récuré les plis du menton*.

Lorsque K. vit cela, il s'arrêta, et du coup les autres s'arrêtèrent aussi. Ils étaient en bordure d'une place dégagée, déserte et ornée de verdure.

– Pourquoi a-t-on choisi d'envoyer ces gens-là ! dit K.

C'était plus une exclamation qu'une question. Visiblement, les messieurs ne savaient que répondre, ils attendaient en laissant pendre leur bras libre, comme des
infirmiers dont le malade a besoin de souffler.

— Je n'irai pas plus loin, dit K. pour voir.

Cette fois, les deux messieurs n'avaient pas besoin de
répondre, il leur suffit de ne pas relâcher leur prise et de
tenter de soulever K. pour l'emporter ; mais K. résista.
Je n'aurai plus beaucoup à utiliser mes forces, pensa K.,
je vais toutes les employer maintenant. Il songea aux
mouches qui s'arrachent les pattes à vouloir les détacher
de la glu, et se dit encore : ces messieurs vont avoir fort
à faire.

À ce moment, émergeant d'un petit escalier qui partait
d'une rue en contrebas, Mademoiselle Bürstner arriva
sur la place. Il n'était pas tout à fait certain que ce fût
elle, mais la ressemblance était grande. D'ailleurs K. ne
se souciait guère que ce fût précisément Mademoiselle
Bürstner ; mais il prit aussitôt conscience que sa résistance n'avait aucune valeur. Cela n'avait rien d'héroïque
de résister ; de faire maintenant des difficultés à ces messieurs ; de tenter, en se défendant maintenant, de jouir
d'un dernier semblant de vie. Il se mit en marche, et la
joie que cela causa aux deux messieurs le gagna quelque
peu lui-même. Ils le laissèrent désormais déterminer leur
direction, et il choisit de suivre la jeune femme qui marchait devant eux ; non qu'il voulût la rattraper, ni la voir
le plus longtemps possible, mais uniquement pour ne pas
oublier la mise en garde qu'elle incarnait à ses yeux.
Conforté par le fait qu'ils marchaient tous trois du même
pas, il se dit : tout ce que je puis faire désormais, c'est de
garder jusqu'au bout l'esprit clair et calme. J'ai toujours
voulu me colleter avec le monde comme si j'avais vingt
bras et, de plus, à des fins qui n'étaient pas valables.
C'était une erreur. Faut-il maintenant montrer que même
une année de procès ne m'a rien appris ? Faut-il que je
laisse le souvenir d'un être buté ? Faudra-t-il qu'on

puisse me reprocher d'avoir voulu terminer mon procès quand il débutait et, maintenant qu'il s'achève, de vouloir le recommencer ? Je ne veux pas qu'on dise cela. Je suis reconnaissant qu'on m'ait donné pour escorte ces deux messieurs bornés et à demi muets, laissant le soin de me dire à moi-même ce qui est nécessaire.

La jeune femme, entre-temps, avait disparu dans une rue latérale, mais K. pouvait maintenant se passer d'elle et il laissa faire ses deux guides. Pleinement d'accord désormais, les trois hommes franchirent un pont au clair de lune ; chaque petit mouvement de K. était maintenant suivi docilement par les messieurs ; lorsqu'il obliqua un peu vers le parapet, ils tournèrent aussi pour faire face au fleuve. Ses eaux, qui brillaient et frémissaient au clair de lune, se séparaient en deux autour d'une petite île où se pressaient les masses feuillues d'un tas d'arbres et d'arbustes. En dessous d'eux, invisibles à cette heure, il y avait des allées sablées et des bancs confortables où K. s'était étiré et prélassé lors de bien des journées d'été.

– Mais je ne voulais pas m'arrêter, dit K. à ces compagnons dont la serviabilité lui fit honte.

Derrière le dos de K., l'un d'eux parut faire un léger reproche à l'autre pour ce malentendu, puis ils repartirent.

Ils empruntèrent quelques rues qui montaient et où, çà et là, des agents de police étaient postés ou patrouillaient ; tantôt au loin, tantôt tout près. L'un d'eux, avec une moustache broussailleuse et la main sur la poignée de son sabre*, s'approcha délibérément de ce groupe qui pouvait paraître un peu suspect. Les deux messieurs hésitèrent, le policier allait ouvrir la bouche, mais K. entraîna de force les messieurs. À plusieurs reprises, il se retourna prudemment, pour voir si l'agent les suivait ; et quand ils eurent mis un coin de rue entre lui et eux, K. se mit à courir et les messieurs durent lui emboîter le pas, bien qu'ils fussent extrêmement essoufflés.

Ainsi, ils eurent vite fait de sortir de la ville qui, dans cette direction, donnait sur la rase campagne presque sans transition. Il y avait une petite carrière de pierre, abandonnée et déserte, non loin d'un immeuble encore tout à fait citadin. C'est là que les messieurs firent halte, soit que cet endroit ait été leur but dès le départ, soit qu'ils fussent trop fatigués pour poursuivre leur course. Ils lâchèrent alors K., qui attendit sans dire mot ; ils ôtèrent leurs hauts-de-forme et, tout en examinant la carrière, s'épongèrent le front avec leur mouchoir. Le clair de lune baignait toute chose, avec ce naturel et ce calme qui ne sont donnés à nulle autre lumière.

Après s'être fait quelques politesses pour savoir qui exécuterait les tâches suivantes (leurs missions semblaient leur avoir été fixées en bloc et indistinctement), l'un d'eux s'approcha de K. et lui enleva son veston, son gilet et, pour finir, sa chemise. K. ne put s'empêcher de frissonner, sur quoi le monsieur lui donna dans le dos une petite tape rassurante. Puis il plia soigneusement les affaires de K., comme des choses dont on se resservira, mais pas tout de suite. Afin que K. ne s'expose pas sans bouger à l'air nocturne, qui était tout de même froid, le monsieur le prit par le bras et fit les cent pas avec lui, tandis que l'autre monsieur cherchait dans la carrière l'endroit qui conviendrait. Quand il l'eut trouvé, il fit un signe de la main, et l'autre amena K. C'était près du front de taille et il y avait un bloc détaché. Faisant asseoir K. sur le sol, ils l'adossèrent à ce bloc de pierre et lui posèrent la tête dessus. En dépit de tous leurs efforts et de toute la bonne volonté de K., sa posture resta contrainte et bizarre. Aussi l'un des messieurs pria-t-il l'autre de le laisser un instant faire comme il l'entendait, mais cela n'améliora pas les choses. Finalement ils laissèrent K. dans une position qui n'était pas même la meilleure de celles qu'ils avaient essayées. Alors l'un des messieurs déboutonna sa redingote et, d'un fourreau maintenu par un harnais contre son gilet, tira un couteau de boucher long et mince, à deux tranchants. Il le tint en l'air et en vérifia le fil à la lumière. Recommencèrent alors leurs écœurantes politesses, l'un tendant le couteau à l'autre par-dessus la tête de K., l'autre à son tour faisant de même, toujours par-dessus la tête de K. Celui-ci sut alors qu'il aurait été de son devoir de prendre ce couteau qui passait de main en main au-dessus de lui, et de se l'enfoncer dans le corps. Mais il n'en fit rien : il tourna son cou encore libre et regarda ailleurs. Il ne pouvait faire ses preuves complètement, il ne pouvait décharger les autorités de tout le travail ; la responsabilité de cette ultime faute incombait à celui qui lui avait refusé le reste d'énergie qui eût été nécessaire. Ses regards tombèrent sur le dernier étage de l'immeuble qui jouxtait la carrière. Avec l'éclat soudain d'une lumière qu'on allume, les deux battants d'une fenêtre s'ouvrirent là-haut d'un coup et quelqu'un, qui à cette distance et à cette hauteur paraissait falot et fluet, se pencha à l'extérieur d'un grand mouvement brusque, puis écarta encore les bras. Qui était-ce ? Un ami ? Un être bon ? Quelqu'un qui prenait part ? Quelqu'un de secourable ? Était-ce un isolé ? Était-ce tout le monde ? Y avait-il encore un secours ? Y avait-il des objections qu'on avait oubliées* ? Il y en avait certainement. La logique a beau être inébranlable, elle ne résiste pas à un homme qui veut vivre. Où était le juge qu'il n'avait jamais vu ? Où était le tribunal suprême, jusqu'auquel il n'était jamais arrivé ? Il leva les mains, écartant tous les doigts.

Mais sur la gorge de K. se posèrent les mains de l'un des messieurs, tandis que l'autre lui plongeait le couteau dans le cœur et l'y retournait deux fois. Comme ses yeux se révulsaient, K. vit encore les deux messieurs, tout près de son visage, observant joue contre joue la conclusion.

– Comme un chien ! dit K.

C'était comme si la honte allait lui survivre.

AUTRES CHAPITRES ÉBAUCHÉS
ET PASSAGES BIFFÉS

Outre les dix chapitres ci-dessus, on trouve sur le chantier du Procès *divers fragments dont nul ne saurait prétendre qu'ils aient moins de droits à être publiés. Si l'on veut invoquer leur inachèvement, il faut aussitôt répondre que déjà le chapitre où apparaît Block est, de toute évidence, inachevé lui aussi (voir p. 235). Et si c'est de leur brièveté qu'on entend tirer argument pour déclasser ces fragments, force est de noter que celui du Procureur est plus long que la « Fin ».*

Dans les uns comme dans les autres, Kafka a biffé certains passages qui, pour le coup, ont peut-être un autre statut que le reste. S'ils sont néanmoins donnés ici bien que leur auteur ait voulu les renier, c'est qu'à tout prendre Kafka voulut finalement tout renier, comme on sait. Fallait-il feindre la piété en respectant ces quelques ratures, alors que depuis des décennies l'on publie tout contre sa volonté ?

Nous donnons donc et les ébauches interrompues et les passages expressément biffés. Celles-là n'ont pas de place nettement assignée dans l'ensemble, à l'exception de la première : Max Brod a signalé que, dans le manuscrit, elle fait suite au chapitre intitulé « L'avocat, l'Industriel, le Peintre ». Quant aux passages supprimés par Kafka, ils sont donnés entre crochets [...] et figurent à leur place dans les ébauches ci-dessous, ou bien, quand ils faisaient partie des dix premiers chapitres, sous l'appel de la page correspondante.

Procureur

En dépit de la connaissance des hommes et de l'expérience du monde que K. avait acquises au cours de sa carrière à la banque, il avait toujours éprouvé un respect extraordinaire pour les personnages qui fréquentaient le soir, à la brasserie, la même table d'habitués que lui et, en lui-même, il n'avait jamais contesté que ce fût un grand honneur pour lui que d'appartenir à ce groupe. Ce dernier était composé presque exclusivement de juges, de procureurs et d'avocats ; y étaient également admis quelques jeunes fonctionnaires et quelques avocats stagiaires, mais ils étaient assis en bout de table et n'avaient le droit de se mêler aux débats que lorsqu'on leur posait une question précise. Mais la plupart du temps, ce genre de questions n'avait d'autre but que d'amuser ces messieurs ; en particulier, le procureur Hasterer, habituellement assis à côté de K., adorait faire de la sorte honte à ces jeunes gens. Dès que, plaquant sa large main velue au milieu de la table, il se tournait vers eux, tout le monde tendait l'oreille. Et quand, au bas bout de la table, quelqu'un relevait la question mais ou bien n'était pas même capable de la déchiffrer, ou bien contemplait pensivement son verre de bière, ou bien restait à bâiller comme une carpe, ou bien (encore bien pire) déversait un flot de paroles pour défendre un point de vue erroné ou non attesté, alors les vieux messieurs se tournaient en souriant sur leurs sièges et l'on aurait dit qu'ils commençaient seulement à trouver que c'était une bonne soirée. Quant aux conversations professionnelles vraiment sérieuses, ils s'en réservaient l'apanage.

K. avait été introduit dans ce groupe par un avocat, conseiller juridique de la banque. À une certaine époque, K. avait eu à conférer avec cet avocat, à la banque, jusqu'à des heures tardives, et tout naturellement il s'était retrouvé dînant à la table d'habitués que fréquentait l'avocat et il avait goûté cette société. Il n'y voyait que des messieurs savants, considérés et d'une certaine façon puissants, dont la distraction consistait à s'éreinter pour tenter de résoudre de difficiles questions qui n'avaient que de lointains rapports avec la vie de tous les jours. S'il n'avait naturellement guère la possibilité d'intervenir lui-même, en revanche il avait l'occasion d'apprendre bien des choses qui pourraient tôt ou tard le servir à la banque, et puis d'établir des relations personnelles avec le tribunal, ce qui était toujours utile. Mais le groupe, de son côté, parut l'accepter volontiers. Il fut bientôt reconnu comme un spécialiste des affaires et, dans ce domaine, son point de vue passait (même si l'ironie ne perdait pas toujours ses droits) pour irréfutable. Il n'était pas rare que deux interlocuteurs en désaccord sur un point de droit commercial sollicitassent son avis sur la question et qu'ensuite son nom revînt dans la discussion et se trouvât mêlé aux analyses les plus abstraites, où K. perdait très vite pied. Toutefois, bien des choses lui devinrent peu à peu claires, surtout avec l'aide du procureur Hasterer, qui lui prodiguait ses conseils et lui témoignait son amitié. K. l'accompagnait même assez souvent chez lui en pleine nuit. Mais il lui fallut longtemps avant de s'habituer à marcher au bras de ce géant, qui n'aurait eu aucun mal à escamoter K. sous son ample pèlerine.

À la longue, ils ne s'en lièrent pas moins, au point que s'estompèrent entre eux les différences d'instruction, de profession et d'âge. Leurs rapports étaient ceux d'amis de toujours, et si parfois l'un d'eux paraissait supérieur, ce n'était pas Hasterer : c'était K., dont l'expérience pratique, acquise sur le terrain comme aucun magistrat ne pourra jamais le faire, faisait généralement que c'était lui qui avait raison.

Cette amitié fut naturellement bientôt connue de tous autour de cette table, et l'on oublia à moitié qui le premier y avait amené K. ; mais enfin c'était Hasterer qui couvrait K. et, si l'on avait songé à contester la présence de K., celui-ci aurait pu à bon droit se réclamer du procureur. Or cela équivalait à une position de force, car Hasterer était aussi redouté qu'il était respecté. La vigueur et l'habileté de sa pensée juridique forçaient l'admiration, mais beaucoup de ces messieurs étaient pour le moins ses égaux en la matière ; en revanche, aucun ne mettait à défendre ses points de vue le même acharnement farouche. K. avait l'impression que, lorsque Hasterer ne pouvait convaincre son adversaire, il parvenait du moins à l'effrayer : son index tendu en faisait déjà reculer plus d'un. On avait alors le sentiment que l'adversaire oubliait qu'il était en compagnie de confrères et d'amis, en train d'agiter des questions strictement théoriques, et qu'il oubliait qu'en réalité rien ne pouvait lui arriver : il se taisait, et un hochement de tête était déjà un acte de courage. C'était un spectacle pénible, quand l'adversaire était assis loin et que Hasterer comprenait que l'accord ne pourrait se faire à cette distance : il repoussait alors son assiette encore pleine et se levait lentement pour aller trouver son interlocuteur. Les voisins rejetaient la tête en arrière pour observer son visage. Au demeurant, ces incidents étaient relativement rares et, surtout, Hasterer ne prenait quasiment la mouche qu'à propos de questions juridiques, touchant principalement des procès où il avait lui-même requis, ou bien requérait présentement. Quand il s'agissait d'autres questions, il était affable et calme, son rire était débonnaire et il se passionnait pour les plaisirs de la table. Il lui arrivait même de se désintéresser de la conversation générale et, se tournant vers K., posant le bras sur le dossier de sa chaise, de lui poser à mi-voix des questions sur la banque, puis de parler à son tour de son travail, ou encore de ses relations féminines, qui le préoccupaient presque autant que le tribunal. On ne le voyait parler de la sorte avec aucun autre membre de cette assemblée ; et de fait, lorsqu'on avait quelque chose à demander à Hasterer (il s'agissait généralement de le réconcilier avec un confrère), on s'adressait d'abord à K. en lui demandant de s'entremettre, ce qu'il faisait toujours avec plaisir et avec succès. D'une manière générale, sans du tout profiter de ses liens avec Hasterer, K. se montrait fort courtois et modeste avec tout le monde, et savait (ce qui était plus important encore que la modestie et la courtoisie) distinguer exactement les échelons de la hiérarchie et traiter chacun de ces messieurs en fonction de celui qu'il y occupait. Il est vrai qu'en la matière, le procureur ne cessait d'éclairer sa lanterne, car c'étaient les seules règles qu'il n'enfreignît jamais, même dans les discussions les plus enflammées. C'est d'ailleurs pour cela que les jeunes gens du bout de la table, qui n'avaient encore presque aucune place dans la hiérarchie, n'entendaient jamais de sa bouche que des discours très généraux, comme s'ils n'étaient pas des individus, mais une masse indistincte. Or c'étaient précisément eux qui lui témoignaient le plus de révérence, et quand vers onze heures il se levait pour rentrer chez lui, il y en avait un qui aussitôt l'aidait à enfiler son lourd manteau, et un autre qui lui ouvrait la porte en s'inclinant très bas et qui continuait naturellement à la tenir pendant que K. quittait la salle derrière Hasterer.

Alors que, les premiers temps, K. faisait un bout de chemin avec le procureur, ou l'inverse, la règle devint par la suite que Hasterer invitait K. à entrer chez lui et à rester un moment. Ils passaient alors encore une bonne heure à boire un alcool en fumant un cigare. Ces soirées étaient tellement du goût de Hasterer qu'il ne voulut même pas y renoncer durant quelques semaines où une femme prénommée Hélène était à demeure chez lui. C'était une grosse dame plutôt vieille, avec un teint bistré et des mèches noires frisées tout autour du front. K. la vit d'abord uniquement au lit, elle s'y prélassait généralement sans vergogne, lisant un roman-feuilleton sans se soucier de la conversation des deux hommes. Mais quand il se faisait tard, elle se mettait à s'étirer et à bâiller ; et quand elle ne trouvait pas d'autre moyen d'attirer l'attention, elle lançait un fascicule de son roman sur le procureur. Celui-ci se levait alors en souriant, et K. prenait congé. Mais quelque temps plus tard, quand Hasterer commença à se lasser d'Hélène, elle dérangea passablement leurs soirées. Elle les attendait désormais habillée de pied en cap, généralement dans une robe qu'elle devait trouver très seyante et très luxueuse, mais qui n'était en fait qu'une vieille robe de bal surchargée, en particulier de quelques vilaines rangées de longues franges qui étaient censées la décorer. K. ne savait pas vraiment à quoi ressemblait cette robe, il se refusait quasiment à la regarder, restant assis des heures les yeux mi-clos, tandis que la femme roulait des hanches de-ci delà, ou bien s'asseyait tout près de lui, ou bien plus tard (quand sa position était de plus en plus menacée) essayant même, dans son désarroi, de rendre Hasterer jaloux en marquant une préférence pour K. C'était plus par désarroi que par malice qu'elle montrait son dos nu, gras et dodu, en se penchant par-dessus la table, et qu'elle s'approchait de K. pour l'obliger à lever les yeux vers elle. Tout ce qu'elle obtint, c'est que K. refusa dès lors de se rendre chez Hasterer ; et quand il y retourna quelque temps après, Hélène avait été définitivement congédiée ; K. accueillit cette nouvelle comme si cela allait de soi. Les deux hommes restèrent ensemble exceptionnellement tard ce soir-là ; à l'initiative du procureur, ils scellèrent par un toast leur décision de se tutoyer désormais ; et en rentrant chez lui, K. avait tellement fumé et bu qu'il était presque un peu ivre.

Le lendemain même, dans la matinée, le directeur de la banque dit au cours d'une conversation de travail qu'il croyait avoir vu K. la veille au soir. Sauf à s'être trompé, il avait aperçu K. se promenant bras dessus bras dessous avec le procureur Hasterer. Le directeur semblait trouver cela si étrange que (conformément d'ailleurs à son goût habituel de la précision) il nomma l'église sur le côté de laquelle, à proximité de la fontaine, cette rencontre avait eu lieu. Aurait-il voulu décrire un mirage, qu'il ne se serait pas exprimé autrement. K. lui expliqua alors que le procureur était un ami et qu'effectivement ils étaient passés la veille au soir près de cette église. Le directeur eut un sourire étonné et invita K. à s'asseoir. Ce fut un de ces instants qui faisaient que K. aimait tant le directeur : des instants où, chez cet homme affaibli, malade, toussotant et pliant sous les énormes responsabilités de sa tâche, se faisait jour une certaine inquiétude quant au bien-être et à l'avenir de K. ; c'était une inquiétude qu'on pouvait certes, comme le faisaient d'autres employés qui en avaient fait l'expérience, juger froide et superficielle et qui n'était qu'un bon moyen de s'attacher pour des années de bons collaborateurs en leur sacrifiant deux minutes ; mais, quoi qu'il en fût, dans ces instants-là K. était conquis par le directeur. Peut-être aussi que le directeur parlait à K. un peu autrement qu'aux autres ; non qu'il oubliât qu'il était son supérieur hiérarchique pour faire ainsi amitié avec K. (c'est bien plutôt dans les relations habituelles de travail qu'il procédait régulièrement ainsi) ; mais c'est la situation de K. qu'il semblait avoir oubliée ce matin-là, lui parlant comme à un enfant ou comme à un jeune homme inexpérimenté qui aurait été candidat à un emploi et qui, pour une raison incompréhensible, se serait attiré la bienveillance du directeur. K. n'aurait certainement pas souffert qu'on lui parlât ainsi (pas plus le directeur qu'un autre), si cette sollicitude ne lui avait pas paru sincère, ou si du moins la possibilité d'une telle sollicitude, telle qu'elle se manifestait en de pareils instants, ne l'avait complètement envoûté. K. était conscient de cette faiblesse ; peut-être tenait-elle à ce qu'en ce domaine il y avait encore en lui quelque chose d'enfantin, vu qu'il n'avait jamais connu la sollicitude d'un père (le sien était mort très jeune), qu'il avait très tôt quitté la maison et que depuis toujours la tendresse de sa mère (qui, à moitié aveugle, vivait encore dans sa petite ville immuable de province, où il était allé la voir pour la dernière fois environ deux ans auparavant) avait été par lui moins réclamée que rejetée.

    – Je ne savais rien de cette amitié, dit le directeur.

    Seul un faible sourire aimable atténua la sécheresse de la remarque.

VISITE À LA MÈRE

    Soudain, pendant qu'il prenait son repas de midi, il eut envie d'aller voir sa mère. Or, le printemps tirait à sa fin, cela ferait donc bientôt trois ans qu'il ne l'avait pas vue. La dernière fois, elle lui avait demandé de venir à l'occasion de son anniversaire à lui, et il avait accepté en dépit de diverses difficultés ; il lui avait même promis de passer auprès d'elle tous ses anniversaires, promesse à laquelle il avait en vérité déjà manqué deux fois. Cette fois-ci, en revanche, il n'allait pas attendre son anniversaire, qui n'était pourtant que dans quinze jours, il allait partir tout de suite. Il se dit bien qu'il n'y avait aucune raison particulière d'y aller dès maintenant, au contraire : les nouvelles que lui donnait régulièrement tous les deux mois un cousin, commerçant dans la petite ville en question et chargé de gérer l'argent que K. lui envoyait pour sa mère, étaient plus rassurantes qu'elles ne l'avaient jamais été. Certes, sa mère perdait la vue, mais les médecins l'avaient laissé prévoir à K. depuis des années ; pour le reste, sa santé s'était en revanche améliorée, diverses infirmités s'étaient atténuées au lieu de s'aggraver avec l'âge, en tous les cas elle s'en plaignait moins. De l'avis du cousin, cela tenait peut-être à ce que, ces dernières années (K. en avait noté des symptômes avec une sorte de dégoût, lors de sa dernière visite), elle était devenue excessivement pieuse. Le cousin avait décrit de façon suggestive comment la vieille dame, qui naguère ne pouvait que se traîner péniblement, marchait maintenant d'un fort bon pas, lorsqu'il la conduisait à la messe du dimanche. Et l'on pouvait en croire ce cousin, car c'était un anxieux, dont les récits exagéraient plutôt ce qui n'allait pas bien.

En tout état de cause, K. était maintenant décidé à faire ce voyage ; il avait noté ces derniers temps, parmi d'autres évolutions inquiétantes, qu'il avait une certaine tendance à se montrer douillet, à céder presque sans retenue à tous ses désirs : eh bien, dans le cas présent, ce travers servirait du moins une bonne cause.

Il s'approcha de la fenêtre pour rassembler quelque peu ses idées, fit desservir sans plus tarder son déjeuner, et envoya son employé chez Madame Grubach, pour qu'il annonce son départ et rapporte son sac de voyage, où sa logeuse mettrait le nécessaire ; puis il donna à Monsieur Kühne quelques instructions touchant le travail à faire en son absence, sans trop s'irriter pour une fois de la mauvaise habitude qu'avait prise ce Monsieur Kühne d'écouter d'un air penché, comme s'il savait fort bien ce qu'il avait à faire et ne supportait cette énumération des instructions que comme une cérémonie ; enfin, il se rendit chez le directeur. Quand il lui demanda deux jours de congé parce qu'il devait aller voir sa mère, le directeur lui demanda tout naturellement si celle-ci était malade. « Non », dit K. sans autre explication. Il était debout au milieu du bureau, les mains croisées derrière le dos. Il réfléchissait, en plissant le front. Avait-il, peut-être, brusqué ses préparatifs de départ ? Ne valait-il pas mieux rester ici ? Qu'allait-il faire là-bas ? N'allait-il pas partir par sentimentalité ? Et par sentimentalité aussi, rater éventuellement ici quelque chose d'important, une occasion d'intervenir, qui pouvait s'offrir n'importe quel jour et à n'importe quelle heure, alors que cela faisait maintenant des semaines que le procès semblait être au repos et qu'à peu près aucune nouvelle précise ne lui en était parvenue ? Et de surcroît, n'allait-il pas effrayer sa vieille mère ? Ce n'était naturellement pas dans ses intentions, mais cela pouvait facilement se produire malgré lui, étant donné qu'actuellement beaucoup de choses se produisaient malgré lui. Et puis sa mère ne lui avait nullement demandé de venir. Jadis, les lettres du cousin réitéraient régulièrement les invitations pressantes de sa mère, mais cela avait cessé depuis longtemps. Ce n'était donc pas à cause de sa mère qu'il partait, c'était évident. Mais s'il partait en nourrissant quelque espoir pour lui-même, c'était complètement stupide et, une fois là-bas, c'est finalement le désespoir qui serait le fruit de cette stupidité. Mais comme si tous ces doutes n'étaient pas les siens et lui étaient suggérés par des étrangers, il se réveilla littéralement sans démordre de sa décision de partir. Entre-temps, le directeur, par hasard ou plus vraisemblablement par égard pour K., s'était penché sur un journal ; il leva alors les yeux lui aussi, se leva en tendant la main à K. et, sans lui poser d'autre question, lui souhaita bon voyage.

K. attendit encore le retour de l'employé en faisant les cent pas dans son bureau, se débarrassa presque sans un mot du directeur adjoint, qui entra plusieurs fois pour savoir la raison du départ de K., et, quand enfin son sac de voyage fut là, il descendit aussitôt pour prendre la voiture qu'il avait demandée à l'avance. Il était déjà dans l'escalier quand, au dernier moment, surgit l'employé Kullich, tenant à la main une lettre en cours de rédaction, sur laquelle il voulait manifestement demander conseil à K. Celui-ci refusa d'un signe de main, mais, borné comme était ce gaillard blond à grosse tête, il se méprit sur le sens de ce geste et, brandissant son papier, caracola derrière K. en faisant des bonds à se rompre le cou. K. en fut si agacé qu'au moment où Kullich le rattrapa sur le perron il lui arracha la lettre et la déchira. Lorsque, dans la voiture, il se retourna, il vit Kullich planté à la même place et qui sans doute n'avait toujours pas compris ce qu'il avait fait de mal, tandis qu'à ses côtés le portier saluait bien bas en retirant sa casquette. Ainsi, K. restait bel et bien l'un des personnages importants de la banque ; s'il songeait à le nier, le portier était là pour affirmer le contraire. Et sa mère croyait même, en dépit de toutes ses protestations, qu'il était le directeur de la banque, et ce déjà depuis des années. Il ne baisserait jamais dans son estime, si compromis que fût déjà par ailleurs son prestige. C'était peut-être bon signe que, juste au moment de partir, il ait pu se convaincre qu'il pouvait encore arracher une lettre des mains d'un employé qui avait même des liens avec le tribunal et la déchirer sans la moindre excuse et sans que le feu lui dévore les mains.

[... À vrai dire, il ne s'était pas senti le droit de faire ce dont il aurait rêvé : donner deux coups sonores sur les joues rondes et pâles de Kullich. D'un autre côté, c'est naturellement une très bonne chose, car K. déteste Kullich, et non seulement Kullich, mais aussi Rabensteiner et Kaminer. Il croit les avoir détestés depuis toujours ; c'est bien leur apparition dans la chambre de Mademoiselle Bürstner qui a attiré son attention sur eux, mais sa haine est plus ancienne. Et, depuis ces derniers temps, cette haine le fait presque souffrir, car il ne peut pas l'assouvir ; il est tellement difficile d'avoir prise sur eux, ils sont les employés les plus subalternes, maintenant ; ils sont tous extrêmement médiocres, ils n'auront jamais d'avancement, sinon sous la pression des années de service, et même là plus lentement que personne ; il est par conséquent presque impossible de mettre un obstacle sur leur route ; nul obstacle suscité par autrui ne saurait être aussi grand que la sottise de Kullich, la paresse de Rabensteiner et l'humilité rampante et répugnante de Kaminer. La seule chose qu'on puisse faire contre eux, ce serait de provoquer leur licenciement, ce serait même très facile à obtenir, il suffirait que K. dise quelques mots au directeur, mais K. se dérobe devant l'obstacle. Peut-être le ferait-il si le directeur adjoint, qui avantage ouvertement ou en sous-main tout ce que K. déteste, prenait fait et cause pour les trois hommes ; mais curieusement, il fait là une exception et veut ce que K. veut.]

COMBAT AVEC LE DIRECTEUR ADJOINT

Un matin, K. se sentit beaucoup plus frais et beaucoup plus résistant que d'habitude. Il ne pensait guère au tribunal ; mais si l'idée lui en venait, il lui semblait que sur cette vaste organisation aux ramifications insoupçonnables l'on devait pouvoir, après avoir bien sûr tâtonné dans le noir, trouver facilement une bonne prise, qui permettrait de l'arracher et de la fracasser. L'état inhabituel où il se trouvait poussa même K. à inviter le directeur adjoint à venir dans son bureau pour qu'ils discutent ensemble d'une affaire qui était urgente depuis quelque temps. En pareille circonstance, le directeur adjoint faisait toujours comme si ses rapports avec K. n'avaient pas changé le moins du monde depuis des mois. C'est calmement qu'il arrivait, comme aux premiers temps de sa rivalité constante avec K., calmement qu'il écoutait les exposés de K., manifestant son intérêt par de petites remarques familières, voire sur le ton de la camaraderie, et troublant K. uniquement par une attitude qui n'était pas forcément intentionnelle et qui consistait à ne se laisser distraire en rien du principal objet de la conférence, auquel il prêtait littéralement une attention de tout son être, alors qu'en face d'un tel modèle de conscience professionnelle les pensées de K. se mettaient aussitôt à s'éparpiller dans tous les sens, le contraignant presque sans qu'il résiste à se décharger lui-même de l'affaire sur le directeur adjoint. Un jour, ce fut au point que, tout d'un coup, K. s'aperçut que le directeur adjoint se levait et regagnait son bureau sans rien dire. K. ne savait pas ce qui s'était passé ; il était possible qu'il eût conclu l'entretien dans les règles, mais il était tout aussi possible que le directeur adjoint eût brisé là, parce que K. l'avait vexé sans s'en rendre compte, ou bien avait dit une ineptie, ou bien parce que le directeur adjoint n'avait pas plus pu douter que K. n'écoutait pas et était préoccupé par autre chose. Mais il était même possible que K. ait pris une décision ridicule, ou que le directeur adjoint la lui ait perfidement arrachée et se hâte à présent de l'appliquer pour nuire à K. Du reste, on ne revint jamais sur cet épisode, K. ne voulait pas l'évoquer et le directeur adjoint restait de marbre ; d'ailleurs, dans l'immédiat, l'affaire n'eut pas non plus de suites apparentes. Mais en tout cas, cet incident n'avait pas dissuadé K. : dès qu'une occasion favorable se présentait et qu'il était tant soit peu en forme, il se retrouvait aussitôt à la porte du directeur adjoint, pour aller le trouver ou pour l'inviter à venir le rejoindre. Ce n'était plus le moment de se cacher de lui, comme il l'avait fait auparavant. Il n'espérait plus remporter un succès prochain et décisif, qui le délivrât d'un coup de tous ses soucis et rétablît automatiquement ses anciens rapports avec le directeur adjoint. K. se rendait compte qu'il ne devait pas lâcher prise ; s'il cédait, comme l'eussent peut-être exigé les faits, il risquait éventuellement de ne plus jamais pouvoir avancer. Il ne fallait pas laisser croire au directeur adjoint que K. était fini ; il ne fallait pas qu'il soit tranquillement assis dans son bureau avec cette conviction ; il fallait l'inquiéter. Il fallait donc, le plus souvent possible, qu'il sache que K. était vivant et que, comme tout ce qui vit, K. pouvait un beau jour le surprendre par des capacités nouvelles, si peu dangereux qu'il parût aujourd'hui. Parfois, K. se disait bien qu'avec cette méthode il combattait uniquement pour sauver son honneur, car cela ne pouvait en fait rien lui rapporter de s'opposer constamment au directeur adjoint dans cet état de faiblesse, de renforcer son sentiment de puissance et de lui donner la possibilité de se livrer à ses observations et de prendre les mesures les plus précisément appropriées à la situation du moment. Mais K. aurait été incapable de changer de comportement ; il se faisait des illusions, il croyait parfois dur comme fer pouvoir se mesurer sans crainte avec le directeur adjoint en ce moment précis ; les expériences les plus malheureuses ne lui apprenaient rien ; ce qui avait échoué lors de dix tentatives, il croyait pouvoir y arriver à la onzième, bien que tout eût toujours uniformément tourné à sa déconfiture. Quand, au terme d'une telle rencontre, il se retrouvait épuisé, en sueur, la tête vide, il ne savait pas si c'était l'espérance ou le désespoir qui l'avait poussé vers le directeur adjoint ; la fois suivante, c'était de nouveau, sans conteste et sans réserve, l'espérance seule qui l'animait, tandis qu'il courait vers la porte du directeur adjoint.

[Ce matin-là, cette espérance se montra particulièrement justifiée. Le directeur adjoint entra lentement en se tenant le front et se plaignit de maux de tête. K. voulut d'abord relever cette phrase, mais il se ravisa et se mit sans plus tarder à parler travail sans le moindre égard pour les maux de tête du directeur adjoint. Or, soit que la douleur n'ait pas été très vive, soit que l'intérêt de la discussion l'ait fait passer pendant un moment, le directeur adjoint ôta bientôt la main de son front et se mit à répondre comme toujours du tac au tac et presque sans réfléchir, tel un excellent élève qui n'attend même pas la fin des questions. Cette fois, K. était de taille et put le remettre à sa place à plusieurs reprises, mais l'idée de ces maux de tête ne cessait de le gêner, comme si le directeur adjoint, loin d'en être diminué, en avait tiré avantage. Il les supportait et les surmontait admirablement ! Il avait parfois un sourire que rien, dans ses propos, ne motivait : il avait l'air de se vanter d'avoir mal à la tête et de n'en être nullement gêné pour réfléchir. On parlait de tout autre chose, mais en même temps se poursuivait un dialogue muet où le directeur adjoint, sans contester la violence de sa souffrance, manifestait sans cesse qu'elle était anodine et par conséquent toute différente de celle qu'éprouvait souvent K. Et celui-ci, même s'il s'en défendait, se sentait démenti par la façon dont le directeur adjoint se tirait d'affaire. Mais cette

attitude était en même temps un exemple pour K. Lui aussi
pouvait se barricader contre tout souci non professionnel. Pour
cela, il fallait seulement qu'il se tienne encore davantage à son
travail que par le passé, qu'il prenne à l'intérieur de la banque
des mesures nouvelles dont l'application l'occuperait durable-
ment, qu'il consolide par des visites et des voyages les relations
d'affaires qui s'étaient un peu relâchées, qu'il présente au directeur des rapports plus fréquents et qu'il cherche à se faire attri-
buer par lui des missions particulières.]

C'était bien ainsi ce jour-là. Le directeur adjoint entra tout
de suite, resta près de la porte à essuyer son lorgnon (une habitude qu'il avait depuis peu) et regarda d'abord K. puis, pour
ne pas avoir l'air de s'en occuper trop ostensiblement, examina
tout le bureau. On aurait dit qu'il en profitait pour tester sa
vue. K. tint tête à ces regards, il sourit même un peu et invita
son visiteur à s'asseoir. Se jetant lui-même dans son fauteuil, il
le tira le plus près possible du directeur adjoint, prit sans tarder
sur sa table les papiers nécessaires et commença son rapport.
Au début, le directeur adjoint parut écouter à peine. La table
de K. avait un plateau entouré d'une petite bordure sculptée.
Le meuble tout entier était d'une excellente facture et la bordure elle-même tenait solidement au bois du plateau. Mais le
directeur adjoint faisait comme s'il venait de découvrir que cela
avait du jeu et il entreprit d'arranger la chose en tapant sur
cette bordure du bout de son index. K. fit mine de s'interrompre, mais le directeur adjoint s'y opposa, déclarant qu'il
écoutait parfaitement et suivait tout le rapport. Mais alors que
ce dernier n'appelait pour l'instant aucune remarque de sa part,
cette bordure de bureau exigeait apparemment des mesures
appropriées, car voilà que le directeur adjoint tirait son canif,
s'emparait de la règle de K. pour faire levier et tentait de soulever
la bordure, sans doute afin de pouvoir ensuite mieux l'enfoncer.
K. avait fait figurer dans son rapport une proposition tout à fait
inédite, dont il attendait qu'elle fasse grand effet sur le directeur
adjoint, et, quand il en arriva à cette proposition, il fut incapable
de marquer une pause, tant il était pris par son propre travail,
ou plutôt tant il était heureux de constater, pour une fois, qu'il
était encore quelqu'un d'important dans cette banque et que
ses idées étaient capables de le justifier. Peut-être même que

cette façon de se défendre était la meilleure, non seulement à
la banque, mais dans son procès, et qu'elle valait bien mieux
que toutes les autres formes de défense qu'il avait essayées ou
projetées. Pressé qu'il était de s'exprimer, K. n'avait pas le
temps d'arracher expressément le directeur adjoint à son travail
d'ébéniste ; simplement, à deux ou trois reprises, tout en poursuivant sa lecture, il passa la main, d'un geste apaisant, sur la
bordure du bureau, pour signifier au directeur adjoint, sans
bien le savoir lui-même, que cette bordure n'avait pas besoin
d'être réparée et que, même dans le cas contraire, il était pour
l'instant plus important et aussi plus convenable d'écouter.
Mais, comme souvent chez les gens vifs faisant un travail purement intellectuel, cette tâche artisanale avait maintenant excité
le zèle du directeur adjoint : ayant détaché un morceau de la
petite balustrade, il fallait maintenant faire rentrer dans les
trous correspondants ses petites colonnes. C'était plus délicat
que tout le travail précédent. Le directeur adjoint dut se lever
et essayer à deux mains d'enfoncer la balustrade dans le plateau
de la table. Il avait beau forcer, il n'y arrivait pas. Tout à sa
lecture (qu'il entremêlait au demeurant de nombreuses improvi-
sations), K. n'avait que vaguement perçu que le directeur
adjoint s'était levé. Bien qu'il n'eût guère perdu de vue l'occu-
pation accessoire de son auditeur, K. avait supposé que celui-
ci s'était levé pour une raison qui devait tenir à son exposé, il
se leva donc aussi et, le doigt pointé sur un chiffre, tendit un
papier au directeur adjoint. Mais entre-temps celui-ci avait dû
constater que la pression de ses mains n'était pas suffisante et
il s'était carrément assis de tout son poids sur la balustrade.
Cette fois, cela réussit, les colonnes pénétrèrent en grinçant
dans leurs trous, mais en forçant l'une d'elles se cassa, si bien
qu'au-dessus la fine moulure céda et se brisa en deux.

– C'est du mauvais bois, dit avec agacement le directeur
adjoint.

En allant voir Elsa

Un jour, juste au moment de partir, K. fut appelé par téléphone et prié de se rendre immédiatement au greffe du tribunal. On le mit en garde : il fallait obéir. Ses propos inouïs sur l'inutilité des interrogatoires, dont il avait déclaré qu'ils n'apportaient rien et ne pouvaient rien apporter, sa menace de ne plus s'y présenter, sa promesse d'ignorer les convocations téléphoniques ou écrites et de jeter à la porte les messagers du tribunal, tout cela avait été porté au procès-verbal et lui avait déjà causé grand tort. Pourquoi ne pas se montrer docile ? Ne mettait-on pas tout en œuvre, sans regarder au temps ni à la dépense, pour mettre de l'ordre dans la complexité de son affaire ? Entendait-il gâcher cela par caprice et provoquer des mesures coercitives qu'on lui avait épargnées jusqu'à présent ? La convocation de ce jour était une ultime tentative. Qu'il fasse ce qu'il voulait, mais qu'il songe que le haut tribunal ne pouvait tolérer qu'on le nargue.

Or, K. avait annoncé sa visite à Elsa pour ce soir-là et, ne fût-ce que pour cette raison, il ne pouvait se rendre au tribunal ; il était content de pouvoir ainsi justifier son absence, encore qu'il ne fût naturellement pas question de faire usage de cette excuse, et bien que, très vraisemblablement, il ne fût pas allé au tribunal même si sa soirée avait été parfaitement libre de toute obligation. Fort de son bon droit, il n'en demanda pas moins au téléphone ce qui se passerait s'il ne venait pas. La réponse fut :

– On saura vous trouver.

– Et serai-je puni pour n'être pas venu de mon plein gré ?

K. posa cette question en souriant, curieux de voir ce qu'on allait lui répondre. On répondit :

– Non.

– Parfait, dit K. ; mais alors pourquoi voudriez-vous que je me rende à la convocation de ce soir ?

– Il n'est pas d'usage d'attirer sur soi les foudres du tribunal, dit la voix faiblissante qui finit par se perdre.

Il est fort imprudent de ne pas les attirer, songea K. en s'en allant. On doit au contraire essayer de voir ce que sont ces foudres.

Sans hésiter, il prit une voiture pour aller rejoindre Elsa. Confortablement installé dans un coin du véhicule, les mains

dans les poches de son manteau (il commençait à faire froid),
il observait l'animation des rues. Il était assez satisfait à l'idée
que, si le tribunal tenait réellement séance, il était en train de
lui causer des difficultés non négligeables. Il n'avait pas dit clairement s'il viendrait ou non ; par conséquent le juge attendait,
peut-être même que toute une assemblée attendait ; seulement,
au grand dam de la galerie, K. ne se montrerait pas. Sans se
laisser impressionner par le tribunal, il allait où il voulait. Un
instant, il se demanda si, par distraction, il n'avait pas donné
au conducteur l'adresse du tribunal, aussi lança-t-il d'une voix
forte l'adresse d'Elsa ; le conducteur fit oui de la tête, il n'avait
pas entendu d'autre adresse. Dès lors, K. oublia peu à peu le
tribunal et ce furent comme autrefois les affaires de la banque
qui recommencèrent à occuper tout son esprit.

L'IMMEUBLE

Sans avoir au départ une intention précise, K. avait à plusieurs reprises tenté d'apprendre où était le siège du service responsable de l'accusation qui avait déclenché son procès. Il n'eut
pas de difficulté à l'apprendre : aussi bien Titorelli que Wohl-
fahrt lui indiquèrent, dès qu'il le demanda, le numéro de
l'immeuble. Par la suite, Titorelli, avec le sourire qu'il réservait
toujours aux projets secrets qu'on ne lui soumettait pas, com-
pléta le renseignement en affirmant que ce service-là n'avait pas
la moindre importance, ne faisant que communiquer ce qu'on
lui transmettait et n'étant que l'organe extérieur du grand service chargé des accusations, lequel n'était d'ailleurs pas accessible aux justiciables. Quand par conséquent l'on avait quelque
chose à demander au service des accusations (désir fréquent,
mais qu'il n'était pas toujours opportun d'exprimer), il fallait
bien passer par ce service subalterne, mais cela ne permettait
ni d'accéder au véritable service des accusations ni d'y faire
parvenir sa demande.

K. savait à quoi s'en tenir sur le compte du peintre, donc il
le laissa dire sans poser d'autres questions, se contentant
d'opiner du bonnet et d'enregistrer ce qu'on lui disait. Il avait

une fois de plus le sentiment, comme souvent ces derniers temps, que Titorelli, pour tourmenter son monde, remplaçait avantageusement l'avocat. La seule différence, c'était que K. était moins à la merci de Titorelli, dont il pouvait se débarrasser quand il lui plairait ; et puis le peintre était extrêmement loquace, voire bavard, encore qu'il le fût moins qu'avant ; enfin K. pouvait à son tour fort bien tourmenter Titorelli.

Et en l'occurrence il ne s'en priva pas, parlant fréquemment de cet immeuble sur un ton qui laissait entendre qu'il lui cachait des choses, qu'il avait déjà noué des liens avec ce service, mais qu'ils n'étaient pas encore assez solides pour qu'il pût en répandre la nouvelle sans danger. Si Titorelli le pressait alors de donner de plus amples détails, K. détournait soudain la conversation et n'en parlait plus pendant longtemps. Il prenait plaisir à ces petits succès ; il s'imaginait alors comprendre déjà bien mieux ces gens proches du tribunal, pouvoir maintenant se jouer d'eux, s'introduire presque parmi eux et avoir, ne fût-ce qu'un instant, cette vue d'ensemble qu'ils avaient eux-mêmes, du fait qu'ils se trouvaient sur le premier échelon du tribunal. Quelle importance, s'il perdait en bas sa situation ? Il y aurait encore là une possibilité de se sauver, il lui suffirait de se faufiler dans les rangs de ces gens ; si, par bassesse ou pour d'autres raisons, ils n'avaient pas pu l'aider dans son procès, ils pourraient tout de même l'accueillir et le cacher ; ils ne pourraient même pas, à condition d'avoir tout bien prémédité et de l'exécuter en secret, se refuser à lui rendre ce service ; surtout Titorelli, dont il était désormais une relation proche et le bienfaiteur.

Tels étaient les espoirs que nourrissait K., mais pas tous les jours. En général, il distinguait bien les choses et se gardait de se dissimuler la moindre difficulté ou de passer outre. Mais quelquefois (généralement dans des états de total épuisement, au terme de sa journée de travail) il trouvait un réconfort dans les incidents de la journée, même dans les plus minimes et les plus difficiles à interpréter. Il était habituellement étendu sur le canapé de son bureau (qu'il ne pouvait plus quitter sans s'y être d'abord reposé une heure) et il méditait ces multiples observations. Il ne se limitait pas strictement aux personnes touchant au tribunal ; dans son demi-sommeil tout se mélangeait, il oubliait l'immense travail du tribunal et croyait être l'unique accusé, tandis que tous les autres grouillaient dans les couloirs du tribunal comme autant de fonctionnaires et de juristes, et même les plus abrutis avaient le menton rentré vers la poitrine, la moue avantageuse et le regard fixe de qui réfléchit avec le sentiment d'une lourde responsabilité. À chaque fois surgissaient alors en groupe les locataires de Madame Grubach, ils étaient debout tête contre tête, la gueule ouverte, comme l'accusant en chœur. Il y avait parmi eux beaucoup d'inconnus, car K. ne se souciait plus depuis longtemps de ce qui pouvait se passer à la pension. À cause de tous ces inconnus, il était mal à l'aise pour s'occuper de plus près de ce groupe, ce que parfois il était obligé de faire, lorsqu'il y cherchait Mademoiselle Bürstner. Il parcourait des yeux le groupe, par exemple, et soudain avait le regard arrêté par l'éclat d'une paire d'yeux tout à fait inconnus. Il ne trouvait pas Mademoiselle Bürstner mais, quand il cherchait à nouveau pour éviter toute erreur, il la découvrait justement au milieu du groupe, les bras passés autour de deux messieurs qui l'encadraient. Cela ne lui faisait absolument aucune impression, d'autant que c'était là une image qui n'avait rien de nouveau, c'était seulement le souvenir indélébile d'une photographie prise sur une plage, qu'il avait vue un jour dans la chambre de Mademoiselle Bürstner. Néanmoins, cette image faisait que K. s'éloignait de ce groupe et, même s'il y revenait fréquemment, il parcourait maintenant à grands pas et en tous sens l'immeuble du tribunal. Il se retrouvait toujours très bien dans tous ces locaux ; des couloirs perdus, qu'il n'avait jamais vus, lui semblaient familiers, comme s'il avait toujours habité là ; des détails s'imprimaient dans son cerveau avec une netteté douloureuse, par exemple un étranger dans un vestibule, qui se promenait habillé comme un torero, la taille découpée comme à coups de couteau, sa petite veste courte et raide était faite de dentelle jaunâtre en gros fil, et sans interrompre un instant sa promenade il ne cessait de s'offrir à la contemplation médusée de K., qui rôdait autour de lui, le dos courbé, et le fixait avec des yeux démesurément ouverts. K. connaissait tous les dessins de la dentelle, tous les mouvements de la veste et tous les défauts de ses franges, et il ne se lassait pas de la regarder. Ou plutôt, il s'en était lassé depuis longtemps, ou plus exactement il n'avait jamais voulu la regarder, mais c'est elle qui ne le lâchait pas. « Quelles mascarades on trouve à l'étranger ! » songea-t-il en écarquillant encore plus les yeux. Et il resta à suivre cet homme, jusqu'au moment où il se retourna sur son canapé et pressa son visage contre le cuir.

[Il resta comme cela longtemps sans bouger, se reposant maintenant pour de bon. À vrai dire, il continuait à réfléchir, mais dans l'obscurité et sans être dérangé. C'est à Titorelli qu'il pensait le plus volontiers. Le peintre était dans un fauteuil et K. était à genoux devant lui, lui caressant les bras et lui faisant toutes sortes de grâces. Titorelli savait où K. voulait en venir, mais il faisait semblant de ne pas le savoir et, comme cela, tourmentait un peu K., qui savait, pour sa part, qu'il arriverait bien à ses fins, car Titorelli était un être léger, facile à persuader et sans grand sentiment du devoir, et il était inconcevable que le tribunal se fût compromis avec un être pareil. K. voyait clairement que s'il y avait une brèche, elle était là. Il ne se laissait pas prendre au sourire insolent que le peintre adressait au vide en relevant la tête, il réitérait sa prière, allant jusqu'à lui caresser les joues. Il ne se donnait pas trop de peine, il se montrait presque nonchalant, il faisait durer le plaisir, sûr du succès final. Comme c'était simple, de rouler le tribunal ! Comme s'il obéissait à une loi de la nature, Titorelli se pencha enfin vers lui et un clignement d'yeux lent et amical montra qu'il était prêt à exaucer sa prière, il tendit la main à K. et la lui serra solidement. K. se redressa, il avait naturellement l'impression de vivre un instant un peu solennel, mais maintenant Titorelli ne voulait plus de solennité, il saisit K. à bras-le-corps et l'entraîna en courant. Ils se retrouvèrent immédiatement dans l'immeuble du tribunal et se précipitèrent dans les escaliers, non seulement pour les gravir, mais pour les monter et les descendre, sans faire le moindre effort, avec la légèreté d'un petit bateau sur l'eau. Et juste au moment où K. observait ses pieds et concluait que cette plaisante façon de se déplacer ne pouvait plus faire partie de la vie qu'il avait menée jusque-là, juste à ce moment-là, au-dessus de sa tête qu'il tenait baissée, s'opéra la métamorphose. La lumière, qui jusqu'à présent tombait de derrière, changea d'un coup et se déversa devant lui en flots éblouissants. K. leva la tête, Titorelli lui fit un petit signe d'approbation et le retourna. K. était de nouveau dans le corridor du tribunal, mais tout y était plus calme et plus simple. Il

n'y avait aucun détail frappant, K. embrassait tout d'un seul
regard ; il se détacha de Titorelli et partit de son côté. Il portait
aujourd'hui un nouveau vêtement long et sombre, agréable-
ment chaud et lourd. Il savait ce qui lui était arrivé, mais il en
était si heureux qu'il ne voulait pas encore se l'avouer. Dans le
coin d'un corridor où, sur un des côtés, de grandes fenêtres
étaient ouvertes, il trouva en tas ses anciens vêtements, la
jaquette noire, le pantalon aux petites rayures serrées et, étalée
par-dessus, la chemise, dont les manches étaient agitées.]

[FRAGMENT SANS TITRE]

Quand ils sortirent du théâtre, il tombait une pluie fine. K.
était déjà fatigué par la pièce et par sa mauvaise représentation,
mais l'idée d'avoir à héberger son oncle le démoralisait complètement. Aujourd'hui précisément, il aurait beaucoup aimé
parler à M.B., peut-être une occasion se serait-elle présentée de
la rencontrer ; mais la compagnie de l'oncle était un obstacle
insurmontable. Il y avait bien encore un train de nuit que
l'oncle aurait pu prendre, mais il n'y avait aucun espoir de le
décider à partir aujourd'hui, tant il était préoccupé par le
procès de K. Sans trop y croire, K. fit tout de même une
tentative :
    — Je crains, mon oncle, dit-il, d'avoir bientôt vraiment besoin
de ton aide. Je ne vois pas encore exactement dans quel sens,
mais en tout cas j'en aurai besoin.
    — Tu peux compter sur moi, dit l'oncle, je ne cesse de penser
à la manière dont on pourrait t'aider.
    — Tu ne changeras jamais, dit K., seulement je crains que ma
tante ne m'en veuille, si je dois bientôt te demander à nouveau
de revenir en ville.
    — Ton affaire a une autre importance que ce genre de dés-
agréments.
    — Je ne saurais être du même avis, dit K., mais quoi qu'il en
soit, je ne veux pas priver ma tante de ta présence sans nécessité ; je n'aurai sans doute pas besoin de toi dans les jours qui

viennent ; est-ce que, dans ces conditions, tu ne préfères pas rentrer chez toi pour le moment ?

– Demain ?

– Oui, demain, dit K., ou bien peut-être par le train de nuit, ce serait le plus commode.

Passages supprimés

P. 37, ligne 3 :

... un bras posé sur le dossier de la chaise. [L'interrogatoire paraît vouloir se limiter aux regards, songea K., laissons-le faire un moment. Si seulement je savais quelle peut être l'administration qui déplace tant de monde pour moi, c'est-à-dire en fin de compte pour rien du tout. Car il a déjà fallu déplacer beaucoup de monde pour organiser tout cela. On a mis trois personnes sur l'affaire, mis en désordre deux pièces chez des gens, et là-bas, dans le coin, il y a encore trois jeunes hommes qui regardent les photographies de Mademoiselle Bürstner.]

P. 38, ligne 3 :

... surtout pas celle d'aujourd'hui ? – [Quelqu'un m'a dit un jour (je ne me rappelle plus qui c'était) qu'il était tout de même merveilleux qu'en se réveillant le matin l'on retrouve toute chose (du moins généralement) strictement à la même place que la veille au soir. Car enfin le sommeil et le rêve sont (en apparence au moins) sensiblement différents de l'état de veille et il faut (comme disait fort justement cette personne) une énorme présence d'esprit ou, mieux encore, un grand esprit de repartie pour que, dès l'instant où l'on ouvre l'œil, on puisse quasiment saisir tout à l'emplacement même où on l'a laissé la veille. Cette personne disait donc que l'instant du réveil était le plus périlleux de la journée : une fois qu'on l'a surmonté sans se trouver déplacé à quelque autre endroit, on peut être rassuré pour le reste de la journée.]

P. 39, ligne 3 :

… justement que des bavardages. [Vous savez que les employés en savent toujours plus long que leur supérieur.]

P. 45, ligne 13 :

… qu'il les avait laissés repartir. [L'idée que par là même il pourrait éventuellement faciliter leur éventuelle mission de surveillance sur sa personne lui parut une lubie tellement ridicule qu'il se prit le front dans la main et resta ainsi plusieurs minutes, afin de reprendre ses esprits. Encore quelques idées de ce genre, se dit-il, et tu seras complètement idiot. Mais ça ne l'empêcha pas, aussitôt, de forcer sa voix, qui était quelque peu étranglée.]

P. 50, ligne 25 :

… plus vain et plus méprisable. [Devant la maison, un soldat allait et venait, du pas régulier et raide des sentinelles. Voilà donc que la maison était gardée. K. dut se pencher beaucoup pour voir le soldat, car il marchait le long de la façade. « Ouh-ouh ! » lui lança K., mais pas assez fort pour que le soldat entende. Du reste, il apparut bien vite que ce soldat attendait simplement une bonne qui était allée chercher de la bière au café d'en face et se profilait maintenant dans l'encadrement de la porte éclairée. K. se demanda s'il avait cru l'espace d'un instant que cette sentinelle était là pour lui ; il fut incapable de répondre.]

P. 55, ligne 4 :

… sur l'ottomane et riait de nouveau. [– Vous êtes un être insupportable, on ne sait jamais si vous êtes sérieux. – Ce n'est pas complètement faux, dit K. tout au plaisir de bavarder avec une jolie fille ; ce n'est pas complètement faux, je manque de sérieux, c'est bien pourquoi il faut que je m'en tire par des plaisanteries, que les choses soient sérieuses ou non. Mais j'ai été arrêté, c'est sérieux.]

P. 76, ligne 11 :

... section locale d'un parti politique.
Le manuscrit portait d'abord : du parti socialiste.

P. 84, ligne 24 :

... impossible de s'en rendre compte. [K. vit seulement que
son corsage déboutonné flottait autour de sa taille, qu'un
homme l'avait entraînée dans un coin près de la porte et pressait contre elle son torse vêtu seulement d'une chemise.]

P. 96, ligne 19 :

... paroles inutiles, dit K. [K. voulait déjà saisir la main que
la femme approchait timidement, mais nettement, quand les
discours de l'étudiant attirèrent son attention. C'était un bavard
prétentieux, peut-être pouvait-on lui soutirer des renseignements sur l'accusation lancée contre K. Or, une fois en possession de ces renseignements, il ne faisait aucun doute que d'un
seul coup, en un tournemain, K. pourrait aussitôt mettre fin à
cette procédure, à la stupeur générale.]

P. 120, ligne 2 :

... son devoir sans rien lui rapporter. [Il était même certain
que l'homme aurait refusé cette offre même si elle était allée de
pair avec la corruption et l'avait sans doute doublement offensé,
puisque, tant que la procédure était en cours, K. devait être
intouchable pour tous les employés du tribunal.]

P. 132, ligne 31 :

... elle est gentille. [Cet éloge laissa la jeune fille tout aussi
indifférente, et même elle ne parut nullement impressionnée
quand l'oncle déclara :
– Cela se peut. Il n'empêche que, si possible dès aujourd'hui,
je vais t'envoyer une autre infirmière. Si elle ne donne pas satisfaction, tu pourras la renvoyer, mais fais-moi le plaisir d'accep-

ter un essai. Dans l'atmosphère et dans le silence où tu vis ici,
il y a de quoi dépérir.

– Il n'y a pas toujours un tel silence, dit l'avocat. Je ne prendrai ton infirmière que si je ne peux pas faire autrement.

– Tu ne peux pas faire autrement, dit l'oncle.]

P. 139, ligne 12 :

... devaient s'y sentir perdus. [Le bureau, qui occupait
presque toute la longueur de la pièce, était disposé près de la
fenêtre de telle sorte que l'avocat tournait le dos à la porte et
que le visiteur, en véritable intrus, devait traverser toute la pièce
avant d'apercevoir le visage de l'avocat, si celui-ci n'avait pas
l'amabilité de se retourner.]

P. 166, ligne 17 :

... Jamais de la vie. [Non, K. n'avait absolument rien à espérer de la notoriété de son procès. Ceux qui ne s'érigeraient pas
en juges pour le condamner d'emblée aveuglément, cherche-
raient du moins, puisque c'était désormais si facile, à
l'humilier.]

P. 220, ligne 7 :

... et K. ferma la porte à clé. [La chambre était tout à fait
sombre, il y avait sans doute de lourds rideaux devant les
fenêtres, qui ne laissaient pas filtrer la moindre lumière. Encore
excité par sa course, K. fit quelques grands pas de plus sans y
penser, puis s'arrêta en s'apercevant qu'il ne savait plus à quel
endroit de la chambre il se trouvait. En tout cas, l'avocat dor-
mait déjà ; on ne l'entendait pas respirer, car il s'enfouissait
toujours entièrement sous l'édredon.]

P. 224, ligne 2 :

... me pèse encore moins qu'auparavant [quand le procès
guettait un signe de l'accusé]

P. 226, ligne 11 :

... j'ai presque des regrets. [– Vous ne me parlez pas franche-ment, vous ne m'avez jamais parlé franchement. Vous n'avez donc pas le droit de vous plaindre de ce qu'à votre avis l'on vous méconnaisse. Moi je suis franc et n'ai donc pas à craindre qu'on me méconnaisse. Vous vous êtes jeté sur mon procès comme si j'étais tout à fait libre, mais j'ai maintenant presque le sentiment que non seulement vous l'avez mal géré, mais que, sans rien entreprendre de sérieux, vous avez voulu me le cacher, afin que je ne puisse intervenir et qu'un jour le verdict soit prononcé quelque part en mon absence. Je ne dis pas que vous ayez voulu faire tout cela]

P. 231, ligne 8 :

... Mais l'avocat se taisait. [On aurait eu très envie de se moquer de Block. Leni profita de ce que K. était distrait pour s'appuyer avec ses coudes (puisque K. lui tenait les mains) contre le dossier de son siège et elle se mit à balancer douce-ment K. Celui-ci, tout d'abord, ne s'en soucia pas et regarda faire Block, qui soulevait prudemment le bord de l'édredon, cherchant manifestement la main de l'avocat, qu'il voulait lui baiser.]

P. 239, ligne 22 :

... pour représenter quelque chose [qu'à première vue, et sans savoir de quoi il parlait, on aurait pensé être la retombée d'un jet d'eau dans une fontaine.]

P. 259, ligne 37 :

... érigé en loi de l'univers. [Ayant dit cela, il resta court ; il fut frappé de ce que c'était une légende, dont il venait de parler et de juger, il ignorait complètement le texte d'où elle était tirée et ne connaissait pas davantage les explications. Il s'était laissé entraîner dans des spéculations totalement inconnues pour lui. Est-ce qu'en fin de compte le prêtre était comme tous les autres, n'entendait-il traiter de l'affaire de K. que par des allusions,

peut-être pour l'égarer et, finalement, pour se taire ? Plongé
dans ces réflexions, K. avait négligé la lampe, elle se mit à fumer
et K. ne le remarqua qu'en sentant sa fumée lui caresser le
menton. Il essaya alors de réduire la mèche, mais la lampe
s'éteignit. Il s'arrêta, tout était noir, il ne savait pas du tout à
quel endroit de l'église il se trouvait. Comme il n'entendait rien
non plus à côté de lui, il demanda :

– Où es-tu ?

– Ici, dit le prêtre en lui prenant la main. Pourquoi as-tu
laissé s'éteindre la lampe ? Viens, je t'emmène à la sacristie,
nous y trouverons de la lumière.

K. était très heureux de sortir de la cathédrale proprement
dite ; cet espace vaste et haut, où le regard ne portait que dans
un périmètre des plus restreints, l'oppressait et, à plusieurs
reprises déjà, il avait regardé vers le haut, conscient que cela ne
servait à rien : chaque fois il avait été littéralement assailli de
toutes parts uniquement par l'obscurité. Donnant la main au
prêtre, il le suivit avec empressement. Dans la sacristie brûlait
une lampe encore plus petite que celle que portait K., et elle
était suspendue si bas qu'elle n'éclairait quasiment que le sol
de la sacristie, qui était très étroite, mais vraisemblablement
tout aussi haute que la cathédrale elle-même.

– Il fait partout si sombre, dit K.

Il se mit la main sur les yeux, comme s'ils lui faisaient mal à
force d'avoir cherché à se repérer.]

P. 263, ligne 33 :

… les plis du menton. [Leurs sourcils avaient l'air rapportés
et tressautaient indépendamment du rythme de leurs pas.]

P. 265, ligne 29 :

… sur la poignée de son sabre… [… à lui confié par l'État,
s'approcha délibérément de ce groupe qui pouvait paraître un
peu suspect.

– L'État m'offre son aide, chuchota K. à l'oreille d'un des
messieurs. Que diriez-vous, si je transférais le procès sur le terrain des lois de l'État ? Il pourrait alors se faire, messieurs, que
ce soit moi qui doive vous défendre contre l'État !]

P. 267, ligne 23 :

(première version des dernières lignes :) ... des objections qu'on avait oubliées ? Il y en avait certainement. La logique a beau être inébranlable, elle ne résiste pas à un homme qui veut vivre. Où était le juge ? Où était le tribunal suprême ? J'ai à parler. Je lève les mains.

CHRONOLOGIE

1883 (3 juillet) : Naissance à Prague. Franz est le fils aîné de Hermann Kafka, gros négociant en « nouveautés » parti de peu et animé d'une « volonté qui porte vers la vie, les affaires, la conquête » et qui en fera un père austère et dur. Son épouse, Julie Löwy, est issue d'une lignée plus portée vers « la fierté, la sensibilité, l'équité, l'inquiétude », et où l'on trouve des intellectuels, des artistes, des rabbins célèbres.

1889 : Entrée à l'école primaire allemande. La langue de la famille était l'allemand, bien que le père parlât à l'origine aussi le tchèque.
Naissance de sa sœur Elli. Deux frères étaient morts en bas âge.

1890 : Naissance de sa sœur Valli.

1892 : Naissance de sa sœur Ottla.

1893 : Entrée au lycée allemand de la Vieille-Ville, dont les élèves sont pour les trois quarts issus de la bourgeoisie juive.

1901 : Diplôme de fin d'études secondaires.

1902 : Après avoir entamé des études littéraires, puis songé à s'expatrier, Kafka fait son droit.
Fréquentation de cercles littéraires. Rencontre de Max Brod et d'autres écrivains qui seront ses amis.

1903 : Kafka semble avoir déjà beaucoup écrit et beaucoup détruit de manuscrits. Lectures. Doutes. Solitude.

1906 : Doctorat en droit.
Stages chez un oncle avocat, puis auprès de deux tribunaux de Prague.

1907 : Entrée à la filiale praguoise des Assicurazioni Generali.

1908 : Première publication de textes courts en revue. Entrée à l'Office d'assurances contre les accidents du travail, organisme semi-public que Kafka ne quittera plus que pour des congés de maladie. Il y accomplira un travail très apprécié, qui lui fera connaître la misère du peuple et la bureaucratie.

1909 : Contacts avec plusieurs organisations politiques, en particulier avec les anarchistes. Élargissement des relations littéraires : Werfel, Martin Buber, etc.

1910 : Kafka tient un *Journal*.

1911 : Voyage avec Max Brod en Italie du Nord, en Suisse et à Paris. Fréquentation assidue de l'acteur Jizchak Löwy et de sa troupe de théâtre juif.

1912 : Projet du roman (inachevé et posthume) *Amerika*.
Rencontre de Felice Bauer, correspondance intense.
Rédaction du *Verdict* et de *La Métamorphose*.
Publication du premier volume de Kafka : *Considération*.

1913 : Poursuite des relations épistolaires avec Felice Bauer, que Kafka va voir plusieurs fois à Berlin. Peur du mariage, peur de la solitude.

1914 : Fiançailles avec Felice. Rupture.
Début du travail sur *Le Procès*.
Rédaction de *La Colonie pénitentiaire*.

1915 : Kafka quitte le foyer de ses parents.
Publication, en revue, de « Devant la Loi », seul fragment du *Procès* publié du vivant de Kafka.
Publication de *La Métamorphose*.

1916 : Nouvelle correspondance avec Felice, puis nouvelle rencontre. Nouvelles angoisses.
Publication du *Verdict*.

1917 : Kafka écrit beaucoup.
Nouvelles fiançailles avec Felice.
Diagnostic de tuberculose pulmonaire. Jusque-là, les séjours de Kafka dans des sanatoriums étaient mis sur le compte de l'hypocondrie.
Congé. Rupture avec Felice Bauer.
Publication de *Un médecin de campagne*.

1918 : Retour à Prague. Séjours à la campagne.

1919 : Projet de mariage avec Julie Wohryzek.

1920 : Correspondance avec Milena Jesenzka.

1921 : Long séjour dans un sanatorium des monts Tatra.

1922 : Reprise d'une grande activité littéraire, en dépit d'un état alarmant, qui l'éloigne plusieurs fois de Prague.
Début de la rédaction du *Château*.

1923 : Séjour sur la Baltique, où il rencontre Dora Dymant avec laquelle il s'installe à l'automne dans le Berlin de l'inflation.

1924 : Kafka doit être ramené de Berlin et hospitalisé. Il meurt le 3 juin dans un sanatorium près de Vienne.

BIBLIOGRAPHIE

ÉDITIONS DU *PROCÈS*

Éditions critiques en allemand et manuscrit

Franz Kafka : Schriften Tagebücher Briefe. Kritische Ausgabe, S. Fischer Verlag, Frankfurt am Main. *Der Proceß*, Herausgegeben von Malcolm Pasley. Lizenzausgabe mit Genehmigung von Schocken Books, New York, 1990 (Textband, Apparatband).

Franz Kafka-Ausgabe, Stroemfeld Verlag, Frankfurt am Main, Basel. *Der Proceß*, Faksimile-Edition, Herausgegeben von Roland Reuß in Zusammenarbeit mit Peter Staengle. 16 einzeln geheftete Entwurfs-Kapitel im Schuber zusammen mit Franz Kafka-Heft 1 und CD-ROM, 1997 [dans cette édition, les seize chapitres ou fragments de chapitres sont édités séparément ; chaque fascicule comporte le fac-similé du manuscrit avec sa transcription diplomatique en regard].

Le manuscrit du *Procès*, acquis en 1988 grâce aux moyens de la République fédérale d'Allemagne, du Land du Bade-Wurtemberg et de la Fondation des Länder pour la Culture, a été déposé à la bibliothèque du Deutsches Literaturarchiv de Marbach (DLA). Le numéro 52/1990 de la revue *Marbacher Magazin* rend compte de l'histoire et de l'exposition du manuscrit au Schiller-Nationalmuseum Marbach am Neckar (*Franz Kafka Der Proceß. Die Handschrift redet. Bearbeitet von M. Pasley, mit einem Beitrag von U. Ott. Herausgegeben von U. Ott. Deutsche Schillergesellschaft, Marbach am Neckar, 1990, 1991²*).

Édition critique en français

Le Procès, traduction d'Alexandre Vialatte, assortie de corrections et de notes par Claude David, dans *Œuvres complètes* de Kafka, t. I, Paris, Gallimard, « Bibliothèque de la Pléiade », 1976.

AUTRES ŒUVRES DE KAFKA

La connaissance des écrits de Kafka contemporains de la rédaction du *Procès* éclairera la lecture de cette œuvre majeure. On choisira d'abord les récits de fiction, comme *Dans la colonie pénitentiaire* ou *Un rêve*, réunis dans le volume *Dans la colonie pénitentiaire et autres nouvelles* (préface et traduction de Bernard Lortholary, Paris, GF-Flammarion, 1991).

Ensuite, la lecture du *Journal* et de la correspondance de Kafka avec sa fiancée Felice Bauer, mais aussi avec ses amis, pour la même période, permettra une confrontation fructueuse : Kafka, *Œuvres complètes*, Paris, Gallimard, 1980 ; édition procurée et annotée par Claude David, volume 3 : *Journaux; Lettres à sa famille et à ses amis*. Les *Lettres à Felice* se trouvent dans le volume 4.

La lecture de son dernier roman, écrit en 1922, constituera un complément utile : *Le Château*, préface, traduction et notes de Bernard Lortholary, d'après le dernier état du manuscrit laissé par Kafka, Paris, GF-Flammarion, 1984.

OUVRAGES CONSACRÉS À KAFKA

Parmi les ouvrages consacrés à Kafka en français ou disponibles en traduction française, on pourra consulter, à titre d'introduction :

Florence BANCAUD, *Franz Kafka*, Paris, Belin, 2006.
Franz Kafka, Europe n° 923, mars 2006.
Kafka le rebelle, Magazine Littéraire n° 415, décembre 2002.

Hans-Gerd KOCH (témoignages réunis par), *J'ai connu Kafka*, traduit de l'allemand par F.-G. Lorrain, Arles, Solin-Actes Sud, 1998.

David Zane MAIROWITZ et Robert CRUMB, *Kafka*, traduit de l'anglais (États-Unis) par J.-P. Mercier, Arles, Actes Sud BD, 2007.

Claudine RABOIN, *Les Critiques de notre temps et Kafka*, Paris, Garnier, 1973.

Claude THIÉBAUT, *Les Métamorphoses de Franz Kafka*. Paris, Gallimard, « Découvertes », 1996.

Joachim UNSELD, *Franz Kafka. Une vie d'écrivain*, traduit de l'allemand par É. Kaufholz, Paris, Gallimard, 1985.

Klaus WAGENBACH, *La Prague de Kafka*, Paris, Michalon, 1996.

OUVRAGES PARTIELLEMENT CONSACRÉS
AU *PROCÈS*

Les titres qui suivent procèdent d'une approche globale de la vie et de l'œuvre de Kafka, et comportent des chapitres partiellement ou entièrement dédiés au *Procès* :

Maurice BLANCHOT, *De Kafka à Kafka*, Paris, Gallimard, 1981.

Roberto CALASSO, *K.*, traduit de l'italien par J.-P. Manganaro, Paris, Gallimard, 2005.

Albert CAMUS, *L'Espoir et l'absurde dans l'œuvre de Franz Kafka*, *L'Arbalète* n° 7, 1943, reproduit dans *Le Mythe de Sisyphe*, édition augmentée, Paris, Gallimard, 1948.

Pietro CITATI, *Kafka*, traduit de l'italien par B. Pérol, Paris, Gallimard, 1990.

Claude DAVID, *Franz Kafka*, Paris, Fayard, 1989.

Stéphane MOSÈS, *Exégèse d'une légende. Lectures de Kafka*, Paris, Éditions de l'Éclat, 2006.

Marthe ROBERT, *Kafka*, Paris, Gallimard, 1960.

Régine ROBIN, *Kafka*, Paris, Belfond, 1989.

Ouvrages et articles spécifiquement consacrés au *Procès*

Elias Canetti, *L'Autre Procès. Les lettres de Kafka à Felice*, traduit de l'allemand par L. Jumel, Paris, Gallimard, 1972.

Jean Cléder, « Pour la transmission de pouvoirs empruntés : lecture cinématographique des textes de Franz Kafka », in Philippe Zard (dir.), *Sillage de Kafka*, Paris, Le Manuscrit, « L'Esprit des Lettres », 2007.

Franck Evrard, *Le Procès. Kafka*, Paris, Bertrand-Lacoste, « Œuvres intégrales », 2004.

Dominique Jardez, « Le "Procès" kafkaïen de Gide et de Barrault », in Philippe Zard (dir.), *Sillage de Kafka, op. cit.*

Frédérique Leichter-Flack, « Le kafkaïen, outil du politique au XXᵉ siècle ? Un détour par Platonov », in Philippe Zard (dir.), *Sillage de Kafka, op. cit.*

Jean-Pierre Morel, *Le Procès de Franz Kafka*, Paris, Gallimard, « Foliothèque », 1998.

Claudine Raboin, « *Le Procès* de Kafka en BD », in Philippe Zard (dir.), *Sillage de Kafka, op. cit.*

George Steiner, « Notre patrie, le texte », *De la Bible à Kafka*, traduit de l'anglais par P.-E. Dauzat, Paris, Hachette Littératures, 2003.

Transpositions et adaptations du *Procès*

Théâtre

C'est au théâtre que l'on recense les adaptations les plus nombreuses du roman de Kafka. La première, celle d'André Gide et Jean-Louis Barrault, *Le Procès, pièce tirée du roman de Kafka* (Paris, Théâtre Marigny, 1947), a fait date. À Paris également, on a joué en 1967 une adaptation du dramaturge tchèque Jan Grossman (*Le Procès*, Odéon-Théâtre de l'Europe). À Londres, Steven Berkoff adapte *Le Procès* en 1971 (*The Trial*) ; en Allemagne, Peter Weiss crée une pièce en trois actes dédiée à Franz Kafka, qui emprunte quelques éléments du roman (*Der neue Prozeß*, 1982).

La traduction de Bernard Lortholary a été adaptée et mise en scène par Dominique Pitoiset (*Le Procès*, création au Festival d'Avignon, Cour du lycée Saint-Joseph, 1996).

De 1996 date également une adaptation américaine de Greg Allen (*The Trial*, Chicago). Parmi les adaptations les plus récentes, signalons celles de David Zane Mairowitz (*Le Procès. Tragédie burlesque*, Avignon, Théâtre des Halles, 2000), de Philippe Adrien (*Le Procès*, Paris, Théâtre de la Tempête, 2005), et de Pascal Mengelle (*L'Insatiable K.*, Albertville, Le Dôme, 2006).

Cinéma

L'adaptation cinématographique la plus connue du *Procès* est celle d'Orson Welles, réalisée en 1962. Le découpage intégral et les dialogues sont reproduits dans le volume 3 de la collection « Points/Films », Paris, Seuil/Avant-Scène, 1971. Citons aussi *The Trial*, film de David Jones sur une adaptation de Harold Pinter (BBC, 1993). Les deux films sont disponibles en DVD.

Opéra

Le Procès a inspiré des compositeurs d'opéra allemand, français et danois :

Gottfried VON EINEM, *Der Prozess*, opéra en deux actes, créé à Mayence, 1953.

Philippe MANOURY, *K…*, opéra en douze scènes, créé à Paris, 2001.

Poul RUDERS, *Proces Kafka/Kafka's Trial*, créé à Copenhague, 2005.

Bande dessinée

Parmi les transpositions en bande dessinée, signalons :

CLOD (dessin) et CEKA (scénario), *Le Procès*, Paris, Akileos, 2006.

Chantal MONTELLIER (dessin) et David Zane MAIROWITZ (scénario), *Le Procès*, traduit de l'anglais par B. Castoriano, Arles, Actes Sud BD, 2009.

Site Internet

Enfin, parmi les nombreuses pages web consacrées à Kafka dans toutes les langues, un site propose un plan de Prague où sont localisés les lieux familiers à Kafka en 1914 et 1915, pendant qu'il travaillait au *Procès* : http://www.communitywalk.com/the_trial_map.

TABLE

LE PROCÈS

Mise en page par Meta-systems
59100 Roubaix

Dépôt légal : octobre 2011
N° édition : L.01EHPN000498.C004
Imprimé en Espagne par Novoprint (Barcelone)